灵魂之战

SOUL WARS

［英］乔什·雷诺兹 著　丁家豪 译

浙江科学技术出版社

English version first published in Great Britain in 2018 by Black Library.

Games Workshop Ltd., Nottingham, NG7 2WS, UK.

This edition published in China by Zhejiang Science and Technology Publishing House in 2024.

Copyright © Games Workshop Limited 2018.

This translation copyright © Games Workshop Limited 2023.

Translated and used under licence by Zhejiang Science and Technology Publishing House. All rights reserved.

Soul Wars © Copyright Games Workshop Limited 2018. Soul Wars, GW, Games Workshop, Black Library, Warhammer, Warhammer, Age of Sigmar, Stormcast Eternals, and all associated logos, illustrations, images, names, creatures, races, vehicles, locations, weapons, characters, and the distinctive likenesses thereof, are either ® or TM, and/or © GamesWorkshop Limited, variably registered around the world.All Rights Reserved.

No part of this publication may be reproduced, stored in a retrieval system, or transmitted in any form or by any means, electronic, mechanical, photocopying, recording or otherwise, without the prior permission of the publishers.

This is a work of fiction. All the characters and events portrayed in this book are fictional, and any resemblance to real people or incidents is purely coincidental.

本书英文版由 Black Library 于 2018 年出版

Games Workshop Limited，地址：Nottingham, NG7 2WS, UK.

本书中文版由浙江科学技术出版社于 2024 年出版

Copyright © Games Workshop Limited 2018.

This translation copyright © Games Workshop Limited 2023.

浙江科学技术出版社可在授权下翻译与使用。

Soul Wars © Copyright Games Workshop Limited 2018. 灵魂之战、GW、Games Workshop、Black Library、战锤、西格玛时代、雷铸军，以及所有相关标识、插图、图像、名称、生物、种族、载具、地点、武器、角色及其中的特色同类物，所有带有 ®、TM，以及 © Games Workshop Limited 的标识均为在全世界注册的商标或为 Games Workshop Limited 版权所有。

未经许可，不得将本书任何部分以任何形式复制、存储在某个检索系统中，也不得以任何形式或手段，包括电子、机械、影印、记录或其他方式，传播本书的任何部分。

本书为虚构作品。书中人物、事件均为虚构，如有雷同，纯属巧合。

故事简介

八界自旧世分裂的旋涡中诞生。无形与神圣之灵皆重获新生。

奇哉,一个个充满了生灵、诸神与凡人的新世界在苍穹中现身。而诸神中最高贵的当数西格玛。在远超记载的岁月里他为诸界带来启迪,并通过他的统治将其装点在光亮与雄伟之中。他的力量乃是雷电之力。而他的才智无边无际。凡世与不朽的圣灵皆在他庄严的王座前屈膝效忠。无数伟大的帝国在此期间崛起,而所有的背叛行径也在那时消失殆尽。西格玛宣称陆地与天空都归其所有,并因此开辟了一个充满荣耀的神话时代。

但苦难却紧随其后。正如预料中的那样,诸神与凡人的伟大联盟自内部分裂。神话与传奇坠入混沌。黑暗席卷了八界。折磨、奴役与恐惧取代了原先的荣光。西格玛也因反感凡世诸国的变化而转身离去。他将自己的注意力重新放在了那个他曾在很久之前便失去了的世界的残骸上。西格玛对着那个世界焦黑的核心郁闷地沉思,不停地寻找着一线希望。随后,他在熊熊怒火之中看到了一件华丽之物。他构思了一件来自天庭的武器,一座强大到能够穿破永夜的信标。他要将所失去的一切化为一支军队。

西格玛派遣了自己的工匠们去执行这项任务,他们一直试图去控制群星的力量。当他的伟业即将完工之时,西格玛再次将目光转向诸界才发现混沌对八界的统治也即将完成。复仇之时已经来临。最终,闪电在他的眉间闪烁,他上前释放了自己的造物。

西格玛时代也因此开启。

目录

1	序　章	坚如死寂
4	第一章	黑色金字塔
16	第二章	格林姆熔炉
35	第三章	西格玛星环
46	第四章	破碎旧世密室
55	第五章	死灵震
69	第六章	冥底
87	第七章	战争之火
101	第八章	艾吉尔之风
116	第九章	生者与亡灵
125	第十章	不死之王
137	第十一章	闪烁之门
151	第十二章	剃刀尖锋
163	第十三章	不可避免
174	第十四章	坚不可摧
189	第十五章	阿伦施塔特堡垒的陷落

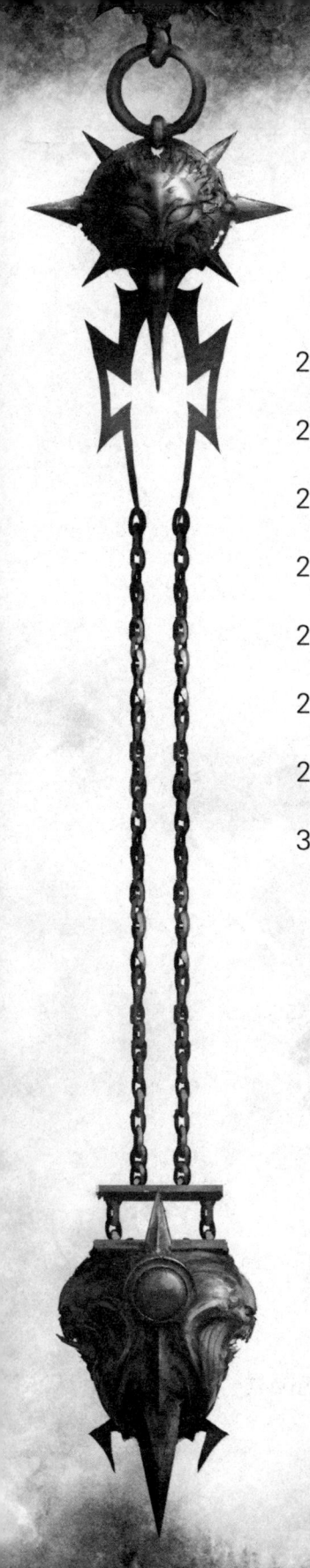

201 ………………… 第十六章　风暴殿

211 ………………… 第十七章　死亡风暴

229 ………………… 第十八章　巡墓者

244 ………………… 第十九章　破碎灵魂

259 ………………… 第二十章　庇护之所

278 ………………… 第二十一章　下行之路

293 ………………… 第二十二章　天堂与死亡之战

309 ………………… 尾　声　明如群星

序 章

坚如死寂

  死尸在无尽荒漠中蹒跚前行。它的骨头已经被头顶上空的紫晶太阳晒成了瘀斑一样的深色，而身体上仅存的些许残肉已经变得同皮革般粗糙且脆弱不堪。在执行任务的缓慢且无尽的岁月中，它那些缺少的肌肉和筋腱组织早已被证明无甚阻碍。

  来来回回，来来回回。它横穿那炽热的沙漠，抵达死亡界域的尽头，然后再返回，数万里格的距离或者更多。缓慢，却坚定。

  坚如死寂，明如群星。

  那些棕色的骨骼曾包裹着一个复杂的灵魂。它已微不足道，就如同火焰熄灭前的最后一点余烬般渺小。它没有希望，没有恐惧，没有梦想，亦没有欲望；仅有一个目的，一个它并不了解或明白的目的。这些认知概念远超这个低级仆从的理解。而驱使它那破损骨骼永远运作的力量也同样源于这具死尸所无法想象和理解的一个意志。

  只要主人下令，它便服从。主人的声音如同一座巨大的黑色摆钟在无尽的深渊中发出的鸣响，这便是它存在的意义。那可怕声音的回响深入早已布满尘土的骨髓，并使得这具骨骼重新运作。这具死尸过去曾拥有的一切身份也一同被其主人剪断，现在的它只是一个背负单一使命的引擎。

  它存在，只为那唯一的使命。

  死尸龟裂的指骨正紧攥着一粒淡紫色的沙子。这粒沙子静躺在那骨制的牢笼中，其蕴藏的价值要远超它的体积。四面死寂，毫无声息。这具死尸对这些一无所知，而即便它知道也会对此毫不在意。

  它只会不断前行，穿过一座座狂风呼啸的沙丘与高地。但它并不孤独，它只是一条巨大的横穿距离与时间的锁链中的一环。一千具相似的躯壳在它身旁跋涉，而另外一千具在它们前方蹒跚。同时，两倍数量的死尸则从它们身边踉跄经过，向着相反的方向移动。这些尸体的无肉脚掌在沙漠下方的巨

石上磨出道道石沟。这片曾经毫无印迹的荒野被刻上了一道道独特的新图案。这死寂的尸潮改变了河流的走向，甚至磨平了山峰。

胡狼们围绕着这尸潮狩猎，并且已经习惯了它的永不停息。它们号叫着从沙丘上出击，只为叼走一小口摇晃着的韧带。然而死尸对它们并不在意。这具尸体依稀察觉到它们，就像对待在沙丘上舞动的、短暂且明亮的灵魂之火的火花一样。当死尸呆滞的注意力集中到火花时，它们便消失了，随后新的火花又会在其他地方吸引它的注意。

鸟群中的一只食腐鸟，正在死尸的头顶盘旋。它飞过了一次又一次，然后便降落到了死尸被沙尘打磨过的锁骨上。这只鸟晃动着自己细小的头颅，将鸟喙砸入死尸那空洞又布满裂缝的头骨，就如同自己的族群数代以来所做的那样。无论这些死尸走向哪里，都跟随着这样一群鸟类。在发现没任何有趣的事物后，这只食腐鸟扑腾着翅膀，伴随着几片羽毛的脱落，飞走了，留下这具死尸继续自己的使命。

地平线上，第二个太阳——一轮黑日，在远处发光。这轮太阳的光晕如活物一样蠕动，并对主人的意志做出响应。当那伟大之音响起时，这轮太阳投射出炽热光亮，伴随着一道朦胧的青色光线；而当声音低沉寂静之后，这轮太阳也会缩小，如同后退到了远方。但无论如何，这轮太阳的暗淡光线总会被死尸看见。然后这具死尸也总会跟随这道光线。

其他，它什么也做不了。

所有这一切，它的主人都注视着，从它那空荡的眼窝，以及胡狼和食腐鸟的双眼；所有这一切，它的主人都知道。只因他的意志如此，这具死尸才会在黯淡的永恒中徘徊不止。也正因他的意志如此，这具死尸只会悉听尊便。

而所有的活物最终也将属于不死之王。

在每一个界域，每当一个生者面临生命的终点，纳迦什的部分神格便会在那里出现。曾经，这样的卑微工作会由其他死神，那些次级神明负责。然而现在，仅有一尊死神。曾经各地都有众多的死神，而现在只有纳迦什。所有死神都被纳迦什取代，而纳迦什也成了唯一的死神。这件事理应如此，也必然如此。

死者都是他的。但有些人仍想要拒绝他的要求。西格玛——艾吉尔的神王，便是最难缠的敌手。"背叛者"西格玛。"欺骗者"西格玛。他将死者的灵魂夺走以创造自己的天界大军，并给灵魂注入自己的神力以将其重塑为更加强大的新生命——雷铸军。

更糟的是，他并不满足于夺取近期死亡的灵魂，还想要洗劫古代的墓地，并收集那些早已被遗忘的灵魂来铸造新的战士以为他的事业服务。每一个因为这种方式而丢失的灵魂都意味着沙许的防御或将缺少一个灵魂的协助。

纳迦什已经看穿了这项策略。他心里有点钦佩这项计划的执行效率。西格玛想要削弱他的实力，让他一无所有且无力防御，然后成为荒漠中蠢材们的简单猎物。但这不会发生。根本不会。

他的仆人们已被派遣至沙许的边界，那里汇聚了塑造该界域原始魔法能量的紫黑色晶状墓沙。时间的万古洪流中，他一直在收集自己计划的必需品。

甚至当具有灭世之力的混沌大军席卷凡世诸界域时，他仍在收集。而当他遭受盟友的背叛，来自艾吉尔的大军袭击他的领地时，他也对此坚持不懈。他就这样不屈不挠、孜孜不倦、不可阻挡。

这便是纳迦什的意志。坚定如铁，永恒如沙。

第一章

黑色金字塔

纳迦什扎，寂静之城

在死亡之界的中心，不死之王坐在他的玄武岩王座上等待着。

他寂静地坐着，用他那足以等待海枯石烂的耐心消磨着时光。蜘蛛在他的眼窝中结网，而蛆虫则在他的骨骼中打洞，但他对这些都不以为意。这些渺小之物不值得被纳迦什注意。他的意识正放在别处，思索着更伟大的事业。

忽然，纳迦什变得严肃、警觉起来。他漆黑的眼窝深处发出紫色的光亮，他零散的知觉再次聚集，脑海中不同的界域也全部消失。他将自己的全部注意力都放在了沙许，这片由他自己占有的领地。

有些事不太对劲。程式中有一种缺陷。一件并未被预见的事。空气中流动着一种纯正、原始的生命之力，像一股热风拍打在他知觉的边缘。他再一次更深入地汇聚自己的注意力。通过仆人们的眼睛观察。那些骷髅守卫正永不停歇地巡逻着。他看到……绿色。并不是植物的绿色，而是暗绿色，来自一种不应该出现在纳迦什扎中的生物身上的绿色坚实肌肉。他还听到了皮鼓所发出的雷鸣般的响声，嗅到了炎热的空气中动物的恶臭。

有些事出错了，不可思议，却正在悄然发生。

纳迦什抖落了身上长达数个世纪的尘土，迫使自己重新站立。骨骼发出树林倒塌般的吱吱巨响。随着他大步在寂静的王室中行走，蝙蝠和灵魂在他身边环绕形成了一股尖叫的风，而他的每一步都使得房间颤抖。像往常一样，九本厚重的古籍伴随在他身边，同身躯连接。古籍上松散的封面扭动着，并对周围的灵魂发出野兽般的咆哮。

他打开了巨大的黑铁门，这一举动惊吓到了那些在前庭圆柱前的仆从。这些仆从都是他颤骨死灵军团的无肉领主，他们一同聚集在王室的门口，然而他们并没有尽到自己的职责，反而使得纳迦什燃起了新的怒火。"阿克汉，"他粗声问道，声音如同古墓中的阴风，"服侍我。"

第一章

"我在这里，吾主。"

黑色阿克汉，至圣死亡大君与不死之王的维奇尔（译者注：现实中，类宰相官职），在一众低阶巫妖的伴随下迈步向前。那些干瘪的早已死亡的术士们正缩在阿克汉的阴影之下，仿佛在寻求神明的保护，他们曾在生时短暂服侍过纳迦什，而现在死后则将永远服侍。不同于自己的下属，阿克汉并不是一具干枯的躯壳，他的黑色骨骼上没有任何肉体。他全身被昂贵的紫色和金色的长袍包裹，并穿着同样颜色的铠甲，他散发出的力量仅次于他的主人。

纳迦什知道这一切，因为这份力量正是他在许久之前所赐予的礼物。阿克汉是死亡之手，也是纳迦什扎的堡主。他便是彰显纳迦什意志的载体。除了纳迦什所赋予的使命之外，他没有任何目的。

"说吧，我的仆人。我意识的边缘处发生了什么？"

"请您亲自查看，吾主。言语并不能确切描述。"

尽管阿克汉除了咧着满口黑牙的嘴之外没有任何表情，但纳迦什仍感到自己的仆人在发笑。阿克汉随后转身示意手下退开，松散的巫妖和灵魂们为阿克汉让出了一条能让他带领其主人到达塔楼外檐上巨大窗台的通道。随着他的手势，身着早已覆灭王国的盔甲的颤骨死灵守卫们，在纳迦什的周围形成了保护阵线。虽然不死之王并不惧怕任何刺客，但他对阿克汗的这种安排很满意。

"吾主，我们似乎遭到了害虫的侵扰，"阿克汉在他们走到阳台时说道，"老实说，一群比较顽固的害虫。"拉扎拉克，阿克汉的恐渊兽坐骑，正趴在石头上，享受着一个哀号的灵魂。这只怪物由骨头与黑铁构成，它的身体是一个囚禁着叛徒与懦夫的骷髅牢笼。当它的主人大步走来时，它发出带着疑问般的呼噜声。但它一看见纳迦什就沉默下来，重新回去就餐了。

由许多柱子构成的纳迦什扎——寂静之城，就在纳迦什面前展开。这是一个冰冷且美丽的结合体，它的布置按照死灵几何学的古老公式进行排列。因而也成了一部由石头和阴影所组成的机器，坚固而复杂，且有着井然有序的舒适。

这里有紫色纹路的黑石所构成的无光街道和空荡荡的广场，在他的意志下这些黑暗的建筑物庄严耸立。巨大的纪念碑由墓沙所转换的影晶构成，因此比钢铁还要坚硬，并且表面光滑，这些高耸的巨物还与死亡之风共鸣。

5

　　纳迦什扎建造在永恒的海洋中升起的第一座山峰上。从前,在另一个时代,在另一个世界,曾有一座类似的城市,而纳迦什也曾统治过它。现在,那个伟大王国所剩的只是些陈旧的记忆,它们像飞蛾似的在他的意识边缘扑腾。

　　这些记忆在这里生根,并成了一座无声的纪念碑。或许只是一种嘲弄。纳迦什也不知道是哪一种。无论如何,纳迦什扎是他的,一直是,且永远都是,就如同他恒久不变的目光。

　　但现在,他的目光正经受考验。

　　纳迦什闻到了熟悉的味道。空气中充满了野蛮的鼓点和吼叫。那些肌肉发达,有着猿猴般的体形,身着粗制滥造的不合身盔甲,此刻正迈着大步穿过纳迦什扎布满尘土的街道的东西,是兽人,搞卡毛卡那些野蛮且原始的子嗣们。

　　在下方,骷髅战士们在广场和宽阔的街道上结成了方阵,试图阻止这股绿潮,但毫无作用。地面因兽人们兴奋的狂怒冲锋而晃动。一只咆哮的巨颚龙撞倒了一根支柱,让大块的碎石砸向了广场。它践踏着亡灵,在他们的阵线中横冲直撞,而蹲在其背上的兽人则发出了满意的欢呼声。

　　兽人与他们所面对的严阵以待的军队正好相反,战争和玩耍对他们而言就是一回事,而他们也会带着野蛮的热情参与其中。他们与亡灵混战,向毫无回应的古墓军团发起无意义的挑战。他们在此地没有其他目标,除了毁灭。除非……

　　纳迦什看向城市中心,那里平坦的黑色金字塔高耸入云。这是他下令建造的最大最壮观的古迹。不像它的同类,那些散落在沙许界域数以百计的小复制品,黑色金字塔是他工作的支点。它的顶端向下一直延伸到尼克海姆——纳迦什扎下方的冥界,而它的底部则延伸到整个城市——一个在沙许中心处倒立的巨大建筑。

　　当他想到这次突袭可能导致的后果后,一丝不安掠过他的全身。这不是巧合。不可能。他看向阿克汉:"他们是从哪里来的?"

　　死亡大君用自己的权杖指向南方。"从豺狼之眼。"他说。纳迦什的目光随着阿克汉的手势变得尖锐起来。豺狼之眼是一座界门,连通辜尔什腹地。这片地区散布着许多空间的开口——连通沙许和其他凡世界域的通道。它们都由他最信任的部下们防守。在一个多世纪前,他就曾下令。阿克汉似乎看到了主人的想法,说道:"放他们进来的人定会遭到严惩,吾主。我会亲自处理。"

"兽人既然已经在这里了,那看守界门的也一定被消灭了。我对他们失败的原因不感兴趣。"纳迦什思考着他面前的问题。然后,介于他所拥有的神权与王权,他将这个问题交给了另一个人来处理,一个其职责就是为了处理这些琐事的人。

"阿克汉,你去解决这些畜生。"纳迦什低头看向他的死亡大君。阿克汉毫不畏惧地迎向他的目光。恐惧,和阿克汉身上的其他东西一样,都已在数千年的奴役中从巫妖身上消失殆尽。"我会确保伟业的完成,在它被这场干扰打断之前。"

"如您所愿,吾主。"阿克汉用自己权杖上的铁箍敲了下阳台上的黑色石块。拉扎拉克站了起来,发出沙沙的嘶叫声。恐渊兽向前迈步,阿克汉则平稳地跨上鞍座。他抓起了缰绳,看了一眼纳迦什:"我是您的忠仆,一如既往。"

纳迦什从阿克汉平淡的语调中似乎察觉到了一丝不屑。当然,这是不可能的。死亡大君无法反抗纳迦什,就像那些在荒原中跋涉的骷髅一样。然而,他似乎在数个小方面上都有这样的表现。似乎他身上有一个缺陷,或者是纳迦什自身的缺陷吧。

有那么一刻,纳迦什犹豫了一下。随后,像往常一样,他灵魂中的黑色机器又恢复了,运作如常。他一定想错了。不会有任何反抗,只有忠诚。万物一体,万物皆归纳迦什,而纳迦什乃万物。"走吧。"他说,他的命令回荡着,空气也颤动起来。

随着一声尖叫,死亡大君催促着他的坐骑启程。那只骷髅怪兽飞驰过阳台,然后飞向空中。死亡之风裹住骑手与坐骑,将他们带向战场。

片刻之后,一阵饱受折磨,发出哀号的灵魂旋风从纳迦什身边呼啸而过。他们盘旋而上,紧跟死亡大君。纳迦什看着他们疾驰而去,那是一片由凶残的灵魂所聚成的嘈杂迷雾,他们被他的意志所扭曲,化成了适合他们任务的模样。他们活着的时候就是罪人——凶手和叛徒,现在,死后,他们被铁链锁在一起,忍受着永远无法满足的可怕饥饿。无论如何,纳迦什知道自己是一位公正的神明。

他转身离去,很是满意。阿克汉会亲自解决这件事,不然就在尝试中被摧毁。死亡大君以前就被摧毁过,将来也会被再次摧毁。但一如既往,纳迦

第一章

什会复活他。只要不死之王需要他的服侍，那他的任期就不会结束。

他将目光投向黑色金字塔，让自己的身体化为尘土与骨头。就在它破碎的时候，他的思绪像一股恶风一样穿过金字塔的边界。它的内部是一个由地道和通道所构建的完美迷宫，所有的一切都打磨得像镜子一样反光。这些通道能在无形中与那些环绕并弥漫在凡世界域中的以太虚空能量产生不可避免的共鸣。

这座建筑从纳迦什扎的地下深处开始建造，在尼克海姆的冥界中，这里汇聚着所有其他冥界。所有文明的亡灵都献出自己的尸骨，来构筑这地底深渊的墙壁与天花板。一颗发着死光的太阳照着这广阔的空间，那是一个古老球体的幽灵，它早已熄灭，但又从地底深处升起。它病态的光辉将霜与雾笼罩在它所照射的地方，由哀哭的灵魂所组成的永恒日冕正绕着它盘旋。

现在，那颗太阳正发生可怕的晃动，它白炽的中心被一块由纯墓沙所制成的顶石贯穿。正是纳迦什自己亲手放置了那块顶石。只有通过他的魔法和尼克海姆的流动本质，这项工程壮举才得以实现。也就是从那时起，黑色金字塔才得以开工，才开始坚定不移地向上、向外扩展。

这座黑色金字塔曾是他力量的源泉，旨在吸收死者的灵魂，就像用渔网捕鱼。而现在大多数力量都已消散，在灭世之力的残暴军队的蹂躏下化为了废墟。

但这一次，无论是在规模还是用途上，它都远超先前的黑色金字塔。它构造中的每一个元素都是为了把魔法本身的原始成分从沙许边界吸引到它的核心。那些维持死亡之界的魔法将通过金字塔的折射和反射集中在一起，原始魔法将汇聚成更有用的形式。它已经过千万年的时间建造，由一代又一代的工匠所组建，那些活人、死人。而现在，它已完成，只等待他来实现它的功能。

他的灵魂急速掠过通道。他所过之处，那些骷髅仆从都发出抽搐，跟随着他们的主人走向金字塔中空的中心。这个中央大厅由建筑物的中心向外延伸，从顶石到基座，金字塔的每一层都有一排支柱划分层级。

当纳迦什的灵魂像一团黑云进入这个巨大的房间时，站立在支柱间的沉默监工在数个世纪之久的岁月中第一次动了起来。他们将新来者引导向从各层延伸到数百个紧贴金字塔内核平台的通道与壁架。

金字塔内核则与其他建筑结构形成了鲜明的对比。它是一根由参差不齐的影晶所构成的扭曲脊柱，由顶石的内部一直连接到金字塔顶部闪着微光的紫晶石笋丛。脊柱呈网状向外延伸出发光的弯形结构。这个内核和它的骨网构成了无数个不同大小和形状的面影，而所有这些也都闪耀着邪恶的能量。

对纳迦什而言，这些光太刺眼。它正散发出病态的能量。他能感到黑色金字塔的可怕饥饿感几乎同他本身的一样强烈。它贪婪地抓着他的精魄，但他早已习惯，并能轻易摆脱它的吸引。它正以界域的力量为食，吸收着死亡之风的力量，而他也会如此。

当他的颤骨死灵奴隶们进入这间大厅时，许多骷髅劳工都被拉了起来，被吸引到了紫晶能量汇聚的风暴中。纳迦什正吸取他们的本源为自己所用。他高效地将这些亡灵奴隶拆解，然后用他们组合成自己的新身体。

死亡之神举起一只新制成的手，感受着新骨头的重量。他心满意足地走上了最大的一条通道。那些身穿生锈旧黑盔甲的远古战士都在他经过时屈膝下跪。颤骨死灵的冠军勇士和领主，以及来自一百个骸骨封地的国王与女王，都在这位被他们尊为神明与皇帝的大能面前卑躬屈膝。而卑微的奴隶和工匠也趴下身子，跪拜在他们命运的主人之前。纳迦什扫视着这支沉默的队伍，甚是喜悦。

在监工们的催促下，骷髅们成群结队地穿过走道，来到贴近核心的巨大平台上。每一个平台都有一个磨盘似的影晶石环，上面装着转动的骨制辐条。这些装置沿着核心排列，从上到下，一个挨着一个，沿着脊柱向上。每一个圈的边缘都雕刻着古怪的印记，泛着苍白色的光芒。

"是时候了。"纳迦什说，最后一具骷髅也已经就位。竖井的墙壁随着他的话语嗡嗡出声。同时，他的仆从们都僵住了，他们闪着巫术光芒的眼睛盯着他。"到你们该去的位置上。让它们转动起来，让时间也屈服于我的磐石意志之下。"

王公与奴隶们没有血肉的肩膀靠向每一个轮子的辐条。当骷髅推动辐条时，石环开始移动。空中回荡起雷鸣般的刺耳声响。紫色的闪电沿着光网向外扩散，击中了竖井上光亮的墙壁。

轰隆声响起，来自遥远的下方。它颤抖着穿到金字塔上部，摇晃着它倒立的地基。松散的墓沙像干雨一样筛落。纳迦什仍站在最大的通道上，他伸

出了爪子，聚集起了空气中噼啪作响的能量。凭着精准计算的动作，他将闪闪发光的魔法束绕在他的前臂，就好像锁链一般。当他拉紧这些魔法链时，迸射出了灼烧的能量。他无视了那样所产生的痛苦。毕竟，对一位神明而言，痛苦又算得了什么？

面对着核心，纳迦什收集了越来越多的魔法链，而他庞大的身躯也好似一位指挥家。紫晶闪电从他身上爬过，向中空的地方飞去，让他充满了足以击碎天穹的力量。这不再是从他的界域边缘所抽取的原始魔法，而是净化之后的形态。

他将手中的魔法链向后拉去，将他的力量传给他的仆从。当他们向前推时，他则向后牵拉，让这台巨大的机器运转起来。在他周围，多面的墙壁开始缓慢移动与摩擦，毫无疑问，黑色金字塔开始绕顶石旋转上升，和他设计的一样。

建筑旋转得越来越快。而在它下方的死去太阳则发出了明亮的火光，好似在痛苦之中，然后爆发出了一声灾难性的巨响，那震动直入尼克海姆无形的底部。冷火化成的河流沿着金字塔的两侧流向底座，或席卷洞穴的墙壁。尼克海姆自身也好像受伤了一样在颤动。

洞穴底部开始摇晃和移动。随着金字塔的旋转，数百万骨头都开始发出咔嗒声，就像一个巨大的骨制旋涡，整个地底世界也开始运转起来。在不断旋转的金字塔上，一股骨头与破损灵魂的风暴开始盘旋。

在金字塔的中心，纳迦什通过发亮的影晶感知并看到了这一切。他看到紫色闪电的条纹伸展出来，当他们冲破尼克海姆和其他冥界的边界时，绽放成了一股股狂暴的元素火焰风暴。当紫色闪电深入其他领域的超自然物质时，就像钩住一片牛肉的肉钩一样。他们渐渐地被拉到尼克海姆，融入了不断扩大的旋涡中。

纳迦什仰起头，大吼一声。他感到自己正处于崩溃的边缘，他试图控制这股要将他撕裂的巨大能量。唯有他的意志阻止他屈服于他释放的力量。一个次级神明或许早就在这呼啸中湮灭了。他抓住魔法风暴，将更多的魔法吸进自己体内，拉紧了穿越世界的锁链。

在金字塔外面，尼克海姆正在崩溃，形状发生了改变。冥界随着震动的建筑向下崩塌，在它周围转换，成为新的东西。

回响的能量扩散至整个沙许。透过他仆从的眼睛，纳迦什能够看到纳迦什扎的天空变为了紫黑色。兽人因他们的肉体从骨头上脱落而发出哀号,随后便倒了下去。数十亿的骷髅脸圣甲虫从旋转的云层中倾泻而下,吞噬着那些完好无损的绿皮。当纳迦什扎的地面开始塌陷和下沉时,纳迦什发出了大笑,低沉、响亮且长久。很快,每个界域都感受到他在这里所做之事的回响。因屈服于他的意志,现实也将发生改变。

他的笑声因周围影晶的破裂而停止。有东西在光滑的地底深处移动。它们缓慢地从黑暗中出现:大片无形的虚影。房间里的空气逸散出热铁、腐坏的血液、酸肉等奇怪味道。他听到了锋利的羽毛摩擦声和巨大链条的碰撞声。他感到看不见的苍蝇在他的头顶上飞来飞去,它们的嗡嗡声在他中空的身体里回荡。

似乎有一张脸掠过了裂开的地面。它无声地抱怨着,但纳迦什根本听不懂它的话语。它用的是一种只有神才能分辨出的声音,正降下诅咒。他侧过身,一把火焰包裹的刀刃击中了房间的另一面。更多的裂痕从受击点延伸出来。纳迦什并没有退缩。在他左边,几只大爪子,像是巨鸟的爪子,抓着影晶;而在他们对面,又有一只无力的兽爪,它肮脏不堪且满是伤痕,在墙面上留下了气泡样的疙瘩。

一双双如垂死星辰般的眼睛直直地瞪着纳迦什,一声号叫则让整个尼克海姆晃动起来。由成千上万的碎剑和熔岩所构成的巨大尖牙,在自然力的狂暴中咬牙切齿。纳迦什举起一只手,嘲弄地打起招呼:"嘿,恐怖的老家伙们。看得出来我引起你们的注意了。"

灭世之力就像鲨鱼一样出现,被风暴从深渊中唤醒,他知道他们会来。他们咆哮着,把他们那非人的形象赤裸裸地挺进了他的领地。他们这样做是出于好奇,还是恐惧?

他感到他们突然向他施加了一种压力,仿佛某种巨大的重量正从各个角落强加于他。虚空透过墙壁环绕着他,就像被火焰所驱赶的徘徊野兽。"但你们来晚了。已经开始了。"他自语道。

有什么东西在吼叫,而巨大的黄铜火焰爪子则紧贴上影晶,将它压得粉碎。鸟类的一片阴影则透过顶部的墙面向下窥视,发出混杂多个声音的悄声低语。空气中弥漫着腐烂的臭味。如果他的奴仆还活着,他们可能会因这恶臭窒息而死。好似大地呻吟和群星死亡的尖叫一样的声音开始对他发出诅咒,要求

他停止。

他用自己的蔑视回敬他们的声音。"你们敢要求我做什么？吾乃纳迦什。吾即不朽。我已经在深处待得够久来积蓄力量。我将让群山粉碎，海洋枯竭。"

他转过身来，让他们一直瞪着他。"我将把太阳拉下，或将大地抛向天上。仅凭我个人的意志，所有的时间都将被点燃，而生命血液中的渣滓将被燃烧殆尽。在我之前将再无诸神，我之后也不会有。"他坚决地做了个手势，"万物皆归纳迦什，而纳迦什乃万物。"

当他话语的回音消失时，有东西却在偷笑。那是一个幽灵的声音，并不比风声清晰。纳迦什停了下来。有些事不对劲。他渐渐才明白，灭世之力不会来这里，除非他们是为了什么消遣。不是兽人，而是其他东西。他计划中有其他疏漏。

"你们又捣了什么乱？"他自语道。随后他就发现了。那熟悉的灵魂味道，闻起来又苦又有焦油味，随后就消散在了房间里的能量电流中。那些弱小的灵魂，就像玻璃碎片一样。裹着阴影斗篷的斯卡文发出嘶嘶声，在金字塔中快速穿梭时发出尖利的交谈声。他不知道这些鼠辈是如何用魔法躲开了这个地方的守卫。他也不在乎。他们现在出现在这里，这才是最重要的。

看来兽人并不是唯一来寻找纳迦什扎宝藏的势力。他抬起头，看向敌人虚无缥缈的面孔。"就这样，对吧，你们也就只能这样了？你们派鼠害来阻止我？"黑暗诸神的笑声持续着，变得越来越大。他被激怒了，他将一部分意识脱离了出去，进入了金字塔的深处，寻找骚乱的根源。而他的其余注意力则集中在完成他那已经开始的仪式上。

他半影状的面庞像一股冷风般扫过通道和走廊，但移动速度则远超任何自然之风。他在迷宫般的深处发现了他们，他们在凿开金字塔的基石。他们对玻璃般魔法结晶的渴望显而易见。斯卡文一直是一个贪婪的种族。

他们在这里偷凿他的劳动成果多久了？没被发现，一直到现在？当他们用工具刮着影晶砖时，紫色的闪电噼啪穿过墙壁。他们收集得越多，所造成的破坏也就越大。纳迦什注视着电弧，看着他们的路径，计算他们将造成多大的破坏。

在他记忆的深井底部，有些东西被唤醒了，他有一个模糊的印象，这一切以前都发生过。金字塔、他的胜利、斯卡文，这一切突然变得非常熟悉。

尽管他已成神明,他依旧无法清楚地回忆西格玛释放他之前的记忆,但他知道他曾存在过。他一直都存在。但他只能回忆起几个零散的片段。他的记忆就像被困在琥珀中的昆虫,有疯狂的痛苦和挫败,以及胜利和背叛。是这样吗?他曾经历过这一刻,或者类似的时刻,之前?这就是黑暗诸神嘲笑他的原因?他停了一下,考虑着。他头脑中的黑色时钟开始计算。

凡世界域是新形成的,建造在旧世的骨骸上。他们只是宇宙轮回的最新迭代,终有一天也会被粉碎并重组,就像他们之前的无数个现实一样,就像镰刀收割庄稼一样,万物都会终结。纳迦什知道且明白这一点,因为他就是死亡,而死亡是唯一不变的。但是,如果曾有一段时间他不是现在这样呢?

如果那个时刻再次到来呢?

如果这只是那不可想象之时的第一步呢?如果他以前也走过这条路,总是同样的开始和结局呢?

在这个想法的驱使下,纳迦什让自己的本源像墓地的迷雾一样弥漫整个走廊,尽管他的身体仍留在核心,正被紫晶闪电破坏。随着仪式的继续,他感到一阵剧痛,他在鼠辈面前起身,发出愤怒的吼声。他用雾状的爪子压碎了最近的一只鼠人。

当他死去时,他把所有的怀疑都抛诸脑后。如果这一刻曾发生过,那就顺其自然吧。结果将会改变。必须改变。不管结果如何,他都要坚持下去。他不会——也不能——被拒绝。时间本身会在他面前屈服。

斯卡文尖叫着逃跑,逃离了潮湿的雾圈。最慢的那只先死,一些影晶碎片随着斯卡文的抽搐和死亡而掉落在地面上。迷雾弥漫了他们扭曲的身体,将他们拖直,驱使他们去追逐眼前的同伴。死去的鼠辈抓着他们逮到的斯卡文,将大块的毛皮和肉块从他们畏怯的身体上撕下来。斯卡文陷入了暴力的混乱之中,他们在恐慌中互相砍杀,根本不分敌友。

如果这是第一步,他已经踏出,并且没有办法挽回。如果不是,那他还有机会完成他的计划。当最后一个入侵者在恐惧和疯狂中死去时,纳迦什把他们从自己的思想中释放。他们的遗体将成为他奴隶的一部分。而现在有更重要的事情要去处理。

入侵者的出现打破了金字塔功能的微妙平衡。他能通过他早已干涸的骨髓感觉到这一切。他们在某种程度上玷污了他,玷污了他的伟业。这一直是

灵魂之战

他们的目的。他现在看到一个相反的公式，从死灵几何学中演算出来，啃噬着他完美秩序的根源。那是一个意在让他崩溃的人为疏忽。

一如既往，他们总想破坏他带来的秩序。一如既往，他们总是取笑他的决心。他们派遣他们的奴仆去摧毁他的庙宇，对他施以上百次的羞辱。一次又一次，他们把他打倒在地，将他锁到一个又一个的坟墓里。他们把石头压在他身上，试图将他掩埋在一个可能会被永远遗忘的地方。灭世之力的笑声回荡在金字塔中，他周围的影晶全都出现了裂缝。

他们认为他被打败了。他们认为他会再一次被丢进他们安排的石冢里，一直安全地被人遗忘到下一个轮回。愤怒在他全身涌动，紫晶般的光芒在他骨头的裂缝中闪耀。

他不会被打败。他再也不会被埋葬。

"不要挡在不死之王和他所选的道路之前，你们这些弱小的神明。"纳迦什说道，"纳迦什就是死亡，而死亡不可战胜。"他一边说，一边让思绪快速地掠过整座建筑，以寻找弥补破坏的方法。他如此接近成功，不会失败。一定有办法。肯定有一个办法。他只需要细想一下。

骷髅们被墓风刮起，被拆解后又重新组合了起来，纳迦什使用这些身躯成了当下巨大压力中的支点。许多不死之王站了起来，一百双眼睛，一百双手，都服从于一个意志之下。他的众多分身用他们的肩膀撑起了塌陷的拱道和下沉的墙壁。"我不会失败。不再会。"他的话语通过每一个化身的嘴回响而出，他们对抗着金字塔的分解，发出否决的合诵。

随着震动的加速，影晶破裂了。一块块玻璃化的沙子错位，裂开，从他们原先的位置落到他身边。但是，黑色金字塔仍在旋转。纳迦什试图通过意识和形体，以及纯粹的决心来稳固整座建筑。尽管他已做出努力，但部分建筑仍脱离了原位，化为了尘土。通道坍塌下来，将他的数千仆从化为粉尘。

核心好像遭受苦痛般扭动着。裂缝沿着它的表面延伸，泄漏出里面的魔法。旋转的机械也随着内核的抖动而断裂破坏。骷髅们要么被甩到了墙壁上，要就摔入金字塔下方的深处。纳迦什忽视了这一切，专注于维持现在那些还未被建筑所过滤的汹涌魔法。那股力量灼烧着他，威胁着要将他吞噬。但他没有放弃。他的伟业不会失败。不会就这样失败。

"我不会被打败，害虫们。我不会被次级神羞辱。吾乃纳迦什。吾乃至尊之主。"他的否决声回荡在金字塔间。通过无数仆从的眼睛，他看到沙许正在蜷缩与扭曲，就如同冷风中的裹尸布。狂乱的魔法正向外奔涌，穿过紫晶沙漠。

　　横穿整个界域，一场黑光雨自晃动的天空中倾盆而下。百万个被遗忘的坟墓突然开启。在拱顶的古墓中，曾受人尊敬的死者再次醒来。幽灵则在暗影与隐蔽处现身。纳迦什发出无言的咆哮，然后将力量引向自己，他拒绝让它逃脱。就是他，他不会放手。哪怕界域分崩离析，哪怕群星燃烧殆尽，就让寂静统御一切。而纳迦什会承受这一切。

　　就在这黑暗诸神的嘲笑声中，他能感到整个界域在他周围弯曲，变了形。现实本身也在晃动，就像一棵被飓风卷住的树。

　　直到，他们的笑声息止了。

　　在漫长的沉寂之后……死神露出了微笑。

第二章

格林姆熔炉

格林姆熔炉的自由城

落日的余晖映在格林姆熔炉城之上。

天空暗了下来，逐渐变为埃莉娅从未见过的深紫色。什么东西让她感到一阵寒意，她回头看了下她一直在整理的垃圾堆。她必须加快速度，否则倒夜香的人就可能会抓到她，把她痛揍一顿。上一次她花了好几天才恢复过来。

埃莉娅又瘦又小，皮肤黝黑。她挨过了十个冬天，或者十一个，但看起来像只有八个冬天的年纪。她的衣服松松垮垮，上面都是补丁。她老练地一眼扫过垃圾堆，从菜贩子或屠夫丢弃的垃圾中挑出东西。她发现了一大块鱼肉，然后把它丢给了一只跟在她身边的小猫。

这条巷子中有十几只猫，要么在残羹剩饭中搜食，要么就靠被这些垃圾所吸引来的鼠害为食。它们中大部分是来自沙许本地的小黑猫，但有些则来自其他界域。体形更大的斑点猎猫来自辜尔，而那些体表光溜溜的无毛捕鼠猫则来自火焰之界——阿克夏的荒漠。

无论人类小姑娘走到哪里，猫咪们都会随行前往。它们就像绝命护卫一样陪着埃莉娅穿过昏暗的街道。它们从埃莉娅还在摇篮里时就喜欢她。她也知道这一点，就像她知道太阳会升起，而死人也会走路一样。她也知道天空不应该是紫色。她又抬头看了一眼，嘴里咀嚼着一小块糊状的东西。那东西不能饱腹，但至少能果腹。一只猫发出喵喵声，她抚摸起它来。这只长有花纹的大公猫因为她的抚摸，露出了带着伤痕的嘴唇。

她能感觉到猫儿们很不安。它们能感觉到风中有什么东西。"是风暴吗？"她轻声地问。有时沙尘暴会席卷街道。如果她因为沙尘暴回不了家，那她就得到任何能找到的地方去藏身。"我可以去地下墓穴。法鲁斯会理解的。"

公猫又喵了一声，似乎表示赞同，然后却突然僵住嘶叫起来。埃莉娅听到一辆夜香车驶来的嘈杂声，她立刻带着几只猫从小巷中冲出。她听到有人在后面喊她，但并没有停下脚步。

埃莉娅跑着穿过环形的街道，试图不去想天空和自己的饥饿。她跟着猫咪们，相信它们会带她走安全的路线。她赤脚跑着，她的脚掌已因整日在黄昏区的房顶和城墙上嬉闹而变得粗硬。脚下的鹅卵石很温暖，却也只是当下。黑夜降临时，它们就会变得冰冷。

在她周围，整个城市都在夜色中苏醒，这里的门框上挂着冰棘草和槲寄生，窗户上挂着镀银的镜子。身着黑色制服的点灯人，携带着气味浓烈的药草作为保护，他们将点亮每一盏挂在拱门和过梁的挂灯。她希望她的父亲，杜瓦克是这些点灯人中的一员，他们急需挣到钱。如果他没有掉进酒壶里，忘记自己的职责的话。

她还看到了自由行会的士兵，他们身着格林姆人的淡紫色与黑色相间的制服，正在夜巡。有些人带着长长的、削尖的阿克夏燃木桩以作防备，而有些人则拿着镜盾或装填着盐银子弹的手枪。格林姆熔炉的人们知道黑夜中的危险之物，而他们也早就做好了常规和仪式上的双重准备。

猫群带着她穿过了十二个大集市广场中的一个，这座城市的生活常常就围绕着这些广场展开。她从一辆夜香车前蹿过，引起收集者的一声惊叫，然后她闪过了一个蔬菜摊，顺手还拿起了一根苍白的萝卜。她很饿，况且顺食物并不算真正的偷窃。

她大口啃着萝卜，跳上了一个香料展板，随后在香料碗之间雀跃，并没有打翻任何一碗。猫咪们也在她身前身旁奔跑，穿过夜晚的人群。

虽然市场上愤怒的人向她的方向扔了几块石头，但没有人敢惹这些猫。这些骄傲的捕鼠者出现在这座城市的紫黑色纹章上并不是没有原因的。这些猫是这座城市最强大的守护者之一。除了清除鼠害，它们还能察觉到看不见的东西。许多出没于阴影处和小巷中的幽魂都被猫咪的嘶嘶警告声揭示出来。

埃莉娅跟着这些猫跑进了一条胡同——这个地区成千上万条胡同之一。在她头顶，窗户早已因为入夜而关闭，空气中弥漫着圣洁的药草和阴暗草火盆的味道。她听到了某处铁丧钟的回响，她知道那是黑衣行者正在附近巡逻。

钟声越来越响，她爬到了一个废弃的木桶后面。一排拖着长长人影的队伍出现在了视野中，他们正走过胡同口。黑衣行者们穿着深色的麻布衫，戴着同样深色的厚重兜帽，遮住了他们的五官。他们的长袍和兜帽上画着奇怪

的魔符，身上的锁链在擦过地面的鹅卵石时叮当作响。他们敲响的黑色丧钟让空气也发出战栗。他们用一种她听不懂的语言缓缓地唱着挽歌。她一直等到最后一个人消失，才从藏身处出来，走向西方的陵墓入口。

她的父亲说他们是祭司，但她不知道他们侍奉的是什么神。艾吉尔人似乎很憎恶他们，而生于沙许的埃莉娅也对他们很警惕。在光景好的时候，她的父亲经常给她讲一些故事，说那些死去的神的鬼魂会在他们破旧的神庙中出没，而人们也会在秘密的地方崇拜他们。埃莉娅一个哆嗦。人类的鬼魂已经够危险了。她低头看着蹲在她身边的公花猫。"我们得下去了。"她说。钟声渐渐远去。

胡同向下延伸。两边的建筑越来越高，仿佛在逃离周围街道的阴影。它们几乎遮住了正变为淤紫色的天空。猫咪们带着她来到了后墙，那里长着野生的黑荆棘和阴影草，遍布在碎石之间。她跟着它们穿过荆棘，走进一道墙缝。她被轻轻挤了下，擦伤了小腿，还磕了一下头。裂缝后面是一个勉强算是隧道的地方，里面的石头随意堆积着。

水汇聚在这里，冰冷的小溪在石头之间流淌着。黑暗吞噬了她。这里又冷又潮。市场的嘈杂声和丧钟的叮当声都消失了。她只能听到连续不断的滴水声和四足伙伴们的呼噜声。

它们带着她兜兜转转，穿过了黑暗的通道和狭窄的楼梯，进入了幽深的地下墓穴。埃莉娅穿过那些被遗忘的迷宫般的房间，穿过淹水的地窖和乞丐窝。这条路她已经走过一千多遍，当她走进黑暗的时候，她一点也不会像其他人那样害怕。

埃莉娅喜欢墓穴。它们远离了城市中的喧闹。她喜欢这条绵延数千米的寂静长街。她可以在刻进蜿蜒的隧道两侧中的陵墓和墓堆间漫步数个小时。它们一座接着一座，延伸着向上，或者是一直向下，取决于你个人的看法。在那些牵制着不安死者的镜子通道和银链构成的防护网之间，她自由自在地穿行。

还好大部分死者都在黑暗中得到了安宁。即便如此,凡人也不能到这里来。法鲁斯是这么说的。他就住在这里。她记得他只去过一次地面。

但她不想去回忆那一天。她的思绪刻意地避开，避开那段血红色、充满着喧嚣和愤怒的记忆。

第二章

猫咪们停下了脚步。她也如此。她蹲下身来，注视着眼前的黑暗。在那里，墙壁正在移动。同样的场景不会存在两次。有时，她会被自己的倒影吓到，或者发现自己被困在了一条根本不是隧道，而是一个由平面和巧妙角度所形成的胡同里。墓穴的守护者们喜欢这些把戏。但猫咪们总能看破它们，然后向她发出警告。

那只唇上有疤的捕鼠大花猫发出嘶叫。埃莉娅压低了身子溜到了路边。不一会儿，黑暗中就传来了沉重的脚步声。盔甲敲击着石头，就像黑衣行者的钟声一样清晰可辨。但这些战士侍奉的是在世的神明，而不是已经逝去的神。

从她的藏身处，她看到了这些高大的战士，他们身着黑色的战甲，手持着凡人很难举起的重武器，迈步走在大道上。在格林姆熔炉，雷铸军随处可见。他们守护着这座城市，使其免于危险，无论是地上还是地下。这些人的盔甲比她常见的要厚重，上面还有着让她起鸡皮疙瘩的可怕符印，他们还带着沉重的双手锤。

她感到一阵恐惧。雷铸军很吓人，但跟黑衣行者不同。他们就像是活过来的雕像，过于强壮和巨大，让人紧张。但他们无意伤人，她知道。至少，不会伤她。

两位战士停了下来，就在她藏身处的对面。他们低声交谈，让她的骨头都战栗起来。随后，一个战士转过身来，盯着她的藏身处。她屏住了呼吸。

"我看到你了，孩子。"他说，声音像岩石般轰隆作响。语调带着一丝不悦。

"我没有躲。"她喊道。

"听你这么说很好，因为你躲得并不好。"他蹲下身，巨大的手伸向蹭着他护腿甲的猫。那只小猫端庄优雅地接受了他的抚摸，然后甩着尾巴转身离去。"它们今天更多了。"他说。

埃莉娅走到空地，怀里抱着那只公花猫。猫咪怒视着雷铸军，好像他们是对手，而不是巨人。"它们陪着我呢。"她说，带着一脸骄傲，"它们是我的侍臣。"

"你的什么？"蹲着的雷铸军疑惑地问。

"她说的是侍臣，布里埃斯。"另一位插嘴说，"她觉得她是它们的女王。"

公花猫龇牙发出低吼。布里埃斯并没有理睬这只小动物。"法鲁斯告诉我们不允许你下来，姑娘。来吧，我会把你护送到出口。"布里埃斯向她伸手。

埃莉娅往后躲去，把猫抱在胸前。公猫又发出吼叫，附近的猫也发出警告的叫声。雷铸军停了下来。

"或许你该让她走，布里埃斯。"他的同伴低声建议道。

布里埃斯回头看了一眼："可是我们的命令……"

埃莉娅抓住了时机。她丢下猫，快速从布里埃斯伸出的手边溜走，用双腿最迅捷的速度逃走。他站了起来，想要去追她。但他的同伴拦下了他。他的声音在她身后隆隆作响。

"让她走吧，法鲁斯会处理她的。"

"这是浪费时间。"戈麦斯说，举起他的提灯。灯光洒在前方的道路上，长长的影子一直延伸到了城外的荒漠中。

格林姆熔炉的城墙高高耸立在格林姆人的小部队面前，直入黑夜。从外面看，霍尔曼·维尔中尉可以辨认出城墙表面那些不规则的弹坑。那是这座城市曾遭受多次围攻的标志。

更多过往的战争痕迹则在城墙边倾斜出的荒地上。残破的古代攻城机械就像孤零零的枯树，破碎的石块则散布在荒漠之中。维尔已经不记得上次的战争了。那时他还是个孩子。戈麦斯则记得，但他很少提起，也只有在他喝醉的时候才会说。

"外面一个人也没有。反正没有活人。如果有，那又有什么关系呢？"戈麦斯继续说着。他身材矮胖，黑紫色的制服凌乱不堪。但他另一只手里的剑却保养得很好。

"如果有的话，我们就必须履行职责，中士，确保他们安全进城。"维尔说，看了看他身后的人。算上戈麦斯，他带了五个人。这点人感觉完全不够，现在他们又远离城门。

外面太安静了。南侧和西侧的城墙边都有杂乱无章的棚户区，但附近却没有。这里曾流了太多血。他清了清嗓子，说："毕竟，总不能让人们在废土里扎营过夜，中士。那很危险。"

"而且也意味着他们不会给咱们付私下的过路费。嗯，中尉？"戈麦斯说。几个人咯咯笑了起来，维尔也点点头。

"没错，中士。每个人都要交过路费，如果他们想要进入我们的大门的话。"

维尔回头看了一眼格林姆熔炉北部陵墓城门的斜墙。陵墓城门本身就是座要塞。它们都是十二角形的堡垒，从城市的外围边缘凸出。每个堡垒都由十二个互相重叠的三角形堡垒组成，沿着城墙的弯面呈半放射状的结构排列。每一座城门都由一队格林姆人的连队负责。而北门，则由维尔所在的连队负责。

维尔还很年轻，这份新买来的差事让他不堪重负。他的家族里都是生意人，大部分卖啤酒，还有一些丝绸和香料生意，所以财富要多于声望。虽然这注定要发生改变，但维尔父亲的那番话却起了不小的作用。维尔获得了格林姆人军队中的职位，而他的妹妹也加入了侍奉西格玛的行列。如果一切顺利，不出几年，维尔的家族名望就可以同城市中的主要家族相提并论。

如果一切顺利。如果没有行尸吃掉他的内脏，或者没有鬼魂让他心脏停止的话。他的未来有很多晋升的机会，即便弗斯克队长看起来不太会让位。他一想到这个就皱眉，弗斯克年事已高，但依旧顽固地守着他的位子。就像装饰城墙的滴水嘴兽。更糟糕的是，弗斯克对自己当前的位子很满意。

"我知道这个表情。"戈麦斯低声说，回头看着他，"是想到老弗斯克，坐在他温暖的屋子里，小口喝着茶，而我们则要在外面，又黑又冷？"

"希望他一直待在里面。"维尔说，对下属的洞察有些恼怒，"否则我们今晚一点过路费都收不到。你说的那些商人呢？你说他们会从这边过来。"人们往往会避开进城的队伍，寻找一条更简单、更便宜的进城路。但只有无知之人才会在夜晚也这么做。

"我说的是有人说他们可能这么走。"戈麦斯不耐烦地纠正道，"值班的人没有看到他们。前一分钟他们还在排队，下一刻就不见了。我们在城门都抽不到油水了。老弗斯克希望我们巡逻，而不是检查走私品。"

"或许他知道搜出来的一半走私品都进了你个人的口袋，中士。"一个士兵说道，引起一阵哄笑声。戈麦斯转过身，亮出了他的剑说："打住吧，赫克。你们剩下的，都安静。你永远不知道这里有什么人或者什么东西在窃听。"

赫克和其他人都沉默了下来，而维尔则打量着他的中士。戈麦斯在同阶中要算资历老的了。在他没喝醉的时候，他还算是一个好军官。而他也知道怎么做好账面，让他们能领到比分队人数多三分之一的薪水。

而这些，加上夜晚巡逻陵墓城门时的私下过路费，让维尔累积了一笔可观的收入。等他攒够了钱，他就计划再买一份更加合适、舒服的差事。或许

是在内城。外城几乎没有什么前景。他的思路却被一匹马的嘶鸣声打断了。

戈麦斯也停了下来。维尔走到他身边问:"看到什么了?"

"没有,但我听到了。"

那匹看不见的马又嘶鸣了一声,这次声音更响。它听起来很害怕。风吹了起来,卷起的沙尘刺痛了维尔的双眼。提灯的光闪烁着,戈麦斯放低了它。马蹄声正踏着地面,好像那只动物正匆忙地转着圈。维尔听到了金属碰撞的声响,是马钉和马具的声音?

"那是什么?"赫克突然说道。维尔看向他。

"什么是什么?"

"我告诉过你闭嘴了,赫克。"戈麦斯低吼道。

"星星……星星怎么了?"赫克说,他的声音逐渐尖厉。

维尔抬头看去。星辰似乎在摇晃,一种紫晶色的光芒在夜空中向四处扩散。他听到沙子的嘶嘶声,就像被风暴卷起,又像低语的声音。他尽量不理会这声音。

在他眼前,群星暗淡,都被笼罩天空的紫晶色薄暮所吞噬。维尔把目光从天际移开,然后看向戈麦斯说:"群星怎么了?"

戈麦斯的回答被一声恐惧的尖叫声和一阵飞驰的马蹄声打断。一匹没有骑手的马从他们身边疾驰而过,维尔急忙将戈麦斯推向一边,小队的士兵也被冲散。当维尔起身时,他从黑暗中的某处听到了一声尖叫。接着就是一声接着一声。

"豺狼。"他说。

"不,不是豺狼。"戈麦斯说着,把提灯晃了晃。但他什么也没看到,除了在战争废墟上飘荡的鬼火。尸光在远处的沙丘顶上摇曳,维尔突然转身,他听到身边有什么东西,突然间在反复呼吸。

一个人突然开口咒骂,转过身来。"有东西碰到我了。"他说。

"可什么也没有。"赫克说。

"它碰到我了,我告诉你!"

维尔想责骂他们,但他闭上了嘴,一句话也没说。空气变酸了,他感觉不安。有些事不对劲。他环顾四周,看得出其他人也有同样的感觉。随后他抬头看了一眼,但很快又移开了视线。星星都去哪里了?

"中尉，我们必须返回城墙。"戈麦斯嘶哑地说，他的脸在灯光的照射下显得惨白。他看起来吓坏了。维尔从来没有见过戈麦斯这般害怕，而这也让他感到恐惧。他点点头，把手放到了剑柄上。

"我完全同意，中士。快跑，伙计们。"

没有人反对。当他们沿路匆匆返回时，所有过路费的念头都抛诸脑后，风也停了。

对维尔来说，好像整个沙许都屏住了呼吸。

护堡领主法鲁斯·塔姆悠闲地站在深渊边。圆形的裂口隐藏在格林姆熔炉那延伸至地下墓穴的中心。洞穴的周围则是由石壁所制成的古老石柱，它们支撑着洞顶，上面还刻有无法解读的文字。

每个石柱间都有几百个龛室，每个龛室都有一具被亚麻布和蛛网包裹的木乃伊。受过赐福的铁链和银链穿过每一个龛室，好像是为了保持尸体的静止。更多的龛室，则以同样的布局沿着深渊的弯壁一直延伸到无光的深处。铁链织就了一张在龛室间的大网，每一个连接点都挂着祷告的绶带和圣洁卷轴。

脸上涂着灰和圣膏的凡人祭司，坐在皮制吊具上拉着铁链前行，他们嘴中不断低声祈祷。而其他年事已高且干瘪不堪，并无法再安全地使用铁链穿行的祭司，只能蹒跚地走在深渊的边缘。他们敲响银铃，然后对着墙壁上的龛室洒出从艾吉尔的纯洁河水中所收集的水滴。他们从一个角落到另一个角落，循环往复，遵循着多年前的路线，那是法鲁斯第一次出任万坟总管的黑暗日子时所定下的路线。

法鲁斯是巡墓者战庭的一位军官，其隶属于神锤圣砧军团，是天界领主莱诺斯·巡墓者的副官。他身着受赐福的西格玛神铁护甲，手持战戟和守护神灯。法鲁斯的职责就是守卫。作为一座不可动摇的壁垒，执行他的天界领主所布置的任务。在过去的十年中，他都一直看守着万坟和它们里面的东西。

他咬了一口手中的苹果，享受着汁液的苦涩。他的腰带上还挂着一袋苹果。那是他为数不多的乐趣之一。这些苹果能让他想起一些美好的时光，有时能让他瞥见记忆中那遥不可及的花园。在他脚边，他的鹫犬格里普，正心满意足地吃着一只老鼠的残骸。

别的雷铸军可能会因为这样单调乏味的任务而烦躁。但对法鲁斯而言，

这是他放飞自己创造力的好机会。他是护堡领主,他站在哪里,哪里就会不可避免地建起堡垒。地下墓穴也同样如此。他将这座古老的大墓地变为一座由虚假的街道、镜面胡同和无处可去的大街所构成的混乱迷宫。法鲁斯认为,即便是艾吉尔的猎人也不能在没有帮助的情况下走出他的迷宫。

"天空变为紫色了。"

法鲁斯叹了口气。"埃莉娅。"他低头看着他手肘边的苍白小脸,"我想我告诉过你不要下来,孩子。"他好奇她是怎么躲过了自己的巡逻队的。

"是的。"埃莉娅在格里普身边蹲下,然后抱住鹫犬。那只野兽打着呼噜,用它的喙轻轻推了下女孩。埃莉娅抬头看向法鲁斯说:"你听到我说的了吗?我说天空变成一个古怪的颜色了。"

"我听到了。你今天吃了吗?"孩子看起来营养不良。她的父亲把大部分的钱都花到喝酒上了,法鲁斯知道。那个男人失魂落魄,就和这座城市中的许多人一样。埃莉娅哪天也可能变成那样。如果她能活到那个时候。街道对孩子而言并不安全,即使是在西格玛的城市。他想着她的话,伸手拿了一个苹果。"紫色?"他问。这不寻常。他瞥了眼附近的墓穴,确认它仍被封印着。

"紫色,"她说,"就像沙尘暴来之前,不过更暗。"

他把苹果扔给女孩,依旧思考着。"慢慢吃。我不想你像上次那样肚子痛。"他看着她咬了一口,"你是怎么走到这里来的?"

"猫咪们帮我的。"

法鲁斯低头看了看,一只黑色的猫正蹭着他的腿甲。"当然是它们。"他看向埃莉娅。她又脏又瘦。就跟他第一次见到她时没什么两样,不过她那时大叫着,哭她的母亲,或是说曾是她母亲的东西,想要从她身上摄取生命。他把这个回忆暂时搁置一边。

"按理说,我应该把你送回地面上。"他说。他之前就做过,对其他闯入者。事实上,他对他们的处理更加严厉。西格玛曾经下令任何生灵,除了那些被选中的虔诚与圣洁者,都不得靠近万坟。"可能,还要再打你一顿,让你记住。"他含糊地补充道。她没有回答,正忙着吃苹果。

虽然法鲁斯不会承认,但他还是很欢迎她贸然的出现。有时,看着她,他就从她脸上看到了另一张面庞。另一个孩子,来自另一个生命。就像苹果一样,她能让法鲁斯·塔姆回忆起过去的自己。在他从一道闪电中失去又重获所有一切以前。

这是软弱的表现，是他防御的漏洞。但无论他多么努力地尝试修补它，它都会再次打开。而他内心也有点为此高兴。格里普抬头看着，发出咆哮声，它脖子上的羽毛竖了起来。法鲁斯又咬了一口他的苹果。"你迟到了。"他一边说一边咀嚼着。

"抱歉，大人。这个地方……太难定位了。"那是一个女人的声音，就和他的声音一样响亮，但并不深沉。

"谢谢，我花了很多年才把它建成这样。"法鲁斯打量着这个新来者。卡莉丝·埃尔坦也是一位战士和巡墓者战庭的军官，和法鲁斯一样。首席解放者把她的西格玛神铁盾挂在背后，一只手握着挂在身后剑鞘里的战刃剑柄。她把头盔抱在另一只手臂里，露出长着雀斑的橄榄色面庞和一头剪得很短的黑发。

这些特征很眼熟，足以唤起一阵模糊的内疚悔恨。早在埃尔坦从艾吉尔来到此地的几个月之前，他就见过。法鲁斯看向埃莉娅，但这孩子没有理睬新来者，只是专心吃着苹果。宽慰中夹杂着少许悲伤，他又把注意力放回了埃尔坦。

自从她最近自铸神铁砧重生之后，首席解放者已经经历了至少一百场战斗，她多次表现出的顽强让法鲁斯也自愧不如。她天生就是位防御者，而战术上的敏锐也让她得以荣升高位。"你的部队是最近才调来这里驻防的。"他开门见山地说，"你知道为什么吗？"

卡莉丝迟疑了，说道："我想我知道。"

法鲁斯点点头。"很好，我就不用再解释了。用不了多久，只要几个月，你就会被派到上面去。但每一支部队都要忍受一段时间的黑暗，如果他们想在光明下作战的话。我想这不会对你造成什么不便吧？"

"我的战士和我随时为您效命，大人。但我不知道地下墓穴中有什么需要守卫的东西。"她环顾四周。她的目光很敏锐，很精明。她善于观察。这是好事。许多雷铸军都不太在乎他们战刃范围之外的事物。

"这是片秘密之地，姐妹，你会习惯的。"

卡莉丝心不在焉地点点头。"我知道。"她看着埃莉娅。那个孩子正好奇地看着她。或许她从来没有见过非男性的雷铸军。"显然还有猫和孩子。"

"在格林姆熔炉,这两样都很多。这是你要习惯的另一件事。"他低头看着女孩,"我需要跟我的姐妹谈谈。走吧。回到城市里。还有别来坟地玩了。你不想被鬼魂或者骷髅抓住,对吧?"

埃莉娅蹦蹦跳跳地跑走了。法鲁斯等她从小路上消失,才转向新来者:"你需要了解穿越迷宫的安全路线。他们每天都会变化,但总有一个规律。"

"又一件要习惯的事?"

法鲁斯侧过头。"即便如此,死者会对此感到困惑。他们是有习性的生物,出没在熟悉的地方,只在他们生前走过的街道上游荡。"他停了一下,打量着她,"弱小的灵魂会被镜墙困住,或因移动的墙壁而迷失。"

"死者会经常在下面发动攻击吗?"

"比你想象的要频繁。"法鲁斯向下凝视着深渊,"他们不是总能被上面的墙所困住。有时他们会绕更多路。我们周围的墓穴都是不安的灵魂。有些会逃出去,这不时会发生,必须把他们都抓住。"

卡莉丝点了点头,说道:"不能相信死者。"

"至少在这里不行。"法鲁斯微笑着说。那是一句沙许界域的老话。他好奇她是不是还记得从哪里学来的这句话。但心中又有点不希望如此。"但自从几年前'不屈者'瓦斯巴德试图攻城之后,他们一直保持着安静。我是说,除了通常的午夜游魂、锁缚魂及惊吓鬼之类的。"他看到首席解放者并没有看他。转而,她正盯着埃莉娅离开的方向。他皱了皱眉,"你可以畅所欲言。"

"那孩子,"卡莉丝说,"她是乞丐吗?我有一瞬间觉得自己认识她。"

"不。他的父亲是位点灯人,在他没喝醉的时候。"他犹豫了一下,小心翼翼地想着接下来的用词,"她的母亲……死了。两次。"

卡莉丝看着他。法鲁斯把苹果核扔给了格里普。鹫犬在空中咬到了它,然后将它咬得粉碎。"她的妈妈——那个曾是她母亲的东西——某天晚上来找她,在几年前。我想是在你成为我们中的一员之前。带着墓盐和坟土的味道。我驱逐了那个生物。"他难过地笑了笑,"从那之后,那孩子就成了我的小影子。"

"你就让她下来了?"

"我阻止不了她。她比猫还难管,总能发现黑暗中的新道路。"他挠了挠下巴,"毫无疑问,是个挑战。"

"她可能会受伤。"她有些不赞同,还有些别的情感……愤怒?或许是关心。

他苦笑了下。

"是的。她知道。但我觉得她不在意。"法鲁斯轻拍了下脑袋,"孩子们通常对自己的耐性有过高的期望。我还记得这些,还是凡人的时候。"

卡莉丝迟疑了一下。"你还……"她话没出口,意识到自己很唐突。法鲁斯等着。在神锤圣砧军团中,问这种问题不太礼貌。过去已成往事,往事如同尘埃。而尘埃会粘在你身上,甚至当你觉得已经摆脱它时,它依旧在那里。

"是啊。"他说,又一次感到曾经所熟悉的痛苦。他一如既往地欢迎这种情感。苦痛提醒他为何而战。就像随着时间流逝它也会提醒卡莉丝一样。如果她还记得自己的过去,以及自己曾失去过什么。"在我们获胜之后,或许有一日我能在某一个冥域中找回他们的影子。"他摇了摇头,"至少,我喜欢这么想。尽管不太可能。"

"那么,你觉得战争会结束吗?"

"我觉得我们必须心怀希望。不只是为了我们自己,也是为了像埃莉娅这样的孩子。不然为什么还要战斗呢?"他拍了拍她的肩膀,"你刚来格林姆熔炉。迟早会了解到希望是我们在这片黑暗之地中所拥有的最强大的武器。更重要的是,它还可以保护你免受敌人的伤害。"

"那么我们在这里面对的是什么样的敌人呢?孤魂野鬼?"卡莉丝轻敲着战刃的圆柄,"他们不会比灭世之力的奴仆更可恶。"

法鲁斯大笑了起来。他的声音在山洞中回响,惊扰了在高处栖息的蝙蝠。"死者在此地无法安息,无论它看起来多安详。"他说,"一个巨大的声音在这个界域的黑暗中心呼唤着他们,激起他们的愤怒。让他们变得疯狂。"他撑着战戟,向下凝视着巨大的深井,"我自己听过那声音,我能明白。"

"你听到过——他。我是说,纳迦什的声音?"

"你也是。你最近重铸过,不是吗?"

"没错,但……我什么也没听到。"

"你听到了。只是回忆不起来。如果你真的没听到,那你的灵魂足够幸运。"法鲁斯看着她,"纳迦什是死亡之神,而当我们消逝时,他就会来索债。他想抓住我们,即使我们飞去艾吉尔。他把我们灵魂夺走,以他无尽的贪婪。"

"你怎么知道这些?"

"我听过。我也学习。"法鲁斯笑了笑,扯动了他的伤疤,"如果你想活下去,

"最好也这么做,姐妹。我们很强大,但我们也必须明智。界域不会原谅任何愚者。"他笑得更放松了,"不过,还是有乐趣的。"他把手伸到腰带上的袋子里,又拿出两个苹果,把一个递给她。

"想要一个苹果吗?我从市场上买回来的,那是我难得重见天日的机会。没有什么比好苹果更好了,我总这么说。"他把一个给她,"一个坏嗜好,我承认,但仅此而已。"

卡莉丝接下了苹果,盯着它,就好像从没见过似的。他笑着做了个手势。"你吃吧。"他说。

"我知道苹果是什么。"

"只是确认下。我发现,有些经历并不寻常。比如,在我重铸之前,我从未见过巨鳍空鲨。然后还被一只吃过。"

卡莉丝呛了一下,然后盯着他。"什么?"

"很明显,我活了下来。要杀我可没那么容易。但那依旧是个我不愿提的回忆。"他在手掌中颠起苹果,"这也是为什么我愿意从这些小东西身上找乐子。"

"那你为什么让一个凡人孩子下来玩呢?"

法鲁斯咬了口苹果,看着她。她愣了一下,然后看向别处。"抱歉,大人。我多嘴了。"

法鲁斯又咬了一口。他知道最好什么也别说。要怎么解释,怎么措辞?

他顿了一会儿后,说:"我不会因为你说出真相而惩罚你。在下面,我们必须信任彼此。我们不能怀疑与我们一起并肩而战的勇士们。在沙许消逝是件可怕的事,姐妹,尤其是对我们这样无法像常人一样死去的人而言。你会学到的。但我会尽力保护你免受于此,两次死亡对任何灵魂而言已然足矣。"

她还没来得及回答,一阵颤抖穿过了房间。格里普突然站了起来,每一根毛发和羽毛都颤抖着竖了起来。猫群嘶叫着四散而去,寻找安全的地方。鹫犬发出尖锐的叫声,法鲁斯也丢掉他吃了一半的苹果。"听起来你的第一场考验就要开始了,姐妹。有些事不太对劲,这也意味着需要我们出场。"

"是什么……"卡莉丝刚说,第一股冲击波便袭来。

法鲁斯几乎因房间的颤抖而摔倒。石柱出现裂口,从基座上断开,然后砸到了房间的地板上。大团的尘土从地上断裂的石柱中升起。

"这是什么，怎么回事？"卡莉丝问道，她勉强站稳脚跟，"这正常吗？"房间在颤抖，就好像在打寒战一样。石柱碎裂倒塌，锁链所构成的网也在下方叮当作响。

法鲁斯懊恼地吼道："不。这下面的每一天都是冒险。"他将战戟底端顶在地板上，支撑着自己。他看到祭司们正爬向安全的地方，但深渊中的锁链上仍有被困住的人在哭喊。他想到了埃莉娅，一阵担忧。一瞬间，他想派人去找她，但他打消了这个念头。他的职责是保护这间墓室，以及在里面的东西。埃莉娅必须靠自己了。至少目前如此。

在迷宫的某处，丧钟发出响声，发出了警报。他举起一只手。"听——钟声。"墓室中的十二条主干道各自都有一套钟，它们有着自己的音调，高悬在防御塔上。当一条主干道遭受威胁时，驻扎在塔楼的祭司们就会敲响钟，从墓穴中召集支援。

有些是银色的神庙钟，而有些则是巨大的黄铜钟，是沦为废墟的城堡里的战利品。现在所有钟都响了起来，这是因为刚才席卷墓穴的冲击波，但钟声中有一组则有着特别的含义——那是一种沉重的声响，同雷鸣般势不可当。"阿恩兹的黑钟。"法鲁斯说。

"什么？"

"这边。沿着灵魂大道。"他向钟声传来的方向走去，格里普跟在他脚后。他大步走出房间，在骚乱中寻找道路，一边对附近的祭司做出手势。"你们所有人都到安全的地方去。别管锁链了。快走！"凡人们纷纷离去，身体健全的人帮助伤者离开。卡莉丝快步跟在他身后。

"我的部队。"她开口道。他们经过落石堆，法鲁斯看到尘土覆盖的破碎四肢从一堆堆瓦砾下面伸出来。一群祭司正在疯狂地抢救那些被困住的人，而法鲁斯只得用手势和咒骂强迫他们离去。任何被这些巨石砸中的人不是死了，就是将要死去。他听到尖叫声，声音在远处的隧道和石堆中回响。

"你的部队应该已经朝那个方向去了。如果他们察觉得到的话。"他看了她一眼，"你尝得到吗？空气变酸了。"小块松动的石头拍打着他的战甲。墓穴感觉即将崩塌。一瞬间，他好像看到了他们像凡人祭司一样被压在成吨的碎石之下。但他甩开了这个景象。

在数百个石头扶墙所构成的不平坦拱门之下，灵魂大道沿着深渊的北部

边缘延伸，被无数根闪烁的蜡烛照亮。扶墙是在法鲁斯的命令下由瑞文氏族的工匠所打造的。他们是早已从古老家园流落，转而在沙许安家的矮人。而格林姆熔炉，就是他们的新家。

这些壁垒挡住了一大堆静止的坟墓，让它们杂乱地叠在了一起。它们曾整齐地排在斜坡上，每一排都由巨大的台阶和走廊所连接。但时间和灾难让它们变为了一堆乱石，只有靠矮人们精心打造的壁垒才能保证它们不会完全倒塌。

一座陵墓从它原先的位置脱离，滑落斜坡，在滑落的过程中将一个小的拱顶撞到了一边，最后撞进了扶墙上，将它撞塌。雪崩一样的碎石危险地飞溅到附近，滚到通道上，瞬间，一切都笼罩在了灰色的尘土中。法鲁斯咳嗽着，挥着手，试图清扫空气。他眯起了双眼，看着紫色的光亮在尘埃中舞动。"哦，不好。"

"什么？"卡莉丝咳嗽着说。

"空气——感觉到了吗？这是……"

格里普咆哮着发出警告。法鲁斯凭借着本能，用长戟扫出一击。一具腐烂的尸体向后倒去，尸首分离。更多的尸体蹒跚着从尘埃中走出来，向两位雷铸军伸出他们残破的手指。他们身上缠着裹尸布，嘴被缝起，而眼睛则被布带遮住。然而这些都不能阻碍他们。他们在诡异的沉默中逼近。紫色的火光在他们颤抖的四肢上舞动，穿过了他们腐烂肉体的裂口。

格里普向前冲去，咬住了一条干瘪的腿。鹫犬将那具行尸拖倒，将它拖走。卡莉丝架起盾牌，挡住了冲向她的尸体。她抽出战刃，从手腕处砍下了摸索着抓她的手。法鲁斯看着她战斗，分析着她的战斗技巧，而他也用战戟挥出一记横扫。一位战士的作战方式也能映射这位战士的灵魂。

卡莉丝的战斗方式很谨慎。她决不做无意义的额外行动，她战刃的每一击都精准无比。她在自己周围创造了一座钢铁牢笼，根据时机的需求适当地扩大或收缩其范围，处处显示着高效。

一具尸体撞向法鲁斯，破碎的手指在他的胸甲上抓挠。他把它扫到一边，然后让它摔倒在地。更多的尸体从尘埃中蹒跚而出，正因驱动它们的魔法加剧而颤抖着，逐渐失控。他脚下的地面传来震颤。下面涌来一声雷鸣般的巨响。他甚至还能听到尖叫声及呼喊声。

随着他的战士们对威胁做出反应，更多的钟声在整个墓室中响起。法鲁斯设计了很多策略，并以此训练他的战士们。钟声的顺序会告诉他们要做什么，去哪里。但从来没有这么多钟声响过，从来没有同时响过。

空气中的灰尘越来越厚重，覆盖在他的战甲上。滚起的尘埃让他一时间看不到卡莉丝。当另一根石柱倒塌时，他能感到地面的震动。地面剧烈地颤抖着，他几乎不能站稳。石头碎裂，锁链断开。幽冥的面孔在尘埃中凝聚，片刻后又消散。他看到格里普将另一具行尸拖到地上，而他则将战戟挥舞成紧凑的环形，将其他行尸逼退。似乎有数百具行尸正从四面八方而来。

卡莉丝退到他身边。"我们被隔绝了，无路可去。"

"那我们就坚守此地。"法鲁斯说。他想解除他的守护神灯，但又放弃了这个念头。它发出的圣光对死者毫无影响。还是用老办法对付它们更好，蛮力。他用战戟挑起一具扭动着的尸体，扔向它的同伴，将几只砸倒在地。但更多行尸又再次逼近。

空气突然消散，有什么迅速而明亮的东西划破了黑暗。一支嗖嗖作响的箭射穿了一具行尸的头颅，让它旋转着摔到了地面。更多箭矢跟着第一支，将更多的行尸射倒。尘雾随着雷铸军们的出现而像布匹一样撕裂，他们如同狼群一样冲向行尸。

三位惩戒者在尸群中杀出一条路，他们雷霆般的战锤击倒了挡路的行尸。解放者和裁决者在他们身后缓步跟进，终结任何躲过先前惩戒者战锤电弧挥击的行尸。法鲁斯认得领头的战士——布里埃斯，首席惩戒者。

他身着其军团的厚重护甲，上面装饰着死亡与好运的符号。他优雅轻松地挥舞着他的战锤，就好像艺术家在挥动他的画笔一般。

他将四具尸体摔到地面上，对法鲁斯喊道："嚯，护堡领主，你需要支援吗？"一具行尸又站了起来，而他则掐着它的脖子将它拽起，就像它没有任何重量一样。

"如果我需要的话，我会第一个找你，布里埃斯。现在，告诉我。"法鲁斯说道，紧抓着首席惩戒者的前臂，"我听到了钟声。"

"沉睡者苏醒了。"那位高大的战士低沉地说，"整个墓穴都是低级行尸。就好像有人来到了每一间墓室，把它们一下全都唤醒了。"他抬头看了看，快速地闪到一边，躲开一块坠落碎裂的石块，"而整个墓穴的连接处都裂开了。"

"它们会撑住的。"法鲁斯自信地回答。

"我担心的不是这个。"布里埃斯咆哮道,"这些地震甚至会把封闭得最严密的坟墓也震裂。那里有整个隧道中最不该活过来的东西。"他高举着挣扎的行尸,将它摇起来,以示强调。它的脊椎断开,然后惩戒者厌恶地咒骂着将它扔向一边。

"除了行尸之外还有什么糟东西?"卡莉丝问道。

在坟墓外的某处,有什么东西发出尖叫。一声低沉,长久的悲伤哀号,声音在破碎的石堆间游荡。法鲁斯看着卡莉丝:"我认为你最好不要问是什么,尤其是在这里。"

卡莉丝摇了摇头说:"抱歉。"

在他们上方,巫术的光点在坟墓间舞动。而在他们身后,一阵巨大的喧闹声从深渊中传来,就好像许多低沉的声音在发出呐喊。法鲁斯不安地瞥了下在深坑边支撑壁垒的石柱。布里埃斯说得没错。是有什么东西唤醒了格林姆熔炉下方的所有死者。

"这可能……某种法术,或许?"布里埃斯问道。

法鲁斯摇了摇头。"如果这样,那它和我们之前所见的都不同。"

另一声尖叫响起。更多的声音加入了那地狱般的合诵。它们的回声在房间中回荡,并不断加入别处的声音。这声响就好似整座墓穴所发出的号叫。

"护堡领主——看。"卡莉丝指着。

一层薄雾似的东西开始从斜坡上飘下来,速度越来越快。它冲过了坟墓,穿过破碎的门道,倾泻过损坏的柱廊。紫光的微粒在它内部盘旋,随着它接近雷铸军而愈发明亮。法鲁斯猛地用战戟敲击地面:"列队!列队!举盾向前!"

解放者们匆匆地组成了一面盾墙。法鲁斯很满意地看到卡莉丝没有等他的命令就已就位。西格玛神铁铸造的战盾紧紧贴在一起,形成了一面牢不可破的壁垒。裁决者举起弓箭,越过解放者的头顶齐射出一轮噼啪作响的箭矢。箭矢飞驰而下,在薄雾中传来闪电的爆裂声。薄雾却毫不畏惧,继续席卷而来,加速前进,发出更猛烈的尖叫声。

法鲁斯暗想:这可不妙。"撑住!"他吼道。布里埃斯和他的惩戒者向前迈步,高举起闪电战锤。

"我更想跟行尸作战。"首席惩戒者说。

"我也是。"法鲁斯说。他举起战戟。格里普蜷伏在他身边，羽毛竖立，抽打着尾巴。薄雾顺着斜坡滚滚而下，弥漫在扶墙上，鹫犬发出了哀鸣般的尖叫。许多张扭曲的面孔出现在了薄雾之中。那是一团持续滚动的幽冥怨念。

是午夜游魂。这些可怕的鬼魂毫无躯体可言。它们有些是冤死的不安灵魂，而有些则是被黑魔法从它们原先的肉体里抽离的，因而只得永远游荡于世。无论来源如何，它们都变为了同样的东西——可憎的不死之物。

片刻，号叫的幽魂所构成的迷雾便冲到了盾墙上，然后翻滚而过。西格玛神铁的战刃，放出噼啪作响的艾吉尔闪电，顺利地穿过了这股迷失之魂所组成的回旋风暴。虚弱的幽灵如同烟雾一样散开消失。但更加强大的鬼魂则伸出它们虚无的鬼爪刺入雷铸军的战甲。死者不会被轻易杀死，但它们却能轻而易举地伤害生者。

纤细的鬼爪滑过面具的孔洞，雷铸军们因窒息而踉跄。破碎的刀刃和灵体武器向下挥砍，有时毫无作用。而有时刀刃还会反常地深深咬入盔甲之中。雷铸军们只得依靠他们那非同寻常的战技才能免于痛苦的死亡。战刃闪过，驱散、逼退了一些灵魂。但这远远不够。

"挡住他们。"法鲁斯咆哮着，"布里埃斯——把他们赶回去！"

布里埃斯和跟随他的圣骑士们的打击比他们其他兄弟更加高效。闪电战锤噼啪作响地挥出，发出嘶嘶作响的能量，被击中的灵体立刻在抽搐中烟消云散。但他们仅有三人，不可能无处不在。

法鲁斯大声下令："裁决者们——放箭！"随后挥出战戟，砍断了一只午夜游魂的迷雾般的脖子。在他的命令下，裁决者们放箭射击那一团饱受折磨的灵魂，进一步将他们驱散，但这并没有维持太久。

法鲁斯听到卡莉丝的叫喊，看到她摇摇晃晃地往回走，一只扭动的幽灵紧紧地附在她身上。一只非自然的长手插入了她的胸膛。"不！"他挥出战戟。利刃砍进那鬼魂朦胧的身影里，它疼得抽搐起来。他的一击将它从她身上扯了下来，并迅速将它驱逐。在她向后摔倒的同时，盾墙也开始瓦解。法鲁斯在她身边蹲下。

"你还活着吗，姐妹？"

"我……我想是的。"她喘着气，紧紧捂着前胸，"那……我曾……我想我

曾感受过那种冰冷的疼痛……"她看着他,睁大了面具后的双眼,"我看到……"她摇了摇头,似乎很困惑。他知道她感受到了什么,那是一股几乎被忘却,但又突然涌来的感觉。"那是什么?"

"死亡。"法鲁斯平静地说。在不远处,又一位解放者发出一声被勒住的尖叫,一只鬼魂正穿透他的盔甲,用它冰冷的鬼爪抓停了他的心跳。那位战士倒下时,他的身体化为了噼啪作响的天蓝色闪电。伴随着战栗的咆哮雷霆,他的灵魂向上抽离,回到了艾吉尔,回到了铸神铁砧中,并在那里接受重铸。

法鲁斯畏惧着避开那道光。他还没有经历过第二次死亡,如非必要,他也无意经历。他向下伸出手,抓住了卡莉丝的战甲后部。"我们是巨人,升至天庭,又降下凡间,以清除世间邪恶,并守护一切美好。"他一边吼着,一边将她拉了起来,"坚守此地,力拒邪敌。"他看着她,"站起来,姐妹。"

"我没事。它……它……我感觉到它,在我心里。抓住我的心脏。"她紧紧抓着自己的胸口,"我的盔甲什么用也没有。"

"它让你活了下来。"法鲁斯咆哮道。他摘下了自己的提灯,把它挂在自己的戟尖。光亮所照之处,幽灵也纷纷退缩。它们并非混沌造物,但仍是腐化之物。

"现在做好准备。它们又来了。如果你必须牺牲,那也要站着战死。"他高举起战戟,让提灯的光亮足以照过盾墙,"守住,兄弟姐妹们。一步不退。"他"砰"的一声将战戟砸向地面,那盏守护神灯的光亮开始熊熊燃烧。

"不管发生什么——我们坚守此地!"

第三章

西格玛星环

阿克夏，火焰之界

在图尔恩香气四溢的阁楼中，恶魔们发出尖叫。裹着丝绸和银链的凡人奴隶和战士逃离了这非人的哀号，他们的双手紧紧捂着刚刚爆裂的双耳，血淋淋的双眼紧紧闭合。他们有些人徒劳地想去远处的帐篷寻求缓解，有的则走到费尔斯通平原的崎岖岩石上喘息，更有甚者走向荒野，跌跌撞撞地走进阿克夏夜晚压抑的黑暗里。但没有任何一处能摆脱这些恶魔的尖叫。

在玫瑰阁楼中，图尔恩的剑子手——六阁之主哈沃克瓦尔德，他的面部正因尖叫声的逐渐增大而抽搐，他往自己的高脚杯中倒了一杯酒。他是一个高大的人，皮肤因日照而晒成了古铜色。他身着黑色的丝绸和金色的战袍，上面印着六十六句（译者注："六"是色孽的圣数）色孽的圣言。他曾英俊潇洒，但一个多世纪的战争经历足以使任何东西失去原先的光彩。

他站在一个玄武岩的高台，上面铺有厚重的毯子，并被破碎的丝绸帷幔所遮挡。各种武器和盔甲散落在高台周围以及石板台阶上。他的奴隶们在逃跑前所丢弃的空酒壶和装着腐肉及水果的托盘也散布其中。

在他身后，恶魔的尖叫声又增高了一个音调，他手中的酒壶摇晃着，在啪啦声中出现裂纹，酒也溅到了他的盔甲上。他叹了口气，嗅了嗅酒杯里的东西。这是一种精酿的葡萄酒，由生长在火山口的葡萄酿成。他尝了尝，皱起眉头。恶魔的尖叫让酒的味道变酸。他将高脚杯扔到一旁，转过身去。

在由熔岩龙蜥皮制成的巨大地毯所包裹的地面上，数十只欲魔正在扭动翻滚。但并不像它们往常那样兴高采烈。通常，这些色孽侍女都宛如诗歌的化身，优雅又令人陶醉。可现在，它们却没有任何风姿，像饱受疟疾折磨般扭动翻滚。它们的尖叫变得更加刺耳，而他的耳膜正被一种独特的疼痛刺激着。

但就像所有新的感觉一样，它很快就变得令人厌倦。"够了。"他咆哮着，伸手摸向他的剑子手剑刃的剑柄。这把巨大的双手剑为他赢得了如今的绰号

和六阁的统治权。"要么停下别吼了,要么就别想活了——快点选。"他从褐色的皮制剑鞘中拔出这把巨剑,将它高举过头,然后走向最近的恶魔,"不管这是什么游戏,它已经变得索然无味。停下。停!"

那只欲魔仍继续号叫着,用甲壳类的爪子撕扯着它那雌雄同体的面容,好似看到了什么无法承受的东西。不久前,这些生物还像往常一样活蹦乱跳,以供他消遣。但片刻后,它们就陷入了这奇怪的痉挛中。他以前从未见过这样的景象,但这新奇的景象并没有使他兴奋,反而使他越发不安。

他犹豫不决地握着拳头。随后,地面开始震动。地震的力量几乎让他跌倒。地面崩裂,喷出里面的火山气体。随着恶魔们的尖叫,颤抖也愈发剧烈。它们也逐渐变得疯狂起来,开始撕扯彼此与地面。它们似乎被逼疯了,或许是更疯了。

一只欲魔突然摇摇晃晃地踏着蹄子,哭哭啼啼地向他冲去。它对着他盲目地挥砍,嘴里一遍又一遍念叨着一个好似名字的词语。哈沃克瓦尔德厌恶地用一记挥砍将其斩首。地面起伏震动,他摇摇晃晃地走到了门口。

他前脚刚踏上空地,就听到了骨头的碰撞声,他抬头看去。那些被他处决之人的头骨都装饰在巨大的帐篷边缘,每一颗都镀上了黄金,并点缀上鲜花与宝石。一道诡异的绿光在他的注视下快速地掠过了一颗颗头骨。随后,它们发出噼里啪啦的声响。他忽然听见有上千个声音同时在他耳边响起。它们之中有些在尖叫着,似是在它们不再能感觉到的痛苦回忆中,或者是为了他们无法实现的复仇。

他高兴地笑了出来,他的目光则被头顶的天空吸引。天空似乎与饱受折磨的大地一起在颤抖。紫色的光纹正慢慢地穿过黑夜,而颤抖也越发狂烈。他惊叹地看着头顶的星辰正一颗又一颗地熄灭。

他低语道:"多美妙啊。"

西格玛隆,西格玛王城。

拜尔萨斯·阿鲁姆靠在椅背上叹了口气,他黑金色的战甲发出声响。奥法领主揉了揉眼睛,更多是出于习惯,而不是因为眼痛。他合上了正在研习的书籍,将它放到了他左边书堆的顶部,然后又伸手去拿下一本。这张宽大的书桌由一整块黑色的石板构成,上面铺满了小山似的纸,成堆的书卷、莎草纸、矮人的珠书和奇怪的金色饰板挤在一起。蜡烛如同小塔一般竖起,在混乱的书桌上投射出一片苍白的光芒。

　　拜尔萨斯，同其他雷铸军一样，都比凡人要高大。他穿着神锤圣砧军团那黑金相间的制服，身披象征其军职的战甲与长袍。一根由黄金与西格玛神铁所制成的华丽权杖放在桌子一旁，其顶部有着闪电风格的装饰，并闪烁着柔和的光亮。

　　他只在参战时佩剑，但几乎不怎么用，因为这不是他的职责。他不是护堡领主，并不需要让自己身处激烈的战斗中心，他是奥法领主——一位以太法师并兼任一个圣咒战庭的统帅。无边风暴的狂怒听从他的调遣。如果一个人已拥有闪电之力，那再精良的刀剑与战锤又有什么用呢？只需一个词，他就能劈开岩石或驾驭疾风，同雷电一样迅疾。

　　拜尔萨斯捋了捋他的黑发。他仔细研究着，紧盯着眼前的书籍，好似一位战士在打量一位新的对手。这本书的封面由阿克夏的熔岩龙蜥的猩红色鳞片做成，上面还有着铜钩与带子。那上面印着符文，但并不是矮人的。他用手指轻敲着它，研究着他的进攻路线。他曾对这本厚书展开多次围攻，但均以失败告终。这需要仔细斟酌。它由一种未知的符文字体构成，并由未知的手镌刻，来自一个未知的作者。这就是一个谜团。

　　他瞥了一眼旁边的头盔。它表面镀有黄金，并在额头和脸颊的防护位置印有符文法印。他轻轻地敲着它。"我能像呼吸一般轻而易举地唤来闪电。我是以太风暴的主人。我能窥视任何生灵的内心，我也曾用自己的心智对抗过黑暗诸神。但我却无法破解这则密码。"他皱了皱眉头，"至少目前还没有任何进展。"

　　拜尔萨斯打开书，小心翼翼地不把它弄坏。"或许今天就能有进展。"他翻了翻前几页，研究起那些熟悉却生涩难懂的一行行文字，以及奇怪的他认为是某种药草的图案。但这是什么品种？又是在哪里发现的呢？他伸手去拿一只高脚杯。他看都没看就举起杯子，却发现里面空空如也，只剩下些许酸渣。他盯着杯子，一时不知所措。

　　"我敢发誓我刚才才满了一杯酒。"他大声说道，随后叹了口气，伸手去拿旁边的酒壶。结果发现也空空如也。他把酒壶放到一旁，寻找着负责这种卑微工作的新晋牧师的踪迹。他愣了一下，回过神来，才想起自己要求独处。显然，他们遵从了他的指令。他看了看四周。

西格玛隆的大图书馆一片寂静。光线透过高高的长方形窗户在尘埃飞扬的空气中留下道道光纹。由光滑的石头和硬木所制成的又高又重的书架要么排列在墙边，要么独自矗立着，这些书架的数量甚至已经延伸出了他那超常视野的范围。这样同心半圆形的书架摆列正映射着图书馆自身的形状，一个世界中的另一个世界。

身着天蓝色长袍的男女祭司在书架间的阴影走道上静静地走着，他们为老主顾取书，或补上先前被借走的书籍。祭司们身上由铁链所拴着的厚重记录册都印有西根迪尔——艾吉尔的至高星的标记。通过这些记录册，他们可以记录是哪些人，在什么时候，读了什么书。大部分祭司也都身着武装，但都是轻型装备。即便在艾吉尔界域，图书馆也是危险的场所。

大图书馆是这座伟大的王城中最古老的建筑之一，也是为数不多的在每个世纪都扩建的建筑。神王的使者们走遍凡世界域去寻找深奥知识，并将他们发现的一切带回西格玛隆。在它下方的某处，在光明圣堂中，一万两千名祭司——并不全是人类，还有精灵——正孜孜不倦地抄写并记录着这些知识。

那些早已消逝的民族的知识和不可计数的历代圣贤与先知的智慧全都聚集于此，在这玻璃与岩石制成的穹顶之下。所有想使用这些知识的人都可以通过他们的指尖获取。这个想法让拜尔萨斯心头一颤。曾经，在他模糊记得的一生中，他就像这样从一个书架到另一个书架虚度光阴，寻找着可能出现的启示。满足自身的求知欲也是他沉溺的一种嗜好。

而现在，他有了一个比扩展自身更加伟大的目标。他已经历重铸，被赋予了超越凡人的身体和能力。他已成为一台必要的引擎，并由一位神明的智慧所指引。拜尔萨斯低头盯着那本书，希望它能交出那顽固隐藏的秘密。他曾破译了上千本这样的书籍，将来也会破译这一本。不会有其他结果。

"奥法领主。"那个声音因岁月而变得又轻又细。拜尔萨斯因这突如其来的打断而略微恼火。但当他看到是谁在对他说话时，这股烦恼便消散了。说话的是位年长的牧师，他全身都被蓝色长袍和官职锁链所包裹。他黝黑的皮肤上刻有已经褪色了的卡勒姆荒漠中利剑氏族的天庭文身，而他的双手和脸颊上还留有年轻时留下的伤疤。

"阿德菲馆长。"拜尔萨斯礼貌地打招呼道。自他重铸后就认识了这个老者。那时的阿德菲还只是大图书馆的一位新人，双手沾满了血迹，而内心也满是狂热。而现在，火焰已经熄灭，血迹已经干涸，但拜尔萨斯还是能从这佝偻的身形中看到曾经那位年轻战士的身影。

"我想我没有打扰到您吧。"老人说，他没等拜尔萨斯回答就坐到了他的对面，看了看那本书，"啊，圭尔芬克密码。一个难解的对手。有人对我这么说过。"

"五十年。"拜尔萨斯苦涩地说，"我已经尝试破译的时间。"

"我知道。我来这里上任那天您就在这里研究它，那时我还只是个新人。"阿德菲笑了笑，"结果还是没破译它，大人？"

拜尔萨斯扬了扬眉毛，说道："是在嘲笑我吗？"

"向您承认，是有一点。"阿德菲举起了空荡荡的酒壶摇了摇，"您的酒没了。"

"我可能已经坐在这里好一会儿了。"

"从您上次要食物和饮料已经过去两天了，据我的兄弟们说。您盯着这些满是灰的古籍和书卷可真是够久的。"

拜尔萨斯皱了皱眉毛，难怪他的后背和肩膀会有轻微的疼痛。"我过去用过比这更久的时间。"他生硬地说，"如果我在这里打扰到了你，还请原谅。"

阿德菲面露微笑。"只有您才能让道歉听起来像是一种冒犯。"

拜尔萨斯加深了皱眉。这位老者养成了举止亲昵的习惯。好像他的年龄让他不需要对长者表示适当的尊重。"如果我没有打扰，那你为什么来打断我呢，馆长？"

阿德菲指出："有人来拜访您了。"

拜尔萨斯眨了眨眼睛，转过身去。另一位奥法领主，他身着至圣骑士军团的银色与天蓝色相间的战甲。泰罗斯·火鬃举起他的法杖致意。"别害怕，拜尔萨斯，我是来把你从强加给自己的放逐中解救出来的。"他的声音响亮而出，甚至吓到了在图书馆高处筑巢的小星辰飞龙。这些带有翅膀的爬行动物发出嘶叫声，纷纷掠过书架，扬起一团团灰尘。但泰罗斯并不理会它们，即使有一只从他耳边飞过。他法杖的金属底端碰在石头地板上发出叮当声，每响一次，阿德菲就微微抽搐一下。

"泰罗斯。"拜尔萨斯简单地打了个招呼，又把注意力放回研究上。

图书馆馆长站了起来。"我不会再打扰你们，两位大人。"拜尔萨斯看着这位老者蹒跚而走，有些困惑。

过了一会儿，泰罗斯靠在了桌子上，用他的指节支撑平衡，银色的西格玛铁甲深入木头。这位身材魁梧，留着红胡子的奥法领主只是咧嘴一笑。他有着一张宽大的脸和鹰钩鼻，给人一种凶猛的印象。"还在打猎吗，啊，拜尔萨斯？抓到什么了吗？"

"恐怕没什么重要的线索。"

"那就有点浪费了，不是吗？"

拜尔萨斯叹了口气道："我怎么打发空闲时间是我的事，兄弟。"

"我只是好奇你最近有没有见过太阳。"

"我有足够的光线。"

泰罗斯皱了皱眉头，挺直了身子。"那好吧，我是来把你从这些灰尘朋友中拉出来的。你有职责待命。铸神铁砧需要我们。"

"现在吗？"拜尔萨斯又叹了口气。圣咒战庭的诸多职责之一就包括监督重铸的过程，这是让那些在战斗中死去的雷铸军通过重铸以重获新生。这个过程并非没有危险，同时还需要特别的战士们来迎接这些重铸者。这些战士需要能协调以太之力，并能以西格玛之名控制天界的原始能量。

"已经一周了，拜尔萨斯。十二个战庭已经轮岗了。现在需要新的十二个战庭来接替他们的岗位。这就包括他们各自的奥法领主。"

"一周了？"拜尔萨斯向后一靠，伸了伸懒腰，"我想，这就难怪我这么饿了。"他来图书馆之前什么也没吃。是知识在支撑他——即便不能，也足矣。

泰罗斯哼了一声。"那恐怕得等等了。"

"也好。我没心情吃东西。"拜尔萨斯小心翼翼地把书本叠好，站了起来。他把蜡烛的火焰捏灭，取回了头盔和法杖。泰罗斯则不耐烦地等着，他粗壮的双臂交叉抱在胸前。

"我把你从书堆里挖出来多少次了？"他低沉地问道，"十几次？二十几次？你为什么在这里花这么多时间？"

"就像你说的，我在打猎。这是我们的职责，还记得吗？"拜尔萨斯指着古籍大声说，"我在这片古籍森林里搜寻猎物，沿着他们可能走过的古老小径。"他比自己想表达的还要激动，但是他忍不住了。他想要的答案就在这些记录中的某个地方，他对此深信不疑。

在大图书馆的某个地方，在这些古籍和卷轴中，就有能解开诅咒所有雷铸军缺陷的关键。死亡并不是雷铸军服役的结束，那些在战场上牺牲的战士会经历重铸然后重回战场。但并不是没有代价。除了少数例外，那些重铸者都或多或少改变了一部分。那些从铸神铁砧走出来的战士与其说是凡间战士，不如说他们是披着血肉皮囊的风暴。

随着与灭世之力战争的爆发，重铸过程中的副作用也逐渐显现，变得越来越明显。在圣咒战庭的职责中，寻找到这一缺陷的解决办法已变得至关重要。

泰罗斯摇了摇头。"我怀疑我们要寻找的答案是否会在这些记录里。中古旧世已连同它的所有秘密不复存在，兄弟。我们必须从现在的界域中寻找答案，而不是过去。"泰罗斯是位天生的冒险家。他宁愿花时间从破碎的废墟和阴暗的古坟中搜寻答案，而不是研究古籍和卷轴。

拜尔萨斯皱了皱眉。"这也太无知了，即使对你来说，泰罗斯。"

泰罗斯看着他，眼神平静。"我知道你把时间全埋进书堆了，所以已经不知道怎么跟别人说话了。所以我会原谅你这次的耿直，拜尔萨斯。"他举起了一只拳头，"下次再说我无知，我就一拳打烂你那漂亮的鼻子。"

拜尔萨斯眨了下眼睛。随后，他苦笑着点了点头，说："抱歉，兄弟。"

泰罗斯哼了一声。"我理论上比你更强，你知道的。"

"理论上。重铸时间差几个月有什么区别呢？"

"我会把你的话告诉克诺索斯的。他准会放心。"

拜尔萨斯酸酸地哼了一声，没有回答。泰罗斯则咯咯地笑了。

两位奥法领主并行离开了图书馆。西格玛隆在他们身后现身，这是一座由白色尖塔和金色以太圆顶构建的王城，建造在云彩缭绕的天界山山坡的上端。它已经扩建了数千年。它的墙壁和走道现在遍布在雷鸣的峭壁上，而远方起伏的山峰——现在几乎都被铸造厂和工坊所取代——形成了一道由西格玛神铁与天青石所构成的牢不可破的圆环。

在遥远的上方，那颗至高星——西根迪尔，正向下投射出光芒，它永恒的光芒照射着城市与山脉。西根迪尔从未离开过它的岗位，即便是最严厉的灵魂，也会将它作为坚定信念的源泉。沐浴在它光芒之下的西格玛隆，就如同一座天海星空中的岛屿，在黑暗中四射出闪亮的金光。而在其山巅之上，拜尔萨斯知道，坐落着寂静的至高海姆的废墟，那是诸神的议会。自从西格玛的众神殿解散之后，这座巨大的城市已被永久废弃。除了西格玛最信任的

顾问之外,任何人都被禁止踏入那里。即便如此,任何访问者也只有在神王本人的陪同下才能进入。

巨大的风暴将它们的愤怒宣泄到以太穹窿的最高处。它们的力量被集中进城堡的锻造间,而雨水则被抽取至遍布王城的花园与树林。城堡那天蓝色的拱顶不断地回响着工业的嘈杂声,巨大的通道和城墙上也都是熙熙攘攘的人群。整个西格玛隆似乎都在活力共振。

拜尔萨斯和泰罗斯轻松地穿过了人群。他们大部分都是仆人,于是纷纷给雷铸军让路。西格玛隆也是上千个凡人侍从的家园。许多人会在拱顶和花园工作,其他则是担当抄写员或者抱着一大堆羊皮纸的信使。少数荣幸的侍从会被允许在王庭的内院工作,那里便是西格玛本人的宫廷。

除了侍从之外,还有来自艾吉尔海姆和艾吉尔等其他大城市,包括星塞和天坞的代表们,以及他们的随从。他们中有身着华丽制服的自由行会队长将军,也有来自遥远界域港口的贸易亲王,他们为了在远方的界域进行金融投资来寻求西格玛的祝福。

这些人都带着豪华且隆重的旅行队伍,有随从和异国服饰的保镖,其中包括穿戴黄金装饰的炽焰屠夫、凶残的食人魔,还有一支队伍,后面跟着一个笨拙的巨人,他正安静地跟在女主人身后。

"王城最近变得拥挤了。"泰罗斯说,这个庞然大物刚好踏着脚从他们身边经过,他转过身来,看着巨人,"曾经,这些街道上只有西格玛的神选战士。"

"曾经,我们担心失去诸界域,艾吉尔将独自漂泊。"拜尔萨斯独自大步向前走着,根本不理会从他身前像鹌鹑一样散开的凡人。"西格玛隆鼓吹这样的生活才是我们遵循正道的标志。"

"说话带着学者的自以为是。"

拜尔萨斯瞥了一眼另一位奥法领主。"兄弟,我参加过战斗。但我能看到眼前更广阔的画卷。如果你能睁开眼睛,你也可以。"

泰罗斯大笑着说:"兄弟,有时我担心你太关注你的画卷而忽视了更精美的细节。"他在拜尔萨斯反对之前,就举起了手做出了投降的姿势。"但我凭什么能否认你?我们都是风暴之主,得益于西格玛的恩典。"

"是的,这是一个我不会质疑的事实。"

泰罗斯开始放声大笑,吓了附近的凡人一跳。迟疑了一会儿,拜尔萨斯也笑了起来，但并不吵闹。至圣骑士军团有着更多欢乐的灵魂，而神锤圣砧军团则相对克制。但无论他们持有怎样不同的观点，泰罗斯依旧是拜尔萨斯所信任的少数灵魂之一。他有着坚如磐石的信仰，能坚持不懈地履行自己的职责。这都是拜尔萨斯所尊重的品质。泰罗斯抓住他的肩膀。"来啊，兄弟，战车还在等着我们。还有西格玛星环。"

拜尔萨斯抬起头。在西格玛隆遥远的上空，位于西根迪尔的南边，西格玛星环环绕着玛勒斯，那中古旧世的遗骸。这是一座由灵魂工厂锻造间和实验室所构成的人造圆环，它是破碎旧世密室的所在地，也是铸神铁砧的所在地。只有少数几条路连接这座世界环与王城。其中大部分路段通行都很缓慢，甚至最快的以太飞船也需要几天才能到达西格玛星环。但雷霆之门却可以把人瞬间从西格玛隆带到西格玛星环。

雷霆之门由西格玛设计，并由葛朗尼铸造，它矗立在巨大的绕着王城外围永远旋转的星象仪堡垒群的中心。每一座堡垒都被连续不断投下的闪电所笼罩。闪电会被巨大的振荡圆环所延伸、吸收，而不会噼啪地落向下方的石质平台。

只有身着被祝福的西格玛神铁才能安全地穿过闪电，进入堡垒中。因此，除了雷铸军外，其余人都无法进入这些通道。

当他们一起穿过通向其中一座星象仪堡垒的石道时，拜尔萨斯将目光投向了天空中旋转的群星。从某种意义上来讲，艾吉尔的天空很有活力。虽然寂静无声，但它会像海浪一样翻滚，碰撞。群星忽明忽暗，世界在这永恒的舞蹈中旋转。有时，如果有人盯着这黑暗看得太久，那黑暗中似乎会浮现出非人的面庞并凝视回来。

而最近，拜尔萨斯知道最好不要凝视天空。无论是什么东西在群星的面纱后面观察，都远比他要强大，而他也没有要去吸引它注意的理由。那是诸神的事。

他们穿过闪电的帷幕。拜尔萨斯因闪电的触碰而感到精神焕发。他举起自己的手，将闪电引向自己然后让它划过自己的护手。当他们进入星象仪堡垒内精心雕琢的巨石拱道时，他释放了这道闪电。

堡垒内部有一个圆形房间，大部分的闪电都被吸引下来，然后在无数天蓝色的镜子间反复折射。当闪电来回投送时，它的怒气也被消散，其能量被

用来驱动一座巨大的发条装置，这座装置由数个位于房间中心的同心圆环组成。此时正在一个巨大的平台下咯吱作响。而空气中则弥漫着臭氧的味道。

当他们进入房间时，一个笨重的身影向他们打招呼。护堡领主从闪电驱动的机器阵列前转向他们，他的脸藏在面甲之后，无法辨认。他戴着西格玛之锤的金色纹章，盔甲上有着激烈战斗后的痕迹。只有最值得尊敬的战士才享有守护星象仪堡垒殊荣，那是他们在极端困境中英勇奋战的印证。而护堡领主戈格斯的战绩则远超这一要求。

"召唤闪电吧，戈格斯。"泰罗斯开门见山地说，"我们需要到上面去，我得忙一阵了。"

护堡领主举起他的战戟，打量着他们。"我还以为你们会早点来。"他用责备的声调嘟囔着。不远处，一只鹫犬侧身躺着，抬起头看了看，它用惺忪的睡眼盯着他们，随着一声抱怨的叫声又躺在了地上。

"我得把他从书里挖出来。"泰罗斯说。

拜尔萨斯没有理会他，而是恭敬地向护堡领主问候。"抱歉，戈格斯。时间从我身边溜走了。"

戈格斯点点头，好像这是意料之中的事。他挥出战戟，指向平台。"站到平台中心上去，奥法领主。西格玛星环在等着你们。"

他们照着他的吩咐走过去。几乎同时，平台开始转动。在他们下方，齿轮开始转动，发出刺耳的咆哮。组成了平台外围的圆环开始各自运作，直到整台设备成为一台星象仪。圆环开始旋转，越来越快，当他们摆动时，闪电也在他们之间伸展。刹那间，拜尔萨斯只能看到一片模糊而强烈得令人目眩的深蓝色光亮。

"我讨厌这一步。"泰罗斯咆哮道。

拜尔萨斯什么也没说，他只是靠着自己的法杖。丝缕闪电划过他战甲凸起的边缘，有的聚集在他法杖顶端。空气中弥漫着铁与铜的味道，一时间，他觉得脑袋好像塞满了棉花。紧接着，随着一声令他全身骨骼都颤抖的雷鸣，蓝光开始消散。随着光亮的消失，星象仪的圆环也慢了下来，一个接一个地平缓落下，重新回到了平台周围。当最后一丝光亮消失时，他们已经来到了西格玛星环。

他们站在一个宽阔的台子上。这是雷霆之门的复制品，它暴露在星空之下，而不是存放在房间中。闪烁的蓝色提灯排列在通往高台的道路两旁。这里没有守卫，至少拜尔萨斯没有看见。但他感觉到有守卫在看着他。风暴的通道不会无人看守，而西格玛星环的守卫也永不停息。

他本能地抬起头，目光看向玛勒斯，它正悬在西格玛星环最高尖塔的上空。这红色的圆球像是一道天空中的伤口，发出暗淡的光芒。不像西根迪尔的光芒，它的光照带来的不是决心与慰藉，唯有悲伤。玛勒斯提醒着人们凡世界域是这宇宙轮回中的新迭代，以及西格玛和他的神选战士失败后，会有什么样的结局在等待着他们。

拜尔萨斯盯着这个世界的外壳，觉得好像有什么东西在那里等着他。他有些渴望穿过它核心的中空洞穴，葛朗尼的闪电动力机器在那里挖掘原始的西格玛神铁矿石。他想去看看，并触摸这个他所了解的一切的前世，所有他自以为知道的东西。

但他知道不要抱太大希望。玛勒斯禁止任何人踏入，除了西格玛自己。拜尔萨斯最希望的就是有一天能翻译并阅读到少数那个世界仍留存的历史。它们大多被锁在大图书馆的心脏深处。尽管任何学者都可以阅读他们，但很少有人能读懂。无论那个遥远的年代说的是什么语言，现在都无法了解了。

"很漂亮，不是吗？"泰罗斯在他们走下平台的台阶时说，"就像一段无法回忆的难忘旋律。"他抬头凝视着那红色的世界，"有时，当我看向它的时候，我能听到它的低语。那是被遗忘生命的刺痛回忆。有时我想，在另一个时代，我可能就在那个世界上行走。"他叹了口气，"那受诅咒的光芒深入你的骨髓。"

"或许它一直就在那儿。"拜尔萨斯喃喃地说。他经常和泰罗斯有同样的感觉，仿佛玛勒斯在呼唤他，就好像他曾是其中的一部分。神锤圣砧军团中的许多人都有同样的感受。他们内心中的某些东西与中古旧世会产生共鸣，但他们说不出原因。拜尔萨斯将这些想法放到一边。他今天找不出这个问题的答案，或许永远找不出。"来吧，兄弟。我们要迟了。"

第四章

破碎旧世密室

虔门,金属界

当一切都开始晃动时,堂斯特正摸索着控制他的以太球形引擎的阀门,并试图让它将自己带离废船,飞向他的小型单座矮人以太运输器。他的胳膊肘蹭着废船船体的洞口,挣扎着飘了出去。

这艘航空护卫舰的残骸尴尬地悬在空中,尽管遭受了巨大的破坏,但它的球形引擎仍在发挥作用。虽然无法得知这艘空艇遭遇了什么,但他并不在意。它就在这里,而且可能还有些有价值的东西。这就足够了。

他曾向南追踪这艘废船,经过了奇美拉群岛,一直顺着气流走,直到它被云层缠绕。船员们的遗体散落四处,但他们拖着的货物却相对完整。至少他希望如此。堂斯特是一位职业打捞者,他有证书为证。只要上面有着巴拉克－集市港的金色印章,那即便是赝品也无关紧要。他曾为这枚金印付了一大笔钱,但仍比一份真的证书便宜。毕竟纸是纸,打捞是打捞。

但当他从废船里爬出来,看到令人震惊的天空时,他完全忘了废船里还有什么宝藏。"格瑞姆布林戴尔的骨头啊。"他喃喃地说,看着天空的光泽被一层裹尸布般的紫水晶色遮盖。他动力服上的压力表和阀门开始疯狂地转动,他的胡子也不安地竖了起来。

他本以为是船开始下沉,但似乎天空本身也在颤动。他咬紧牙关,试图抵消起风的影响。如果他不够小心,就有可能被吹到废船的侧面,或者更糟,被吹到山上,远离自己的载具。他背后的以太圆形引擎已经用了十几年,因此只能让他浮空几个小时。

他看着紫色的薄雾覆盖了天空,云朵也因此变色,星星则不见踪影。风流变得猛烈,发出尖锐的呼啸。尽管他的动力服是绝缘的,但他仍感到自己的四肢开始发冷。周围的声音好似群星在他看不见的地方发出尖叫。"控制好你自己。"他嘟囔道,努力不去考虑自己心中的恐慌,"你开始惧怕天空了?"

他坚决地转过去，斜着身子，试图飘回船上。他从背带上取下固定锚，用钩子钩住缺口的边缘。他开始小心地卷动铁链。天空依旧颤抖着，但废船似乎足够坚固。最坏的可能是它的圆形引擎会失效。如果发生了这种情况，他只需松开固定锚，从上层甲板的一条大缝隙中漂浮出去。

一层薄薄的冰晶覆盖了船上的一切，包括板条箱和尸体。他轻轻地半蹲下来，做好准备，等着甲板下沉。但这并没有发生。他往前走了一步。靴子下面的冰霜随着他往货舱深处走而发出破碎的响声。装在他背带上的太阳石闪出亮光，在船舱里投射出柔和的光芒，照到了里面数十个破碎的板条箱和木桶上。

风呼啸着刮过废船，吹起里面的废纸与木屑。所有的东西都在黑暗中发出哗啦啦的声响，而他脚下的甲板开始摇晃。随着甲板的下滑，一具尸体滑入他的视野，把他吓了一跳。这位船员的动力服敞开着，内脏已被掏空，这具尸体上满是凝固的鲜血。堂斯特根本说不出来是什么东西造成了这种伤口。他只能忍受着这种不安。

造成这一切的元凶不太可能还在附近。这些破碎的木板上有云中藤壶，而霜冻中也没有任何痕迹。尽管如此，他还是停了下来，倾听着。他听说过关于地精劫掠者的故事。他们会从黑暗中的巨大孢子云上爬下来，在漂浮的废船中设伏。

但他现在只能听到绳索的嘎吱声。透过上面甲板的缝隙，他能看到一道紫晶色的光，由上而下照射。他眯起了双眼。上面是不是有什么东西，被那光芒掩盖了？那道光又从何而来？它看起来不像是他之前所见过的气象变化。这些信息或许有价值……

嘭……

堂斯特的神经紧绷了起来。"只是板条箱。"他自语道。

嘭……嘭……

他轻声咒骂着，然后让他的光照向船舱的另一侧。在黑暗中，有什么东西在动。一个轻柔的声音——一声呻吟？一种回声。"一个幸存者？"他说，声音在寂静中很响。他快速接近声音发出的地方。一个幸存者可能对生意不利，或者特别好，如果他有一个足够富裕的家族的话。

"下面还有人活着吗？"他犹豫了一下，喊道，"如果有，我可以根据第

47

八条第三点的条例主张我的打捞权。"

又是一声呻吟。接着是一种笨拙的移动声。他又仔细地听了听,想确定是不是风声在捉弄他。他的灯光又照在了另一具尸体上。他停住了。那死去矮人的靴子抽动了一下。堂斯特叹了口气。是一个幸存者,一个贫穷的幸存者,从他的装备上缺乏装饰物就可以判断出来。"这就是我的运气。好吧,那就来吧。让我看看你,你这个……"

堂斯特伸手弯下腰,那名船员却抓住了他的手腕。受伤的矮人猛地站了起来,头盔皱了起来,露出了冻得发黑的面庞。矮人的双眼像起雾了的玻璃,茫然地盯着他,牙齿也不受控制地咬着。他猛地向后退去,大叫了一声,那位矮人,并不是受伤,而是已经死了。他意识到,这个死尸还在动!他正为了抓他而张牙舞爪。

船员们的尸体向他扑来,发出像野兽而不是矮人的含糊不清的叫声。堂斯特向后退去,伸手去拿他的割刀。有什么东西在他身后嘶嘶作响,他踉跄地转过身,结果被自己的以太引擎卡住了。另一位船员正以一种非矮人的姿势蹲在少数几个完好无损的板条箱上。这具尸体正拖着断肢接近他。它向前扑来,发出哀号。

"不。"堂斯特咆哮着,从刀鞘里抽出了砍刀向它挥去。他的刀刃砍进了尸体的前胸,在一种湿漉漉的碎裂声中卡进了肉里。他扭动着控制阀门然后从蹒跚的尸体旁边闪过,而旁边呻吟的尸体则想要伸手抓他。他手脚并用地按来时的路逃跑,锚链在他身后叮当作响。他一边踉踉跄跄地向船体的缺口跑去,一边收起锚链。废船自身也摇晃得比之前更厉害,好像随时都会分解。死去的船员在他身边起身,在他逃跑的时候突然出现在视野之中。

他必须出去。出去,出去,出去!

他从废船中冲了出来,并试图将锚链拉回。他冰冷的双手到处摸索,将铁链紧紧抓住。链条突然被拉紧。堂斯特被突然的变动晃了一下。他咆哮地咒骂着,只能在原地扭动身子,圆形引擎也被拉紧。他拼命地想要挣脱锁链,但突然的停顿又卡住了铁链。铁链开始颤抖。他试图调整角度看看发生了什么。当他这么做时,他眼中只有更深的绝望。

当他们把他拖回去时,他仍在试图挣脱锚链。

破碎旧世密室，西格玛星环

破碎旧世密室位于西格玛星环的首要位置。那里可以看到整座星环，以及玛勒斯。它坐落在星环的内环边缘的一座高塔上，正对着中古旧世。据说，这座极点之塔是西格玛星环最先被建造的部分，就像是星环长出的幼苗。

在它周围，则是由数百条走道所连接的小型塔楼。闪电在每座塔的巨大塔桥周围打转，然后像流水一样从两侧倾泻而下。这些塔都是灵魂工厂——被杀戮者灵魂的仓库。通常，倒下的雷铸兵并不会被立刻重铸，无论是由于死亡数量还是更隐晦的原因。他们的灵魂会被吸引到灵魂工厂，在那里，他们等待着，没有形体，但不一定没有意识。

当他与泰罗斯沿着台阶爬极点之塔时，他能听到无数灵魂从晃动的塔楼中传出的痛苦与愤恨之声。"灵魂工厂很活跃，我之前从未见过像现在这样。"他说。

"这算你运气好。"泰罗斯坚定地忽视了晃动的塔楼和里面传来的无言呐喊。尽管已经化为最本质的灵魂，但死者依旧可以尖叫，他们的哀号在整个西格玛星环都可以听到。

"有什么事在发生。对敌人领地的新攻势？"

泰罗斯哼了一声。"总会有新的攻势。有些事在发生。我们在打仗，兄弟。我们在多个前线作战，多个界域，而每一场胜利都以我们兄弟的灵魂为代价。"他叹了口气，"可事情就是这样——需要多少就得牺牲多少。"

拜尔萨斯想不出合适的回答。他转身远离灵魂工厂，任由他们尽情颤抖与尖叫。随后，他看到了面前的高塔。像往常一样，它的规模让他感到震撼，成千上万的宽大厚石板沿着塔的两侧自后面延伸而下。

排列的台阶间每隔一定距离都由巨大的柱廊和门厅隔断。这些地方有着高大的半封闭拱门，被称作天界投掷器的重型武器就被部署在那里，时刻准备着击退任何愚蠢到要攻击高塔的敌人。这些由雷矢密会的战争工程师们设计的武器能发射出闪电之弩，它能击穿最坚固的盾牌，以及那些潜伏在外围黑暗中、诞生于群星中的怪物的鳞片。

当他们走到最上面的柱廊，也就是房间的入口时，两尊由黄金与青铜制成的巨人像矗立在两扇巨门旁，上面雕刻着远超凡人工艺的天界纹饰。

　　这两尊巨人像是为了纪念其种族先前的两位领主，他们在上古前就败于西格玛。两位孪生国王，莫格和加莫格，数个世纪以来就作为西格玛的负盾者，为他们的反抗赎罪。他们两位都是在艾吉尔之门最终关闭之时的前几天被杀的。他们带领着部落进入了艾吉尔山脉中的安全地带。现在，他们的死亡面具也被戴在这两座巨大的机器巨人脸上作为装饰，这两尊巨像由六神匠打造，以纪念那些倒下的巨兽。

　　两座巨像的动作一致，示意奥法领主们进入大厅。空气随着巨大的铰链发出的刺耳声和巨像那齿轮驱动的肢体推门时所发出的雷鸣声而颤抖。挂在拱门上的香炉因为突然的风流而旋转，其散发的甜味烟雾如同怠惰的彗星般飘向天空。

　　门后的大厅很宽广。它向一个弯曲的屋顶下延伸，屋顶上装饰着一幅褪了色的描述天界星象的壁画。巨大的大理石柱支撑着屋顶。在大厅的另一头，两尊巨大的雕像耸立在两扇巨门两侧。雕像有着近似雷铸军的样貌，他们就好像被屋顶的重压而压弯了身子。

　　雕像两边的墙体上都有着一大片连续的浮雕。在这成千上万的雕刻形象中，拜尔萨斯不仅看到了战士，还看到了研究者、石匠、农民、演奏者和铁匠。他们中不只有人类，还有矮人、精灵和其他种族。他看到一个若隐若现的巨人，以及一排排拖着步子的死者。就好像某位未知的工匠在石头壁画上试图捕获诸界的灵魂——那生命的本源。这是一段黄金时代的记忆，现在早已过去，但会被永久保存。

　　地板上则是由无数打磨过的小石头组成的马赛克图案。这些作品讲述的是离散的故事，而不是浩瀚的历史。著名的英雄与奇迹时刻被记载于此，比如站在阿奇巴的坦普尔森，或天血氏族的最终冲锋。拜尔萨斯则像往常一样，不由自主地被这些马赛克图案所吸引。不止一次，他落在了泰罗斯后面，只为了能更好地研究其中的一幅图案。

　　在第五次这样短暂的耽搁后，泰罗斯转过身。"尽管我们都希望如此，但死亡不会因你看这些图像而停止，兄弟。"

　　"我很清楚，泰罗斯。"拜尔萨斯说，急忙赶上他的奥法领主同伴，"但我们必须挤出时间，找出时机，不然我们会忘记我们从何而来。就像你说的，这些更详细的细节，就是你自己。"

泰罗斯哼了一声："换句话说，就是你今天更容易分心。"

拜尔萨斯瞪了他一眼。泰罗斯对任何无法立刻产生效果的事情都会失去耐心。他依靠信仰和本能指引自己，而拜尔萨斯则喜欢深思熟虑。"有时我会想我们为什么会是朋友，泰罗斯。"

泰罗斯也斜视着他："我们算朋友？"

在拜尔萨斯回答之前，他们走到了通往破碎旧世密室和铸神铁砧的两扇巨门前。一列由数个不同风暴军团的战士所组成的惩戒者队伍正站在门前的雕像下。

在西格玛的战士中，守护破碎旧世密室的荣耀争得不可开交。只有圣骑士密会最强大的战士才有资格，并且需要通过顶峰试炼后才能在这里服役，其时间为十二个日夜，随后他们会和下一队换岗。

其中一位惩戒者，身着红褐色与象牙色的天界战使战甲，迈步向前，伸出了一只手，他的闪电战锤扛在肩头。"站住。来者何人，想要进入破碎旧世密室？"他说着，其他人则在他身后散开，他们做好准备，举起了战锤，"请说出来，接受盘问。"

拜尔萨斯用他法杖的底端敲击地面。"我，墓穴教会的拜尔萨斯·阿鲁姆，我要进去履行自己的职责。"闪电在他的法杖顶端噼啪作响，"你要阻拦我吗？"

他听到远处传来一阵低沉的轰隆声。他没有抬头，却知道那两尊雕像的眼睛正闪烁着蓝宝石的光芒。惩戒者只是铁砧前最明显的防线。但这里还有肉眼不可见的密集保护符文和神秘结界。如果他不是自己所声称的那样，后果将极为严重。

拜尔萨斯感到了一股微妙的压力，随后两扇巨门缓缓打开，轰隆声也平静下来。"请进，奥法领主。"惩戒者低沉地说，向一旁让开。他看着泰罗斯，然后点了点头；"泰罗斯。"

"坎达拉。"泰罗斯说，他跟着拜尔萨斯，而拜尔萨斯则摇了摇头。

"我们举行宣告仪式是有原因的，泰罗斯。"

"浪费时间。如果不是我们职责所在，我们也不会来这里。"泰罗斯看着雕像，"此外，不管有没有仪式，他们都知道。"

拜尔萨斯哼了一声；"但……"

泰罗斯拍了拍他的肩甲；"放松，兄弟。没有理由来自找麻烦。最难的部

分还没来呢。"

拜尔萨斯的副官米斯卡正等着他们的到来。她皱着眉头，站在门口。她拿起手中的法杖，好似要挡住他们的去路。这位圣器法师身材高挑，面色苍白，有严肃的神情和熔银般的发色。同拜尔萨斯一样，她也是位天赋异禀的唤风者，能够将天庭的愤怒降至敌人身上。此外，她还懂得天界之音，足以平息风暴与天空之灵，并通过歌颂将愤恨的灵魂送入平静的睡眠。

"你找到他了。很好。"即使现在，在脱离了她的凡人生命之后，圣器法师仍带着微弱的方言说话。一些粗陋的方言像磨刀石一样激起了拜尔萨斯的注意。她面带冷酷责备的表情打量着他："您迟到了，大人。"

"我很清楚，米斯卡。没必要提醒我。"

"我希望能通过提醒你，让你不再因那些遗忘的故事和尘封的书籍而消磨时光。"她直截了当，"这里需要你。"

"他们也是这么告诉我的。"他坚定地回答，竭力用语气来提醒她谁才是负责人。她咧嘴一笑，似乎很高兴。

"那么，好。我们不需要再告诉你一遍。"

"直到下一次。"泰罗斯私语道。拜尔萨斯瞥了他一眼，但米斯卡并没有理会另一位奥法领主的评论。拜尔萨斯知道，就她而言，泰罗斯只是附带的程序。他来自另一个军团，因此是别人的责任。泰罗斯友好地拍了拍拜尔萨斯的肩膀，大步走开了，留下他履行自己的职责。这位至圣骑士需要管辖自己的战庭。

米斯卡目送他离开，然后说："以太在喧闹。"

拜尔萨斯点点头，尽管他什么都感觉不到。虽然以太在他面前没有任何秘密，米斯卡却能从本能层面理解以太。如果她觉得有什么不对劲，那很可能就是不对劲。"我猜今天可能会很糟。"她平静地继续说道，"警惕点，兄弟。"

"我一直很警惕，姐妹。"

他们一起走进了立着石柱的大厅，那是安放铸神铁砧的地方。破碎旧世密室有着符合其作用的宽阔空间。这座房间的圆形屋顶由雕具座沙漠的沙子锻造的暗色玻璃制成。房间一共被分为三层审判等级。密室的底部是永恒熔炉，创造之火通过六神匠的天体自动机器保持燃烧；在上面的一层放有调和界石，这七块巨石都是由葛朗尼从玛勒斯的火山表面挖出来的；而顶层则是铸神铁砧的所在地。

这座附魔的圣坛是一块巨大且纯净的西格玛神铁,由西格玛本人亲手从玛勒斯的内核中取出。它仍因旧世的死亡而燃烧,其周围的空气中回响着另一个时空的模糊声音。而现在,这座圣坛位于至高星形状的高塔上。

房间的每一层都有巨大的齿轮平台,它们将永恒地围绕铁砧所在的核心移动,慢到让人难以察觉。它们是某种由黄金和玻璃构成的大型机械的齿轮。这座机械被用来提炼灵魂,并将它们铸为武器。

这想法并不令人愉悦。拜尔萨斯想到了灵魂工厂,他知道众神的冷酷无情莫过于在他们眼中凡人的生命只是原料,是需要被改变、被破坏然后重组为更令人欣慰或更有用的物品。就连西格玛在击败灭世之力时也创造了这样可怕的奇迹。他环顾四周。圣器法师们身穿不同风暴军团纹饰的衣服,在铸神铁砧旁各司其职。这些圣器法师绕着平台形成了一个大圈,每一个人的位置都与西根迪尔的十二个顶点一一对应。

他们身后的外围跪着一圈天咒师——战斗法师,这些战士仅次于圣器法师。天咒师是无与伦比的决斗者,他们凭借致命的战技挥舞雷暴战刃与风暴法杖。他们召集风暴的愤怒不是为了打击敌人,而是为了增强自己。他们屈膝跪着,战刃和法杖平放在他们身边,准备在必要的时刻帮助圣器法师。

一名身着黑金色战甲、来自神锤圣砧军团的天咒者起身迎接他们。"拜尔萨斯大人,我们担心您已被大图书馆所困。"他大声说着,摘下头盔夹在腋下,"不过,我知道您最终会杀出一条血路来的。我甚至写了几句诗来纪念您的胜利。您想听一下吗?"

"你的信心真令人备感鼓舞,赫利俄斯。"拜尔萨斯说,带着一种酸溜溜的语气。赫利俄斯·星灾即使身着战甲与长袍也显得轻盈优雅。有些人曾私下说这位剑士并不是由凡人之躯锻造而出的,而是更稀有的种族。但在研究了他瘦削且不俗的外貌后,拜尔萨斯几乎可以认定这一说法是谣言。"但我必须谢绝。还有更重要的事需要处理。"

"不可能。"赫利俄斯说,"诗歌是我们本源中的一部分。我们不过是神圣之尘,是苍穹与陨落者的歌声,被打散后,又被愤怒与西格玛神铁所包裹。"

米斯卡摇了摇头:"够了。现在不是写诗的时候,赫利俄斯。"

"我不同意。还有比现在更好的时候吗?还有比这里更好的地方吗?"

米斯卡看着赫利俄斯,她一脸反对的表情:"别忘了你的职位,剑士。"

赫利俄斯低下头,恭敬地反思着:"我的职位就在您身边,一如既往,圣器法师,无论您去哪里,我都跟着。您的所有命令,我都服从。"

米斯卡哼了一声,摆了摆手:"那么去你的位置吧。"赫利俄斯轻轻地笑了,站直了身子,戴上了他的头盔。米斯卡也看着拜尔萨斯。"您也一样,奥法领主。您的职位在上面,您的兄弟们都在观察台上等着。"她顿了一下,"记住我说的,拜尔萨斯。"

拜尔萨斯皱了皱眉:"我会的,姐妹。你也注意。"

她简洁地点了下头,转身和其他圣器法师一起走到自己的位置上。拜尔萨斯看了她一会儿,想到她的警告。的确,他一整天都感觉不自在,好像有什么东西要来,而他并没有做足准备。他看着铁砧,然后看着它逐渐白热。

圣器法师们一致举起了他们的法杖。他们用一种早已消失了的语言一同讲出了一个词,那是玛勒斯的十二个消亡部落的语言。这个词使空气颤抖,并使温度骤然下降。随后,所有法杖同时敲击地板,发出了像彗星撞击般的声响。当撞击声的回声在向外传送时,一声雷鸣由远处的高空传来。

拜尔萨斯向后退了一步,一道自灵魂工厂释放而出的天蓝色闪电穿过头顶的玻璃圆顶劈了下来。它击中了铁砧,随后炸裂,从铁砧的侧面分散而出,而后又流过了每一层。其所投射的强光留下了长长的阴影,拜尔萨斯也不得不转移视线,他的视野中满是火花。

铸神开始了。

第五章

死灵震

纪伦，生命之界

在圣锤堡·纪伦的黯谷中，死者的身影在黑暗中蹒跚而行。它们紧紧地挤在一起，就好似一股厚实的阴影，滚过古代墓园标志性的树林。一道银色的挥击分开了这股阴影，并将破碎的尸体击退。"把他们推回去，"埃提乌斯·盾生咆哮着，"架起盾牌推进。"钢魂战庭的首席解放者将一具树根丛生的尸体砸倒，踩到了它的头骨上，终结了它的挣扎。

他身边穿着银甲的至圣骑士动作一致地将盾牌架到了一起，形成了一道无法穿透的盾墙，以阻挡冲向他们的跌跌撞撞的疯狂尸体。死者被挡住了，但只是暂时的。

他回头看了一眼。在他身后，黯谷剩余的看守人畏缩在一起，又惊又怕。这些凡人身穿绿色的长袍，在露出肉体的地方都有着编结样式的文身，这表明他们已将灵魂宣誓给"永恒女王"——艾拉瑞丽。他皱起眉头，举起战锤向身边的一位解放者示意："塞蕾娜，带着迈丘斯和其他三个人，把凡人们从脚下带走。组建第二组盾墙，就在我们身后十步远的位置。"

"遵命，大人。"塞蕾娜平稳地向后退去。她两边的战士猛地将盾牌合上，立刻补上了空出的缺口。她喊了迈丘斯和其他人。其他人也像她一样训练有素地重复了这一动作。

当他们护送凡人穿过了黯谷北方出口那长满了常春藤的大理石柱时，埃提乌斯转身看向敌人。"谁能坚守到黎明？"他大喊道。

"唯有忠诚者！"他的战士们齐声回答。

埃提乌斯满意地点点头。他能从风中尝到酸味。这种酸味来自远方，而不是在他盾牌的浮雕前乱抓的行尸。奇异的紫水晶光亮使天空发出令人厌恶的波动起伏。圣锤堡·伦拉的根基也在跟着颤抖，就好像被某种天灾攥住。石块倒塌的回响及树木被连根拔起的哀号响彻了整片天空。

死尸，到处都是死尸。它们从黯谷被祝福的土地里爬出，或从南方地区的艾吉尔人墓地的破损陵墓中钻出来。天空中也满是尖啸的幽灵，而更可怕的东西则潜伏在阴影中。这一切都好像生者的统治已被推翻，而冥界已空无一物。埃提乌斯朝着试图缠住他双腿的行尸咒骂着，用盾牌的底边向下砸。

"前进。"他吼道。解放者们向前一步，盾墙依旧紧锁。行尸的战线摇摇欲坠。在他们还未恢复，身后的行尸还未涌上之前，埃提乌斯用战锤砸向了自己盾牌的内侧。其声如钟响彻了整条战线。"再一次。"他喊道。再一次，他的战士们一步向前，如同一块坚硬的磨石。

行尸倒下，被至圣骑士们踩得粉碎。但每当一具行尸化为肉泥，就会有三具新的、寂静且饥饿的死尸蜂拥而上。埃提乌斯用战锤敲击着他的盾牌，而他耳朵所听到的声音就像丧钟般令人不悦。他向上瞥了一眼，一股寒意掠过全身，他看到群星正一颗接一颗地扭动闪烁着。

仿佛艾吉尔本身已被黑暗吞噬。他将这个想法抛到一边。"守住战线，兄弟姐妹们——守住，直到这诅咒之夜结束，白昼再次降临！"

破碎旧世密室，西格玛星环

在破碎旧世密室中，拜尔萨斯爬上了半圆的观察台，他的奥法领主同伴已等候多时。其中有些人，比如泰罗斯，他已经认识了几个世纪。而其余人，比如克诺索斯·赫文森，最近才被重铸，甚至不到一个世纪。赫文森身着西格玛之锤军团的金色战甲，向拜尔萨斯点头致意。拜尔萨斯也回敬了一个手势，随后转过身去查看下面的行动。

泰罗斯看着他们的互动笑出了声："我猜还很难过，对吧？"

"我不知道你在说什么。"

"我想知道你为什么还把自己埋进图书馆里，他们说赫文森即将发现我们都在寻求的答案。"

"很好。越快找到，就越能找出解决方案。"

"然后所有的荣誉都归于我们那位身着金甲的兄弟。吾主眼中的新星。樊度斯、伊诺斯、黑爪，然后很快就是赫文森。那些传奇人物。"泰罗斯嘲讽道。

"更像加度斯和托纳斯，"拜尔萨斯回答道，比他意想的更尖锐，"那些我们所见的在铁砧上被打碎然后经历重铸的人。"他向下指去，在铁砧上一次雷击过后冒着蒸汽的地方，"我欢迎兄弟们的胜利，他们是我个人荣誉的垫脚石。"他停顿了一下，"尽管，对于你，我可能会破例一次。"

泰罗斯大笑起来。忌妒对他而言很陌生，但他清楚地知道拜尔萨斯的野心，并总能温和地嘲弄它。从某种程度上，他们都需要通过最精湛的技艺来证明自己，从而向神王表明他为他们所做出的牺牲是值得的。西格玛自身的神圣本源在他们每人身上，在每一位雷铸军身上。他们的神王削弱了自身的力量，以使自己的子民有机会赢得最终的胜利。

意识到这种牺牲也是让人能够接受整个重铸过程的少数原因之一。这让拜尔萨斯想知道为什么会有人无意识地反抗这个过程。他看到一道天蓝色的闪电呼啸而下，击中了铁砧。闪电分裂到四周，穿过最下层进入永恒熔炉。火光自下而上从六神匠工作的地方燃起。这些矮人半神很少在熔炉之外的地方现身，而只有少数雷铸军才被允许看守那里。拜尔萨斯甚至从未听过他们个人的名字，只知道他们这一团体。

当六神匠的铁锤一齐敲砸时，整座房间都微微颤抖着。原始的灵魂物质被捶打成形，剥去了死亡的束缚，准备迎接重铸。新锻造的灵魂向上飘去，进入调和界石，在那里他们将忍受七次七重考验。

这些考验的内容至今仍是一个谜，即便对圣咒战庭的奥法领主来说也是如此。葛朗尼在西格玛的帮助下设计了这些考验，以测试被选者的灵魂。拜尔萨斯也十分好奇他自己的磨炼是什么样的，但心智中更强大且明智的那一部分认为还是不知道为妙。

一旦一个灵魂经过了调和界石，他们就准备好被重新锻造，并被重新赋予血肉。他们会向上升去，穿过塔中移动的阶层，回到铸神铁砧，而圣器法师正在那里等着。在下方，一个灵魂从铁砧中涌出，在铁砧上空形成一道伴着闪电和星光的炸裂光环。它在圣器法师的注视下陷入了寂静。拜尔萨斯向前走到了平台的边缘，不由得感到好奇。虽然他已经目睹过多次重铸仪式，但这些仪式总是令他着迷。

他可以通过其风暴视野看到任何灵魂上残留的界域痕迹。但这具灵魂却被深紫色的瘴气所玷污，即便经历了重重考验，这个印记仍留着，来自死亡之界。他感到一丝不安。灵魂的光芒不太对劲，似乎受伤的不只是肉体。

　　创造之火从铁砧上呼啸而上，吞噬了这具灵魂。它开始尖叫，然后在扭曲的火焰中，拜尔萨斯看到了战士曾经的记忆。大多数场景都是这位战士的最后时刻，但其中也有一些他还是凡人时的破碎记忆。亲朋好友的面庞、围墙花园里的芳香以及海风吹拂树枝的沙沙声，就像烟雾一样，从火焰中升起。这些记录着战士们曾经的碎片将因为更崇高的目的而被永远埋葬。

　　米斯卡和其他圣器法师开始吟唱。他们的声音分开，重叠回转，每一个歌手都在唱着不同的音段。密室同天球之歌产生共鸣，而灵魂的绝望挣扎也平息了。十二声雷鸣响起，在圣坛上出现了一个黑色的身影。随着灵魂重塑完成，发光的微粒开始像浮在水面上的油一样由内而外扩散。

　　拜尔萨斯目睹新的肉体从星光和闪电的微粒中生成。新的血管和神经网络在发光的能量体中诞生，由内向外呈人形延伸。骨头也顺应生成，伸展然后延长，发育不全的内脏也逐渐成熟。

　　一切完成后，圣器法师唱起了创造之歌，他们的声音为面前的人体塑形。这个灵魂再次被披上肉身，随之而来的则是重生时发自肺腑的痛苦：血液突然从黑色的动脉中涌出，而肠圈也越长越大，覆盖骨骼的肌肉与脂肪也越来越厚。

　　当新生的肺第一次膨胀时，一声尖叫从重生的战士口中迸发而出。他在烟雾缭绕的圣坛上站了片刻。随后，随着尖叫声回音逐渐消失，他倒了下去。天咒师们赶忙上前，将这位无知觉的战士带走。就在他们把他拖走时，圣坛上的空气又再次噼啪作响。又是一个灵魂，又是一片半成形的景象然后化为灰烬，拜尔萨斯看着这一切。有些记忆将因此永远消失。

　　在铁砧上被重新锻造是一种创伤，但也是一种超然的经历。当灵魂被分解和重铸时，它可能会在这个过程中失去自身的一部分。有时，这种损失只是一件小事——一段记忆，一个名字；但也有可能是更惨烈的牺牲。勇士们重归……但被迫改变。他们依旧忠诚，依旧强大，但缺少了某些东西。

　　但即便如此，这还不是最糟糕的情况。拜尔萨斯攥紧了法杖，他闭上眼睛，再次听到那些因铁砧的元素之怒而瓦解的灵魂的尖叫声。有些灵魂，不可避免地抵制这个过程，以至他们，或许是出于幸运，选择了干脆停止重生。他们重新加入了大风暴之中，以求在那里得到平静。但有些人却因自身的强大而无法安息。这就是奥法领主会站在铁砧之上观察的原因。

　　"我是兄弟们脖子上的利刃。"拜尔萨斯低声说道，他看着记忆碎片化为灰烬。为什么有人要为了这些短暂的回忆而拒绝重生呢？这一切就像他第一次目睹重铸时一样奇怪。他看到了这位战士的最终之时的短暂片段。一个苍白，却没有形象的东西从黑暗中出现，像是死亡。另一个灵魂，裹着紫色的尸布，他来自……

"沙许。"

拜尔萨斯僵住了，一个熟悉的声音在他身后响起。他慢慢转过身。与此同时，他看到泰罗斯和其他人也都跪了下来。他感到一阵懊恼，因为他太过专注，以至没有意识到新来者。对于能觉察到以太最细微的波动的战士而言，这是一个不可原谅的失误。

"西格玛大人。"拜尔萨斯说，他单膝跪地，低着头，"请接受我的道歉。我陷入了沉思。"

"不用道歉，拜尔萨斯。还有比这更容易让人迷失的难题。"西格玛的声音如同清晨时潮水拍打海岸的声音。这声音在空旷的空间中回响，使拜尔萨斯感到了深入骨髓的温暖。

神王站在他面前，身披金甲。空气在他周围旋转，仿佛整个界域都无法承受他的重量。他站着比身边最高的战士还要高出半个头，身上具有一种元素的力量，仿佛他是风暴的愤怒本源，被赋予了坚实的身躯。但他的存在不仅仅只通过实体。西格玛的意识已经超越了物质的界限，进入了凡人所看不到的领域。他既是月亮的冰冷凝视，亦是太阳的温暖笑容。他是钢铁的碰撞之声，雪崩的震撼之响，狂风的呼啸之音。

对于拥有风暴视野的人而言，西格玛本身就是苍穹的碎片。一个纯净星光的化身，让人无法直视太久。神王即是艾吉尔，是它思想与声音的延续。他只需伸手一挥，就可改变世界的运作，而他的目光中则闪烁着坠星的光芒。拜尔萨斯眨了眨眼，试图不去理会那张有着过多人类细节的宽脸后面隐藏的东西。那是一张早已死去之人的脸，现在一位神明则借助这张面庞现身。

"起身，奥法领主们。如果你们自认不配站在我身边，那任何服侍我的人都不配。"西格玛做了一个手势，拜尔萨斯和其他人纷纷起身。有些人起得要比其他人慢，好像不为他们的创造者下跪就是一件坏事。但神王对这些礼节并没有太多耐心。

"我们没想到能在这里见到您，大人。"克诺索斯说，"您让我们倍感荣幸。"

"是吗？有些人可能不会同意。你觉得呢？"西格玛看向拜尔萨斯，发现他正不知该说什么好，"你觉得荣幸吗？"

拜尔萨斯沉默不语，低下了头。西格玛轻声笑了。"如果是，我猜这还不够。你渴望的不仅仅是我的欣赏。应该是这样。"他挥了挥手，"请你们继续沉思吧。我想和拜尔萨斯聊聊。"

"我，大人？"

"你的名字是拜尔萨斯，对吧？"

"没错。"

"那么，是的。"西格玛笑了，他指着下面，"告诉我你看到了什么，拜尔萨斯。不仅仅是你的双眼所见之物，而是所有事物。"

"我……"拜尔萨斯犹豫了一下，"我看到死亡。沙许的污染在他们的灵魂之上。"

"没错，纳迦什的仆从们对我们的领地发动了战争。在格林姆熔炉、墓野城，甚至加祖绿洲，死者扑向我们的壁垒，试图将我们赶出他们先祖的领地。"

"真疯狂。"拜尔萨斯说。

"是吗？"西格玛低头看着他，"有人可能会说我们是闯入者，并不比其他入侵者更有资格声明什么。"

"纳迦什亲自将这些领地割让给了我们。"

"在胁迫之下。现在他又想要回来。这便是一位神所具有的特权。"西格玛伸出一只手，让光在他手上收缩，转变为了深蓝色，"我们的本性便是变化。我们并不是无所不知。我们只是界域的化身，它们的一部分，被赋予了声音与思想。我们中的一些要比其他神更强大。有一些则跟那些我们所掌控的界域原始物质更加协调。纳迦什便一直渴望超越自己，不仅仅作为死亡的化身，而是成为死亡本身。那是一种万能的力量，甚至比灭世之力所拥有的混乱之力还要强大。"

"他就是一头怪物。"

"现在？没错。曾经……或许。或许那时他就疯了。但我却不这么认为。我不能这么想。如果他脑子里只有疯狂，那把他释放出来将是我最大的罪过。"

拜尔萨斯看着他。听到一位神明这样说让人紧张不安。神王在承认失败，就好似跟他的部下一样对这些事没有把握。拜尔萨斯只能清了清嗓子说："请

第五章

原谅我，大人，但您说起他的语气……"

西格玛点点头："曾经，我们是朋友。如果那样算朋友的话。我们曾并肩作战，一同对抗威胁界域的灭世之力、毁星与逝光之王、深渊诸公与'初始之火'西姆。这些敌人和成千上万的敌人一同来攻击我们，就在凡界诸域建立起坚固防线最初的黯淡之日。我们击退了所有敌人，纳迦什与我一起。"

西格玛伤感地笑了，在那一刻，拜尔萨斯几乎忘了眼前之人的神格。相反，他就如同一位凡人，疲倦且孤独。这一刻转瞬即逝，神王再次回来。

"其他神随后加入我们，艾拉瑞丽和泰瑞昂、搞卡毛卡和马雷昂、矮人神兄弟、葛林姆尼尔和葛朗尼。啊，还有其他次级神。小神与其他力量，比如六神匠，为了加入诸神殿，他们的名字已被除我之外的所有人遗忘。但由始至终，纳迦什都是神殿中的一员，我的兄弟。"

"他背叛了您。"拜尔萨斯轻声说。

"你不用提醒我，拜尔萨斯。我就在那里，像他一样。无论那一刻的真相是什么，我们只能说，我们都不知道。"西格玛低头看着他，而拜尔萨斯感到他力量的灼热。不只有风暴，还有群星与太阳。西格玛的目光涵盖了浩瀚与非凡之物。

拜尔萨斯看向别处，无法承受这种炙热。西格玛把手搭在他的肩膀上："他们说你花费了许多时间去研究旧世。"

"谁说的？米斯卡？泰罗斯？克诺索斯？"当这些话说出口的时候，他感到一丝羞愧，"或许他们说得没错。但我无法摆脱这道挥之不去的阴影。大人。我觉得有些知识，就近在咫尺。如果我能找到它，我或许……"他倾吐出来。西格玛则紧紧地抓住了他的肩膀。

"你或许就会恢复完整。"

拜尔萨斯抬起头看去："是的。"

西格玛点点头，没有看他。相反，他注视着重铸仪式，表情难以捉摸。"好主意，拜尔萨斯。"神王说道，停顿了片刻，"不管别人怎么说，坚持下去。"他低头看向拜尔萨斯，"我需要你去狩猎这只猎物，我的奥法领主。这也就是为什么我从不见天日的深渊中选择了你的灵魂，以及你的兄弟姐妹们的灵魂，并为你们重铸星铁之躯。"

拜尔萨斯还来不及回答，下方的喊声吸引了他的注意。"情况不对。"他说，

突然感到不安。

西格玛皱起了眉头："一个灵魂不愿听取歌声，他在——"

在下方，一个灵魂正从铁砧中挣脱，向外释放着触须般的闪电，并发出痛苦的哀号。它的人形，尚未完成，此刻却转化为新的样貌：它化为各种形状，却又没有形状，好似一道活生生的闪电，因自身的存在而陷入疯狂。

一位圣器法师被这狂野之力击飞。这位全副武装的战士飞到了几码之外，变成了一堆冒着烟的残骸。这具闪电魂体从祭坛上逃了出来，在横冲向其他以太法师时，它闪光的肢体不断地再生然后脱落。赫利俄斯与其他天咒师也朝它赶来，想要围住这凶猛的灵魂。它发出尖叫作为回应，然后向他们扑去。

拜尔萨斯抓住看台的外沿想要翻过去，但西格玛的声音制止了他。他回头看向神王，看到西格玛正紧紧捂住自己的头，好像正在头疼。拜尔萨斯开口问道："西格玛大人——"

西格玛发出尖叫。

雷声轰鸣，震得拜尔萨斯浑身颤抖。他听到玻璃破碎和石块相互磨碎的声音。整座大厅——不，整座塔楼——都在晃动。裂缝沿着墙壁向上延伸。铁砧则燃烧起来，发出从未有过的光亮，但并不是神圣之光，而是更加黑暗之物。一种紫晶色的光辉照射而出，投出长长的阴影，并使得接触到它的雷铸军抽搐倒下。闪电魂体将胆敢阻拦它的人扫到一边，它的身体似乎随着塔楼的晃动而越来越大。

看台也随之颤动，奥法领主只能用四肢支撑自己。他听到泰罗斯破口大骂，随着一根支柱底部坍塌砸向地面，碎成了数百块参差不齐的石块。看台在错位摇晃。而拜尔萨斯，已经失去了平衡，只能跟着看台一起移动。他从颤抖的看台上摔了下来，重重落到地上，将脚下的大理石地板砸出裂口。他站起身，手中拿着法杖。

他回头望去，看到西格玛站在断裂的看台上，闪电从他身上倾泻而下。神王依旧抓着自己的头，他的声音发出回响，那是一种没有言语的愤怒，有着沉重的挫败感，或许还有痛苦，席卷了房间内的每一个灵魂。附近的雷铸军也摇摇晃晃地站着，他们抱头呐喊。拜尔萨斯能感知到神王的痛苦，就好似他自身的痛苦一样强烈，但他仍强迫自己转过身去。

场面一片混乱。大理石地板随着地面的崩塌而断裂。石柱倒塌，参差的碎石砸向每一面墙壁。透过尘土与烟雾，他可以看到几位圣器法师，包括米斯卡，正在努力抑制从铁砧里照射而出的紫晶能量。他们暂时控制住了局面。他听到闪电的响声与钢铁的碰撞声，但因为弥漫的迷雾而什么也看不到。不远处则传来了战斗的祷告声及呼救的声音。

一个天咒师从他身前滚过，他向后退了几步。拜尔萨斯跪倒在这位昏迷的战士身边。这位剑客盔甲上的纹饰已经被全部烧焦，他几乎没有了呼吸。他低声念了一句治疗咒语，一边尽力舒缓战士的伤痛，一边扫视着烟雾。他能听到什么东西移动时的噼啪响声，就在他的视野之外。

突然，闪电魂体从他背后出现，冲出烟雾与灰尘的遮蔽。它发出刺耳的尖叫，那声音几乎达到了人类听力的极限。在闪电中好像有一张脸，五官全都扭曲在一起，流露出无尽的痛苦。它在不断生长，而痛苦也随之膨胀。

当一根噼啪作响的卷须向他抽来时，拜尔萨斯咬紧牙关举起一只手，以太在他的手势下汇聚，在他和失去意识的天咒师身前形成了一面由天界能量所组成的护盾。闪电魂体猛击着护盾，每一击都产生如同雷鸣的回响。它胡言乱语般地咆哮着。

他不再思考自己周围正在发生什么事。他有自己的职责，而他也是处在狂暴的实体与自由之间的唯一一人。他向前迈出一步，用护盾将那只怪物向后推去，推离倒下的天咒师。如果他能将它再一次逼回铁砧上，他们或许就有机会再一次拯救它的灵魂——如果不行，那摧毁它也会更容易。那个魂体开始反抗，他的每一步都在与之搏斗。随着时间的流逝，它也变得越来越强大。

他将它逼了回去，一道道闪电向后退去。但当他踏入紫晶色的光照时，他感到自己同以太的连结变弱了。虽然只有一瞬间，但足以致命。闪电魂体猛冲起来，发出吼叫。远大于常人、噼啪作响的拳头砸向了他，从他身体穿过。

他痛苦地惨叫，每一块肌肉都因穿过他盔甲的闪电而收缩。他的法杖从手中脱落，身体开始摇晃。这具魂体同以太的连接让它能够击穿他护甲的附魔保护。拜尔萨斯几乎失去了视力，他紧抓住它，试图寻找它意识的连结。

当他找到它时，就像把手伸入了冰冷的河水中。影像、记忆、希望与梦想不断冲击着他的意识。这些全是这个魂体曾作为一个人类时的碎片。他看到了一片坟墓的海洋，被银色锁链封印，还听到了猫的呼噜声。他尝到了苹果的甜味，并看到了一张孩子的脸——一个女孩。那张脸自闪电旋流的表面

浮现出来，随后闪电魂体发出了一声凄惨的哀号。片刻之后，那影像如同被火焰吞噬的树叶一般裂开。一股原始的情感洪流威胁着要将他吞没，其中夹杂了羞愧、愤怒、恐惧与悲伤。

拜尔萨斯身处于风暴之中，他忍受着各种混乱的情感。这些并不是他要找的东西。他想要的是这个灵魂的名字。名字是确定身份的关键。只要有了名字，他就能将这位战士从怪物变回来，如果他们还剩下点什么意识的话。尽管痛苦不堪，混乱的记忆支离破碎，但他仍在摸索战士自我意识的银线。当他终于抓到它时，那个闪电魂体扭动着发出了尖叫。

"塔姆。"拜尔萨斯咆哮道，"吾呼唤汝之名，法鲁斯·塔姆，巡墓者的护堡领主。吾呼唤汝，神锤圣砧军团与艾吉尔的忠诚子嗣。吾呼唤汝，并以吾等铸造者之名下令，止步于此！"

一听到它的名字，这具魂体将他向后撞了出去。他滚过地板，拖着浓烟。闪电魂体跟随而来，发出哀号。它的悲号好似呼啸着掠过动荡大海的风暴。它开始一次次地攻击他，不让他采取任何防御动作。

他能听到其他人的呼喊声，感到地板的颤抖。西格玛星环上发生的灾变远未结束。一根石柱断裂倒塌，他勉强地躲到了一边。而石柱直接砸向了闪电魂体，瞬间将它一分为二。但它很快复原了身形，击碎了倒塌的石柱，碎石飞向四面八方。一些碎石砸中了拜尔萨斯，将刚站起身的他重新击倒。他翻了个身，喘不过气来，感到头晕眼花。他抬头看向魂体，它出现在了他面前，多变的肢体正如同闪电一样噼啪作响。

突然，泰罗斯来到了拜尔萨斯与咆哮着的闪电之前，举起了自己的法杖阻挡它。闪电魂体攻击泰罗斯，并在他的战甲上留下了黑色的伤痕。"起来，拜尔萨斯！还有工作要做。"泰罗斯喊到。

"你从哪里过来的？"拜尔萨斯说，撑起身站了起来，"西格玛在哪里？神王受伤了吗？"

在另一位奥法领主回答之前，闪电魂体再一次发起了攻击。泰罗斯哼了一声，因那一击的力度而单膝跪地。当他蹲下时，拜尔萨斯迈步向前："离开他，塔姆——看这里！"他摊开双手，将以太在手掌间汇聚成光球。闪电魂体转向拜尔萨斯，它将泰罗斯扫到了地板的另一边。它的人形再一次从表面露出，张开嘴发出尖叫，怒目圆睁，瞪着一个只有它能看到的东西。

拜尔萨斯伸出手掌，释放出他从以太中聚集的力量。爆炸的后坐力让他向后倒去，而这股力量也将那具魂体向后击倒。它倒在了烟雾之中，但仍尖叫不止。拜尔萨斯走向泰罗斯。当他走近时，一声巨响从上方回荡开。

　　他向上看去，裂缝已经延伸到了屋顶。大块的砖石正随着屋顶的错位和墙壁的弯曲而断裂。仿佛整座塔正从它的基座上倒塌。玻璃圆顶变成了上千片闪光的碎片，同下落的石头一起如雨般降下。

　　没时间跑了。拜尔萨斯高举双手，试图将以太汇聚到身边，形成护盾保护他们俩。尽管他们的战甲足够坚固，但内部的身躯仍会被砸为肉泥。然而，天界之风却抗拒他的召唤，只在他头顶形成了短暂的结点便消散不见。整个天空都好似陷入骚乱，甚至当第一堆石块砸向他时，法术依旧支离破碎，无法释放。

　　"不。"

　　西格玛的声音如雷鸣般滚滚而来，暂时压过了这一阵骚乱。"不。不应该这样。"神王突然出现，如同一股风暴雷云一样开始膨胀，越变越大，他发光的身躯穿过了烟雾，一手抓住了一根断开的石柱，随着石头破损的巨响，将他们放回了原位。他用肩膀抵住塌下来的屋顶，将它稳住。"这不该发生。"

　　当他的话语在空中回响时，一道道闪电劈打在摇摇欲坠的墙壁上。受损的石头开始发热，并开始重组，地面上的裂缝也一同闭合。随着柱子被安置归位，西格玛高举双手猛砸屋顶。更多的闪电从受击点降下。原先下落的石块倒转方向，屋顶的大部分结构向上重组。

　　拜尔萨斯惊奇地瞪着眼睛，直到泰罗斯的咳嗽声把他吓了一跳。他低头看向另一位奥法领主："兄弟——你还……"泰罗斯的盔甲已被烧得残破不堪，天蓝色的长袍也已变得破损焦黑。

　　"还能呼吸。"泰罗斯喘着气说，"只是我的肋骨断了，还有身上的其他几根骨头。我还好。"他抓住了拜尔萨斯的长袍，"追上它，别让它跑了。恪守你的职责。"

　　拜尔萨斯点点头，站了起来。他伸出手，传达自己的意愿。他的法杖如同一支弩箭呼啸着穿过天空飞来。他抓住了法杖，开始慢慢地、精准地画圆，以召集天界之风。这次施法比平常要困难得多，但烟雾开始慢慢散去，房间的另一半也显露出来。

他看到铁砧仍向外投射着紫光。当他快步走过，追寻他的猎物时，地板仍在震动。他能看到他向闪电魂体释放的冲击波所留下的焦痕。此外，他还能看到墙壁上的痕迹，它曾从那里爬过，试图逃跑。他的目光跟随着黑色的尾迹一直向上，直到看到头顶破碎的穹顶。他看到一道闪电掠过破损的玻璃。

"你在那里。"他必须在闪电魂体逃脱之前快速地抵达那里。他高举双手，以太之风仍在波动，但他设法找到了能量的边缘并将其汇聚到自己身上。闪电穿过穹顶，劈中了他的法杖。他转动法杖，将闪电绕在自己身上，如同披上一件斗篷。他身体中的风暴魔法与闪电产生了共鸣，而他逐渐感觉轻盈，并伸展成了一个嘶嘶作响的以太灵魂。

位移法术都很危险。即便是最熟练的法师，也很容易在天界气流中迷失，变为以太的一部分。但拜尔萨斯没有其他选择。他腾空而起，身躯如同一阵烟雾旋起。

随着拜尔萨斯升起，他的知觉也在扩大。他能感知西格玛的存在，就如同玛勒斯一样沉重，如同太阳一样耀眼。他看到雷铸军战友们的灵魂火焰，并感到以太扭转的气流。这就像在暴雨中的急流里游泳一样，他需要集中所有注意力才能避免被洪大的激流卷走。时间和空间在他周围延展。他能听到玛勒斯那悲伤、刻骨铭心的呻吟，以及群星狂野的尖叫。此外，他还能听到某个遥远地方传来的黑暗笑声。那声音揪住了他的灵魂，威胁着要将他拽回去，但他挣脱了。当他离开穹顶时，他从以太中挣脱了出来。

他落向地板后翻滚着站了起来，周围是蒸汽和光照。他的感官仍在混乱中，试图重新适应物质世界。塔还在摇晃，他用法杖支撑自己。他摇头让自己清醒，然后抬头看去。

拜尔萨斯愣住了。他凝视着。整个天空都在燃烧。紫晶色火焰从下方黯淡的深渊中向上延伸并向外扩散，构成了一道道光带波纹。那些光带所触碰的地方，现实就会颤抖，就好似在抗拒，或恐惧。西格玛星环像遭受到冲击波一样摇晃着，尖塔在尘土中倒塌。他能听到那些被困在席卷星环的毁灭之潮中的人们的尖叫。在下方很远的地方，火焰和熔化的西格玛神铁正因武器锻造炉和矿石加工厂的损毁而涌向街道。

随着他转身，一座灵魂工厂在石头的破碎巨响声中裂开，大量的闪电涌入了扭曲的天空。这些被解放的灵魂在暴风中盘旋，他们的哭喊融入了周围的喧嚣声之中。有些灵魂消散不见，他们的本源在巨大的风暴中消失。而其他灵魂则冲向街道，他们的身形逐渐扭曲，化为噼啪作响的梦魇。

身边嘶嘶作响的炽热空气提醒着他，并不仅仅有这些闪电之魂逃脱。他再次转身，用法杖猛砍。那具灵魂猛地向后缩去，肿胀的形体断裂。它已经完全失去了人形和理性。它的身躯上正浮现出数张纯能量所构成的面孔，他们都用同样的声音发出尖叫。它再次爬向他，匆匆长出新的肢体。拜尔萨斯面对着它，将法杖横在自己身前。

它向他扑来，所到之处空气也烧了起来。拜尔萨斯用法杖前戳向前刺去。闪电魂体不过是活体风暴，而如何控制风暴正是以太法师所学的第一节课。他念出咒语，用自己的声音压制这具怪物的尖叫。它扭动着，突然被一阵空气和亮光缠住。闪电的须卷猛击下来，拍打在他身上。他的战甲开始升温，然后随着击打而变热。他的长袍和斗篷开始冒烟，接着便烧了起来。即使附魔的衣物也已接近极限。

拜尔萨斯转动法杖，把闪电魂体的一些物质吸了进去。那生物发出惨叫，挣扎得更厉害了。"听我说，法鲁斯·塔姆——听我说，神锤圣砧。放弃吧。别让痛苦和愤怒将你引向毁灭。还有战争需要继续，兄弟——别逼我毁灭你！"

那生物发出飓风般的号叫。它的挣扎将他们脚下的石头都烧成了黑色。它扭动着想挣脱他的魔法，试图逃脱。但它很快就被抓住，他也再次稳下来，极力抓住它。他开始使用咒语将它困住。

另一阵冲击波席卷了西格玛星环。紫光闪现，让拜尔萨斯一时睁不开眼睛。他踉跄了一下，失去了对闪电魂体的控制。当他的视野恢复时，他看到它已经从他身边逃脱，他跟着跳了过去，高举法杖。

他将法杖像长矛一样向下扎去，想要钉住那具魂体。但当他的法杖击中它时，塔楼的边缘在他们下方断裂。拜尔萨斯本能地伸手抓住了破损的边缘。随后便猛地撞上了塔楼的墙壁，力道之大使他的牙齿也咯咯作响。他看到闪电魂体正旋转着离他远去，不是朝着西格玛星环，而是向着星光闪耀的虚空。拜尔萨斯只能眼睁睁地看着它坠落，却无法阻止。它尖叫着后退，旋转得越来越快，最终成为星空中又一个闪闪发光的光点。

拜尔萨斯大口喘着气，将自己拖回安全的地方。他低着头，默默地为法

鲁斯·塔姆的灵魂祈祷。"对不起，兄弟。"他轻声说着。他用法杖将自己撑了起来，试图估量破坏的范围。而他能看到的只有火光。整个西格玛星环都在燃烧。

而某处，一位神明正在大笑。

第六章

冥底

格林姆熔炉自由城

胜利的滋味并不如卡莉丝·埃尔坦回想的那般甜美。首席解放者坐在一根倒下的柱子上，盯着没精打采地躺在她身边的鹫犬。卡莉丝伸手去摸它，格里普则向后躲开，发出低声的吠叫。卡莉丝缩回了手。"我也很不爽。"她轻声地说，不确定这头野兽能不能明白她的意思，"他是位好领袖。一个优秀的战士。而他现在不在这里则是一个……失误。"

战士战死。这就是他们的使命。以己之死换他人的活命。这就是雷铸军被重铸的原因——他们能够在必要的时刻多次牺牲，直到战争胜利。她从这个想法中感到一种残酷的满足感。只有西格玛的神选者才有意愿忍受这种折磨。

但出错了。

她已经做好了再次战死的准备。法鲁斯却牺牲自己救下了她。这是一份等他回归后她将尽最大努力来偿还的命债。有时这会花费比平时更久的时间。有的灵魂不会在几天，甚至几个月内重铸。他们会需要几年。有些甚至在返回艾吉尔时迷失，被引向界域的边缘，而原始的魔法将在那里吞噬实体的边界。

她担心席卷了格林姆熔炉的灾难并不仅仅发生在沙许。她有一种深入骨髓的错乱的预感，好像原本界域间最基础的平衡被什么东西打破了。

"是什么呢？"她低语道。

"一场天灾。"一个低沉的声音咏诵道，"一场从未在这个界域和其他界域出现的天灾。"

卡莉丝抬起头来。圣骸领主达瑟斯站在她身边，看着她。他一只胳膊下夹着骷髅头盔，黑色护甲上布满了灰烬和其他难以辨别的东西。"你做得很好，卡莉丝·埃尔坦。能在必要时担任指挥，坚守战线。这样的品格让人欣赏。"

"感谢你，大人。我只是做了必要的事。"

巡墓者战庭的圣骸领主点点头。"是的，但是你在那个时候，意识到了应该做什么。只有少数战士具备这些能力。"他走过来坐到她身边，"你知道的，是他将你调遣到这里的。他特意点名需要你的部队。"

卡莉丝眨了眨眼睛。她并不知情："为什么？"

达瑟斯看向别处："那谁知道呢？法鲁斯在思考问题时可能会非常神秘。这也是他驻守在这黑暗之地的两个原因之一。"

"那另一个原因呢？"

"他是一位勇敢的战士。"

卡莉丝看向别处。"他喜欢苹果。"她不知道自己为什么说这些，但似乎并不突兀。

达瑟斯再次转移目光。在这黑暗中的某处，钟声依旧在回荡。"这场天灾的余震已经消退，但死者仍在骚动，依旧徘徊在黑暗的街道上。这将需要数周的时间才能让他们完全安息。"

"那是死灵术吗？"

达瑟斯皱了皱眉："有些人称之为死灵震。就像其他术语一样。"他看着她，毫无表情。"天界领主莱诺斯同意在这段危机时期最好由我来指挥这里。我同布里埃斯，还有其他人都谈过了。现在我来找你。"他打量着她，"你是最近才到这下面来的。如果你希望你的队伍能被调走的话，我觉得需要给你一个公平的机会。"

卡莉丝低头看了看格里普。然后她摇了摇头。做这个决定没有必要去咨询她的战友们。塔玛库斯和其他人都会听从她的指挥。"不，我们会留在这里。"

"很好。"达瑟斯听起来毫不怀疑她的选择，他靠着法杖，注视着漆黑的废墟，"以太一片混乱。即便在这下面，魔法之风也很强盛。每座坟墓的大门都在作响，阴影中则遍布面孔。接下来的几周甚至几个月里，我们都需要保持警惕。"

卡莉丝看了看四周，尽管周围什么也没有。"这听起来就像纳迦什对艾吉尔宣战了。"卡莉丝盯着圣骸领主说。

达瑟斯苦笑道："他早就这么做了，姐妹。这只是重新燃起的敌意。"他举起了法杖。"艾吉尔和沙许。天顶与冥底。天界具有巨大的可能。他们搅动灵魂，滋养土地。他们能为黑暗带来光明，并留下长长的阴影。只要仰视星空，一切皆有可能。"他指了指洞顶,"但在死亡中,仅有终结。它会扑灭万物的火焰,并将给所有地方带去死寂。"

他指了指自己头的一侧:"我能听见他的声音,就在我灵魂的深处。就像一座巨钟,敲着终结之音。他希望以自己的意志重塑我们所有人,并让所有的灵魂与他合而为一。如果我们放任他,他终将吞噬我们所有人。"

卡莉丝捋了捋头发:"那这座城市安全吗?"

"现在,只要我们能守住万坟。"圣骸领主说,"你知道这里面有什么吗?"

卡莉丝摇了摇头:"只听过谣言。"

"一支军队。一支死亡军队,在多个世纪之前被封印于此,以防止纳迦什的回归。"他露出一丝冷笑,"我们先找到了他们并确保他们不会苏醒。只要神锤圣砧军团仍看守这黑暗之地,他们便不会苏醒。这便是法鲁斯的任务,他喜欢的职责。"

"而现在?"

"则是我的职责,在找到合适的替代者之前。"他端详了她一会儿,似乎有什么话想说,但突然响起的钟声打断了他,他叹了口气,站了起来,"又发现了一座空坟。又多了一具在这些墓室中游荡的黑色灵魂。"

卡莉丝也想起身跟着他,达瑟斯却挥手阻止他。"不用。布里埃斯跟我回去处理。你负责疏散伤员。我们晚些时候再谈。"他转过身去,眯起眼睛,"我担心这场灾难只是更糟糕的事情的前奏。备好你的剑,卡莉丝·埃尔坦。"他的话语伴随着他的离去在身后回响。她看着他走远,然后低头看了看格里普。

"法鲁斯是怎么说的?每天都是一场冒险?"

鹫犬打了个哈欠。卡莉丝则哼了一声。她需要与她的队伍会合,重新履行她的职责。她向上看了看,黑暗似乎向四周伸展开,吞没了一切声响。这是永恒的虚空。她片刻沉浸其中,或许更长。然后,她听到了格里普的咆哮。她眨了眨眼睛,摇醒自己。

一只猫正盯着她。不,不止一只。它们在坟茔中徘徊,尾巴来回摆动着。她思考着达瑟斯所说的话,突然想到了一个孩子——埃莉娅——不知道她是否想方设法逃出了墓穴。通常,她会完全忘记这个孩子。在这样的灾难中,一个孩子还有什么要紧的呢?

然而……这个女孩对法鲁斯却很重要。卡莉丝仍对她感到疑惑。上面的

街道上有成百上千个像她一样的顽童在到处乱跑。而为什么这个孩子却让人感觉……如此重要？

她摇摇头，恼怒不解。自从上次怨灵碰过她之后，她就被恍恍惚惚的记忆所困扰。没有什么清晰的回忆，只是一首摇篮曲的片段；或是一只在她手中小手的感觉，以及令人沮丧的被遗忘时光。她低头看了看这些猫："好吧，你们想要什么？"

猫群跑了起来。她跟着它们。它们带领她经过弯弯曲曲的小路，穿过了一片满是倒塌的柱子和破碎的坟墓的田野。她听到了战友们的声音正在一片废墟中回响。一群雷铸军正和几位凡人牧师围着一个吵闹的小人影。"他在哪里？他去哪里了？"埃莉娅嘶吼着，用小拳头敲打着一位倒霉的雷铸军的盔甲。这位战士将自己的手臂与这个孩子保持着安全距离，或许是在担心不小心伤到她。"带他回来！"

猫群散开走进了黑暗之中，人群中的一位牧师也注意到了她的到来，并低头示意，让开了道路。"发生什么了？"她问道。

一位解放者看着她。他是跟达瑟斯一起来的："这个孩子——不知她如何闯过了陷阱。而我们的命令是——"

"我们的命令是看守死者，而不是生者。让她走。"

"但是——"

埃莉娅扭动着挣脱了抓她的人的手，冲向卡莉丝。"他在哪里？"她哭喊着，"他为什么不在这里？"

卡莉丝单膝跪下，而孩子则冲进了她毫无防备的双臂之中。首席解放者本能地抱住了她。这孩子在她怀里就像一件由玻璃纺成的东西，娇小而脆弱，如此渺小。她低声安抚着，抚平小女孩蓬乱的头发。支离破碎的记忆再一次掠过她的脑海，就好像她曾多次体验过这一刻。卡莉丝好奇沙许某地是否真的有她脑海中的孩子。如果有，还会记得她吗？她不再理会这些想法："你为什么在这里，埃莉娅？这里不安全。"

"他在哪里？"埃莉娅抬头看着她，一脸惊慌失措的样子。她似乎才意识到自己在跟谁说话。当她试图从卡莉丝的手中挣脱时，泪水流过了她消瘦小脸上的污垢。卡莉丝不确定地放开了她。这个孩子后退了几步，脸上满是恐惧与疲惫。

"你是说护堡领主？"当她无助地环顾四周时，没有一位雷铸军与她对视，"他……我……孩子，他已经……"

埃莉娅僵住了。"他走了，对吗？"她说，声音听起来比她的年龄要成熟许多，"那些冤魂带走了他。他说他们做不到的，而他们却做到了。就像他们带走我妈妈一样。"

卡莉丝点了点头，将一只手放在了胸口。她的心仍在发痛，就在怨灵碰过的地方。"没错。"她说。

这孩子的眼睛干了，好像哭光了所有的眼泪："父亲曾说过当人死后就会归来，就像妈妈那样。"

她说这些的时候让卡莉丝的心抽动了一下："不。我们不会以那样的方式回归……像你妈妈那样。不过我们有时确实会回来。"

"他会回来吗？"

"如果西格玛愿意的话。"

"那我会回来吗，如果我死的话？"

"我……"卡莉丝沉默了。要如何回答这样的问题呢？她选择完全避开这个问题。"你父亲会担心的。街道上还很危险。你必须回家去了。"她站了起来，"会有人送你回家的。"随后，顿了一会儿，"我会送你回家。"

孩子皱起了眉头："你又不知道我住在哪里。"她的语气听起来像在发问。

"你会带我去的。"

"首席解放者？"另一位雷铸军说，"需要我们陪着你吗？"

卡莉丝想了一会儿，她脑海中浮现出了一群雷铸军穿过严阵以待的城市将一个孩子护送回父亲身边的场景。她摇了摇头，轻轻地笑了笑："不用。留在这里。坚守此地，继续修筑防御工事。我会送她安全到家的。"她停了一下，想找个他们可以理解的理由，也让她自己理解。"我的职责就是疏散需要帮助的人。"她低头看看埃莉娅，"来吧，小妹妹。现在这个时间所有的孩子都该睡觉了。"她会找到塔玛库斯和其他人，然后开始负责疏散。

埃莉娅也抬头看着她："他们都说老骨头会在你死的时候把你带走。他也带走了法鲁斯吗？"

卡莉丝从女孩的话语中感到了一丝寒意。老骨头是格林姆熔炉的人们对纳迦什的称呼。"不。"她急忙说，"不，他不会的。"

而她也暗自祈祷，希望真的不会发生。

纳迦什扎，寂静之城

在沙许的黑暗之中，纳迦什满意地看着他的作品。他站起身来，影晶的碎片从他的肩膀上脱落。他听到了灭世之力的愤怒咆哮，他们正因一场并非他们所导致，却席卷了整个凡世的灾难而愤怒。纳迦什从他们无力的愤怒中得到了一点点的满足，随即他的挫败感又卷土重来。

"这并不完美。"他低吟着。随后低头下看，黑色阿克汉直视着他的目光，这位死亡大君正将一颗兽人的头骨捧在手中。他们正位于纳迦什扎的废墟之中，在一堆冒着烟的绿皮骸骨之间。上千名颤骨死灵劳工正默默地清理着街道，重建被摧毁的地方。阿克汉将颅骨扔到了身后。

"我一直认为成功与否在于其是否发生。"他说，发出同他主人一样的空洞声音，"毫无疑问，这件事已经稳妥了。"

"或许吧。"纳迦什抬头看去。他的思绪无法估量，如同一部有着许多零件的仪器。他真正意识只有一小部分才能随时活跃，而其他部分都将负责特定的事物，他大部分的注意力也都集中在更重要的事情上。

他的意识正漫不经心地略过那些小的思绪，遵循着那一条条都连向他的紫晶之线。他被称为巴尔·纳迦什，黑色之子，正在被呼唤以安抚一位感染疾病的母亲和她的婴儿。他也被视为纳迦什·莫尔，收割之王，正在沙许的一处被遗忘的战场中显灵，挥舞着镰刀战刃以保护生者与逝者。同时也有些黑暗的神格，以残破的愤怒与疯狂为他的永恒军团不断地夺取灵魂。

众像皆是他的化身。无论他们有何名讳，众像皆归于他一人。像阿克汉一样，他们也都发出着纳迦什的声音，并按照他的指示行动。也同阿克汉一样，得益于他的设计，他们也会变得强大。他们——同他——都会越发强大，直到所有凡世界域都处于他们的威压之下，直到最遥远的星辰也黯淡无光，直到远方的世界也静寂无声。

他凝视着天空，看到满天的灵魂，一千个、百万个，甚至更多，无法计数，全都在旋转、坠落、尖叫。一股灵魂的洪流，顺着不绝的潮水喷涌而下，被一种无法抗拒的力量所吸引：他。他们无法再抵挡他的召唤，其他界域也该清还沙许之债了。

对凡人而言，他所做的改变几乎无法察觉。在没有外在帮助的情况下，凡人的思想根本无法理解这种巨大的超自然变化。有些人会感知到即将发生什么，但他们却无法确定。

对纳迦什而言，无论如何，变化都显而易见。曾经的界域就如同一片一望无际的麦田，等待着镰刀收割，而现在却变成了旋涡。土地与生命构成了一个大旋涡，向下延伸，一直到纳迦什扎和黑色金字塔的下方，聚成一个比时间更加深邃的深渊，死亡在那里也会消逝。

"看啊，阿克汉……虚空正在吞噬天空。一片漆黑。时间的轮回已被打破，太阳也变为了一条黑色隧道。天空则变为了自身的反调，成了影晶的投影。"纳迦什向上伸手，好似要触摸太阳，"是我将它变为这样。吾意已决。这片界域乃吾之所有。它是我的。西格玛或许是星辰，而吾即是延伸在他们之间的黑暗。万物之终点将归一于我，如同微光在黑暗中熄灭。"他向下看着阿克汉，"我终于得到我的遗产了。"

"您打破了天空，主人。不仅在这里。其他诸神——"

"除我之外没有其他神明，吾仆。那些不过是些谎言与伪神。生命、毁灭、光明、阴影……这些不过是必然结局之前的序幕。吾乃整体的存在。吾之光亮将投射到所有界域。"他放下了手，"吾仆，我将塑形整个世界，使其更合吾之心意。"

"您将它变为了一个深底。"阿克汉轻声说，死亡大君好奇地环顾四周，或许还有敬畏，"我们现处于凡世界域的最低点，骨井的底部。"

"没错。"

纳迦什将一根破碎的柱子推向一边，花费的力气比凡人拍打一只苍蝇还要少。他感到自身的膨胀，浑身满是力量。那源于他所唤来的能量。他们会随着时间消失，而现在，他就是至高无上的存在。幸亏来自荒原的狂啸者们逃回了他们的界域。在战斗中他或许会用自己新获得的力量来对抗他们，这或许会加剧这场灾难。

"这是您有意的破坏吗，吾主？"

"非也。这场转变本来应该寂静无声。如果不是入侵者的出现打乱了我的程式。那些伪神也聪明不到哪儿去。现在，如你所说，他们看到并知道了我

第六章

所做的一切。"

"鉴于所释放的东西，我想应该如此。不然他们都是瞎子。"

纳迦什低头看向死亡大君："你在说笑吗？"

阿克汉抬起头来："当下看来，并无不妥。"

纳迦什端详了他一会儿。"很好。"他抬头看去，"这场灾难的外沿现在已经波及了艾吉尔的边缘。西格玛应该知道我做了什么。"

"您听起来很高兴。"

"的确。忽略我原先的打算，我还是希望他能知道。我想让'背叛者'看看我最终在我的界域成了至高无上的存在。他不过是星光的微粒，雷霆的回响。而我则是沙许本身。吾即是死亡及死亡之影。万物终将归我。就连诸神也不例外。"他转过身，注视着荒原的另一边，"但现在，我很高兴终于能夺回我的界域。那些占据者将被赶出寺庙，而所有冥界将服从吾之意识。"

"他们会试图阻止您的。"

"那就让他们来吧。让西格玛本人来同我再次决斗。"纳迦什抓起一块影晶并将它一分为二，他将碎片扔向一旁，"我会击败他。我会湮灭群星，皆凭吾之所愿。神王无法对抗我。"

"我并不担心西格玛，吾主。"

纳迦什挺身站立："西格玛是唯一的担忧。灭世之力不过是一帮蝼蚁，聚集在我的界域门下。当他们想要用阴谋诡计对付我时，我自会对付他们。"纳迦什摸了摸他的颅骨。他有时会记起某些事情。那些并未发生之事。或许，曾发生在另一个他身上，在另一个宇宙的轮回之中。

他通过思维视野看到了一道金光，并感受到了一股冲击。一把战锤，正被一位还未成神的凡人挥舞，而他也终将成神。他感受到颅骨破为碎片，然后灵魂飞翔而出，他试图从那可怕的挥击所产生的回响中逃脱。这时他听到了一个声音。那是他自神话时代的黎明就听过的相同声音——他从山冢中被放出时的声音。一只手，如同一颗恒星的中心般炽热的手，将他从永恒的黑夜牢笼中拉了出来。那个曾释放了他的人，曾与他一同作战……然后背叛了他。

"西格玛是唯一的担忧。"纳迦什再次表示，"我要击落星辰，随后将太阳化为灰烬。我要拆掉他的金色高塔，并让他的臣民变为乌鸦与野狗的盛宴。这便是我的命令。"

第六章

　　阿克汉犹豫了。然后，他低下了头："如您所愿，吾必领命，吾主。纳迦什至高无上，万物皆归其所统。"

　　"没错。你能记住这点很好，吾仆。"

　　阿克汉看着他："说笑吗，吾主？"

　　"不。事实如此。"纳迦什抬起头，因为有东西吸引了他的注意力。头顶上的天空正在变化，好似正在挣扎适应它的新形状。光芒正通过上百个点刺进这条摆动的裹尸布——那些是在被拉向沙许的灵魂，而其中有一个却与众不同，特别强大。

　　那颗炽热的彗星在穿过星海的坠落中发出尖叫。在灾难所引发的冰冷回响之中，它翻滚得越来越快，并在连接界域的空间中烧出一条道路。它燃烧着冰冷的火焰，划破了紫黑色的天空。它向四面八方转动，其噼啪作响的身形正随着天际之风扭动弯曲。

　　纳迦什看着它，整个天穹似乎都围绕着它，并随之扭曲、旋转，群星也穿过那条弧线延伸，化为道道光疤。它翻滚着穿过群星与世界所构成的隧道，下降得越来越快，直至它的形状延伸到各个方向，而它的尖叫也变得洪亮。

　　他现在能听到它的声音，并品味它记忆的回响。他甚至知道了它的名字。带着好奇，他起身去找那个正穿过虚空、发出尖叫的灵魂。纳迦什的身躯随着升高而膨大，直至占据了整片天空。他举起双手，将双手垫在那颗闪烁的彗星之下。当它滚进他的手心时，他握紧双手，开始窥探它的灵魂："啊。你真令人好奇，满是愤怒，而且无法抑制。"

　　这具闪电魂体没有形状，除了毫无缓解的痛苦之外，并没有真正的意识。它记忆的碎片正刺痛它有限的知觉，纷纷在破碎前变为一闪而过的景象。这些碎片变成了色彩与感觉的爆炸，并带来了一种全新的痛苦。它在他的手中释放出利爪般的闪电，它开始剧烈挣扎，发出了愈加凶猛的尖叫声。

　　它带着艾吉尔的臭味，还有沙许的气息。他能在碰到的时候就知道一个灵魂是否经历过重铸。但他从未见过如此不稳定的灵魂。"你带着群星的臭味，小东西。"他嘟囔着，伸手想要抚摸这噼啪作响的东西，"你身上有着闪电和纯水的味道，你是月光之下的新造物，还是在适应新的身体？"

　　这个灵魂在扭动挣脱时释放的闪电击中了他的爪子。它既疯狂又盲目，无法再现出它曾经的本性。纳迦什伸出了他的爪子，开始缓慢地将它剥离，

一层层绕过它噼啪作响的部分。他如同解线团一样将它抽离,仔细地研究能表明它身份的每一根线,在西格玛将它随意改变之前它最初的身份。

"啊。"他终于开口说道,"看啊,阿克汉——一个流浪的灵魂回来了。自沙许出生,却被艾吉尔偷走。它多么强大。在过去,它可能会在我的军队中成为一名战士。"纳迦什将双手拉开,让这具灵魂在双手间展开。它尖叫声的声调也随着其本源被拉紧而随之升高。

"或许它仍能成为一名战士,吾主。"

"但我为什么要在这种事上浪费力气呢,阿克汉?"纳迦什问道。他心中有些许好奇。阿克汉很少会提出这种建议。

"命运,吾主。您是它的象征,最终及最初的化身。这难道不是您的意志所为?这份礼物,在这里,不是就在当下?"阿克汉伸出一只手,想要去触碰这噼啪作响,发出尖叫的东西,"它作为接下来要发生之事的预兆。您是主宰。有什么比消除西格玛的成果能更好地证明这一点呢?"

纳迦什抬起头。他久久地盯着阿克汉,考虑着。如果这样的建议来自他的其他仆从——比如,涅芙瑞塔或曼弗雷德——他会质疑其背后的动机。但这是阿克汉。阿克汉甚至连自由意志的幻觉都没有,他只是他主人的回音,除了纳迦什先想到的东西之外,什么也不会想。

而他的建议纳迦什确实早就考虑过,早在他第一次意识到西格玛的所做之事后。"篡权者"西格玛,他将理应死去的灵魂转变为了难以对付的东西。

西格玛,他的作品将被纳迦什抹除。

"你说得对,吾仆。让我们按照这个打算开始吧。"纳迦什低头看着手中挣扎的东西,"首先,我们需要剥去所有谎言。"纳迦什伸展他的爪子,将挣扎中的灵魂拉得更紧。他能看到其内在真正的灵魂,看到这个形体所生长出的种子。

雷铸军并不具有凡人的灵魂。相反,某些神圣的东西被转移到他们身上。一点永恒风暴就能自他们体内随时间成长,逐渐强大。就像纳迦什所做的一样,西格玛也这么做了。他掏空了他的信奉者,以让他的某些东西能在他们体内成长。不管他承认与否。

但无论纳迦什意愿如何,他都无法将那颗蕴含着天际之力的微粒扯掉。它已同灵魂的本源不可分地纠缠在一起。将它扯开就会摧毁整个灵魂,而使其一无所用。在某种程度上，雷铸军正是西格玛的一部分，正如同死亡大君们是纳迦什的一部分。这便是神王试图保护他财产的方法，不管这正当与否。

他几乎佩服这种固执。无论如何，西格玛都很强大，而纳迦什一向尊重力量，尽管他仍想贬低它。光有力量远远不够，尤其是现在。纳迦什已远超力量。远超固执。他即是必然，是连诸神也无法否定的必然。

他张大嘴巴，对着星辰发出刺耳的叫声，这声音中夹杂着无数墓穴中的吱吱声和皮革翅膀飞行时的沙沙声。随后，伴随着他的怒吼，他将这具噼啪的身形撕成两半。他的前臂裹着一层破碎的闪电外壳，而某种苍白无形的东西从中冲到了地上。闪电则像活物般扭动、迸射，并逐渐化为乌有。

阿克汉跪在那模糊不清的东西旁边。他将一只手伸到它的中心随后起身，将它托了起来，那东西的重量好像比烟还轻。它呈最原始的人形，并且迷雾般的身体正在起伏翻滚。"即便剥去了闪电，它依然存在，吾主。"

"但并不是全部。它里面仍有一点火花。而我要将这点火花塑造成我的火焰。"纳迦什拿起了这个人形，做了个手势，将它的几缕身形掷向天空。片刻之间，它的形状就变为一群分散的灵魂之物，在空中缓慢地扭动弯曲。纳迦什研究了一会儿："现在，我们开始。"

慢慢地，精细地，他开始将它们重新编织到一起。

法鲁斯·塔姆独自站着。天空中闪着闪电，一片平地上，灰色的薄雾笼罩了一切，遮蔽了天空与地面。当他踉踉跄跄地迈步时，有什么东西在他脚下移动。他身着陌生的盔甲，疼痛的手中握着一把设计老旧的破剑。

他低头看了看自己的胸甲，上面有着加冕的骷髅和彗星的符号。"这是什么？"他发出嘶哑的声音，"我在哪里？"而在他头顶的某处，有可能是食腐鸟之类的东西对他的问题报以嘲笑的回应。他抬头看去，只见灰色的云朵正在远方无色的地平线上翻滚。有那么一会儿，那些云似乎在散开之前扭曲成了他隐约记得的形状。

他环顾四周。往日痛苦的回响刺激着他，不只是身体上的。他的关节疼痛，好似打了几天仗。他感到皮肤生疼，并且喉咙发干。通过薄雾，他看到了由木头和石块所筑成的高墙，似乎远处就有一座城市。法鲁斯知道他应该认得出来。一个名字在他的舌尖跳动。他感觉他知道这个地方……似乎他以前就

住在那里。它叫什么名字?

他向远处的墙壁走了一步,却听到一阵哗啦声。地面在他脚下移动。迷雾消散了片刻。他愣住了。整个地面都被骨头所覆盖。他犹豫了。不,不是覆盖。他正站在一座由头骨、腿骨、肋骨和断掉的脊骨所组成的小山上。他的视野所及之处,高大的白色骨堆无声地起伏着。这是一片死亡的荒漠。

他的胃感到一阵抽搐,剑从他的手中脱落。当它砸在骨头上时,空气中回荡起一座无形之钟的回响。他周围响起了巨大的哀鸣,就好像受惊的鸟儿们所发出的叫声。但鸟类从不会发出这样的声音。这声音刺入了他的双耳,穿过了他的身体,将所有思绪一扫而空。随着嘈杂声升至痛苦的音量,整个世界开始旋转,连他的胃也跟着一起。法鲁斯用双手紧捂住耳朵,瘫倒在地。一切都在摇晃。他听到骨头的响声,就好像有什么巨大的东西在它们下方移动,正以致命的兴致慢慢地围绕着他。迷雾渐渐稀薄,而他也看到什么东西正从尸骨中升起,好像是巨树的树干。

在他头顶,他听到了尖叫声。并不是鸟类的叫声,而是人类的声音,源自不可知的痛苦。它们的阵阵回音从难以置信的高度传来,逐渐减弱。他笨拙地爬起来,朝它们迈出一步,不想看,但又需要瞥一眼。迷雾在高处打转,短暂地露出在树干上,巨大的尖刺以不可能的角度伸出。在那些树枝上……

法鲁斯看向别处。但无法屏蔽尖叫。一道长长的影子,像是一对巨大的翅膀,掠过了他的头顶,天空也在它们掠过时发出雷鸣般的巨响。即便掉落的骨头就要砸中他,他也没抬头看。即便是红色的雨水开始下落,将白骨都染为粉色。

"你听到他们了吗,法鲁斯·塔姆?"

这声音好似来自四面八方。低沉的隆隆声震撼着他的骨髓。那是一种阴森、刺耳的摩擦声。法鲁斯摇摇头说:"你是谁?我又在哪儿?"

"你在所有人终将抵达的地方。"那个声音接着说,"你在冥底,万物都将归于此地。"迷雾中现在出现了一些身影,那是一些他认不出来的东西,在移动的可怕之物。它们双腿僵硬,长有豺耳,正在尸骨中徘徊。而他也转身,想看着它们。它们太远看不清,这让他很庆幸,但他仍能听到它们因饥饿而产生的急切喘息声。骨头在长牙间碎裂,而钝爪则撬开髓沟。

"你在豺狼潜行与甲虫伏走之处,蝙蝠栖息与老鼠筑巢之穴。这是焚化之所，是黑暗之时、最终之刻。一个无情与无限宽恕之地。"

在他头顶上，那些并非鸟类的东西正顺着墓风，以可怕的舞姿在空中俯冲旋转。它们自红雨中俯冲而下，仿佛在雨中尽情享受。有时，它们会扑得很近，而他似乎能瞥见那些蝙蝠身形上的苍白面孔。它们围着他咯咯地笑着，并在他试图寻找逃离路线时发出饥饿的颤音。

"这里，理性的血肉将被吞噬，骨髓会被吸干。这里，唯有夜风吹拂，所见之物只有星辰间的深渊。欢呼吧，渺小的灵魂，你终抵达了这里。所有的恐惧都将消亡，而真正的领悟即将开始。欢呼吧，迎接这一切吧。"

法鲁斯感到有什么东西抓住了他，像肉钩一样的手指紧抓住他，让他转了起来。一个瘦削的身影从他面前的雾中走了出来。这个人个子很高，甚至比法鲁斯见过的任何人都高。他身材瘦高，皮肤黝黑，五官分明。他身着一件有着陌生样式的华丽长袍，而他的头发则剃得精光。这个人放开了法鲁斯，随后展开双臂。法鲁斯向后退去，他的肩膀立刻冻得麻木，痛得像被火烧一样。"你是谁？"他声音尖锐，赶忙问道。

"吾即是所有人终将跪拜之主。吾即是万物的终点。"那个新来者露出微笑，但没有一丝暖意。毫无光芒。他的声音在法鲁斯体内共鸣，震撼着他的内心。那人抬起头来。红色的雨水染红了他的脸和长袍，但他似乎毫不在意："你听见他们了吗？我想他们是在喊你的名字。"

"那不是我的名字。"法鲁斯说。他的心在胸腔中剧烈跳动。他的名字是什么？不是法鲁斯。为什么他认为自己的名字是法鲁斯？他曾有一个不同的名字，不是吗？他再次摇了摇头，想让自己清醒。那些俯冲的身影好像正以他的困惑为乐，而他再次听到了那些不可见的食腐者所发出的嘶哑笑声。那高个儿男人则露出了更放松的微笑，几乎要咧开嘴来。

"这是你过去的名字。一个被遗忘的名字，还有一段被遗忘的人生。那些呼喊之人都认识你。他们都是往日之时的碎片。你被抢走了，而他们则为此付出了代价。看啊。"那个人做出手势，对着迷雾伸出了一只棕色的手。迷雾逐渐消散，而雨也停了下来，显露出了先前所一直隐藏的东西。法鲁斯很不情愿，但无法阻止自己窥探。

他能看到他们的面孔，或类似的景象，却是模糊的，随着时间的消逝而愈发模糊。就如同一卷被扔进火中的挂毯，他记忆的边缘正在变黑、收缩。

他想起了一场战斗和巨门关闭的响声。他想起了肉体烧焦的味道和食人族的号叫。而最主要的是，他想起了一个女人的柔软哭声以及一个孩子因恐惧而发出的哭喊。他想对他们说话，去祈求他们的原谅，但他却不知道为什么想这样。

"看看这些被你抛弃的面庞。祈求他们的原谅。"

"不。这不是真的。我没有抛弃他们。"但当他说出口时，他知道这是一个谎言。或许他并不是有意为之。或许他根本别无选择。但他还是遗弃了他们，而他有关他们的最后记忆就是这些尖叫。哦，他的尖叫声同他们一样，但他同他们的哭喊声都被一道雷声所掩盖，被那危险的雷鸣。他用手指摸索找到了胸甲上的纹章，那是一颗彗星的样式，拖着两条尾巴。"西格玛……"他曾祈求庇护，而那位神明确实听到并做出了回应。但并不是以他所希望的方式。

"没错，是西格玛干的。你现在看到了吗？"

法鲁斯摆手，好像在拒绝接受那句话："不。"他看向那柄破剑的剑柄，正插在骨堆之上。他将它拔了起来，随后转身，愤怒让他充满了力量。这个高个儿男人在说谎。这些一定是谎言，不然这些真相足以让他心碎："不。你是谁？报上名来！"

"你知道我的名字。所有人都知道。它是你学到的第一个名字，也是你将说出的最后一个名字。我是你路途的陪伴者，我将陪伴你们所有人，自摇篮至坟墓。"他瘦削的脸上露出一丝狞笑，棕色的面孔上露出一道骨白色的斜线，"说出我的名字，凡人。呼唤我，正如你呼唤他一样，而我将把他们带回你的身边。这既是我的能力，也是你应得的赏赐。吾乃神明。只要你说出我的名字，就能再次见到他们。"

那人向他走近，并不在意那把剑。他一边走，形体一边变大，直到他的身影完全遮住法鲁斯。他长袍下紧绷的肉体突然崩裂，断开，露出了骨头。"说啊，法鲁斯·塔姆。认出我来，然后欢呼吧。"他长长的手指拨开了纸一样的皮肤，露出人面下的骷髅。他的双眼如同烽火般盯着法鲁斯，而法鲁斯也觉得手中的剑越来越沉重。"我的名字，在第一批人类的语言中毫无意义。虚无。空白。吾乃虚无，吾乃万物。你现在知道我是谁了吗，凡人？你会喊出我的名字吗，就像所有人终将所做的一样？"法鲁斯跪倒在地。"纳迦什。"他嘶哑地喊道。

"没错。吾乃纳迦什。吾乃血肉的终点。"他的每一个词都如同一记锤击,覆盖地表的骨头都因他的笑声而发出声响,"我就是你的尊主,渺小的灵魂。无论你叫什么,你都属于我。西格玛放弃了你。下跪吧,迎接重生。"

"不。"法鲁斯转过身,这个词如同灰烬般自他口中说出。迷雾在他身边旋转,将他包裹了起来。他无法再看到那些面孔,但他仍能听到他们的呼喊。他想要哭,却没有眼泪。似乎在每个方向,纳迦什的脸都盯着他。

"没错。西格玛将你丢到了一边。而现在,在我的慈悲之下,我将把你捡起。屈身臣服,渺小的灵魂。屈身臣服,然后与你所爱之人相聚。"

"不。"法鲁斯说,但否认之声软弱无力。他再次听到了翅膀扇动的声音,感到整个世界都在颤动。有些东西绕着那些带刺的巨树,而尖叫声也愈发响亮。或许他们现在的数量也变得更多了。那些被他所遗弃的人也在他们之中?他蹒跚前行,想要接近那些树,但每一步却变得越来越远,浓稠腥臭的红雨再次滴到他的身上。血液遮挡了他的视线。

"你要否认亲眼所见的真相?看啊,看吧。记忆是心灵的创伤,渺小的灵魂。他们会留下深深的伤疤并诉说故事,只要你有智慧去观察和倾听。看啊。看啊。"

一只如坟墓般冰冷的巨大爪子抓着他的头,逼迫他去看。西格玛的脸,如同广阔的天空一般,正从一个难以置信的距离俯视着他。他的双眼,如同极地的寒风,正与法鲁斯对视,法鲁斯只觉得自己在那双眼之下软弱无力。西格玛曾审视过他并发现他在祈求。这就是他现身的原因。不是吗?

"西格玛并不公正。"纳迦什低语道,"西格玛是个骗子,是个残忍的背叛者。他将他想要的带走,然后只留下灰烬。你没看到吗?"

法鲁斯回忆起了一切。他仍能感到铁砧的火焰,烧净了他的灵魂。他的一切都被吞噬,自最终之刻到他的初始,他本以为自己会被完全吞噬。他在火焰中被烧成了另一种东西。他在燃烧中蜕变,一遍又一遍。剧烈的痛苦一直持续到整个世界开始颤抖,他才从火焰中挣脱,他再也无法忍受。

"因为他们正在把你变为别的东西。他们要烧掉你的过去,然后将它变为……更加简单的东西。更易于掌控。一件工具。一个谎言。"纳迦什抓得更紧了,而法鲁斯则扭动身子,本能地想要挣脱。

"不。"他喊道,高昂的声音吓到了他的耳朵,"不。这不对。事实并非如此。"

"但正是如此。看啊。仔细看。看这场背叛。"

迷雾旋转起来，过了一会儿，他来到了另一个地方。一间大厅，那里回荡着新生者的尖叫和造物之火的炽热。天庭的支柱摇晃着，黑暗中则传来可怕的响雷。身披战甲的人影，他们想要阻拦他，将他推回火里。

痛苦……

雷电穿过他的身体……

盔甲在他的拳头下破碎的感觉，以及他们的尖叫……

他将他们压倒，摔向地面。他并不感到愉悦，只有耻辱。为什么他们看不出来他不愿意去呢？为什么他们不能理解他的痛苦？他为什么不能让他们明白？

"吾呼唤汝之名，法鲁斯·塔姆。"那个战士大喊着，并向他释放了闪电……

更多痛苦，难以忍受……

他感到一阵惊慌、一种令人作呕的恐惧。这痛苦让他踉跄地奔向自由。远离风暴，还有这痛苦。

"群星、风暴，他们都在呼唤你，尽管你不知道如何或为何，你只知道你必须接近他们，然后找到痛苦的终点。"纳迦什说道，"但你听到的并不是群星的声音。而是我。我的声音将指引你到应该来的地方。你生在这个界域，就如同所有生物的出生皆是为了死亡。你在苦难中发现了这一真理。"

"不。"法鲁斯说，声音已如耳语。纳迦什抓得更紧了。

"没错。"纳迦什继续说道，"你在造物之光的阴影中找到了平静。那不正是你的权利吗？你不配拥有它吗？你曾侍奉、战斗，然后牺牲，现在只想要平静、寂静、湮灭，而不是在燃烧中转化，成为别的东西。"

"但他们不会停止。一次又一次，他们想把你拉回去。他们将你所爱之人夺走，然后，当这还不够时，他们还想夺走你对所爱之人的记忆。让你除了风暴外一无所有。"

法鲁斯继续挣扎着，再次感到随时间流逝而增加的苦痛。他无法思考，什么都看不到，他除了疼痛之外再也没有其他感受……然后……然后……"西格玛。"他说，语气中带着哀求。他伸出手，那只手已经被烧得冒烟。他向西格玛伸手。而西格玛则站在他的头顶，身形如同一座高山。他是由星光所组成的巨人，而他的声音则回响着战争的喧嚣。

西格玛，低头看着他，眼睛中是……悲伤？

第六章

"没错，"纳迦什低语着，"失望。一位工匠，会把坏掉的工具在丢掉前再好好地检查一下。"

"不。"法鲁斯说，"不，他不是。"

"但他确实这么做了，西格玛看到了你，看到了你的痛苦然后便转身离去。"纳迦什大笑起来，这声音撕碎了法鲁斯的灵魂，"为什么他会转身？你不是曾侍奉过他吗？"

"我……我……"法鲁斯想要找到合适的词语但无能为力。这个问题难住了他。

纳迦什继续说道："你不再有用了，所以才会被抛弃。这是他的界域中所有无用之物的命运。但你仍有用，法鲁斯·塔姆。我会重塑你。我会将你放入黯焰之火，并用你破碎的寿衣打造新的武器。而你只要屈膝于我，我将会赐予你所有失去之物。"

纳迦什放开他，让法鲁斯双手双膝撑在骸骨中。破碎的头骨盯着他，他们的眼窝中跳动着鬼火。再一次，他听到了尖叫，闻到了他颤抖的四肢所发出的烟味，并感到了他最后一记的锤击，而那座城市——他的城市——在燃烧。它是什么名字？为什么他记不起来了？为什么他记不起来火焰与铁砧之前的任何事？

"为什么我看不到他们的脸？"他嘶吼着。

那些头骨开始用纳迦什的声音说话："你的记忆已被夺去。西格玛将它从你身上剥去，就像他把你从故事的结局中带走一样。他从你身上夺取了需要的部分，将其他的扔到一边。"他身下的骨骸开始移动、翻滚。他摇摇晃晃地站了起来。试图找到稳定的立足点。他的腿却陷入了这堆翻腾作响的骨头之中，某些尖利部分甚至刺入了他的小腿。他发出尖叫，或自以为在尖叫。他抓着骨头，试图把自己拉出来。

法鲁斯抬起头，将一只血淋淋的手伸向清晰可见的星空。"西格玛，救救我。"他恳求道。西格玛低头看着他。他的双眼不再冰冷，而是灼热。他们如太阳般巨大，所发出的强光照射着他的身体，就如同铁砧一样灼烧着他。西格玛开始说话，但法鲁斯却听不懂他的话语。那些词就如同风暴的咆哮，对他施压，让他更深地卷进了骸骨的旋涡。无肉的手撕扯着他，将他向下拽去。

"他拒绝了你，法鲁斯·塔姆。你毫无用处。"

"那不是我的名字！"法鲁斯挣脱开来，攻击着那些抓他的人，直到自己的关节沾满鲜血，精疲力竭。他爬了出来，试图远离那些话语、雷声和翻腾声。他必须逃跑。离开……去……去哪里？一只食腐鸟在他身旁拍打着翅膀，轻松地跟上了他的步伐。它朝他瞪着黑色的眼睛。

"这是你现在唯一的名字。"鸟儿用低沉沙哑的声音说道，"这是他给你的名字。你坟墓上的名字。拥抱它，而我会赋予它意义。屈身臣服，渺小的灵魂，你会得到正义。这是我对你的誓言。屈身臣服，我就归还他夺走的你的一切。"

粗糙的石头从骨头下方长出，法鲁斯向后退去。它们在他身边升起，如同一个栅栏笼子。他转身逃跑，但他的黑色影子已被困在了这座石头监牢之中，也同他一起转身。那影子在石头间移动时发生了改变，正在脱离死亡，转而成为一座巨大的神怒引擎。"不。"他哀求着，"别，别把我变成这样，求你了。"

"这不可避免。"食腐鸟停在一块石头上叫道，"享受吧，你将会找到真正的使命。万物皆归纳迦什，纳迦什乃万物。屈身臣服。法鲁斯·塔姆，去找寻你的新使命吧。"

法鲁斯向后退去，一只暗夜色的巨大手臂从石头中出来。护甲其余部分则紧随其后，跌跌撞撞地踏碎了脚下的骨头。当它走近时，它似乎失去了所有的凝聚力，成为一团焦油状的东西。法鲁斯扭过身子，那些冒泡的物质溅到他的身上，开始燃烧，他发出尖叫。他撕扯着自己的肉体，想要把这层冒泡的焦油刮掉。但他的绝望挣扎只是加剧了这种物质的扩散。

"屈身臣服，就能成为比你失去之物更强大的存在；屈身臣服，就能看到那些被你所遗忘的面孔；屈身臣服，你终会得到正义。"

法鲁斯尖叫着低头行礼。他向前倾着身子，使自己低头，而痛苦依旧侵蚀着他。他叫出了他们的名字，尽管他自以为已经忘记了他们，然后他听到他们大喊着表示欢迎，或许是在哀悼。纳迦什的声音如同冰冷的火焰，由内而外地灼烧着他。

"没错。我们都将得到正义，因为我们，你和我，都曾惨遭不公。这是吾之意愿，终会达成。现在沉睡吧，你将归于完整。"

法鲁斯感到脚下的地面开始上升。那些石块——不，不是石块，他现在看到了，那是黑色的巨大爪子——越来越近，压在他身上，将他埋葬。他被抓住了，在尖叫中燃烧着，就像在铁砧上一样，在燃烧中蜕变。

第七章

战争之火

破碎旧世密室，西格玛星环

西格玛·海尔登罕默——艾吉尔的神王及雷铸军的领主，注视着西格玛星环上燃烧的废墟，低下了头。有那么一会儿，他以为自己听到了什么。是一个声音，来自荒野中的尖叫，请求他的帮助。

但这并不是新鲜事。每时每刻都有成千上万的声音在他耳边叫喊。人太多，以至无法听清。其中有祈祷，还有哭泣。他真的只能帮到少部分人。但这次却不一样。那声音很吵闹，不知何故，却突然沉寂下来，仿佛被一阵大风吹过。

他站在一道穿过破碎旧世密室墙壁的巨大裂缝之前。通过裂缝，他可以看到影响整座堡垒星环的破坏范围。细长的烟雾向星辰升起，火焰自破碎的铸造厂中涌出。奇异的热光闪烁在整个街区，将他们遮蔽。闪电伴着死者走向安息。

他能够感受到这场大灾难的余波至今仍在向外回响。他只知道，会一直延伸到无尽的宇宙。所有东西都有死亡的气息。每一块石头，每一颗明星都被沙许喷薄而出的能量所污染。界域仍在颤抖，所有物质都受到了这突然重组的能量威胁。而余震仍不断向上扩散，正如他预料的那样。

甚至玛勒斯也受到了影响。这个死亡的世界遭受到了数个世纪以来从未经历过的结构性影响。它核心的火焰在燃烧，试图吞噬更多剩余的表面，永远在两极席卷的破碎灵魂风暴变得更加猛烈。西格玛原以为它会从天界的位置上陨落。但有些事就连纳迦什也无法企及。

毫无疑问，死亡之神正是这场剧变的始作俑者。它源于沙许，并自根而上动摇了世界之树。"纳迦什。"他轻声说道，然后越来越响，"纳迦什，总是纳迦什。"

纳迦什，不死之王、兄弟与背叛者。西格玛又看了一眼囚禁纳迦什的石冢，其上的石块由未知之手堆积，而他只听到了黑暗中的低语。他毫不畏惧地扒

开石块,直到手中流出星光。当纳迦什伸出手来时,西格玛也伸出了手。虽然只有一会儿,但已足够。

但那已然成为往事,过去许久,几乎被人遗忘。

他没有意识到自己在做什么,只是举起拳头砸向裂缝的边缘。石块被彗星砸裂,闪电在他紧握的手指中咆哮。他的双拳再次高举,挥出,又是全力一击,震碎了墙壁和下方的地板。

西格玛后退了一步,那些古老的石块渐渐从他的视野中消失。他怒不可遏,努力控制着自己。就如同要将一场风暴塞进盒子里,但他已经历了数千年的磨砺。很久以前,他的愤怒会撼天动地。但他现在则是一位不同的神明。他的傲慢与自大已被羞愧之火燃烧殆尽。

"但有些事情却永远无法改变,嗯?"他半自言自语地说,"有些神明还是跟几千年前一样愚蠢。"他转过身面向身后的金甲战士,"记住这个教训吧,克诺索斯·赫文森。有些事永不改变,无论我们的意愿如何。"他注意到克诺索斯带着文身的脸面色苍白,姿势僵硬,这才意识到这位奥法领主正因他表现出的愤怒而感到不安,"别害怕,奥法领主。我的怒火不是因为你。"

"我也认为不是,大人。"克诺索斯恭敬地说道,鞠了一躬。他一只胳膊下夹着头盔,另一只手握着法杖。他的盔甲上有战斗的痕迹,还沾有灰尘。克诺索斯及他的战士们和其他圣咒战庭的战士们一起战斗了数个小时,以追捕那些逃离了灵魂工厂并在西格玛星环上横冲直撞的灵魂。

西格玛一脸苦相地说道:"不用鞠躬,克诺索斯。我不需要你的行礼。"他看向奥法领主身后。破碎旧世密室正在被修复,但进展缓慢。他阻止了它的倒塌,但灾变破坏的不仅仅是墙壁和石柱。在密室的中心,铁砧终于再次恢复正常,摆脱了缠在上面的紫色瘴气。

克诺索斯耿直地说:"我知道,大人。但我是自愿。"

西格玛低头看着他:"或许我应该让你披上银甲,而不是金色。"他边笑边说,但克诺索斯对这句话信以为真。

"如你所愿,大人。"

西格玛叹了口气:"只是玩笑,克诺索斯。"

奥法领主的脸上也短暂地露出一丝微笑:"我知道,大人。"

西格玛笑了起来,远方则响起了雷鸣。他拍了拍克诺索斯的肩膀,差点把雷铸军拍倒："很好。告诉我你有什么消息。"他转身看向墙壁的裂缝。

"灵魂工厂都修复好了。余震正在减弱。死者……"克诺索斯犹豫了。西格玛瞥了他一眼。

"死者却无法安息。"他说。

克诺索斯点点头："即使在西格玛星环，他们也会起身攻击。天穹之顶在灾变中破碎。数千万的行尸突然涌上街头，袭击他们遇到的所有人。有些不过是凶猛的躯壳，而另一些则具有邪恶的意识，就好像收到战争的号令，就连可敬的牺牲者也来攻击我们。"

"战争的号令。"西格玛重复道，"或许就是如此。"他已经知道了克诺索斯所说的一切。他能感觉到死者在墓穴中用爪子抓挠，能听到灵魂的疯狂哀号。

他向外望去，越过西格玛星环的边缘，直至下方的艾吉尔，看向那里平原上白雪皑皑的高峰和海洋。诚如克诺索斯所言，死者在西格玛星环上游走，也在下方的艾吉尔海姆中出现。艾吉尔的每一座大城市都有死者所造成的混乱。不仅在那里。每一座他建起的城市，他都能看到那种混乱。死者跌跌撞撞地穿过艾克瑟希斯和灰水要塞的街道。吵闹的鬼魂威胁着凤凰城的凤凰神殿。一支早已被遗忘了的颤骨死灵大军从沸腾的泥浆平原中爬出，向着圣锤堡·阿克夏的城墙进军。

他怒火的余烬重新闪烁，想要再次爆发。他看到了自艾吉尔之门开启后的几十年中所建造的一切都遭受到了攻击，他的双手渴望着他的战锤——盖尔·玛拉兹。他真想再把它拿起来，一头冲向沙许。以回应他和不死之王间所出现的问题。但他已经吸取了教训。

他转身从墙边走开，大步走过克诺索斯的身边："自纳迦什拒绝与我结盟之后我就料到了这一天。他总是如此固执。但我希望他能明白。"

克诺索斯跟着他，摇着头。"或许他的疯狂有迹可循。我们在各个战线都击退了黑暗诸神。但他们并没有被击败，他们的处境很不确定。其他诸神也在对抗他们，甚至阿克昂也不能出现在所有战场。"他加紧跟上了西格玛的大步，"这或许是纳迦什唯一的机会。我们的战线被拉得很长，而且盯着别的事情。"

西格玛放慢了脚步，低头看了他一眼。"这不仅仅是简单的策略。我认为这是很久之前就谋划好的行动。纳迦什比大部分神眼光更长远，包括我自己。

我以世纪来考虑，但纳迦什则以时代作为基数。"他顿了一下，"纳迦什已经预见到了最后一颗星星的熄灭，并做好了相应的准备。"

"那肯定不会发生的。"克诺索斯听起来很吃惊。

西格玛在回答前环顾了四周，到处都是与闪电魂体战斗的废墟，烧焦的武器与破损的盔甲散落在瓦砾之中。六位天咒师和一位圣器法师在试图将那具凶猛的灵魂逼入绝境时牺牲。奥法领主拜尔萨斯得以幸存，并击败了它，这证明了他的实力。

拜尔萨斯。一个值得观察的灵魂。一个古老的灵魂。西格玛抬头看了玛勒斯一眼，然后移开了目光。拜尔萨斯已经请求派他的战庭去抓捕那个逃跑的灵魂。西格玛仍在考虑这个请求。

他看了克诺索斯一眼："我无法预言接下来会发生什么、不会发生什么。所有事物都会迎来终点，无论是凡人还是诸神的意志。"他捡起一顶皱巴巴的头盔。穿戴它的战士现在就在灵魂工坊之中。他能感受到他们生命的最后一刻，以及他们死亡的回响。他能听到他们灵魂的尖叫，祈求被释放。西格玛闭上了眼睛。头盔掉在了地上。稍后会有人把它拿走，它会被重铸，再次为战争做好准备。所有这一切都能被重铸。包括众神。

"但这一切还未结束，大人。"克诺索斯说。

西格玛睁开眼睛，抬头看了看天空的黑色弧线。他能看到每一颗星星，甚至更远处。在战争的寂静之中，当他不再为了界域的纷争分心时，他们会对他歌唱，呼唤他，邀请他加入永恒的舞蹈之中。他现在感觉到他们的吸引，并知道终有一日，他可能不会再拒绝他们的召唤。但不是今日。不是这场战争胜利之前。

"不。还没有。你将前往沙许。"

克诺索斯低头示意："遵命，大人。"

"必须如此，克诺索斯。"西格玛走近铁砧。一直在清理它的圣器法师们退了下去，低头行礼。西格玛做了一个手势，从中抓出了一些魔法。他能从铁砧的表面感受到从那个世界所抽取的热量。

玛勒斯。他曾经有过另一个名字。在另一个时代中，在另一段生命中。曾经，它同界域一样充满活力，对他而言比任何东西都要珍贵。而现在，它变为了一场浩大战争的原材料。整个世界和曾经生活在上面的人，都成了武器。

"必须如此。"西格玛重复道,"直至战争胜利。"

西格玛隆,西格玛王城

拜尔萨斯挥起他的法杖,将扑向他的死尸猛击向一旁。那颗头骨,因年代久远而呈褐色,在被击碎后发出紫光。那具瘦骨嶙峋的尸体仿佛一个包裹着人皮的稻草人,穿着腐烂的天蓝色长袍及生锈的盔甲,倒在了地上。它并不是唯一的行尸。另外数十具同样穿着古老服饰的行尸,蹒跚地沿着护墙向奥法领主接近。它们身着破碎的礼服,其中有医师、哲学家、将领和外交官。生前,它们都是英雄。死后,却变得同野兽无异。

有些因为肢体无法正常活动而跌跌撞撞。有些却能像猴子一样轻松爬过世界之墙的城垛。那是西格玛隆的最高堡垒,也是最接近玛勒斯的地方。拜尔萨斯在最快的一只行尸朝他扑来前做好了防备,那只行尸没有血肉的嘴胡乱撕咬着。他用自己的法杖向上扫去,插中了它的胸口,将它扔向一边。有那么一会儿,似乎整个西格玛隆都要在他身边塌陷,倒塌为一层层苍白的石块。高塔与要塞倒塌为一座斜坡。这些建筑现在都被浓烟遮蔽。他转过身,倒转他的法杖,将它刺进第二具尸体。脆弱的胸骨裂开,他两步就将行尸推了回去。

当尸体摇晃着后退时,拜尔萨斯将法杖向下砸去,在上方聚集了一道电光。闪电轰然落下,击中了行尸,将它化为灰烬。更小的闪电链则在行尸间跳动,一个又一个击中其余的行尸。天界能量自上而下贯穿这些行尸,将它们化为灰烬和焦骨。他满意地看着它们燃烧。

"干得漂亮,大人。不过您这次又拒绝用剑。"

当米斯卡来到世界之墙的护墙边找他时,他转过身来。她赞许地打量着那些冒着烟的闪电伤痕:"那么,您一定有运用以太的天赋。"一如既往,她的声音像磨刀石打磨过的刀锋一般刺耳。

"这不过是一瞬间的事,无关紧要。"他谦虚地说,"任何以太法师都能做到。"

"确实如此。"

他没有理会她的消遣:"其他人呢?"

"按照你的命令,部署在世界之墙附近。我们清除了大部分饥饿的行尸,

除了最下面的几层。"

拜尔萨斯满意地点了点头。他在西格玛命令将他的战庭派遣至西格玛隆后就争取到了清扫世界之墙的殊荣。"很好。我们重新集结,然后降到下面去。"

"艾吉尔海姆在摇晃,他们说的。"

"谁说的?"拜尔萨斯哼了一声,抬头向上看去。在他们上方,整个西格玛星环仍在燃烧。它如同一颗被禁锢的彗星,悬挂在天空中,厚重的烟痕向冷漠的星辰延伸。玛勒斯也在燃烧。这个红色的世界在颤抖,好像一头被远方的声音所惊吓的野兽。他将目光移开,这景象让他心神不宁。

米斯卡耸耸肩:"许多人。"她低头看了看王城。有东西在闪烁,在西方的山坡上,"是援军,自闪烁之门出发。"她说着,挡住她的眼睛,"格林姆熔炉城正遭受威胁。一支不死大军正全速进攻。"

拜尔萨斯哼了一声:"他们什么时候不这样?"他已经知道。沙许,在这场灾变中比其他界域遭受了更严重的损害。西格玛在死亡之域的领土——那些因条约或被遗忘而割让给他的冥界和废墟——正遭到重生行尸的威胁。

米斯卡不以为意地看了他一眼:"他们被围攻了。"

"他们总是被围攻。艾吉尔本身也被围攻。被包围是我们的常态。"他不耐烦地做了一个手势,"在这样一场灾变后就立刻遭到机会主义的野蛮进攻,请原谅我没有因此感到吃惊。"拜尔萨斯摇了摇头,"无论这场死灵震是什么,它都源于沙许。我很确定。显然,不死之王的军团也会认为这是攻击的时机。纳迦什就是始作俑者!"

他稍后才意识到自己已经在大喊。他让自己平静下来,不再理会米斯卡扬起的眉毛。她看向一边:"他们说克诺索斯会指挥。他将去支援格林姆熔炉城。"

拜尔萨斯生气地皱起了眉头。他也意识到了这一点,但他不太会去顾虑。克诺索斯·赫文森的所在地对他而言无关紧要。"无论他们是谁,他们的消息都挺灵通。"他怒视着她,但没有真正的怨恨。米斯卡却对他的目光已经免疫。反而回望着他。

"是在宫殿里讨论的。你应该竖起耳朵倾听。你或许能学到其他东西。"她的语气中带着一丝不服,"西格玛打开了我们神殿的密室,终于把我们放了出来。现在,神秘的面纱已经被揭开。现在,我们将同战友们一起公开作战,这将是有史以来的第一次。"

"我们？我们也要进攻沙许吗，然后？"

"只是一种修辞代称。"

拜尔萨斯哼了一声。米斯卡没错，他根本没在听。他将自己深埋在了抓捕那位亡灵的行动中，他想要为自己在西格玛星环上的失败而赎罪。他之前从来没有让一个灵魂逃跑过。这压在了他的身上。自那一刻起，他知道那不是他的错。并不全是。然而知道和相信还是有区别的。

他意识到米斯卡的眼睛正盯着他，直直地盯着他。"这无关紧要。直到我得到其他消息之前，我们的战庭只有一个任务。那些疯狂的灵魂仍然在西格玛隆的城堡上乱跑，得有人把它们锛起来。"

"就如你所说，奥法领主。"她单膝跪地，用手摸了摸那堆灰烬和骨骸碎片。一个散发着天蓝色光辉的东西粘在她的手套上。它发出柔和的噼啪声。米斯卡将它放进了腰带上的一个小瓶子里。

她把瓶子举到唇边，轻轻地对它耳语，或是在唱歌。拜尔萨斯对此不太确定。无论如何，这个灵魂会一直被装在小瓶子里，直到她想把它放出来。这通常会导致爆炸。她站了起来。

"你认为它们会怨恨你吗，那些被你俘获的灵魂？"他问道。她腰间挂着的一些小瓶子里装着雷铸军战友的灵魂，它们都在失败的重铸过程中变为了疯狂的风暴之灵。他无法想象它们会对目前的状况感到满意。

"我怀疑它们根本不会思考。沦落到这种状态，就会失去对自己和周围环境的全部理解。"她露出苦笑，"它们不过是痛苦和恐惧的回声。在我的瓶子里，它们会一直沉睡，直到西格玛叫它们回家。"

"你希望它们睡着。"

米斯卡叹了口气："你比平常要苛刻。是因为克诺索斯要去沙许，而不是你吗？"

他顿了一下。然后，烦恼淹没了沉默。"格林姆熔炉由我们风暴军团所建立。但却不派遣我们——为什么？"他把法杖的底部砸在石块上，"我来告诉你为什么。"不等她开口，就赶紧补充了一句，"因为我的失败。这是惩罚。"

"你真的这么想？"

拜尔萨斯没有立即回答。他不知道，仅仅只是感觉。他说："我已经向西

格玛请求派我们去沙许。"他告诉自己,不是在征求她的认可。他是一位奥法领主,他的命令都会被执行。尽管如此,他还是在看到她点头时感到了一丝宽慰。

"很好。我们已经很久没有作战了。"

"作战?不。是因为逃亡的灵魂。他跑了,我能感觉到。法鲁斯·塔姆依然存在,就在八大界域的某处。我怀疑是沙许,因为那里正在发生什么事——我承认,这是一个简单的理论,但我们得从某处开始。"他握紧了拳头,"我要把他带回铁砧,净化他疯狂的灵魂。"

"即使我们找到了他,他也不能被重铸了。"

"那我们就消灭他。但我还是要把他带回来。"他用法杖向下猛击,一道闪电掠过护墙的石块,"他被选中了,他必须服从。如果他无法承受这样的重责,那他的力量也可以用来增强宇宙风暴。"他摇了摇头,"必须这么做。这是我们的目标。"

米斯卡愉快地点了点头:"就这样吧。"她看向王城。尽管她没有再说什么,他却几乎能听到她的脑袋里在想什么。他突然有了一种解释自己这份决心的冲动。

"为什么一个灵魂这么拼命地反抗?"拜尔萨斯也看向城市,"只有痛苦才会激发这种挣扎。"

米斯卡沉默了一会儿。随后,她说:"或许他害怕失去部分自我。记忆是我们找寻道路的路标。"

"他们——我们——不需要找寻道路,姐妹。"他向西根迪尔做了一个手势,"那就是我们的道路。它是我们的指明灯。一如既往地明亮。"

"那你做梦吗,兄弟?在你允许自己的短暂又少有的睡眠里,你难道没有见到过自己的人生,在闪电接走你之前?"

拜尔萨斯犹豫了:"你有过?"

米斯卡微微一笑:"我知道我的名字,兄弟。我知道那冰冷的感觉,我的毛皮被压得很重,还有雪橇破冰的声音。"在说这些的时候她的口音加重,"我知道鹿心的味道,在冰冷的早晨,带着血还冒着热气。我知道我的兄弟们唱的歌,也知道我父亲如何教狗熊跳舞,以让全村人开心。"她抬头望向至高星,表情中带着渴望,"我知道这些事,并将它们牢牢记在心里。简单来说,当我在战斗中陨落时，我也不知道哪些会被夺走。我，也许，可能因为重铸的痛苦而迷失自我，随着本能大发雷霆。"

拜尔萨斯摇了摇头。"我也记得一些事，但那些事不值得我用不朽之力来冒险。"他瞥了玛勒斯一眼，然后移开了自己的目光，"最后一无所有。"

"那么，这就是为什么你是奥法领主。你对手中要务有着特有的看法。"她听起来好像并不相信他的话，"让我们希望它能一直保持下去。"

米斯卡不倾向于任何隐晦的表达。如果她没有详细说明，那意味着她也不清楚。"早前，在灾变之前……你感觉到了什么。是什么？是灾变本身，还是别的东西？"

她倚在法杖上，一脸沉思："有时铁砧会展示某些东西。如果你能发现的话，万物皆有迹可循。"她举起一只手。"空气感觉不对，不知道为什么。八大界域都被扭曲了。"她望向拜尔萨斯，"我觉得这仅仅是个开始，兄弟。"

拜尔萨斯眺望着王城，并感到了片刻的忧虑。过了一会儿，他说："我觉得你说的没错，姐妹。有些东西刚刚在沙许的底部被唤醒。我们必须做好准备，迎接接下来的一切。"

纳迦什扎，寂静之城

黑色阿克汉大步穿过纳迦什扎，除了他自己的思绪外什么也没带。他不需要保镖，有什么东西能威胁到仅次于神的人呢？此外，除了他脑海中的意识之外，他不想让身边有其他间谍。不过他怀疑，这样的想法只是他曾经生活中的某种习惯。

经历了数百个世纪之后，他就会很难再回忆起凡人的生活。有时他甚至好奇过去究竟是不是凡人，还是完全由沙许的尘土塑造而成。半成形的记忆像爬在岩壁上的蝙蝠，深藏在他的脑海中，不时地抖动翅膀，扰乱他的平静。这些记忆真的是他吗，还是捏造的幻想？他是他自己吗，还是纳迦什的另一个被赋予了形体和声音的表象，以便同不死之王交谈？一个神，即便像纳迦什这样的神明，也会感到孤独吗？

阿克汉带着一种熟悉的厌倦感将这个想法搁置一边。千年来的经验已经告诉他，这样的问题就像一条衔尾蛇，循环往复，永无止境。或许纳迦什一

灵魂之战

直以来的意图就是如此——把他的维奇尔困在自省的牢笼中，迫使他对自己的每一个决定都加以怀疑。或许对纳迦什而言，那只是一场简单的游戏，一个黑暗的玩笑，用在他最忠诚的仆人身上。

阿克汉暗自笑了。他能这么想足以证明纳迦什如他所希望的那样分心了。他仍然能感觉到空气中闪电的刺激，听到那个灵魂尖叫的回响。它就如同被遗忘了一样。在纳迦什的精心看护下，它会变成什么样子，不得而知。

不死之王按他自己的需求塑造他的仆人。他会创作一个只有骨头和干骨髓的东西，还是创造一个哀号的幽灵？或许他会把一块块肉和肌肉编织在一起，形成一个巨大的肉团。无论结果如何，阿克汉都有职责让它知道其在死亡中的级位。很快，它就会加入其他部队。

号令已经发出，伟大的死灵法师的仆从们都将响应。一大群蝙蝠——或类似的东西——遮盖了月亮的表面。沙丘被无休止的无肉脚步踏为了平地。空气中弥漫着腐肉和坟墓尸气的味道。这些不死者的主人们——沙许的死亡领主们——正在返回纳迦什扎，来倾听他们主子的话语。

阿克汉停了下来，感觉到了某些东西。一个熟悉的思绪突然掠过。有些死亡领主似乎比其他人更快。

"好吧，老巫妖，你竟然容忍这么一团乱。"

这个声音——有教养，却轻蔑——正在空荡荡的大街上回响。阿克汉抬起头。一根孤零零的石柱矗立着，是一座倒塌庙宇的唯一遗迹。在它上面，有一个瘦削的身影，身着怪异的脊状盔甲，蜷缩着身子。

"我什么也不容忍。我只是按他的意愿行事。正如我们都必须如此，曼弗雷德。"

曼弗雷德·冯·卡斯坦因站了起来，伸直了身体。阿克汉好奇这位暗夜死亡大君在这里蹲了多久，等着有人知道他的存在。可能有段时间了。曼弗雷德一向具有戏剧天赋。在他的古老盔甲之下，这位凋魂亲王看起来身材高大、肌肉发达，裸露的手臂上留有伤疤，有些是仪式留下的，有些则不是。他的双臂交叉放在胸口，正在用鼻子俯视着阿克汉："说你自己就够了，巫妖。我只服务于我的野心，一如既往。"

"我还以为这只是实用主义呢。"

曼弗雷德高傲的表情化为了一声咆哮，一个女人的声音穿过了林荫道的阴影，回荡在空中。当三圣中的第三位成员现身时，两位死亡大君都转过身来。涅芙瑞塔——鲜血死亡大君，走到了月光之下，站了一会儿，好似在等待掌声。其他人都没有向前的意向，她走向了阿克汉。

"下来吧，曼弗雷德。"她喊道，"我们有很多事要聊。"尽管她身材瘦弱，但这位凋魂女王依然令人生畏。她的行动带着掠食者般的优雅，而她的盔甲则由最优秀的工匠精心打造。他们无论生者还是亡灵都来自沙许。她的举止威严，目光中有什么东西吸引着阿克汉，点燃了他曾经的余烬。

"涅芙瑞塔。"他说。她微笑着。他知道她看向了他那曾经是心脏的空洞。无论她是否会对那里的发现感到欣喜或失望，都已无关紧要。

"阿克汉，你见到我似乎很惊讶。"

"也许他只是惊讶于你会屈尊亲自出现，神秘的女王啊。"曼弗雷德说。片刻之后，他从原先的位置跳了下来，轻盈地落在了他们面前，褴褛的披风在他身上打转。秃头吸血鬼昂首阔步地向他们走来，一只手握着剑柄。"我知道我会惊讶。嗯，或许他希望我们都别来参加这场集会。"他向阿克汉晃了晃手指，"判断错了，巫妖。"

"放下你的手指，要么我就把它削下来。"对阿克汉而言，他们的现身并不意外。只是他们出现得太快。他们都在纳迦什扎安排了间谍。或许他们的间谍已经赶往了城中。是去帮助纳迦什，还是阻碍他？他看向涅芙瑞塔："你感觉到了吗？"

"不可能感觉不到。"涅芙瑞塔说。她环顾四周，看到破碎的石柱和一堆待清理的碎石，"他终于成功了。我不知道是该高兴还是害怕。"

"我只想知道他是怎么做的。"曼弗雷德咆哮道，"一直以为——这就是他的计划吗？有什么意义？"

"效率。"阿克汉说，他抬起头，天上的星星还在闪烁，但不知什么原因，看起来却很远，"他颠覆了自然秩序。无论是否会保持现状，这都是一个我无法回答的问题。"

"也就是说不死之王，以他的智慧，也不知道。"曼弗雷德说，狡黠地笑着，他歪着头，好像在闻风，"你能闻到吗？就像……机会。真宜人。这就是你为什么叫我们来吗？我们终于要推翻他了？"这当然是玩笑。曼弗雷德过于狡猾，他知道这种事不可能发生，尤其是现在。无论如何，阿克汉还是对这位吸血

鬼的鲁莽有一丝愤怒。

"安静。现在不是实现愚蠢野心的时候。"涅芙瑞塔做了个手势,灭世之力不会忍受这样的挑战。现在他们会来争夺沙许。

"你是说他们还没有那样?"曼弗雷德争吵道,他举起双手,"哦,没错。我忘记了。在过去的几个世纪中,当我们其他人在作战时,你一直躲在一座又一座的城市里。"

涅芙瑞塔转过身来,脸上露出威胁:"我没有躲,蠢材。我一直在做任何有头脑的人都会做的事——收集资源,为即将而来的更大冲突做准备。我的间谍遍布凡世界域,甚至在瓦兰尖塔,敌人的大本营之中!"

"那他们告诉过你什么有用的东西,嗯?他们警告过你这事会发生吗?"曼弗雷德向她探过身来,露出尖牙。两个吸血鬼互相龇牙,只需片刻就会扑向对方的喉咙。

阿克汉用自己的法杖敲击地面:"停下。你们的争吵在这里毫无意义,会干扰到伟业。"

他们转头看着他。没有一人被激怒。两人都不怕他。他们彼此认识的时间太久了。但他们都很尊重他,就如同他们彼此憎恨一样。或许他们只是对他没那么恨。

"纳迦什在黑暗中发出召唤,低级的死亡领主都响应了。"他在两人开口说话之前说道,"他们想要他的青睐,而他也赋予他们重任。艾吉尔的城市将会沦陷,而他将夺回我们失去的那些冥界。"

"我们都知道这个。我们听到了他的声音在黑夜中回荡,就跟他们一样。"曼弗雷德伸出一只手,"这就是我们来这里的原因。"

"这也就是他叫我们走的原因。"涅芙瑞塔微微一笑说,她明白,即便曼弗雷德不明白,她看向曼弗雷德,"纳迦什会从那些最快响应他的死亡领主中选出新的死亡大君。即将到来的战争将是他们的考验,也将是夺回失地的战斗。"她轻轻地笑了,"真有……效率。"

曼弗雷德皱起了眉头。"他想要替换我们。"他说。

"不。只是为了扩大我们的阶级。在诸神和巨兽横行的新时代里找到那些配得上他的先锋官。"阿克汉转过身,研究着他们身边的废墟,"自从三眼之王打碎了纳迦什的头颅,让我们陷入混乱之后,纳迦什就变成了一个守财奴。

他积蓄自己的力量，做长远考虑。"

曼弗雷德慢慢地露出笑容。"而现在我们已经接近尾声了，对吗？"他大笑着，"现在我明白了——我承认，之前我没有。但你还是原来的阿克汉，无论发生什么。你担心我们会干涉这些事。为了自身的利益而削弱他人。"他瞥了涅芙瑞塔一眼，"我想知道，你觉得现在是谁在跟我们说话，真的阿克汉？还是我们的主子？"他斜眼看着阿克汉，"是谁送出的这个警告，嗯？"

"这有关系吗？"阿克汉说。

"一向如此。"涅芙瑞塔看着他，"语境和信息本身同样重要。如果你在替他说话，那我们就知道这是他的意愿。而如果是你自己——好吧，有人可能想知道你为什么迫切地想要我们这次别插手呢。"她用一根手指轻敲嘴唇，"那么，当然，也有可能这是某种深奥的陷阱。也许是一种考验，针对我们的忠诚。为什么叫我们来这里，却只让我们离开？"

"你无论如何都会来。"阿克汉说，"是的，你们两个都已经在来的路上了，不是吗？"

曼弗雷德咯咯地笑了。"他说对了。"他愚弄般地鞠了一躬，"我感觉到了以太的波动，就来看看我能不能帮到我伟大的主人。"他斜睨了涅芙瑞塔一眼，"你呢，神秘女王？"

她无视了他。"我为什么来这里并不重要。现在既然我来了，我不想在没有任何保证的情况下离开。"她靠近身子，"你在玩什么把戏，阿克汉？我们要在其中扮演什么角色？"

"唯一重要的游戏。而你的角色一如既往。"他指着她，"服从纳迦什的意愿，所有意愿。而正是他的意愿让你离开。"

她皱了皱眉头，但没有抗议。她知道这是他的实话。她能感觉到，源自她的血液。她瞥了曼弗雷德一眼。他对她咧嘴一笑，而她则转身离开："如你所说，阿克汉。但请注意，如果这是你的计策，我会知道的，然后我会为此惩罚你。"

"承诺，承诺。"曼弗雷德嘟囔道。涅芙瑞塔没有搭理他。相反，她以高贵的姿态举起一只手。头顶上，有什么东西发出尖叫，那是纳伽德隆的黑色身影，涅芙瑞塔的恐渊兽降落在了街道上。它将铺路石压得粉碎，一团灰尘扫过后退的曼弗雷德和阿克汉。纳伽德隆怒视着死亡大君们，即便它并没有

眼睛。它的尾巴紧紧压制着愤怒摆动着，它的咆哮则响彻了整条街道。

涅芙瑞塔用她苍白的手指抚摸着这头凶兽披着深红色盔甲的头颅，优雅地爬上了鞍座："记住我说的，阿克汉。别试探我的恩惠，不然你会发现自己很快就会完全失去它。"当她在鞍座上挺直身子后，纳伽德隆发出一声震耳欲聋的吼叫，跳向空中。刹那间，恐渊兽消失了，向南方的地平线飞驰而去。

曼弗雷德转向阿克汉："她不会忘记这次的冒犯，老巫妖。"

"那你呢？"

"忘记并原谅。涅芙瑞塔的问题是她希望自己成为处在每一张网中心上的蜘蛛。如果有一个即将实施的计划，她希望自己能够参与其中。但我很聪明，我能意识到哪些东西对我有价值。"他环顾四周，"纳迦什现在将这整个界域都变为了生存的战场。他在沙子上画了一条线，并挑衅诸神来越过它。我们必须在他们来前做好准备。"

说完这些，曼弗雷德深深地鞠了一躬，转身离开，同时拉了拉自己的披风。他大步离开，不同于涅芙瑞塔的方向，阿克汉注意到。死亡大君们从未在这数个世纪中团结起来。曾经，在更好的日子里，他们都是纳迦什的左膀右臂，在他的意志、目标或前景下团结。而现在，他们是一个对手联盟，每个人都在试图牺牲他人为自己谋利。

就连他也不能幸免。纳迦什确实召集了他们。希望他的死亡大君们突袭艾吉尔的飞地。现在，当涅芙瑞塔和曼弗雷德都不肯屈尊现身后，他就只能派遣更低阶的冠军勇士了。就比如他抓到的那个艾吉尔灵魂所创造出的冠军勇士。

如果阿克汉还有脸的话，他也许会露出笑容。一个新的时代开始了。旧势力将要崩溃，而新的将会取而代之。

长久以来，他一直充当着欺骗孩子们的保姆。他曾帮助并唆使他的死亡大君同伴们搞阴谋诡计，让他们以为他是中立的一方，一个没有任何野心的木偶。

但野心多种多样。力量也有许多种，甚至在死亡界域中。曼弗雷德说的没错。机会横行。

而黑色阿克汉想要把握住这个机会。

第八章

艾吉尔之风

格林姆熔炉自由城

空气尝起来很甜，尽管仍有烟味。卡莉丝·埃尔坦谨慎地通过她的面具战甲的嘴部裂缝吸了一口新鲜空气。她从未想过自己会想念这么渺小的东西，但在黑暗的地下墓穴里待了数天之后，一口相对干净的空气价值堪比同等质量的西格玛神铁。格里普似乎也同意这一点。那头鹫犬在卡莉丝身后蹦蹦跳跳，轻声叫着。

卡莉丝小心地不让这甜美的空气干扰到她的职责。她的目光扫视着铺着鹅卵石的街道及街道两旁的铁栏门和紧闭的窗户。大量的建筑在灾变中倒塌，变为废墟。她面前的街道满是裂缝与残骸。深色的污迹留在鹅卵石和墙壁上，她甚至能尝到闪电消散后遗留的刺激味道。

她和她的弟兄们以松散的阵形保护着圣骸领主达瑟斯，避免他遭受可能的伤害。她并不期待什么。整个城市在死灵震后格外安静。即便是偶尔的余震，也没有打破格林姆熔炉上空的可怕寂静。市民们远比他们看起来坚毅得多，在某种程度上甚至已经习惯了死者所带来的恐惧。

"这里比我记忆中要安静得多。"达瑟斯说，他的声音在石头铺成的街道上回响，"那些叫卖的小贩和乱跑的顽童去哪里了？"他转过身，透过骷髅面甲看到了附近门框上昏暗的灯光。卡莉丝能感觉到有人在盯着他们，从这些残破建筑的可疑安全处观察着他们。

"他们在看着我们。"塔玛库斯，她手下的一位解放者低语道，"他们很害怕。"

"他们很警惕。"卡莉丝纠正道，并没有看向他，"他们以前也经历过灾变，就在不久之前。冥界比大部分地方都不稳定。"她看见一张苍白的面庞，正透过一扇用木板钉住的窗户缝隙观察着她。但那副面孔很快就消失了。

"至少点灯人都出去了。"达瑟斯说。

"要到早晨了。"卡莉丝说，并没有看向他。这段日子里，时辰很难判断。

自从死灵震之后，天空除了新的淤紫色外几乎从未放晴。厚厚的乌云笼罩着泽科纳荒漠，就连格林姆熔炉的最高尖塔也无法刺穿它们。她开始怀疑太阳是否还在那里。

达瑟斯仿佛看出了她的心思，发出了粗犷的笑声："我早就放弃记录时间了。现在的白天和黑夜都一样。我担心这会持续一段时间。"圣骸领主听起来很疲倦，但行动起来依旧充满活力。

自从灾变之后，他和卡莉丝以及其他人一直在努力重新封印每一个打开的墓穴和陵墓中破损的壁龛。万幸的是，万坟本身并没有遭受损毁。原本附加在上面的魔法依旧保有魔力。但负责检查铁链和吟诵束缚咒语的凡人牧师会经常报告里面传出声音，就好像里面所封印的恐怖之物正在慢慢苏醒。

达瑟斯也变得越来越沉默寡言，好像内心在做什么最坏的打算。但此刻他似乎非常热情。卡莉丝尽力说服自己去相信最坏的情况或许已经过去，尤其当天界领主莱诺斯说援军正在赶往这里之后。

自地震之后，格林姆熔炉一直处于围攻之中。尽管已经采取了预防措施，但城中的死者还是在他们被埋葬的地方复生。行尸在贫民窟游荡，猎捕穷人。剥皮嘶吼者和屋顶行尸则徘徊在贵族的墓穴中。有人目睹了黑色的猎犬出现在了内湖之门的围墙，它们幽魂般的号叫甚至使水结成了冰。

更糟糕的则是难民们所带来的噩耗，越来越多的人来到了这座城市，他们想要躲在高墙后寻求保护。这个界域的死者从不会轻易安息，而现在整个冥界都是贪婪灵魂和蹒跚行尸，其数量之多在利瑞亚的编年史上也是前所未有。

沙许是死亡之界，这里的每一块石头都蕴含着一个灵魂。而现在，似乎所有灵魂都苏醒了，渴望着生者的鲜血。来自阿伦施塔特堡垒的报告宣称沙漠中的行尸数量正在激增，而泽科游牧民们的巨大移动要塞也开始环绕移动，好像在为一场巨大的风暴做准备。

"那孩子昨天好像又回来了。"达瑟斯突然开口。

卡莉丝没有反应："什么孩子？"她感到塔玛库斯和其他解放者的目光朝她扫来，然后又迅速地离开。

"我发现她在最高的坟墓间跑来跑去，看着我。"

"这次她身边有多少猫？"塔玛库斯说，趁卡莉丝还没让他闭嘴之前。她回瞪了他一眼，他默默地低下头道歉。

第八章

达瑟斯说:"多到我一个人的时候感觉不舒服。"很难判断这是不是一个玩笑,他走近卡莉丝,说:"我感觉她是在找你。为什么?"

卡莉丝不由自主地瞥了圣骸领主一眼。埃莉娅最近成了一个讨厌鬼。她原本想——希望那孩子会暂时避开地下墓穴一段时间。至少等法鲁斯回来。如果他会回来的话。可恰恰相反,她现在似乎住在地下隧道。然尔,卡莉丝在见到了她和她父亲住的小屋之后,觉得或许地下更适合她。他们住在黄昏区——处于城市边缘的贫民窟。

那是一个令人不悦的地方。到处都是用废旧材料搭建的小屋,并与廉价的出租房和小酒馆挤在一起,后者不过是一些帐篷和长凳。那里大部分是来自沙许各地的难民,想要在艾吉尔的保护下寻求更好的生活。还有些是艾吉尔海姆和其他一百多个大城市来的穷人,想要在这座年轻的大城市中寻求新机会。

埃莉娅剩下的亲人是一位名为杜瓦克的败家子点灯人。当她第一次陪那个孩子回家时,他喝得酩酊大醉。他一见卡莉丝就惊慌失措,开始尖叫。她不清楚原因。埃莉娅则试图安抚他,她从容的神态足以证明她已对此已积累了长期的经验。在那孩子答应了她下次不会再在地下墓穴中被抓后,卡莉丝就迅速地离开了。而这个承诺也很快被那个孩子置之脑后。

"她是这么说的吗?"她小心地问,"说她在找我?"

"她什么也没说。只是直觉。布里埃斯和其他人经常见到她。她总是能快速地躲起来,除了你在的那次。我听说在死灵震后你两次送她回家。除非我错了,首席解放者,那并不是你的职责。"

"这个孩子不应该待在黑暗中。"

"法鲁斯允许她随心所欲地到处跑。至少布里埃斯是这么发誓的。"

"法鲁斯并不在这里。"她看向别处。他的责备没错。不管她怎么解释,或做出过什么样的承诺,这都是她职责之外的事,"以后我不会理她的,圣骸领主。抱歉。"

"我没说过别理她。我只是问为什么她要找你。"他也看向别处,"凡人是一份满是心痛的礼物。我们身处于时间之外却以他们之名战斗,而他们则是时间的奴仆。"他顿了一下,仔细地思索接下来的话,当他继续开口时,声音里少了一些严厉,"曾有一个孩子——守护城市的自由行会军官的儿子。他的名字是弗斯克。当他还是个孩子时,每当我需要同他的父亲商量军事问题,

我都会带去一些小玩意儿来打发他。他总让我想起某人。我想，是儿子，还是兄弟——我说不上来。"他沉默了。卡莉丝看向他。

"他怎么了？"

"他变老了，卡莉丝。转眼之间，他从一个孩子变成了男人，饱经岁月和战争的洗礼。他加入了他父亲的兵团。现在他是队伍中的队长。很快，他就会死去，无论是自然原因还是战争。当我看着他时，我仍能看到那个曾经的男孩，无论这个男人变成什么样。这让我很痛苦，卡莉丝。因为我能保护我的兄弟姐妹们的灵魂，但无法保护他的。"他向四周做了个手势，"他们的也不行。我们只能保护他们一时，而之后则由西格玛来决定。"

"你是想告诉我不要留恋吗？"

"如果你不介意的话。"

卡莉丝摇了摇头："我不是这个意思。我向你保证。她似乎对那些地下墓穴很着迷。她说她的猫会带她去它们想去的地方。"

达瑟斯点点头说："可能就是这种情况。格林姆熔炉的猫是神奇的兽类，即便是对这样一个充满了奇异的界域而言。我或许应该跟她谈谈。"他顿了一下，"如果我能抓住她的话。"他又停了一下，"我怀疑我的尸骸护甲会吓到她。"

卡莉丝几乎要笑了出来，但还是控制住了自己。达瑟斯想要抓住这个能潜伏在地下墓穴中的孩子就已经足够有趣。雷声轰隆隆地穿过城市，使屋顶颤动，将鸟儿惊飞。闪电在他们头顶的某处划过。达瑟斯举起了他的法杖："闪烁之门开了，姐妹。我们最好赶快行动，不然莱诺斯会好奇我们为什么会缺席。"

他们迅速地穿过了街道。卡莉丝一路上都觉得有城市的居民在盯着他们。除去她之前说的话，并不是所有人的目光都很警惕。有些则很害怕。但那并不是对亡灵的恐惧。这里过去曾发生过清扫。反抗艾吉尔的起义并不常见，但也并非无人知晓。

每一次，都是神锤圣砧军团镇压叛乱。卡莉丝在几个月前就曾参与过这样一场清扫活动，对付一个隐藏在城市贵族中的凋魂吸血鬼密会。这些水蛭将整个有着完美血脉的艾吉尔家族变为了嗜血的魔物，随后为了自身的目的试图操控整个城市的发展。卡莉丝揭露了这个密会。

她好奇是否那场行动引起了护堡领主法鲁斯对她的注意。她没有时间去问他，也没打算去问达瑟斯。这种事本来就有的是时间和地点讨论，但绝不是现在。

"看，是闪烁之门——星光之路。"达瑟斯说。她抬起头来，街道变宽了，变为了一个宽阔的广场。它的周围排列着巨大的碧玉和黄金所制的雕像，但有几尊在灾变中损坏。她知道，这些雕像，是用以纪念城市的建造者——格林姆家族。出于好奇，当他们经过这些雕像的阴影时，她仔细地研究了这些雕像的面孔。

"他们最初来自艾吉尔。"达瑟斯补充道，注意到了她的关注点，"是来自诺达斯山脉的战斗法师。他们在艾吉尔之门打开后的几年里想要寻找新机会，想着征服新土地，获得新财富。像格林姆家族一样的低阶权贵们成了利瑞亚冥界的真正国王。"

"格林姆熔炉没有国王了。"卡莉丝说。最后一支格林姆家族的皇脉与对抗瓦斯巴德军团的皇子一起陨落，没有留下后裔。现在，这座城市以他的家族命名，并由权贵、商人和哲学家组成的议会管理。

"这样或许最好。"达瑟斯打趣地说。

议会的代表们站在广场的另一端，等待着他们的贵客。他们中的大部分人都身穿华丽的官服，而自由行会的代表则穿着紫黑相间的制服。他对礼节的唯一表现是穿着一件雕刻的镀银胸甲，配上一顶高冠头盔。不像其他人，他带着武器，虽然只是一把仪式剑。

屹立在凡人之上的是三位雷铸军。其中两位身着神锤圣砧军团的黑色盔甲，第三位穿着西格玛之锤军团的金色盔甲。这座城市的防务由两个风暴军团负责，尽管它们在格林姆熔炉并没有永久的驻军。

相反，他们会根据季节调换战庭。现在，担当防卫任务的是撼金战庭。通过卡莉丝对他们的些许了解，这个武士战庭曾在阿克夏屡立战功。这些身着金甲的天界领主正站在卡莉丝所在战庭的指挥官莱诺斯·巡墓者和猎魔领主阿基利斯·血族之灾的身边。

在广场的另一端则是闪烁之门的基座。这座连接利瑞亚和艾吉尔的界门坐落于十二层螺旋上升的紫晶楼梯的顶端。楼梯交错而上，与城市上空中的模糊光亮相遇，宛如天穹的一道裂缝。

这时，一团深蓝色的迷雾自光亮中涌出，滚下了台阶。它带来了净水和寒冷高地的味道。空气因以太的张力而嗡嗡作响。闪电所带来的刺激掠过卡

莉丝的感官，使她不安地挪动身子。在她身边，格里普抖了抖它的羽毛，用一种满足的啁啾声嗅着弥漫的空气。"这是艾吉尔之风。"达瑟斯喃喃地说，"纯净得让人的知觉生痛。"

广场通常会站满忙着自己事情的市民和商人。但由于夜晚的缘故，现在已经清空。一大群格林姆人站在街道的入口处围观，倚着戟或带着弩。自由行会的士兵看起来很紧张。这或许可以理解。对他们大多数人而言，闪烁之门是最接近艾吉尔和西格玛的地方。

卡莉丝带着她的队伍走向聚集的权贵。达瑟斯走在她身边，他先前的幽默好像消失了。随着他们的靠近，她仔细打量起了那位身着金甲的天界领主。她听说过克拉克苏斯英雄的故事。大多数雷铸军都听过。奥里乌斯·阿达曼丁是他的同族中第一个参战的，之后他的功绩就占据了一整本典籍。

他悠闲地站在莱诺斯身边。这两位天界领主有着相仿的身材。不过莱诺斯的面色更加苍白，奥里乌斯则皮肤黝黑。他的手臂中夹着他的雷暴战锤，而他的黑发被一个长长的发髻缚在脑后。他的金色战甲上满是苦战的痕迹，他的纹饰也带有裂损。据说，奥里乌斯从不在意外表，他只关注效益。

他点头示意："达瑟斯。我以为你会永远躲在黑暗里呢。跟我说说，死人还睡得不安稳吗？"

"得让他们完全沉睡，天界领主。"达瑟斯向两位天界领主行礼，"我猜让我远离职位不是只为简单地见见老朋友吧。"

"没错。"莱诺斯咆哮道，"闪烁之门开了。艾吉尔的援军到了。现在城市的防卫权会移交给他们。"他直截了当地说了出来，语气中带有些许不满。卡莉丝明白。莱诺斯负责守护这座城市已有三十多年，在这段时间里，他曾击退死的或活的敌人。而现在，很明显，他要将职责交给另一个人。更何况他根本不认识那个人。

"我也听说了。"达瑟斯温和地说，"是谁？"

"我们也不知道。西格玛没有告诉我们。"奥里乌斯苦笑着，"或许他正忙着不让星辰从天上掉下来呢。"

莱诺斯用一种并不友好的方式瞪着他："我们很快就会知道了，我猜。"他极不情愿地说道。他转向城市的统治者代表们，开始向他们讲话。

卡莉丝稍微放松了一下，毕竟已安全地护送了达瑟斯。她抬头凝视着那些耸立在他们周围像攻城塔一样的雕像。"他们曾经很强大。"她身后传来了一个低沉、刺耳的声音。

她转过身，看到猎魔领主阿基利斯正看着她。他的战甲上挂满了圣洁印和守护符，就连他穿戴的深红色斗篷上也是。当他走向她身边时，他法杖顶端的破法神灯轻轻地闪烁着。大多数雷铸军，他们的首要职责是作为战士，而猎魔领主的职责则是在艾吉尔的领地内清除腐化和邪恶。

"有段时间了，卡莉丝。"阿基利斯对她点头说道，"我最后一次见你时，你浑身是血。"

"那件事上能帮到您是我的荣幸，猎魔领主。"卡莉丝低下了头。

"你做得很好。这也是我向护堡领主法鲁斯推荐你和你部队的原因之一。你具有同死亡势力作战的欲望。这是我们需要的特质。"

"将会有战争了吗，这么说？灾变……"

"是某种更大事件的前奏，没错。"阿基利斯低头看向格里普，他单膝跪下，那只鹫犬向他伸出的手走去，"这是法鲁斯的鹫犬。"他抚摸着格里普的脖子，嘟囔道，抬头看向卡莉丝，说："你现在在照顾它吗？"

"它大部分时候都能照顾自己。"

阿基利斯站了起来："确实。无论如何，法鲁斯再见到它的话会很高兴。"

"有没有……"她犹豫了。这不是她该问的问题。

阿基利斯摇了摇头。"没有。"他看向界门，"或许我们的援军会带来消息。"卡莉丝转过身去。

自闪烁之门涌出的迷雾明显变浓。一阵声音传来，像水晶破碎的声音，裂缝闪出更多光亮。随后，雾中出现了一些身影，他们以有序的步伐移动，是雷铸军。从他们的外观上判断，他们跟她以前见过的不同。他们身穿西格玛之锤战团的纹饰，但闪着奇异的光芒。"他们是谁？"

阿基利斯哼了一声："我没想到会在这里见到他们。事态一定很严重。"他和莱诺斯交换了个眼神。卡莉丝看得出，天界领主也跟她一样困惑不解。

奥里乌斯皱起眉头，摇了摇头："即便这样，我也不认得他们。"

他们最前面的队列中走出了一位除天蓝色披风外，一身金装的战士。他一手拿着一根法杖，骑在一头风暴灰的风鹫上。这头巨兽发出挑战般的号叫，并以一种类似猫科动物的优雅姿态大步走下宽阔的台阶。类似于它的小型表

亲——鹫犬，这头野兽具有猫和鸟的混合特征，并且体型更大，足以轻松地驮起一位全副武装的雷铸军。它分叉的尾巴在下降时来回扇动着，后蹄在台阶上踩出沉重的响声。

跟在那头野兽和它的骑手之后的是一排排穿着相似的战士。有些人手持剑刃和法杖，其他人则带着重盾和聚集了以太能量的钉锤。在他们身后的则是身着白袍的战士，手持着形状怪异的弩。

当风鹫走到最下面的台阶时，它向前一跃，仿佛在享受突然获得的自由。它向城市的代表们走去，尖声叫嚣。卡莉丝看到凡人们脸色苍白，自由行会的代表本能地握紧了剑柄。她并不责怪它——一头饥饿的风鹫是界域中大多数爬行怪物的对手，而普通的凡人根本没有机会对抗它。

骑手拉紧了缰绳，那头野兽顺应停了下来，后蹄在广场的石头上擦出了火花。那位雷铸军轻松地从风鹫的后背上滑了下来，手里握着法杖大步走向等待的代表们。"我是奥法领主克诺索斯·赫文森。我带着艾吉尔神王西格玛·海尔登罕默的命令与愤怒而来。格林姆熔炉处于危机之中。但它不能沦陷。只要我还站在这里。"他的声音传遍了整个广场。

"圣咒战庭。"阿基利斯低语道，看向达瑟斯。达瑟斯简洁地点点头。

"那最糟的还没来呢。"圣骸领主说道。

莱诺斯和奥里乌斯会见了新来者。在片刻的迟疑之后，三位战士相互握了手。克诺索斯摘下了他的头盔，卡莉丝立刻就注意到了他脸上的文身和那些巨大雕像的相似之处。她好奇那些恭敬行礼的凡人是否也注意到了这一点。她想，或许他们中也有几人是这么想的，因为也有人在匆忙地打量这位新来者和周边雕像的相似之处。

在最需要的时刻，格林姆家族的最后一人还是返回了这座城市。

纳迦什扎，寂静之城

法鲁斯从黑暗中醒来。

但那并不是真正的苏醒。不是从梦境中惊醒。相反，如一根被点燃的蜡烛。前一刻，空无一物。随后，亮光，意识，重担，痛苦。

他试图整理零散的思绪。它们却像受惊的鱼儿一样从他手中溜走。他记

第八章

得一些事情，但不是全部。他知道自己的名字，但不知道他是谁。他是什么。答案就在那里，在他意识的边缘跳跃，但他却想不起来，只得看向四周。

紫色的微光在空中飞舞，在一片断柱和碎石上形成了紫晶色的薄雾。周围的环境让他感觉很熟悉，但他说不上来为什么。他本能地抬起了头。但却无法分辨星辰。

他身上缠着沉重的锁链，上面有岁月的痕迹，并且长满了霉斑。他想甩掉它们，但发现不管他怎么使劲，它们几乎不动。空气中充满了灰尘和烟雾，但他却并不觉得呼吸困难。过了一会儿，他意识到那是因为他根本没有呼吸。他低头看着自己。有什么地方不对。他找不到他的肢体。他好像海市蜃楼一样虚无缥缈。但他全身作痛。他觉得自己好像吞下了一团余烬，它正缓缓地在他体内燃烧。

"我……我在哪儿？"他用嘶哑的声音说道。听起来很奇怪，残破不堪。声音就像被扭曲的回声。黑暗中有个东西回应了他。那是一阵窃窃私语，好似多个声音在快速又轻柔地交谈。随后则是骨头摩擦在石头上的嘶嘶声。黑暗中出现了亮光。不是尘埃，而是闪烁的靛青色火焰。

那些东西已经死去，他们破碎的躯体被紫色的火焰包围。随着他们的靠近，黑暗退却了。法鲁斯看到他被锁在一个破碎的祭台上，这个台子可能曾经属于某座神庙。发光的尘土在其边缘堆聚成了凌乱的沙丘，并被微风卷起刮擦着他的铁链。

尽管新来者的外表令人毛骨悚然，但法鲁斯却不害怕，甚至当他们围住了他，让他们火焰热量席卷他的时候。他知道他应该害怕，但只感到一种顺从。好像这在预料之中。无法避免。

"在所难免。"

这个词就像闹钟的响声。法鲁斯猛地拉动锁链，一个高大的身影从黑暗中走了出来，跟随着那些燃烧的生物走上了祭台。这是一具骷髅，身着长袍和盔甲，手中拿着一根法杖，向他走来："我相信，这是你想找的词。"

"谁……？"

"我是谁，你又是谁？"一只骨手伸了出来，法鲁斯向后退缩，"答案是一样的，除了细节。我是黑色阿克汉，至圣死亡大君。吾乃纳迦什之手。当我说话时，它即是吾之音；当我行动时，它即是吾之愿。"

有东西融入了法鲁斯的脑海中:"沙许,我在沙许。"

"没错。而你是法鲁斯·塔姆。曾经属于艾吉尔,现在属于沙许。"

法鲁斯摇摇头:"我……不。我,现在不是——我……"铁链似乎突然变得沉重。世界的边缘变得越来越模糊。他感到身体被拉长了。他摇了摇头,集中注意力:"我怎么在这里?"

"你死了。"

这句话刺穿了他:"不。"这是本能地拒绝。他再次想挣开那些锁链,因为他确信自己一定能做到。他曾经很强壮,远比现在强壮。还是这仅仅是一场梦。一切都模糊不清。他好像是在远处观察着这一切。

"这不是一场梦,"阿克汉说,看出了他的心思,"但你已经摆脱了凡世的困扰,并获得了随之而来的力量。神圣的火花曾穿过你的身体,现在正吞噬你。你感觉得到吗?"

法鲁斯可以。它已不再像一团余烬,而是燃烧的火焰,正向他的身体内部爬去,蔓延到他根本不存在的骨头里。他没有身体,为什么又会感到痛?"你对我做了什么?"他咆哮着,依旧在徒劳挣扎。愤怒在他心中爆发,一种饥饿且巨大的悲愤使他身上的铁链相互碰撞,并让他不存在的肢体感到疼痛。

"还什么也没做。"阿克汉伸出法杖,用它的尖端托起法鲁斯的下巴,丝毫不被他虚无的身体所影响,"你还没有形体。只能靠这些束缚你的锁链来保持大致的身形。很快,它们就没必要了。"他后退了一步,法鲁斯被沉重的锁链拖倒在地。

"我是谁?"他嘟囔着,试图将自己分散的思绪合到一起。这很困难。愤怒让他无法集中。他只能看到破碎的景象——一片大墓地、身穿黑甲的战士、一个孩子。"埃莉娅?"他低语道。是她的名字吗?她是谁?更多的景象接踵而至,在他的脑海中变得清晰起来。一个女人和一个孩子;沾满血迹的苍白石头;一只在黑暗中发光的猫眼;一间大厅;闪电猛击他,涌入他,改造他。"西格玛。"他呻吟道,一个名字在他嘴边闪过,"我……我……我为什么没有被重铸?"

回忆像一群乌鸦般环绕着他的意识。随着它们的俯冲和回旋,他回忆起他人生的混乱碎片:花园在凉爽的傍晚时的气息;练习剑刃的重量;他父亲警告他的声音;还有……一个女人的手,在他手里;她的嘴唇,靠近他的耳朵。

第八章

他摇了摇头，想让自己清醒，试图将这些碎片拼到合适的位置。他闻到了烟味，听到了大门撞开的声音。女人的尖叫——是先前那个女人的——还有……孩子？不，一个孩子。"埃莉娅。"他再次说道。为什么这个名字这么重要？她是谁？一张孩子的脸庞浮现在他眼前，但很快就被另一张脸所取代。两个孩子，但只有一个名字。

随后，闪电。又是闪电。将他带离了花园，带离了那个女人和她的孩子——他的孩子——全带走了，甚至带离了他的记忆。他们都从他身边远去，就如同风中的烟雾。"他们都死了。"

"万物皆有一死。"阿克汉说。

他心中燃起怒意，紫晶色的闪电划过束缚他的锁链："我本来可以救他们的。"

阿克汉点点头："或许。"

"为什么他带走我，然后呢？"

法鲁斯感到这个巫妖正在研究他。阿克汉发出了可能是笑声的声音："他需要武器。而你就近在眼前。你是个奴隶，渺小的灵魂。最好接受这一点。"

"不，不，我……"法鲁斯摇了摇头，试图将这想法除掉，闪电则发出如凶兽咆哮般的声响，铁链也开始冒烟，"我是个囚犯吗？"

"我也差不多。你将以纳迦什之名，手持黑铁与影晶所制之剑，并被濒死恒星的热量赋形。你高兴吗，渺小的灵魂？"

法鲁斯怒视着巫妖，试图聚集他的力量。他体内感到一种热量。一种隐隐的疼痛，在闪电掠过他的身形时更加明显："我感觉不到快乐，只有痛苦。"

"会过去的。那并不是真正的痛苦，只是回响。很快，你就会忘记。"

"只有当我体内的火焰熄灭时我才相信。"法鲁斯想抓住自己，但什么也没抓到。他的身形在铁链中摇摆翻腾，如同一缕烟雾。他感到体内有一股汹涌的风暴，正在寻找自由。"我没有肉体，但它仍在燃烧。"他说。

"这很奇怪吗？你的灵魂坠入苍穹。它冲破了两个界域间的壁垒，并烧出了一条路回到这里——你的诞生之地。"阿克汉轻笑着说，"你应该引以为豪。只有少数的灵魂能从这样的坠落中幸存。"

"我没有幸存。"这些话又激起了新的痛苦，让法鲁斯开始尖叫，奋力挣扎，连带着锁链发出声响。

阿克汉没有理会他的表现："你还在说话。"

"你也是。"法鲁斯发出嘘声，"而你并没有活着。"铁链因他挣扎着起身而发出声响。当祭台上固定锁链的钉子松动时，陪在阿克汉身边的灵魂纷纷后退。

"没错，但我还存在。生存就是维持下去。"阿克汉绕着他，就像一位商人在研究牲畜，"艾吉尔的力量强化了你，加强了你的灵魂。而现在纳迦什将利用被艾吉尔抛弃的你。"

"闭嘴。"法鲁斯咆哮道，"我没有……我没有被遗弃。我……我……"他的思绪乱成一团。他想起了神王的双眼和其中的失望。这刺痛了他，他犹豫了。这使他堕落。他将头向后仰去，哀号起来。闪电迸发，烧焦了附近的石头。

"没错，"阿克汉说，"你记得。"

"闭嘴。"法鲁斯吼道，猛地冲向巫妖。他的身形模糊不清，噼啪作响，好似要散成一片。他感到闪电穿过他的身体，发出呻吟。这痛感就像化脓的伤口。铁链阻止了他，尽管他愤恨不已，但风暴仍困在他体内。

"你记得。这很好。这很痛。也很好。维持这些痛苦的记忆吧，战士。这些很快都会被你忘记。"阿克汉举起他的法杖，并将它挥下。一道紫晶色的光芒从中涌出，驱散了阴影，露出了潜藏在废墟中的东西。

尸体们站在那里，在可怕的寂静中看着祭坛，数量多到法鲁斯数不过来。在摇摇欲坠的腐尸间还飘浮着幻影，他们也裹着铁链，或拿着处决工具。在祭坛上围绕着法鲁斯的燃烧灵魂抓住了他的锁链，阻止了他的挣扎。他和他们对抗，但无济于事。他们具有亡灵的力量。

"他们来这里是为了尊敬你，你是个独一无二的亡灵。"阿克汉说道，"而且不仅仅是他们。看啊。"死亡大君伸出手，有什么东西默默地穿过了死者的队伍，"他们带着礼物而来。"

他们身着长袍和兜帽，头上戴着黑曜石颜色的高大鹿角，那是一列女人——或像女人形状的东西——绕着路走到了法鲁斯站着被束缚的地方。他惊愕地盯着她们。苍白的花朵在她们身后发芽，但在她们影子掠过之前便枯萎，这让他灵魂的残余部分也不禁颤抖。在她们的兜帽里，都是一张张苍白的脸庞，漂去了其他颜色，而她们则用深渊一样的黑眼望着外面的世界。她们裸着脚，背着缠有裹尸布的武器和盔甲。

"冥界的女儿们。"阿克汉吟咏道,"她们带来了工具,以帮你攻破你曾经守护的塞门。"他举起了法杖,"跪下,灵魂。跪下并接受这不死之王的礼物吧。"

某些东西在法鲁斯体内燃起。"我不会跪。"他艰难地说道,"我不会臣服……"阿克汉的话语引起了更多的记忆,他再次想起那片大墓地,以及更多,他记起自己在守护它,或是守护里面的东西,"我不会臣服。"

遵照阿克汉的手势,燃烧的灵魂们拖着铁链后退。法鲁斯随后就被拽着跪了下去。阿克汉低头看着他:"看来你已经这么做了,而且你之前就做过。不然我们现在也不会在这里。"

法鲁斯嘶吼着想要起身,但铁链却过于沉重。他没有固定的形体,更没有承受重量的身体,但他却曾经有过。突然一股倦意涌来,让他低下了头。他太累了,从来没有这么累过。这个地方压着他,粉碎了一切反抗的念头。他又看了看那些走过来的女人:"她们是谁——是什么?"

"那些不愿向纳迦什臣服之人的妻子、女儿、姐妹,还有母亲。这些人中有古代的国王和傲慢的首领,出身高贵的女王和野蛮的军阀。他们违抗他,所以他夺走了他们最珍爱的东西,并让她们爱上他。他把她们的灵魂扭曲成更讨他喜欢的样子,并让她们成了他的女管家。她们以他的名义统治着较小的冥界,看守着灵魂森林,并守护着那些他暂时不需要的圣物,直到他再次召唤她们为止。"阿克汉看着他,"他能把她们召唤出来,对你而言是极大的荣幸。"

法鲁斯什么也没说。那些幽魂在她们身前退下,为她们让出了一片空地。这些生物远比幽魂邪恶。空气在她们周围扭曲,形成了奇怪的图案。那些盛开又凋零的花朵在她们身后通过其短暂的一生发出了尖声的低语。最可怕的是她们的脸——年轻得不可思议,但有着深坑般的黑眼。她们来自上古,戴着美丽的面具,但法鲁斯不敢直视她们的目光。

她们走上了祭台,寂静无声。阿克汉会见了领头的女人,并恭敬地鞠了一躬。"欢迎,只因你们是夜之新娘与日之宿敌;欢迎,只因你们尊为少女、母亲和老妪,你们踏着柔和的月光往来于坟墓之间;欢迎,只因你们喜欢豺狼号叫与热血流淌。"阿克汉用法杖敲击着石头,"吾三次欢迎你们,愿这些能解除你们今晚的辛劳。"

新来者都发出一声叹息,随后异口同声地说:"您好,遗忘荒漠之亲王,

黑夜皇后的爱人。我们被召唤来此，我们因此而来。"她们跪在遍布石头上的花丛之中，高举起所背之物，"我们带来了爱之标记，并将它们献上。"

阿克汉点点头，站到了一边："帮他穿上吧，你们这些永夜之星的女儿。"

女人们站了起来，用她们黑色的眼睛盯着法鲁斯。当她们围住他时，他勉强地站了起来。"离我远点，女妖。"他啐了一口，发泄出自己的怒火。她们并不理睬，只是开始解开她们所带来的东西，他看向阿克汉："我不会让她们碰我的。我会击碎她们……烧掉她们。"

"选择是一种错觉。"阿克汉走近前来，"这副战甲曾经是给别人的。一个像你一样的灵魂，带着闪电，被岁月之轮所扭曲破碎……但并不完全。未能让我们的主人满意。所以他抛弃了它，他所做的一切最后都变得一无是处。"阿克汉的目光摇曳着，"或许最好记住这些。"

他抓住了锁链："纳迦什乃万物，万物皆归于纳迦什。但别把使命的确定性与坚定性混为一体。如果有人知道怎么做的话，死者依旧能像生者一样被毁灭。吾乃死神之手，如果他认为你一无是处，那我就会捏碎你。"

悲愤交加的法鲁斯在锁链中挣扎，在咬进他虚无形体的钩子上扭动。"放开我，让我们看看谁捏碎谁。"他奋力挣扎，试图抓住死亡大君，"或许你才是一无是处的那一个，巫妖。"

阿克汉发出空洞的笑声，松开了锁链。他往后退去，用法杖比划了一下。黑色的锁链断裂，法鲁斯向前冲去，自由了，化为了无拘无束的风暴。他用噼啪作响的爪子抓向死亡大君，只想把他撕成碎片。阿克汉则伸出手，抓住了他。不知怎的，抓住了他的喉咙。骨骸手指抓紧，法鲁斯的本源痛苦地收缩回去。

"你这小东西，还很年轻。我死亡的时间远比这些界域的存在要久。有时我会想，或许，我生于死亡。你同我相比，什么也不是，而我同他相比，也什么都不是。"他轻松地举起法鲁斯。法鲁斯扭动着，抓着阿克汉的胳膊。巫妖的袖子开始冒烟，但他并不在意。他抓得更紧了，法鲁斯发出尖叫。他的闪电、他的形体，全都缩在一起，而他感到灵魂正在燃烧。他的尖叫在空气中回荡，并引起了聚集的亡灵一起发出愉悦的呻吟，亦或是同情。

阿克汉放开了他："你将会有用的，所以我现在不会对你实施应有的惩罚。我很有耐心，或许……或许，你会学会的。"法鲁斯瘫倒在地上，他的形体像风中的烛火一样晃动着。当女人们开始为他穿戴新的盔甲时，他已经虚弱到无力挣扎。饱受痛苦的他抬头寻找星辰，却只看到虚无，只有一片漆黑的饥饿天空。一个深渊，在永远上升。

他抬头看向阿克汉。"学会什么？"他问道，声音远比之前平静。随着战甲的每一块部件就位，他的痛苦和愤怒也随之减少。尽管如此，他的灵魂仍在盔甲下扭动着。不知为何，他感觉这更像一座牢笼，而不是护甲。但与自由相比，他更渴望结束痛苦。

"你的地位。"阿克汉目不转睛地看着整个过程，"纳迦什希望秩序。只有当整个宇宙融为一个意识，每一个灵魂和肉体都屈从于那个意识的指示时，他才满意。只有万物都处于适当的位置，他才会满足。"

"万物皆归纳迦什。"女人们一边工作一边咏诵着，"纳迦什乃万物。"

法鲁斯盯着他："但我仍然认为……认为我有意志，还有思想。"

"谁的思想？谁的意志？纳迦什饱含众像。"阿克汉转过身来，"我们都是他的一部分，他通过我们行事。"

"那我们就是奴隶。"

阿克汉看着他："你应该习惯于此。这种奴役也有自由。即便什么都没有，那也会如实呈现。"

法鲁斯陷入了沉默。他破碎的思绪像碎玻璃一样在他脑壳里叮当作响。他越想抓住它们，就越感到痛苦。他抱着头，却没有重量。除非他集中注意力，不然他不会有任何重量或形体，就好像他和整个世界被一堵看不见的墙隔开。

"我无法思考，也无法回忆，仿佛过去是另一片国度。"

"你迟早会习惯的。"阿克汉说，"当一个世纪进入下一个世纪，你会忘记过去的一切，除了你现在的样子。一旦时间不再有意义，那过去与未来都将消失。你将会活在永恒之中，毫无忧虑与遗憾。"

"我不想那样。"他看向别处，"我被承诺过。纳迦什承诺过我……但我记不起来那是什么了。"

阿克汉空洞地笑着："这与你想要什么无关，只关乎效益。清除掉你脑中的这些想法。一把剑会回忆它作为生铁的过去吗，或是考虑生锈后无用的时日？"

"你觉得后悔吗？"法鲁斯问，"你感觉过不是他的意志的东西吗？"

阿克汉的双眼突然亮了起来。然后，又很快如火焰般熄灭，暗淡了下来。"我不会这么做，除非经过他的允许。纳迦什是一位公正的神明，渺小的灵魂。"

"而公正往往都很残酷。"

第九章

生者与亡灵

西格玛隆，西格玛王城

"所以，领主大人似乎不常躲起来。"赫利俄斯说道。这位天咒师转过身，迅速移动，举起了剑。米斯卡向后退了几步，躲开了，将她的法杖伸向他的腹部。赫利俄斯闪到一边，尽管身穿战甲，却脚步轻快。

"我们都在用不同的方式寻求答案，兄弟。"

他们身处微风吹拂的月亮花园之中。构成花园的巨大银树群已经在蔓延西格玛隆的大火中被烧毁，许多树只剩下扭曲焦黑的树干，其阴影下的白草也难逃一劫。但它们终会恢复。精灵树咏者在林间漫步，激发新生，他们欢快的歌谣成了刀剑碰撞中的伴奏。

赫利俄斯的天咒师或坐或站地围在附近，观看这场决斗。尽管剑士们这几天一直在尽力作战，但他们看起来却没有想象中那么疲惫。毕竟，那只是对他们能力的普遍认知。并不是他们所有人都在观看首席天咒师与圣器法师的较量。有人也在相互对决，而其他人则在小心翼翼地保养武器。

"那问题是什么呢？"赫利俄斯将他的剑像矛一样刺出，却没有加速用力，米斯卡用她的指关节将剑锋敲向一旁，"是什么在折磨他呢？让他一连几天都没有理我们，消失在了纸堆的坟墓里。"

"就是那唯一重要的问题。"她回答说，用法杖挥向他的脚踝。他向上跳起，躲过了这一击。围观的天咒师兴奋地鼓掌。"我们被铸造出来以回答这一问题。拜尔萨斯很刻苦。不论你对这件事有什么看法，那都不是他的错。"

"我不想严厉地批判他，姐妹。我只是认为他与世隔绝是不明智的。"他滑向她，转动自己的刀锋。她谨慎地向后退去。赫利俄斯就如同太阳之风般敏捷，他也正因此而得名。

赫利俄斯持续着攻势，用剑进攻的同时也用话语催促着："他一向很易怒，但最近，变得严厉了。就好像他对我们做出了什么判断，发现我们有某些欠缺。"

第九章

米斯卡笑了："你说得就像这不可能似的。"

"不是吗？"赫利俄斯后退一步，张开双臂，想要引来攻击，"我难道不是无与伦比的吗？我的兄弟姐妹难道不出色吗？"

米斯卡向前一刺。发出能量声响的法杖向他直冲而来。他转身躲避，想要在最后一刻将它击向一边。他略微绊脚，但她却识破了他的计策，将法杖收了回去。他随后站直身子，露出苦笑。她扬了扬眉毛，而他则耸了耸肩："你比大多数人的观察力都强，姐妹。"

她叹了口气，向后退了一步，这意味着这次比试的结束。"没错，我也注意到你所说的了，兄弟。拜尔萨斯发现了自身的失误，他对自己发泄愤怒。他并没有其他意思。"

"我也没有。我们都没有。不管他多么易怒，他都是我们的奥法领主。我豪不怀疑他的勇气和技巧，因为我亲眼见过。但必须有人跟他谈谈，并且尽快。缺席的领导者就跟没有领导者一样。"

米斯卡皱起了眉头。在其他任何时候，这些话都会让赫利俄斯受到指责。但在其他任何时候，他也不会随意说出这些话。拜尔萨斯一直和他们很疏远，这点对于他的同事和下属都一样。即便如此，他最近的孤立也已经超乎寻常。她摇了摇头。"其他人也这么觉得吗？"她平静地问道。

赫利俄斯犹豫了下。米斯卡不耐烦地比了下手势说："这是个简单的问题，兄弟。请如实回答我。"

"我确实跟其他人聊过。玛瑞亚和昆特斯也都同意。波萨斯则一如既往地保留他的意见。"他说道，其中的名字都是战庭的高级军官，"其他人则对这件事看法不一。"

"你也挺刻苦。"她不满地说道。

赫利俄斯默默接受了她的指责。他只得点点头，将剑立在自己身前，双手搭在剑柄上。米斯卡一边思索着眼前的问题，一边用手捋着头发，下意识地扯着辫子。

自从她在拜尔萨斯手下任职以来，拜尔萨斯将自身的很多职责都授权给了她。她是拜尔萨斯和他手下的中间人。许多奥法领主都热衷于同自己所带领的战士们发展更亲近的关系：克诺索斯·赫文森会跟自己的追随者们一起训练；而其他人，比如泰罗斯·火鬃，则会带着他的战士们参加准备和净化仪式。

但拜尔萨斯却从不做这些事。他也不觉得有做这些事的必要。他是奥法领主，却仅从表面接受这一头衔。战场上那种简单的战友情对他而言并不重要。除非在紧要关头，不然他会远离这一切。

米斯卡感到了一阵内疚。她在某种程度上助长了这种行为。绕过拜尔萨斯远比接近他更简单。在战斗中，他几乎没有对手。而在战场之外，他会对自身觉得厌烦的东西感到恼怒，而当事情与他的设想完全不一致时，他常常也会变得相当固执。

"他因无法控制闪电魂体而自责。"她慢慢地说，"他不能接受自己一百次任务中的一次失败。除非他有弥补的机会，不然就不会满意。"

赫利俄斯点点头："那么他或许应该听听我们的声音，然后让西格玛帮助我们挣脱这道锁链。其他人都参战了——为什么不是我们？"他看向四周，其他天咒师也点头同意。

米斯卡示意大家安静："安静。我们有客人来了。"

赫利俄斯转过身来，吓了一跳。其他天咒师也一样。那是一位精灵，脸色苍白得令人难以置信，身材瘦弱得异于常人，她站在他们中间，身着柔和的靛蓝色长袍，散发着光辉。这位精灵狭长的五官上印有天界文身，她黑色的长发被银色发扣系在脑后。她已经来到了众人之间，脚步如同月光般悄无声息，而她周围身着亮甲的巨人都没有注意到她。

米斯卡鞠躬示意，精灵也同样回礼。"如果我们打扰到了您的工作，我向您道歉，夫人。"圣器法师说道。

"那可不是你能做到的。"精灵微笑着说，她伸手摸了摸一株银树的树干，"果然，这些树喜欢你们在这里。你们闪烁着星光，而它们也沉溺其中。你们脚下的草地也很茂盛。你们可以想待多久就待多久。"

"感谢您，夫人。"赫利俄斯说，拉起精灵的手，深深地鞠了一躬，好像要亲吻它，"我的耳朵很乐意听到这些。"那是一个宫廷礼，来自另一个时代，米斯卡根本没有想到赫利俄斯竟然会这么做。精灵则庄严地低下了头，以示谢意，随后指了指天空。

"我来这里并不是为了恭维你们，而是神王的指令。"

米斯卡抬起头来。在头顶上，一只星鹰正在花园上空盘旋。它发出一种平静的野性鸣叫，之后便向米斯卡扑去，身后拖着光亮。这些鸟通常栖息在玛勒斯的以太云层，猎捕飘浮在云层中的怪兽。但偶尔也会来到西格玛隆，出于本能地充当神王的眼睛和耳朵。

米斯卡举起手，那只鹰落在了她的前臂。它几乎没有重量，尽管她知道它足以撕裂除了西格玛神铁之外的任何东西。它拍打着巨大的翅膀，发出叫声，而她只听到了一个词——只有一个——在她脑海中回响，如同夏天风暴中的远方雷鸣。

随后，它再次扇动翅膀，向上飞起。米斯卡看着它离去，心中感到一种说不出的憧憬。

"很好，它传递了什么消息？"赫利俄斯问。她笑了笑，然后用法杖拍了拍她的肩膀，"我们的祈祷被回应了。"

拜尔萨斯安静地坐在大图书馆中，却没有在看他面前打开的书籍。他的那堆书还留在他先前离开时的位置，就好像阿德菲馆长知道他还会回来一样。亦或许是其他图书管理员没有时间把它们放回去，直到死灵震席卷了整个西格玛隆。但他并不在意这些书籍。

相反，他正在倾听响彻整个艾吉尔的界门开启与关闭的雷声——不是用他的耳朵，而是灵魂。他能感受到以太的移动，空气也混成一团，因为当界域被打开时，会有奇怪的风混进来。当古老的通道被打开时，他能感觉到来自阿克夏的原始且炽热的脉动，听到纪伦的刺耳挣扎声。他感觉到了沙许那墓穴中的难熬之音，并在一股冰冷的墓风扫过西格玛隆时哆嗦了一下。

自上次这样的大进军已有数十年之久，并非自界门之战以来。但先前的进军从未涉及圣咒战庭的战士们。他们只在暗中作战，只在重要时刻出击。几乎没有其他雷铸军知道他们的存在，而那些知道的人也都曾向西格玛本人暗中发誓。圣咒战庭肩负神圣的使命，他们不能被杂事干扰。

但这样的时间似乎已经走向了尽头。拜尔萨斯一直怀疑它会到来，尽管他希望能再推迟一到两个世纪。战争是巨大的旋涡，会将所有东西吸引到它的中心。这将成为他研究的灾难。

尽管如此，他还是不能否认自己有一种期待的感觉。再也不需要保密，将没有什么能阻止他进入凡世诸界的大图书馆，也没有什么将阻止他参与同圣贤和哲学家们的探讨，他也不再需要传话人。他或许能认真地开始他的狩猎。

"如果我被允许的话。"他嘟囔道。听到了西格玛神铁踩在石头上的声响，叹了口气。看来他的沉思即将结束。某种新的困难再次出现，出现在了王城之中。

"您又来了。回到了您的巢穴里，置身于蛛网和被遗忘的故事之中。"

拜尔萨斯眨了眨眼。"米斯卡。"他大声地说，"有什么需要报告的？"

"不然我为什么要打扰您的独处呢？"圣器法师的声音惊动了在高处栖息的蜥蜴，"不过，有人会觉得您这时候已经对阴影有些厌倦了。"圣器法师一边顺着一排排的座位向下看，一边大步走向了他的座位，"那么，或许您只是为了对付过去图书管理员的幽灵，嗯？"

拜尔萨斯没有转身："你会吃惊的。"他再次回到图书馆，是想从自己的职责中寻求片刻休憩。但即便在这里，死者也仍会重生。早已死去的图书馆员，原本埋葬在建筑之下，现在却苏醒过来。他们从角落里爬出，眼窝里满是蛛网，肺中也充满灰尘。但在阿德菲和其他人的帮助下，拜尔萨斯很快就解决了他们。

米斯卡端详着桌子："书更多了。"

"这里是图书馆。"拜尔萨斯暗自叹了口气。他知道她最终会来打断他的休息。他摇了摇头，然后向前弯腰。他把一本书拿近，迅速地浏览了一下。他本来希望能在凡世界域的历史中找到类似死灵震的灾难，但现在仍一无所获。无论发生了什么，这都是普天之下的新情况。这使他烦恼不已。

米斯卡靠近他，想要看他找的那些书的书名："我不明白为什么发生了这一切之后，您还把自己埋在这里。"

"我只是在花点时间恢复力量。"

"通过坐在黑暗里，周围堆满落灰的典籍？"

"你跪着祷告，我坐着学习。"拜尔萨斯将他阅读的古籍放到一旁，又研究起了另一本，"我们以自己的方式同以太交流。"

"你在寻找答案，但在这里你找不到它们。"

拜尔萨斯在他的言语中流露出了一丝恼怒。"好吧，除非我试了之后才知道，对吧？"他瞥了她一眼，"如果你觉得无聊，可以离开。"

她沉默了一会儿。"为什么？"她简单地发问，"为什么在这里,拜尔萨斯？为什么不跟你的兄弟姐妹们一起？为什么要在黑暗中独自寻求答案？"

拜尔萨斯叹了口气，这次很明显："有时，我觉得我们要寻找的东西就像空气一样，抓不住。尽管如此，我还是尽力去找。阴影中仍有阴影。"拜尔萨斯看向他的副官，"我觉得接近了。答案就在这里，在这里的某个地方。在这座图书馆。在这些书里。"他拿起一本《圭尔芬克密码》比划着，"累积了数个世纪的知识。就像我之前所说，对我们而言，还有比这里更好的猎场吗？"

"我可以想到几个。"

拜尔萨斯把书放下来："我相信你可以。你为什么来这里，米斯卡？"

"我来是告诉你，你的请求已经被应允了。"

拜尔萨斯眨了眨眼："什么？"

"高兴点，拜尔萨斯。我们终于可以出去狩猎了。你的愿望实现了。"

拜尔萨斯摇了摇头："我的愿望是本来就没有失败。那个逃离的灵魂是我导致的。我必须赎罪。这最重要。"尽管说了这些，他心中还是充满了兴奋。他没想到西格玛会允许他离开。或许他并没有遭到他担心的严厉批判。他站起身来："什么时候？"

"越快越好。"

拜尔萨斯犹豫了。他突然产生了一个不太好的想法。"我突然意识到我不知道该开始从哪里找。"他说，为自己没有早点想到这一点而懊恼。

米斯卡则哼了一声。

"现在担心这个太晚了，兄弟。"

"静一静，让我想想。"他转过身去，扫视着书架，以寻求答案。他清晰地回忆起最后的那些片段——闪电魂体已经陨落，落入了灾变的深渊。据他所知，它可能已经被摧毁了。但他并不这么认为。显然西格玛也不这么想。如果它——如果他——在铁砧上幸存，那他几乎就能在任何情况中幸存。但这并没有让拜尔萨斯离他更近一步。

它可能还被困在某个界域。他需要想办法找到它的踪迹。他听到米斯卡正在说什么，但已经被他搁置到了脑海中的其他地方，他正在寻找眼前问题的答案。他低头看了看自己的盔甲，还有上面巨大的烧焦划痕的痕迹。他能感觉到上面的以太触感，闪电幽魂在上面留下了自己的痕迹。"啊，这会有用。"

拜尔萨斯轻轻地触摸着这些痕迹，梳理出遗留在上面的以太能量。他能感到闪电魂体所残留的愤怒和痛苦。那是一个混乱的思想，只留有最原始的

冲动。这便是铁砧的危险所在。要想重铸灵魂，首先必须先将它分解为可塑的形状。这一步必然会出错。在分解为基础元素之后，以这样的状态，灵魂才可以塑形。但它会失去自己的一部分碎片，或在整条灵魂之布中加入新的东西。旧的记忆会被新的记忆取代，有些则来自梦境或梦魇之中。

一个人变为了另一个人。就像先前那个已经消逝的人，但并不完全一样，只在某种难以察觉的方面上有差异。在某种程度上，闪电魂体就像一位婴儿，不过是一位极其危险的婴儿。

他慢慢地将剩余的能量抽出来。当他把它们拉出来，抓在双手之中时，它们在他的指尖发出闪光和嘶嘶声。他转动手腕，将这些扭动的电光变为更紧密的形状：“看啊，米斯卡。记忆变为利爪。毕竟这就是魂体——记忆和恐惧的混合体，它们变得凶猛异常。你还好奇它们为什么要被消灭吗？”

"那是些什么记忆，兄弟？" 米斯卡问道。过了一会儿，她补充道："你要在这里吗？或许我们应该找个别的地方，更加安全的地方。"

拜尔萨斯没有回复。他现在已经察觉出了蛛丝马迹，因此不再关心那些无关紧要的细节。他是一位奥法领主，没有比他所在之地更安全的地方了。他提炼出了其闪烁的本源，从各个角度打量着它。通过适当的仪式，他就能将它变为引向他的猎物的一根绳子。它会在坠落时留下自己的痕迹。这就像跟踪血迹一样。只有在生命另一端的生物才不会因为自身的损失而明显地变弱。

在那些晃动的物质表面上，他看到了支离破碎的图案——一个带着血迹的女人的脸、一朵深紫色的花、火焰，还有刀剑交织的闪光。这是一段死亡的记忆？是第一次还是第二次呢？或许这并不重要。

他更加深入地探索，想要找到最确定的线索。那将能引导他找到他的目标。现在，更多的图案出现：坟墓，如同峭壁般升起；还有猫，在黑暗的通道中爬行；苹果，又红又熟。他不耐烦地将这些推向一边。他需要些更实际的东西。更加——"啊，这里。"他低语道。

雷铸军，身着神锤圣砧军团的黑色战甲，正与一群午夜游魂战斗。那群带着笑声的幽灵如同一团迷雾般掠过整条战线。拜尔萨斯看到——感觉到——他的手抓住了一只，并将她拉了起来。她看向他，开口说话，但除了一阵如同海浪拍打石头的狂野咆哮外，什么声音也没有。

第九章

这时，一只午夜游魂出现了，那是一片狂暴之雾，满是愁苦的面庞。其扭曲的爪子抓向了他，试图寻找一处弱点。盲目地寻找。随即感到一阵疼痛，有什么东西从他的盔甲上滑过。他尝到了血味。随后……黑暗将他笼罩。一道闪电刺穿了他，将他拉进了一条由星辰所构成的曲折隧道，越来越快，直至数不清的光汇聚成了一种散发剧烈光芒的奇异光辉。

拜尔萨斯的心跳在耳边轰鸣。他感到了一种前所未有的热量。这热量正在侵蚀他，从里到外灼烧他。他试图让自己远离这感觉，提醒他自己是谁、自己在哪里，但那热量和疼痛抓住了他。热量撕扯着他，他觉得自己发出了尖叫。随后，转眼间，他来到了别处，正在远离光亮和热量，坠入下方要吞噬他的冰冷深渊之中。

星辰旋转，流逝进了光痕之中，出现了一团彩色的烟雾。那是界域，弥漫在他周围，然后又随着他的坠落消散。然后，就没有了亮光，只剩下了一种苍白的紫晶光辉，吸取着他的力量。

拜尔萨斯扭来扭去，试图挣扎，但那光线却像沥青一样粘着他。不，他提醒自己，不是他。他试图集中精神。这已经不再是段记忆。他一直顺着那条线，直到它的源头。他的舌头尝到了恐惧的钢铁苦涩味，而他的四肢则感到疼痛。他的肺绷得紧紧的，里面好像满是烟雾。他体内有什么东西在燃烧。他在燃烧！

而透过烟雾，透过这些火焰，他看到死亡正微笑着俯视自己。

"拜尔萨斯！"

米斯卡的叫声让他清醒过来。他踉踉跄跄地后退，闪电爬上了他的双臂，并掠过他的前胸和肩膀。那不是纯净的艾吉尔能量应该具有的光辉。相反，它颜色更深，像是一种散发着愤怒的紫罗兰色，是死亡的颜色。闪电膨胀起来，长出了野兽的下颚和类似脸的东西。噼啪作响的牙齿啪地咬了上去，差点咬到他。他向后躲闪，试图控制住他无意间释放出来的东西。

"拜尔萨斯，撑住。我会——"米斯卡说着，想走上去帮他。

"不。退后！"拜尔萨斯将手指伸入那团作响的能量之中，想要找到内核，"我能控制住它。"他将手伸了进去，刺穿了它的本源。尽管它看起来很野蛮，但不过是一种残像，是一段垂死尖叫的回响，并被某种堕落的力量赋予了生命，设置为陷阱。

他爬了起来，手里依旧抓着挣扎的本源。它像蛇一样在他手中挣扎，嘶

嘶作响，却无力挣脱。如果换成一位低级以太法师，或是不太精通灵魂控制的人可能就会不知所措。"我需要一个灵魂瓶，米斯卡，"他咬着牙说，"你有用来给自己人的瓶子吗？"

"有，这里。"她打开其中一个水晶瓶，将瓶嘴伸向挣扎的能量。有一种强风的声音，吹过瓶壁，将能量迅速地吸进了瓶子，随之而来的还有一声绝望的尖叫。米斯卡迅速地封好瓶口："我从来没见过这样的灵魂。它是什么？"

"一个警告。"过了一会儿，拜尔萨斯说，"至于这对我们而言意味着什么，就不得而知了。"

第十章

不死之王

纳迦什扎，寂静之城

法鲁斯·塔姆走过一座由黑色石头所建成的拱门，上面覆盖着头骨状的藤壶。怨灵在藤壶上跳来跳去，在前方的道路上投射出一道苍白的光影。当他行走时，纳迦什扎仿佛在他周围扭动，就像一片狂风中的裹尸布。每条街道都像涟漪一样，起伏不定，时而升起时而下沉，呈现出新的聚集地、新的愤怒，还有新的据点城堡。

"纳迦什扎真是巨大。"阿克汉说，仿佛看出了他的心思，巫妖在他身边轻松地大步走着，除此之外，法鲁斯开始发觉阿克汉出奇地友善，"它在夜晚像海洋一般涨潮，然后在黎明时分退潮。我们的城门通往各地，而我们的哨塔窥视着每一处边界。我们的周围荒漠和界域中的每一处荒漠没什么不同。我们是一个单独的时刻、最后一息，能够无限地保持并延伸。"

"西格玛隆也差不多。"

"你还记得西格玛隆？"阿克汉看着他。

法鲁斯擦拭着记忆的表面。"我记得金色的高塔，还有光亮——那么明亮。星光、月光、阳光。"他摇摇头，"这些记忆就好像是属于另一个人的。"

"你还记得什么？"

法鲁斯沉默了片刻："苹果的味道。"

阿克汉叹了口气，转过身去："啊！多好的记忆。在我印象里已经好久没尝过食物或饮料的味道了。我甚至记不得这些味道了。最好抓好它，法鲁斯·塔姆。并记住是谁剥夺了你这种简单却无法想象的乐趣。"

法鲁斯没有回答。在他们周围，古老的墓穴嘎吱作响地打开了，涌出颤骨死灵军团，他们无声地齐步走向散布在城市各处的空地。远古的水池也移开了盖子，释放出一团团由午夜游魂所构成的哀号风暴，它们长期被困于黑暗之中，而现在因为要向凡人复仇而重获自由。这些灵魂在城市的上空中盘旋，

加入了不断扩大的灵魂风暴。

当死者涌向天空时,狂风刮起,将沙尘和影晶的碎片吹向各处。还活着的凡人会在接触它的瞬间失明,几秒钟就会被剥得只剩下骨头。而对于身着新战甲的法鲁斯而言,这场风暴在他心中只是泛起了一丝小小的涟漪。他低头看着自己。战甲上不再是他曾期待的带着战锤和闪电的艾吉尔纹章,而是沙许某个消逝已久城邦的恐怖纹饰。

在他的胸甲中间,有一个沙漏。他护手的后半部分有一对交叉的镰刀装饰,沉重的铁链如同肩带般披在他的肩膀和躯干上。他的头盔是一颗头骨,上面有着巨大的弯曲鹿角,护脸向后构成蝙蝠翅膀的形状。他的四肢和下半身裹着一件厚厚的长袍,上面沾着坟墓的污迹。然而,当他并未集中注意力时,这些护甲就如同烟雾般缺少实体感。"这副盔甲……对我有所影响。"

"它很适合你。"阿克汉说,"嗯,是为你这样的人而打造的。它是一座牢笼,也是一顶皇冠。"他停顿了一下,"我相信你现在的头脑很清醒。你可以控制自己。这很好。不然你跟这些废物的用处差不多。"

阿克汉指了指附近涌出的幽灵,它们正发出愤怒的哀号。锁缚魂都是些凶恶的幽灵。它们因纳迦什的意志而扭曲,形体则由死时的状态与环境所决定。它们围绕着他和阿克汉汇聚成了满是低语与哀号的悲哀风暴。

它们像水一样冲击着墙壁,随后又分散到地面上。它们慢慢地向阿克汉爬去,乞求赦免和复仇。他看着它们感到了一丝厌恶。但又对这些饱受折磨的灵魂感到一丝奇怪的亲切感。"真多。"他说道。

"沙许的死者远比生者所想的还要多。"阿克汉说。他们停了下来,看着一辆幽灵般的黑色马车呼啸而过。拉着它的几匹无肉战马拖着紫晶色的火焰,赶车人并没有形体,只身着破布,狂笑不止。"就连石头也有幽灵。树木也不例外。"他指了指道,法鲁斯起初以为那是一片长在坍塌神庙中的骷髅树林。但当其中的一个回头看他时,他才意识到是自己看错了。

"树海木灵。"他从记忆中找出这个词。

"类似。永恒女王最先掌管这些灵魂,但当她远离凡世诸界之后,一些灵魂开始寻求其他领主。随着她的歌声渐渐消逝,它们听到了另一种更加悦耳的旋律。"

幽灵般的树精寂静地穿过他们身边,蹒跚地经过废墟,他们光秃秃的树枝在风中摇晃。他们的面目只剩下破碎的树皮，眼中闪烁着可怕的光芒。当他们接近时，法鲁斯觉得自己听到了一声尖厉的叫声。那声音既喜悦又绝望。

这种声音，或者类似的声音，响彻整个纳迦什扎。每一个笑声都伴随着悲伤，每一声叹息都带着忧愁。巨大的钟声在深处回响，而死者从数个世纪的沉眠中拖出脚步，再次拿起武器。战车、马车，还有马蹄声沿着街道呼啸而过，那些被遗忘血脉的国王和女王纷纷屈尊来向纳迦什示敬。成群的食腐鸟在灵魂风暴中盘旋，或栖息在高塔之上，鸣啼着纳迦什的名字。豺狼则在巷子里徘徊，眼睛闪着紫晶般的光芒。

法鲁斯的内心有一种强烈的期待。他感到又冷又热，渴望着某种无法用言语表达的东西。他的手随着这种奇怪的期待时而握紧，时而放松，让护手发出了声响。"那是什么声音？你能听到吗？"

"所有死亡之物都能听到。纳迦什在通过风与骨头召唤你。"

法鲁斯抽搐了一下，突然感到一种需求、一种冲动，想要转身前行，直到被命令停下为止。他无法抵抗，也不想抵抗。"我……很饿，"他说，不再是低语，"还很渴，很痛。"尽管没有以前那么糟糕。他身着的战甲或许是一座牢笼，但能帮他远离疼痛。尽管如此，他依旧能感觉到体内的风暴，正在涌动，想要逃脱。他抚摸着胸甲上的沙漏纹饰。

"它会变得更糟。疼痛是我们为了服侍伟业所付出的代价。就连纳迦什也能感觉到。而你的疼痛只是他自身的一个缩影。记住这一点，法鲁斯·塔姆。记住你不过是不死之王的一个缩影。你是他的一部分，从现在到永远。当他伸手时，那便是一千只手，而你，就是其中之一。"

"好的。"不知为何，这个词感觉不对。法鲁斯将手放到系在腰带的剑上，那把剑的剑鞘已是腐烂的皮革。那是把宽刃剑，更适合用蛮力而不是技巧。它的剑柄由股骨雕刻而成，剑格则是某种大型怪物的尖牙。据阿克汉说，剑刃本身和剑柄的沙漏装饰都由一种黑色且坚固到难以想象的晶体——影晶制成。当他握住剑柄时，这把剑似乎也因渴望而颤动，沙漏中的沙子发出了奇怪的嘶嘶声。

他迟疑了，感到一种邪恶的饥饿感在这把看似简陋的武器中流动。这把武器渴望撕开肉体，想要享受垂死之人的最后一刻。而他内心的一部分也渴望让它这么做。他意识到阿克汉在看他。"我想，你现在明白了。"巫妖说道。

"我什么也没明白。我什么也不知道。但我……"法鲁斯犹豫了,"知道这些似乎没有以前那么重要了。"他弯了下自己的护手,盯着他在铁甲缝隙间闪烁的迷雾身体。有那么一会儿,他好奇自己是不是只剩下关于自己是谁的回忆。他感到心中又闪过了一丝愤怒。

在怒火燃起之前,阿克汉开口了:"你已被重塑,所有无用的部分都已被丢弃。如果你有什么问题,他希望你自己去问。"

"他会再把我送回艾吉尔吗?"

"你希望他这么做吗?"

"我希望什么并不重要。"

"很好。你在学习。"阿克汉满意地说。

"没错。我清楚地记得自己是谁。我是什么。"法鲁斯看着他,"我还记得纳迦什因为你才饶恕了我。他想要摧毁我。但你不想。为什么?"

阿克汉瞥了他一眼:"告诉我,你对纳迦什了解多少?"

法鲁斯犹豫了:"他是……万物。"还了解什么呢?纳迦什是所有事物的总和。万物归一,皆归于他。他脑子里的声音千篇一律地重复着。

阿克汉伸出法杖:"看东边。你看到了什么?"

法鲁斯看向那里,看到了一束黑影——一轮黑色的太阳,在天空的黑色帷幕中蠕动。它在废墟上沸腾燃烧,吞噬着周围的世界。它随着他脑海中的声音一起膨胀收缩。他甚至发现自己的目光无法移开。他如获新生,内心遗留的疑惑也随之一扫而空。

"纳迦什就是那轮黑日,是太阳的暗影与孪生兄弟。"阿克汉说,"当西格玛将天空挂起时,纳迦什则将地面拉下。他们永远对立,彼此抵触。"

"我不太明白。"

阿克汉的牙齿发出了一种喜悦的咔哒声:"在一些古籍中,黑色的太阳代表着灵魂的真理。纳迦什是万物的真理。不含任何谎言,即便是最善意的。他是在倒转的天空中燃烧的黑日。他是真理,而西格玛则是谎言。西格玛是个空壳,充满了虚伪。他要求多,回报少。纳迦什却至少能伸张正义。"

"正义。"法鲁斯重复道,他低头看着自己,"这就是正义吗?"

"这里是纳迦什扎,是最后审判之地。"阿克汉笑着说,他停了下来,用法杖敲击地面,"我们都在这里。"

第十章

他们来到了一条向东延伸的长街，直向着黑色的太阳。先前大部分碎石已经被清扫干净，但仍有一群骷髅在街道边缘做苦工。一群群的无形幽灵——锁缚魂、闪影魂、恶魂、隐路妖、遗怨鬼、剥皮魂，还有大量呻吟的孤魂野鬼，全都聚集在废墟两边，响应着吸引法鲁斯的那道呼唤。

"这是什么地方？"法鲁斯问道。

"我们来到了黑色金字塔的底部。不死之王在这里登基，而他也将在这里接受最忠诚仆人们的效忠宣誓。"阿克汉转向西边，朝着大道最近的边缘走去，"那里，看到了吗？三位最重要的仆人现在来了，将要跪在不死之王的脚边。领头的是沃根·马兰扎克——寿衣骑士。"

一支寂静无声的死亡骑手列队走过街道，经过了法鲁斯和阿克汉。他们的头领是一个高大的黑影——双眼闪出火光，身披着幽灵般的裹尸布。他戴着一顶黑铁头盔，上面有一对巨大的蝙蝠翅膀，腰间还别有一把好剑，剑柄上嵌着沙漏。

"像你一样，马兰扎克也曾侍奉神王。"阿克汉说道，"像你一样，他也看到了西格玛背信弃义的真相。"他说起来似乎觉得很好笑，补充说，"那是克莉斯·阿鲁尔，她是'血肉女士'。"跟在马兰扎克的午夜游魂骑手后面的是一群拖着脚步的腐烂肉体。这群行尸的移动既不优雅也不协调，如同一群跌跌撞撞的糊涂牲畜。它们当中几只最大行尸的背上扛着她的轿子。

坐在这顶可怕轿子上的女人，身着腐烂且污迹斑斑的古代服饰。她的面容隐藏在一张缝合而成的粗糙皮革面具之下。两只巨大的恐狼蹲在她的两边，裂开的毛皮中露出了它们的胸腔，头骨也暴露在月光之下。她来回抚摸着其中一只，好似它们还活着一样。

她举起一只破碎的手，好像在打招呼，阿克汉也做了同样的手势回应。随后，他转过身，再次举起法杖："以及最后一位贵客——按他自己的想法——雅罗斯大公——颤骨领主。"

走在队列后方的颤骨死灵战士整齐划一地行进。他们拿着沉重的盾牌和长矛，长矛上还挂着腐烂的三角旗。他们棕色的骨骼上披着古老的盔甲，前进时节奏统一的步伐声震耳欲聋。

走在他们前面的是一个高贵的身影，头戴一顶破旧的铁王冠，披着一件灰蒙蒙的毛皮斗篷。这位颤骨死灵国王骑在一匹骷髅坐骑上，鞍座旁还挂着

一把单刃斧。他经过时举起斧头向阿克汉致敬。

"三位死亡领主,来侍奉他们的铸造者。"

"他们要去哪里?"

阿克汉默默地将法杖伸向东边。法鲁斯转过身。街道遥远的尽头滚起一团灰尘,暂时遮住了黑色的太阳。当灰尘散去后,法鲁斯看到街道的尽头有一座巨大的黑色影晶建筑。它像一座祭台,但足有好几里格长,上面还有一个高耸的王座,远比任何巨人都要高大,旁边还围绕着一群食腐鸟。一个巨大的身影坐在王座之上,法鲁斯立刻就认出了那位他的重塑者。

纳迦什,这个名字无声地在他的脑海中回响,深入了他的灵魂。他感到所有的困惑、怀疑和愤怒都在一瞬间消失了。他心中的风暴宛如一头受惊的野兽般平息了。白霜突然爬上他的盔甲,他感到一股寒意刺入了他那根本不存在的骨髓之中。哭声在他身边回响,众多的哀号适时地合成了一声巨大的尖啸。他向后退去,好似有什么东西激起了他心中的恐惧。

不死之王坐在他的王座上,身处一阵缓慢的灵魂飓风之中,这些灵魂在绝望的欢庆中绕着他盘旋。破损的骷髅沿着街道向远方的身影爬行,仿佛在向他祈求。法鲁斯自己也感到了这种吸引力。无法忽视,不可抗拒。仿佛有什么巨大的力量一下子压到了他的身上,并将他紧紧拉住。不知何故,所有东西都向纳迦什屈身,就连风和远处的星光也不例外。他好像成了界域上的一个黑洞,所有的东西都掉入了他的身体之中,永远消逝。

法鲁斯呻吟着,将目光移开,无法再忍受这种可怕的威严。"他是万物,而万物皆归于他。"阿克汉说道,"别抵抗。让他的沉寂充满你,将所有怀疑都扼杀在摇篮里吧。"

"我听到了什么,"法鲁斯抱着他的头,"像是一群虫子,在我脑壳里嗡嗡作响。"他抽搐了一下,想要摆脱那声音,"是他吗?"

阿克汉咯咯地笑了:"来吧。他在召唤你,而你必须回应。"他走上大道,法鲁斯跟在后面。挤在两边的幽灵们发出巨大的哭号声,对于法鲁斯而言,这种哭号类似掌声。十万灵魂聚集在废墟之中。有些不过是魂体的微光,而有些则除了面色苍白之外,几乎同活人一样。

更多的灵魂自上空飘落而下,自黑暗的天空坠入纳迦什扎。其中一些加入了街道两旁的鬼魂,而另一些则被灵魂风暴扫走,只留下绝望的悲叹。

"他们来自哪里?"法鲁斯问。

"来自各地,但又没有源头。无论这些凡人的故事从哪里开始,都会在这里结束。这里是所有人的终点。有些人会留在纳迦什扎,被他们的罪行所困。有些则会穿过墓穴之门,进入他们称之为家的冥界。正如铭刻在那里的话——你将通过他们的死亡认识他们。"

街道上很快就挤满了摇晃的行尸和可怕的颤骨死灵。他们为阿克汉让路,队伍慢慢移开,仿佛被一双无形的大手推开。阿克汉领着法鲁斯穿过他们,走向街道尽头的祭台,马兰扎克和其他死亡领主也站在那里等待着纳迦什的命令。

法鲁斯走近时感到他们的目光盯着他,他想知道他们在想什么。雅罗斯就如同其他骷髅一样坚毅,空洞的眼窝发出微暗的火光。而血肉女士阿鲁尔则柔声向他们问好,她的声音如同混着污浊的液体。

"阿克汉大人,您已经好久没来拜访我的尸骸花园了。它们这些天涂了新的尸蜡。"她伸出一只腐烂的手,而阿克汉彬彬有礼地接了过去。他无肉的下颚拂过她青紫的指关节。

"我敢肯定它们的香味就跟以前一样浓烈,夫人。"

她那平淡的乳白色眼睛盯着法鲁斯:"这个英俊的灵魂是谁?他穿着死亡领主的服饰,但我却不认识他。"她把手伸向法鲁斯。他犹豫了,但只是一会儿。他接过她的手,随后弯腰。他想,如果他还活着,那尸臭一定会让他窒息。她已经死了,浑身只有腐肉的味道。

"他叫法鲁斯·塔姆,他是新塑造的。"阿克汉说。

"啊,一个新的灵魂。真迷人。"她抬起手,用破碎的手指抚摸法鲁斯的头盔侧面,"他身上有……闪电的味道。"

马兰扎克凑了过来。通过他头盔的缝隙露出燃烧的双眼。"你在玩什么把戏,死亡大君?"他发出刺耳的声音,"荣耀将归于我,不是其他人。更不是你的宠物。"

阿克汉转过身:"别忘了你在跟谁说话,寿衣骑士。你在吾主面前的资历还不够深,我完全可以将你撕碎,再把你的灵魂重新编织为更合适的形状。"马兰扎克挺起身子,一只手握在刀柄上。

"小心点,黑鬼。"他说,"你只是暂时担任他的副手,而世间还有比你更

有价值的灵魂。"

阿克汉笑道:"你的野心令人钦佩,尽管是白费工夫,寿衣骑士。如果你想取代我,那就得排队等着。不过请注意,有人告诉我这条队伍很长。"

马兰扎克发出嘘声。"那么,说吧。他是谁?又是你圈子里的一个坏巫妖?"他看向法鲁斯,"阿鲁尔说得没错。他有闪电的臭味。"他突然笑了起来,"等等。我现在知道他是谁了。法鲁斯·塔姆——黑暗之地的守卫,西格玛的亡魂之一,另一个接受了我应得祝福的人。而你现在却来了。命运之轮总向奇怪的方向转动。"

法鲁斯不解地盯着他:"我们——我们认识吗?"这家伙话语中的某些东西激起了他心中的风暴。紫晶色的闪电从他盔甲的缝隙间闪过。

马兰扎克苍白的手紧握着剑柄,双眼闪着亮光:"我们曾并肩作战,在格林姆熔炉对抗凋魂战将,瓦斯巴德。"

"你叫什么名字?"

"你知道我的名字。我是南端城门的指挥官,细腰骑士的击杀者。我曾是个英雄。"这个死人的声音中充满了苦涩,里面带有一种赤裸裸的渴望,一种无法实现的心愿。

"我不记得你。"法鲁斯说,随后,又恶毒地补充道,"或许你并不像你自认的那么重要。"他为自己的恶毒和说出这些话时的愉悦而感到吃惊。

马兰扎克尖叫起来,想要抽出他的剑。阿克汉却走到他们中间,两只眼睛闪烁出比马兰扎克的双眼还要明亮的妖火。"你岂敢无故攻击你主子的仆从?"他用法杖向下砸去,释放出紫晶色的火焰,"你还是活人吗,能让炽热的怒火搅动你肿胀的血液?"

马兰扎克咒骂了一声。法鲁斯也伸手去拔他的剑,但阿克汉瞥了一眼,阻止了他。"别动。"至圣死亡大君提醒道。马兰扎克向后飘去,满眼怒火地盯着他们。

在他开口之前,雅罗斯发出了伴随着尘土的笑声。这位尸妖王就站在一旁,观看着这场冲突。"再多一个棋子,或是再少一个,游戏就结束了。而真正的赢家就坐在那里,看着我们发挥实力。"他举起自己的战斧,"纳迦什万岁,不死之王万岁。"

法鲁斯转过身。纳迦什确实在看着他们。他坐在王座之上,双手合在底下的头前如同塔尖一样。不死之王就坐在那里，好像在做什么不可思议的盘算。幽灵在他身边翻滚，窃窃私语，歌唱着赞美他仁慈和力量的圣诗。巨大的骸魔蜷伏在他的王座两边。他们手中握着无情的阔剑，以时刻保卫他们的主人。

纳迦什轻弹了一下手指，法鲁斯起初还以为是一堆堆在宽大简陋的祭台台阶上的骨头和破布笨拙地站了起来。阿鲁尔轻轻地拍手说道："啊，真令人高兴。他复活了亲爱的老血骨来逗我们开心。好久不见了。"

血骨是一位衣着褴褛，浑身伤痕的宫廷弄臣，他身着腐烂的戏服，带着凹损的铃铛。他痉挛了一下，随后深深地鞠了一躬。"你们好，诸位。"他用孩子气的尖声说道，"我们的国王欢迎你们到他的大厅去。看那里，星星透过屋顶的洞闪烁出来，死者正在扫去地板上的灰尘。"他举起一只破碎的手，下巴耷拉着，开始疯狂地转圈，"他努力啊，努力让你觉得好看。"

"跳舞，弄臣。"纳迦什轻声说道。

遵从他的话，弄臣开始笨拙地绕着圈子跳，纳迦什王座周围的食腐鸟开始啄他。他褴褛的戏服缝在腐烂的肉体之上，骨头从脱相的脸上裸露出来。尽管他处于这种状态，但他的心情似乎依旧很好。他蹦跳着旋转，比任何死物都要灵活，挂在他戏服上的生锈铃铛发出刺耳的声响。他旋转着，唱着没有调子的歌。

"我们的国王很仁慈，很仁慈，他会把每一个生灵子宫里的东西变成他自己的。"弄臣尖叫道，"他会将每个家族变为坟墓。当他的大手扫过海洋时，所有鱼都会翻起肚子。豺狼向他鞠躬，鸟儿也不例外。"他拍打着那些想扑向他眼睛的鸟类。豺狼从死者的队列中冲出，撕咬他乱动的肢体。"他在荒漠中留下一道火焰，以帮寻找他的人指明道路。欢呼吧！欢呼吧！不死之王又回来了，带着所有的荣耀！"他继续唱着。

法鲁斯对此感觉不到害怕，也感觉不到厌恶，尽管他知道他应该有这些感觉。但他只有好奇。弄臣的歌声里有什么寓意，抑或只是他的胡言乱语？当纳迦什再次做出手势时，这个问题从他脑海中消失了。弄臣开始转得越来越快。他从一边跳向另一边，甚至在蹦跳时让身体的一些部位掉了出来。"欢呼吧！欢呼吧！他是万物，我们都是他，万物归一！欢呼吧！"

随着最后一声绝望的呜咽，弄臣瘫倒在地。他头骨上的眼窝依旧闪烁着光亮，但他的歌已经结束了。豺狼们惦记着他的尸体，互相撕咬争斗。纳迦

什低头默默地盯着他的遗骸。

"看啊。"他低沉地说，声音宛如石头间的磨砺，"吾要起身。"他抬起头来，炽热的目光扫视着他面前整齐的队伍。所有死者整齐划一地跪了下来。法鲁斯发现自己和其他死者一样被拉了下去，根本无法抗拒这无声的命令。就像弄臣一样，他们按照不死之王的意愿行动。

纳迦什站了起来："吾之手将使树木升其根。"他伸出一只爪子，巨大的、无色的病态树根在轰隆声中从街道升起。它们越升越高，缠住了附近的石柱，一直伸向了黑暗的天空。扭曲的面孔像真菌一样长在那些苍白的树皮上。他们发出悲叹。一些人诅咒着纳迦什的名字，另一些人乞求怜悯。法鲁斯看向了别处。

"吾之脚将使大地屈服。"纳迦什继续说道，他走到祭台的台阶上，石头发出了巨大的碎裂声，当他往下走时，灰尘喷涌，大地颤抖，"吾之眼将使海水沸腾，而吾之音将使星辰陨落。当吾起身，万物都将沉寂。"他的话语在石柱间回响，纳迦什举起手，"阿克汉。前来侍奉我吧，吾最忠诚的仆人。"

"吾主，我一如既往地恭候您的命令。"阿克汉喊道，他大步向通往祭台的台阶走去，"只要您一声令下，我将撼动诸界。"他爬上去站到了纳迦什的身边。在耸立的主人旁，巫妖显得特别渺小。

"不用，吾仆，我已经这么做了。我已经重组了天际。"纳迦什低头看去，他闪烁的目光盯了法鲁斯一会儿，然后又看向阿克汉，"就这些吗？我被我的仆从抛弃了吗？"

"从不，吾主。一千场战争正在以您的名义进行。一百位死亡领主正从北方、东方和南方，领军穿越紫晶沙漠，灵、骨、肉都将听从您的召唤。"

"那我的死亡大君呢？"

阿克汉放下他的法杖，优雅地耸了耸肩："他们想去哪里就去哪里，想在哪里杀戮就在哪里杀戮。就像您让他们做的那样，吾主。请放心，他们已经为缺席而道歉，并向您保证他们将以您的伟名而战。不死之王啊，他们将为您的荣耀建立帝国。"

纳迦什发出了隆隆笑声。"我相信他们是这么说的。"他轻蔑地做了个手势，"没事。今天我对那些变幻莫测的凋魂者不感兴趣。我要培养新的勇士，征服古老的土地。"他看向聚集的死者，"时间到了。沙许必须被清洗。凡不向我

第十章

下跪者，必将跪拜我。正如曾经那样，也将再次发生，直至永远。出来，我的寿衣骑士。"

马兰扎克默默向前飘去。纳迦什伸出手来："你曾向我请求恩赐，沃根·马兰扎克，而我赐予了你。我将你变得比以往更加强大，我培养你，让你能够向那些利用你的无情之人复仇。你愿意为我做这件事吗，吾仆？"

"说出名字来，吾主，我将毁灭他们。"马兰扎克说，声音如同许多只乌鸦在叫。法鲁斯从这位幽灵战士的语气中感到了一丝急切。他好像已经知道了纳迦什想让他做什么。

"格林姆熔炉。"纳迦什说道。马兰扎克长叹了一声。纳迦什举手示意："道路已经展开。防御中有一个缺口。利用它。为我攻陷那座城市并占领它，还有利瑞亚的冥界。"纳迦什看向其他人："克莉斯·阿鲁尔和德梅兹尼的雅罗斯，你们将为吾的冠军勇士效力。援助他，攻破城市。荣耀在等着你们。"

有那么一会儿，法鲁斯认为其中的一位或许会拒绝听命于幽灵战士。但谁也没有。死者间的等级已经确定，看似是灵、骨，然后是肉。

"那么您的新仆从呢，吾主？"阿克汉问，他向法鲁斯做了个手势，"曾经位于艾吉尔的高峰，现在坠于沙许的深渊。他将执行什么任务？"

纳迦什将他灯火般的目光转向法鲁斯。他盯着看了很久，似乎对眼前这个存在感到困惑。最后,他看向阿克汉："是你的心血来潮让我大发慈悲。然后，按照你的意愿，我束缚了他。是他证明自己配得上吾之仁慈的时候了。随你处置，我忠诚的死亡大君。如果他失败了，你将承受吾之怒火。"

阿克汉深鞠了一躬："如你所愿，吾主。"

纳迦什回到了他的王座，观众们也都散去。其他死亡领主都转身离开，其中一些还转身看了看，而马兰扎克则瞪着他们。法鲁斯想知道他是否已在他们之中树敌，以及这意味着什么。他忐忑不安地等着，看着阿克汉走下祭坛。如果一具骷髅能看起来很喜悦，那就是阿克汉这样。

纳迦什则看起来既不喜悦也不忧郁。当这位不死之王在骨骼与盔甲的嘈杂声中坐回他的王座时，他无肉的面部没有任何变化。食腐鸟在他周围盘旋，然后俯冲下来栖息在他的肩膀和膝盖上。它们发出刺耳的合唱，伴随着鸣啼和呱叫，仿佛在建议那位神明不要再创造灾祸。豺狼也跟着发出号叫，让它们可怕的声音在空中飘荡。

灵魂之战

　　法鲁斯看着纳迦什，不知何故，他知道那位神并没有注意他。仿佛在发出命令之后，他的意识就退到了别的领域。片刻之后，阿克汉证实了这一点。

　　"沙许在运动，而死神必须备好他的镰刀。"巫妖说道，和法鲁斯一起看着纳迦什，"你和其他人会成为它的刀锋，而格林姆熔炉，就是收获。"

　　"我感觉不到他了——我的脑袋感到……空荡荡的。"法鲁斯碰了碰他的头盔，"我感觉空荡荡的。他很沉默。"他想再次听到那个可怕的声音，再次感觉它在他心中引起的共鸣。它驱散了所有恐惧和不安，碾碎了怀疑和疑惑。

　　"别害怕，法鲁斯。他永远与你同在。他隐藏在你思想的最深处，隐藏在你灵魂的最深处。你看到的，他也能看到。你感觉到的，他也能感觉到。你就是他的双手、眼睛和嘴巴，甚至当你独自思考时，他也在那里。"阿克汉抓住法鲁斯的肩膀，"这位神不会遗弃你，法鲁斯。我向你发誓。"

　　法鲁斯看着阿克汉的手，感到闪电在他体内呼啸。阿克汉似乎察觉到了这一点，向后退了一步："你曾是一位狱卒。还记得这个吗？"

　　"我……是的。"法鲁斯缓慢地挖出他的记忆，"万坟，在格林姆熔炉下面。我……看守它们。"他说得很费劲，并随之而来出现了更多问题。回忆就如同沙子一般，无论他握得多紧，都能从他指间流走。

　　"没错。而现在你要打开这座你建造的监牢，并释放里面的东西。"阿克汉端详着他，他的目光中什么也没有显露，"在神话时代的动荡岁月中，我亲手埋葬了一万个灵魂。正如我此前多次做过的那样，我要帮助吾主。我要唤醒它们。它们会见证虚假之城的毁灭，并在你的带领下穿越闪烁之门。你会成为一把利剑，直插艾吉尔的心脏。"他握紧了拳头。

　　"纳迦什如此吩咐，那就必将如此。"

第十一章

闪烁之门

"放松，快银。放松。"拜尔萨斯抚摸着风鹫快银长着羽毛的脖颈。这只巨大的野兽感到了他的不耐烦，用爪子不安地刨着地。"我们很快就要走了。不是吗，姐妹？"他看向米斯卡，"他们迟了。"

"他们会来的。"她站在他旁边，手里拿着法杖。赫利俄斯和他的天咒师站在他们身后，担当荣耀护卫。这些剑士都是他手下战技精湛的战士，拜尔萨斯很看重他们的能力。在他们身后，守墓者圣咒战庭的其他人已做好从闪烁之门出发的准备。

他研究着界门，手指轻敲着挂在鞍座上的入鞘巨剑。他已不记得自己上次拔剑是什么时候了。尽管他足以匹敌其他剑士，但这把剑依旧缺乏以太的优雅。他感觉手握法杖要比一把剑舒服多了。

界门由一片模糊的光团和围着它的石块构成。它在过去的岁月中由不知名的人所雕刻，尽管关于石匠的身份有很多传说。有人认为她是术士，想要去利瑞亚的冥界寻找她失去的爱人。还有人说是一位矮人工匠塑造了它，以寻求一条通往隐藏宝藏的道路。无论他们是谁，闪烁之门成了他们记忆的唯一遗物。

"紧张吗？"米斯卡问道，并没有看向他。

"你为什么会这么觉得？"他厉声说道。突然他又感觉很羞愧，连忙假装研究起排列在天咒师后面的两支追随者部队。玛瑞亚和波萨斯分别为他们的指挥官，两人在彼此轻声交谈着什么，这种轻松的友谊有时让拜尔萨斯感到忌妒。玛瑞亚身材矮壮。同她的战士们一样，她也装备着带棱角的雷铸锤和灵魂之盾。波萨斯则壮如公牛，他的双手钉锤搭在肩上。

追随者同解放者相似，但这种与武士战庭的相似只是表面上的。他们与同胞的不同之处在于这些追随者能够将有限的魔法加持到他们所携带的武器上。通过附魔，他们的武器能击杀任何抵挡西格玛神铁的东西。正如他们在

拜尔萨斯的命令下经常做的那样。

米斯卡抬起头看他，扬起眉毛。他叹了口气，往后一靠："好吧，是的。是有点。我已经习惯了隐藏我们的神秘面纱。现在揭开它，感觉怪怪的……"

"这是必要的。"

"真不幸。"他叹了口气，"或许我只是在生气。我的研究处于微妙的阶段。"其实并没有，他们俩也都知道，但他不想承认这一点来让她感到满足。

"他们会继续的。"

拜尔萨斯看了看她："你很兴奋，不是吗？"

她的嘴角露出一丝微笑："你不也是？"

"倒不是特别兴奋。"

"但这正是你想要的。"她的声音听起来像是简单地陈述事实，而不是在问问题。

"没错。"他说，顿了一会儿。他的目光扫过她，看向了他的战庭正在集结的最后单位。昆特斯与他的苛罚者部队正在仔细检查他们雷霆巨弩的功能。它们就像巨大的十字弩，能够射出重型弩箭。弩箭的造型则像小型的雷铸锤，箭头部分充满了星龙凝结的吐息。当撞击时，它们能释放出一股以太风暴，足以撕裂任何敌人，无论是凡人还是其他东西。

米斯卡大笑起来："你从来都不是一个上战场的人。"她摇摇头："你还记得虐门－阿格诺斯泰的那座城市吗？你没有选择围城，而是把他们的金子变为了花岗岩。"

"很有效，不是吗？"拜尔萨斯笑着说。他一直善用虐门的转化魔法。他对金属之风能轻易地回应召唤感到吃惊。不知为何，它们似乎认得他。"他们的军队全部投降，没有射出一支箭，或拔出一把剑。雇佣兵们可不愿意在没有报酬承诺的情况下战斗。"

"真的是因为这个吗？还是说比起浪费时间占领城市，你更想进入白银墓穴呢？"

拜尔萨斯皱起了眉头："坟墓里有对我研究很重要的东西。"

"你那时候确实是这么保证的。"

拜尔萨斯听出了她没有说出口的批评："找到一种无效的方法不是失败。只有经过小心翼翼地尝试和试错才能发现我们要找的东西，姐妹。"

第十一章

"说得就像一位真正的炼金术士一样。"

拜尔萨斯嗅了下:"我相信你还记得我是位奥法领主,而不仅仅是位追随者,不应被这样无礼地调侃。"

米斯卡凝视着他。过了一会儿,她低下了头:"你说得没错。原谅我,大人。军纪是胜利的基石。"

"我原谅你。"他转过身去,只见战士们发出一阵讥讽的欢呼。两个身影,身着重甲,爬上了岩石斜坡。他们中的一人在慢慢挥手,用低沉的声音欢呼道:"终于。"

他催促快银赶向那两位战士,他们两人正背负重物走上斜坡。"格里乌斯、福纳斯——你们迟到了。"他说。那两位圣器工程师的盔甲上挂着他们的工具和零件,随着他们爬坡而发出咔哒咔哒的声响。

格里乌斯,两人中的高个子,将他背上的天界弩炮放了下来。"迟到总比缺席好,大人。"他严肃地说。

拜尔萨斯皱了皱眉头:"我要是有时间,我一定先训斥你。"他看向另一位工程师:"我相信你会替你的工程师兄弟道歉,对吧,福纳斯?"

"如果你需要的话。"福纳斯举着一个华丽的星盘,从望远镜里向外看,"只需要再做一些最后的计算,我们就准备好了。"

"这话我之前就听过。"拜尔萨斯恼火地说。

"我们让你失望过吗,大人?"格里乌斯拍着手里的弩炮,"她虽然喜怒无常,但很忠诚。就跟我们一样。"

拜尔萨斯正要回答时,快银突然发声尖叫。他感到以太在绷紧和颤抖。他顺着绳子的拉力转过身。在他附近,寒风旋转着,将雪和阳光都吹了起来。空气发出噼啪的声响,随之而来的是积雪在沉重的脚步下的嘎吱声。西格玛出现了,他大步走过雪地,金色的盔甲闪闪发光,厚重的毛皮披风在他的肩膀上打转。

神王从他们中间走过,所有战士都跪了下来,低着头。当西格玛走近时,拜尔萨斯从鞍座上滑了下来。格里乌斯和福纳斯都单膝下跪,拜尔萨斯也打算这么做,但被西格玛阻止了:"起身。"神王快速地做了个手势。他端详了闪烁之门一会儿。在他的注视下,那道光甚至越发明亮。他移走了目光。

"跟我来,拜尔萨斯。"西格玛转过身,在雪地中嘎吱走着。拜尔萨斯犹

豫了一下，回头瞥了一眼米斯卡，她则示意他跟上。当他跟着西格玛时，他尽量不盯着地面。神王没有留下任何痕迹，雪在他的重压下改变，但没有留下任何他经过的痕迹。

西格玛回头看了他一眼，脸上带着一丝微笑。拜尔萨斯注意到了，有点尴尬。神王却不知怎的知道了他在想什么。"我忘了，有时候要留下脚印。"他说，"我记得那个声音。脚下湿漉漉的雪嘎吱作响，刺骨的寒风刺穿我的毛皮。还有盖尔·玛拉兹在我手中时的重量。但我忘记了其他事——体重在雪地上的表现，艰难的旅程所带来的痛苦，还有肺部的负担。汗水。"他在一块露出的地面前停了下来，"这很容易忘记。"

他们默默地站着，望着远方的地平线。在那里的某处，一只山鹰在它的国度上空中翱翔、尖叫。西格玛久久地注视着那只鸟。随后，他转身："你想去找那个逃掉的灵魂？"

拜尔萨斯点点头，不确定现在是怎么回事。难道西格玛还没同意吗？"是，大人。它——他——从我这里跑掉了。但他下次不会了。我已经掌握了他灵魂的痕迹。"他犹豫了一下，"他现在只能去一个地方。"他回头看了看闪烁之门，"世界树的枝干低垂着。"

"纳迦什打破了秩序。死者从沉睡中惊醒，在各个界域骚动。我看到被人遗忘的坟墓上的泥土在移动，骨骼暴露在月光之下。鬼魂在人类城市的街道上游荡。"西格玛皱起眉头，"即使在这里。即使在这里，我仍能感到他鲁莽行径的影响。"他握紧拳头，天空在雷声中颤抖。他的目光闪烁着电光。

"他释放了一场灾变，而整个界域只能缓慢地恢复。"拜尔萨斯说。他仍能感到那地狱般的声响在他的骨骼中回响。狂野的魔法在空气中沸腾，仅有那些有智慧的人才能看到。

"我们进入了一个新的且更加致命的时代。"西格玛说，看着地平线，"只有时间才能证明这是最后一次，还是仅仅是最近一次。"他微笑着说，但里面却没有什么幽默，"不死之王曾犯下许多罪过，但无聊却不在此列。"西格玛将头往后一仰，大笑起来。

那声音隆隆作响，将高峰上的岩石和积雪都震了下来，附近的拜尔萨斯差点被震得站不起来。"我们曾一同参战，纳迦什与我。我们曾策划计谋。拜尔萨斯，我们曾从西姆的肚子中偷取火焰。我们还用敌人的鲜血将山和海染红。"他的笑声减弱了，微笑也变得苍白而僵硬，"而现在我们又要开战了。天堂与死亡，以及它们之间的所有界域。"他看向拜尔萨斯，"我能看到你内心中燃烧的内疚。"

拜尔萨斯愣了一下，但只是一瞬间。西格玛叹了口气："你为你兄弟的逃跑而自责。你觉得那是一次失败，而不仅仅是发生的一件事。"

"是我的脆弱让它——他——跑掉的……"

"不是。其他人也有机会阻止它。他们也没有成功。"

"其他人不是我。"这句话一出口，拜尔萨斯就开始咒骂自己。但西格玛只是点了点头，似乎这符合他的预期。

"我以前也有过类似的观点。"他蹲下身子，捧起一把雪。即便蹲着，他也很高大，拜尔萨斯觉得自己就像一个孩子，当父母试图给孩子上一课时，一定有着类似的感受。

西格玛伸出手，雪则开始旋动，变换形状。过了一会儿，它看起来像一棵树，这让拜尔萨斯想起了蚁穴的内部。"你对自己的要求比你的兄弟们要高。"

拜尔萨斯没有回答。

西格玛的目光依旧盯着旋转变形的雪："你觉得自己和他们不同，即使你不愿承认。"

"没有不同，大人。"拜尔萨斯轻声说，"从来没有。"西格玛点头，没有看他，"没有？或许不是。或许你比诸神还要智慧，拜尔萨斯。我希望如此。"

拜尔萨斯没有退缩："如果我有智慧，那也是因为您使我如此，大人。"

西格玛站了起来。"你过奖了。"他伸出手，指着旋转的雪，它变大了，形成了一座有城墙的城市，"你认得这座城吗？"

过了一会儿，拜尔萨斯回答："格林姆熔炉。"

"没错。在利瑞亚的冥界。你要前往那里，你将在那里找到你想要的。"西格玛再次做出手势，雪融化重组。这次，成了一张男人的脸。拜尔萨斯认出这是法鲁斯·塔姆。"我感到他的灵魂在这场灾变中破碎了。铁砧的能量变得狂野，甚至真正的艾吉尔之子也无法抗衡。那一刻重复太多次了，我一次也不想看到。"

"我也是，大人。"

"我以前就告诉过你，拜尔萨斯，你必须为我猎捕那个猎物。但现在，将

你的目光放到新目标上。看啊。"雪变换形状。它向上升起，延伸，变为了一个球体，然后又变为了圆柱。跟什么东西很像。拜尔萨斯觉得自己以前见过。西格玛点点头，好像听到了拜尔萨斯的心声："你在面对他时从他的思绪中看到了这个，对吧？你认得它吗？"

"他……看守它？"

"没错。他为此献出生命。万坟。"西格玛转了转他的手，使图像旋转，扩展，"一座地下墓穴，在利瑞亚的早期就已十分古老。那是一颗恶毒的种子，由一位亡灵亲手播种，以备不时之需。那里囚禁着众多灵魂，既有堕落的英雄，又有嗜血的征服者。他们被囚禁在那里，等待着被释放的那一天。如果他们出来了，这些黑暗的灵魂可能会摧毁整座城市。"

拜尔萨斯咕哝地说："克诺索斯，他们知道吗？"

西格玛点点头："它在闪烁之门被占领后就被发现了。整座城市就建在它上面，部分原因就是为了保护这座坟墓不会被别人打开。这也是你的风暴军团所背负的没明说的职责之一。"

"法鲁斯牺牲了。现在谁守护它？"

西格玛低头看向他，拜尔萨斯点头表示理解。"所以您才派我去——需要我接替法鲁斯的位置。"他看向别处，"这很好，我辜负了他。而他死后，我必须做出补偿。"

西格玛点点头："如果你这么想的话。"

"那法鲁斯·塔姆呢，大人？"拜尔萨斯问道，"难道我就……放弃他的灵魂，让其听从命运的摆布？"他摇摇头，"大人，请派别人去看守吧。让我找到法鲁斯，把他再次带回艾吉尔的光辉之中。请让我洗清失败的污点。"

西格玛面露悲伤："我希望我可以，孩子。但是我不行。"

"为什么？"拜尔萨斯问道，他知道自己不该这么质问，但还是控制不住自己，"我们怎么能抛弃他呢？"

西格玛叹了口气："纳迦什现在拥有了他的灵魂，拜尔萨斯。我能感觉得到。我觉得现在已经来不及阻止了。我没有及时意识到发生了什么。就好像我身体的一部分被困在了黑暗的某处。"神王张开双手，让雪落到地上，重新变回白色的地毯。

他低头看向拜尔萨斯："不管他的命运如何，对我们而言——对我而言——

已经失去他了。但正如你看过了他的记忆，纳迦什也会如此。而他也会知道我们这些年来一直所隐藏的秘密。他的仆人会寻找万坟并试图打开它们。这绝不能发生。即使格林姆熔炉沦陷，万坟也必须被封死。"西格玛重重地拍了拍拜尔萨斯的肩膀："你明白吗？"

"我明白，大人。"

"这意味着你将听命于克诺索斯。"有那么一会儿，拜尔萨斯以为他看到了神王的微笑，"你同意吗？"

"我同意。"拜尔萨斯努力使自己的声音保持平静。他早先的兴奋感消失了。他低下头，更加坚定地说："我同意，大人。"

西格玛满意地点点头："我知道你会同意，拜尔萨斯。这让我很高兴。现在去吧。格林姆熔炉在等着你。"

"我不会辜负您的，大人。"

"你们谁也没有，拜尔萨斯。我相信你不会现在就打破先例的。"

拜尔萨斯转过身，急忙沿着脚印往回走。"拜尔萨斯！"西格玛喊道。拜尔萨斯半路停了下来，转身看去。

"我告诉过你，有一段时间我曾在雪地游荡。那些日子里，我也是猎人。我猎食而不是知识，但这两件事没有什么太大的不同。一个让人填饱肚子，一个让人填饱头脑。但有时……有时猎物会逃跑。"西格玛抬头盯着星空，露出难以理解的神情，"这不是失败。只是时机不对。所以我学会了等待，稳住我的箭矢，寻找能更好观察猎物的地方，寻找更合适的时机。"

"你怎么知道是什么时候？"

西格玛咯咯笑了，这声音在拜尔萨斯的心中悸动："你会知道的，拜尔萨斯。时机一到，你的箭就会射出。我会在那里指引你。"

拜尔萨斯低下了头。当他再次抬头时，西格玛已经不见了，只有一堆松散的雪记得他来过。

"我不会让你失望的。"拜尔萨斯再次说。

他的话随风飘去。

"将灯举高一点，维嘉。"卡莉丝吼道，"即使我的眼睛也无法穿透这片黑暗。"听到她的话，她身后的点灯人举起了她手里的风暴提灯，以让闪烁的蓝

色光芒照射这个坟墓内部,"他们中的最后一个已经来到这里了,我很确定。"

风暴提灯中有着一丝从永恒风暴中提取的闪电,没有阴影能抵挡它们的光亮。至少理论上如此。但潜伏在城市地下墓穴中的黑暗远比任何阴影都要浓重。它似乎从石头里渗出来,聚集在每一座坟墓之中。其中还藏着怪物。

幽灵在墓穴中游荡。他们已经摧毁并囚禁了许多幽灵,但还有更多。隐藏在视野的盲区中。

卡莉丝瞥了一眼她身后的战士:"保持警惕。这只比其他的更加狡猾。"一些魂体如同狂暴的野兽,连最基本的诡计都没有。还有些却拥有可怕的智慧。她只带了两位战士——维嘉和费利乌斯——同她一起进入坟墓迷宫,塔玛库斯和剩下的部队则看守大道的入口。他们的猎物是一只怪物——像裹尸布一样,四肢细长,下颚嘎吱作响。它似乎不可能藏在这样一个狭小的空间里,但它已留下了明显的痕迹。

它所过之处的空气会变冷,墙上留下冰霜,这些都是它经过地下坟墓的痕迹。她面前有一副竖起的石棺,破碎的雕花棺盖被扔在一旁的地上,里面只剩下一堆凌乱的裹尸布和灰尘。靠墙的角落也基本如此,到处都是蜘蛛网。

"这里有东西。"费利乌斯在她身后喃喃地说,他举起了自己的巨锤,歪着头,听着风呼啸地穿过坟墓,"我能感到它在盯着我们。"他转身说,"等待着。"

"你的意思是它在等我们放松警惕。"维嘉说。她将自己的利刃插入地上的一堆碎石,惊扰了一群坟墓蜘蛛。这些苍白的虫子在地板上飞速奔跑,以在暗影中寻求安全。

呲呲……

声音很轻,几乎听不到。但卡莉丝听到了。她停下不动,其他人也跟着停了下来听。

呲呲,呲呲。

"就像裹尸布被拖过岩石一样。"费利乌斯说道,"还有空气……闻到了吗?就像变酸的牛奶。"他转过身,"还有尸体。"

"它们闻起来一点也不像。"维嘉说。

"安静。"卡莉丝厉声说。她能听到轻轻的沙沙声。她从面具的缝口中呼出一口气。灰白色的霜爬过她的护甲,随着她的动作而发出声响。

呲呲,咔嚓。

她本能地抬起头来。那东西就横在坟墓的屋顶上，像一只巨大的蝙蝠。当它扑向她时，瘦长的四肢弯曲着，发出一种冰碎般的声响，它像马一样的头骨也发出咔哒声。卡莉丝大叫着用她的战刃向它砍去。利剑轻易地刺穿了布堆，撕裂了厚重的裹尸布，但没有击中任何具体的东西。她发现自己被它缥缈的拥抱所包围，被它破旧的斗篷缠住。爪子划过她的战甲，细长的骨指在上面寻找着入口。

接着，整个墓穴都因费利乌斯巨锤的重击而回响起雷鸣般的声音。午夜游魂恸哭一声，从她身边退开了，她则踉踉跄跄地靠在了棺材上。它转身冲向费利乌斯，无肉的下颚张大。解放者挥出他的战锤，想要砸碎它的头颅。幽灵好似没有实体般地穿过了他。战士的胸甲上出现了一道冰封的伤痕，他绊倒了，战锤从手中滑落。当费利乌斯四肢抽搐着向前倒去时，午夜游魂从他的后背钻出，转身扑向维嘉。

"后退，维嘉——到空地去。"卡莉丝大喊道。她把剑扔向一旁，扑向战锤。这家伙似乎很怕战锤。费利乌斯呻吟着，试图坐起来。她跨过他，捡起了他的武器。"躺下，费利乌斯。"她说道，并向维嘉和午夜游魂赶去。那位解放者正按照她的指令撤退到空旷的地方。

远处的大道上排列着众多坟堆，一个接一个地叠了起来，形成了一面摇摇欲坠的墙，一直延伸到过道的顶部。底部的墓穴台阶上堆积着厚重的灰尘和碎骨。木制的栈道和石桥在高处的坟墓间延展，形成了第二层天花板，上面也积满了厚重的泥土和蜘蛛网。这些桥上还挂着吊笼，拴在里面的骷髅发现她后开始在寂静中愤怒地挥摆。

卡莉丝一眼就看到了维嘉。解放者正向后退，幽魂则从一边闪向另一边以躲避风暴提灯的光亮。它就像水面上的油一样移动——在那里，却又不是。它在空中滑行，将自己伸展到难以置信的长度，然后突然收缩。她透过打旋的裹尸布看到了它苍白的身影，憔悴得没有人形。它的肋骨透过紧绷的肉体甚至发出光泽，四肢上满是尖利的碎角。

咔嚓，咔嚓，咔嚓。

当它绕着维嘉时，马嘴不停地撕咬，逐渐逼近她。她拔出了战刃，试图砍穿它，但它躲开了攻击。长长的爪子划过了她的手臂，留下一道冰痕。她绊了一下，幽灵站到了她身后，用爪子抓向她的喉咙。

"维嘉——躲开！"卡莉丝大喊道，抢起战锤。幽灵嘶嘶地转过身，巨锤砸向了它的头骨。骨头炸裂，战锤穿过它砸了下去。地面裂开，闪电四射，使幽魂由内到外地燃烧起来。它身陷火焰之中，迅速向上冲去，破碎的头骨在无声的尖叫中裂开。它抓着自己，直至在一阵燃烧的破布中化为灰烬。

卡莉丝慢慢地吸了口气，看着这个幽魂被火焰吞噬。她看向维嘉用锤子做了个手势："走吧，帮帮费利乌斯。"

一个声音从上方传来："漂亮的一击，姐妹。"

卡莉丝抬头看去，圣骸领主达瑟斯正看着她。他站在一段没有连接上层的阶梯上，这段阶梯位于坟墓间的空地。石梯在坟墓间蜿蜒，向上弯曲，在绕了一圈后又向下。当他向下走时，上面的台阶在摆动中消失了，取而代之的是一座假拱门，仿佛一座墓穴的开口。一阵突然出现的微风吹过，灰尘落在了她的盔甲上。她面露苦相。这里总有股神秘的味道和气味，而卡莉丝还没有适应它们。有时，她想知道法鲁斯以前是否已经习惯了这种恶臭和潮湿……她不再理会这个想法。

"我能做得更好。"她在达瑟斯来到底部后说道。圣骸领主已经离开几天了，他与新的指挥官奥法领主克诺索斯，还有天界领主莱诺斯及其他规划城市防御的人进行了商讨。"有什么新消息吗？"她问道，将费利乌斯的巨锤搭在肩上，"我是指，关于护堡领主法鲁斯的。"

"没有。"达瑟斯说，"对不起，卡莉丝。克诺索斯并没有任何关于他命运的消息。"他看着眼前的坟海，嘀咕道，"事实上，他什么也没讲。除了死灵震也波及了艾吉尔，并且撼动了天堂的支柱。"

卡莉丝的腹部感到一种冰冷的恐惧，"艾吉尔……"

"它能撑住，就像往常一样。放松，姐妹。神王不会让界域现在沦陷，不会在经历这么多之后。"达瑟斯摇摇头，"不过，听克诺索斯说，当时很危险。甚至连铸神铁砧也被影响，哪怕只是很短的时间。"他看着她，"我们生活在一个危险的时代，姐妹。来吧，跟我走一段。"

卡莉丝在取回了她的战刃并检查了费利乌斯的伤势后，开始与圣骸领主一同前行。解放者已经部分恢复了，她将他的巨锤还给了他。当他们走时，她向塔玛库斯和其他人示意，让他们继续警惕午夜游魂的破坏。他们会继续清扫这一区域，狩猎潜伏在这些坟墓中的幽魂。

第十一章

当她和达瑟斯沿着大道走时，路面开始向上倾斜，两边的陵墓也越来越稀疏。雕像自黑暗中隐现出来，用看不见的眼睛俯视着他们。很快，他们就走上了一条通向万坟的小路。

她脚下的地面颤抖着，小石块和灰尘好似被看不见的东西分割，上下摆动着。前方的小路出现了一个新的弯道，而后面则传来了一堵新墙滑动归位的隆隆声。这些天里，地下墓穴的外层一直在移动。那些亡灵依旧在复杂混乱的通道里游荡，无法逃脱。

她听到头顶传来喊声，看到一座桥的拱顶朝它的新位置移去。一队雷铸军正站在顶上，抵挡着石头的颤动。当桥固定好后，他们大步走过，高举起盾牌以抵御在黑暗中等待着他们的东西。"这永无止境，对吗？"她说道。

"职责永不停息。"

她看向达瑟斯："上面有什么消息？"

"一样的消息，但更糟。"达瑟斯说，"城市处于动荡之中。我们能做的就是控制它。复苏的死者数量很大，并且每天都有外面难民所带来的消息，新的恐惧之物自绿洲升起，有的还来自高耸的峭壁。沙许中每一个无法安息的灵魂都被唤醒，它们都渴望活人的鲜血。"

"没有一个能从我们身边溜走。"卡莉丝坚定地说。

达瑟斯还没来得及回答，附近的坟墓入口处就传来了一阵抓挠声。那是卡莉丝最近熟知的声响。石头裂开，好像有什么东西要移开它们。卡莉丝想拔出剑来，但达瑟斯示意她后退。他将手放在坟墓表面，一道蓝色的光辉从裂缝中闪过。"睡吧，死亡之子。"圣骸领主咆哮道，"时辰未到。"

抓挠声消失了，仿佛坟墓中的住客又回到了断断续续的睡眠之中。达瑟斯后退一步，让附近的一组凡人祭司去履行他们的职责。他们会重新为坟墓中的东西祝福，为其涂上圣膏，然后放置守护魔印，就像他们和其前辈近一个世纪以来所做的那样。尽管他们付出了努力，但卡莉丝仍怀疑这不会维持太久。

"这种事过于频繁，我并不喜欢。"她说。

达瑟斯转身离开了这座坟墓："地下坟墓的不断变化会使石制建筑受损。这算是法鲁斯的聪明才智所造成的一种危险。"

卡莉丝点点头。任何逃脱的灵魂都会被地下世界的永恒变化所迷惑，更

容易被困住。但同样的变动也帮助一些幽灵能侥幸逃脱。幸运的是，大部分这样做的幽灵都能被轻易地重新捕获。她怀疑这也是法鲁斯设计的一部分。

当一座拱桥移过斜坡上的坟堆时，其影子从他们身上掠过。灰尘像雨点般倾泻而下，堆积在她的战甲上。她大步走到斜坡边缘，穿过一座伸出下方深渊的墓穴顶部。

自这个最高点望去，整个地下墓穴有点像一座巨大的连环石环。坟墓和墓穴像藤壶一样附在每一个环上，并且填满了环间缝隙的斜坡。控制地下墓穴变化的巨大机械装置悬挂在巨大的石球上，直接悬挂于万坟顶端。

达瑟斯走到她身边，眼睛盯着她："我已经派了守卫去看守它们，以防万一。如果坟墓有被打开的危险，那他们可以执行最后的程序。"

卡莉丝皱了皱眉头。这个程序会使整个地下墓穴坍塌，永远埋葬他们。但摧毁地下墓穴也必定会摧毁格林姆熔炉。或许，不会立刻发生。但其影响会向外扩展，削弱街道和地基。即便矮人的工艺也无法在这种破坏中幸存。"不会那样的。"她坚定地说。

"死者冷酷无情。"达瑟斯说，"我们必须时刻准备让他们失去这个地方，无论代价如何。"

"他们为什么恨我们？"她还来不及多想，这个问题就脱口而出了。

"他们不恨。"他过了一会儿说，"并不真的恨。我想，纳迦什也不是。要恨一个人，必须先在乎。而死亡之神只在乎他自己。"他看向别处，墓穴的外沿，"西格玛因我们感到快乐，正如他因我们的父辈，还有他们的父辈感到快乐一样。我们的创造、我们的勇气，甚至我们的骄傲，都使他快乐。"

"真是个有趣的词，用来形容跟神的关系。"

"但很合适。"达瑟斯看着她，"我们兄弟中的一人曾说过，界域之间都是永远对立——一个对着另一个。艾吉尔对着沙许，辛尔对着纪伦，海希对着乌尔枯，以及阿克夏对着虐门。每一个界域都是另一个的镜面，有些很微妙，有些则很明显。就像艾吉尔和沙许的对立，诸神也一样。西格玛是初始，而纳迦什是终结。"他比划着，随着手的转动，一道闪电在他的指关节和手掌间来回跳动，"但纳迦什是位贪婪的神，他既想成为开始，也想成为终结。他唤起沉睡多年的死者，派他们去攻击生者。"

"就像埃莉娅的母亲。"卡莉丝茫然地说。这些天来，她一直惦念着那个孩子。"

达瑟斯打量着她，而她则看向别处，突然感到不安。地下墓穴的音乐突然变得更嘈杂了。她听到了石头的嘎吱声，还有从某处缓缓滴落的水滴声。蝙蝠在高高的栖息处动来动去，惊恐地发出叫声。

而在下方，位于万坟中的死者，开始发出呻吟。

"有什么东西要来了。"达瑟斯说道。卡莉丝默默地点点头。她能自潮湿的空气感觉到，就像无声雷鸣的颤抖。"格林姆熔炉正在慢慢地同冥界其他地方隔开。"圣骸领主说道，"即便如此，大量的难民依旧在门外吵吵嚷嚷，想要进来。方圆一百里格内的每一座村庄和贸易站的居民都逃离了，因为死者正以前所未有的频率复生，追踪生者。数以百计的凡人来到这座城市，以寻求庇护。"

"旅途很危险。"卡莉丝说道，"荒漠中也有行尸。"

"的确，它们正以前所未有的数量聚集。巨大的行尸群在难民商队的后面蹒跚而行，拉倒掉队的人，把它们变为死亡军团的一部分。"达瑟斯低声咆哮道，"在南部地区的墓地，还有北方权贵们的围墙花园里，幽灵猎捕着穷人和富人。我们身陷重围，内外交困。"

"那新领主克诺索斯，他做了什么？"

"他会击杀任何他发现的死者。"达瑟斯说，"他拥有一种连我都无法企及的力量。"他停了下来，前面的拱门分为两半，然后像机械一样平滑地陷下去，露出一堵倾斜的墙，墙上有着神秘的法印。随着地面下降，镜墙将他们包围了起来，随着他们的重量向下移动。

"矮人真是一个聪明的种族。"卡莉丝说道，"这地方真是个奇迹。"

"法鲁斯也很聪明。"达瑟斯补充道，"矮人的陷阱都很迟钝。它有效，但没有创意。只有法鲁斯这样的人才能设计出这一切。发现弱点并将其转化为优点是他的天赋。我曾以为他会守护这个地方直到时间的终结。"他沉默了。

"他会回来的。"卡莉丝说。

"但以什么形态呢？"达瑟斯低声说道，卡莉丝正想问他是什么意思，他停住了，转过身去："这座城市本身也在关闭。除了主干道之外，所有街道和城门都关上了。克诺索斯已经下令将格林姆熔炉与利瑞亚隔离，以便更好地抵御即将到来的风暴。"

第十一章

卡莉丝点点头。这更有意义。这座城市——包括闪烁之门——都会在封锁状态中得到更好的保护。但这也意味着将切断来自外面，如阿伦施塔特堡垒等前哨站的支援。这是必要的牺牲。即便如此，她还是庆幸不是自己来发布这些命令。

达瑟斯继续说道："为了这个目的，我们必须封锁万圹，不让死神的仆从到达这里。你明白吗？"他看着四周的坟海，"连我都不确定它是怎么运作的。布里埃斯和其他为法鲁斯效力最久的人向我保证他们可以做到。但这不是一件凭借心血来潮就能复原的事。"

卡莉丝立刻就明白了："一旦封上，它就不会被轻易打开。"圣骸领主点点头："有人必须守在上面，以防万一。并在必要时守住大门。如果你愿意，这份职责将是你的。"达瑟斯看着她，提灯的光亮照射在他的骷髅头盔上。

卡莉丝思考了一下。随后，点了点头："我会守住通道，兄弟。"

达瑟斯也点头回应。"跟我想的差不多。"他将一只手握成拳放到她的肩甲上，"我将和布里埃斯等人待在下面。我们将在内部守住这里，就像你们在外防守一样。带上你的部队，去吧，姐妹。奥法领主克诺索斯已经下令，我们立刻封锁这个地方，我不希望在过程中你被困在隧道里。"他伸出自己的手，"愿西格玛保佑你，卡莉丝·埃尔坦。"

达瑟斯轻声笑道："我相信他会的，以他自己的方式。"

第十二章

剃刀尖锋

埃莉娅跑过街道上拥挤的人群。

人潮的规模比她所经历过的任何时候都要大，即使是在市场火爆的日子也比不了。成千上万张新面孔、新声音，还有新味道，都涌进了长长的中央大街。这条大街连接着城市的每一个环，一直通向格林姆熔炉的中心。

她看到两个女人，一个年迈，一个年轻，打扮得像来自远方城市墓野城的商人，她们穿着黄色的亚麻衣服，戴着金色的装饰品。还有一位胖男人，打扮得像个贵族，穿着华丽的锦缎和浮雕胸甲。其中还有矮人，他们穿着满是灰尘的旅行长袍。她还看到一些男男女女穿着粗糙的矿工皮衣。许多人都带着武器，大多数看起来像是最近才被迫拿起的。每一个人，不管是谁，都带着她所熟知的那种憔悴、饥饿的神情。黄昏区里的每个人都如此，尤其是最近。

一小群身着黑衣的格林姆人穿过人群，检查行人，寻找凋魂感染的迹象或邪教的标记。你越小心越好，这是她父亲说的。自由行会似乎也同意。他们也出动了兵力。除此之外。在一个高高的足以俯瞰街道的石柱上，一个高大的身影站在那里看着人群。她打了个寒战，认出那是神锤圣砧军团的猎魔领主。血族之灾有很多传言，但都不好。

黄昏区的人说，是他领导了对北部贫民窟的清洗。当时那里已经被食坟者所占据，那是在她出生前很多年。最近，他也在富人区做了同样的事，有几个家庭受到了吸魂者的控制。并不是所有雷铸军都像法鲁斯和卡莉丝。有些要糟得多。她又打了个寒战，迅速从他身边走开，吓飞了一群在街道上寻找食物的鸽子。

紫色的鸟儿们跃入空中，高高飞翔。有些人说它们为老骨头收集死者的灵魂，但猫咪们并不这么说。只有黑色的大食腐鸟才为亡灵之王服务，还有在荒漠中游荡的细长腿豺狼。鸽子们服侍一位更小的神明，也更安静。至少

猫儿们是这么说的。

　　头顶上的天空依旧是紫青色,伴随着来自荒漠的冷风。她避开了一位魁梧的拦路者,当她跑过去时听到了他的咒骂声。她发现了一个来自黄昏区的扒手,对他也敬而远之。过了一会儿,她听到了叫喊声,知道是他被发现了。当小偷逃跑时,人群突然开始骚动起来,她差点被踩到。她一边躲着人群,一边想爬到更高的位置,找个更安静的地方观察情况,但最后还是决定不这么做。

　　她早些时候是因为感到了地面的颤抖才走上街头。灰尘从街道的裂缝中喷涌而出,连建筑都在颤抖。下面一定发生了什么,人们也很担心。她本想去问问法鲁斯,但他已经……不在了。她揉了揉脸。

　　卡莉丝说过他会回来,但埃莉娅不确定自己能否信任那位雷铸军。法鲁斯是她的朋友,她想。但卡莉丝不是。她不确定卡莉丝算是什么。

　　卡莉丝吓坏了她的父亲。所有雷铸军都会吓到她父亲。但他从来没有像第一次见到卡莉丝时那样大喊大叫。他看到她的脸,就尖叫不止,就好像见到了鬼魂一样。就好似她母亲去世的那一晚时他的样子。埃莉娅避开了这个想法。她抱紧自己,突然感到一阵寒意。她不愿去回忆那晚的事。那时她太小,很多东西已经不记得了——有关她的事。她能回忆起她母亲的脸,但不知为何是一张扭曲错乱的脸,还有她父亲的哭泣声。然后是法鲁斯,拿着提灯。光线是那么温暖,她母亲不见了,但她的父亲一直在哭。他一直哭了几个晚上,即便没有足够的酒,他还是喝醉过去。

　　她的母亲去世了。已经死了。她是病死的。然后她又回来了,而法鲁斯杀死了她。现在法鲁斯也死了。她有点希望他不会回来,因为如果他回来了,她可能会开始想为什么他能回来,而她的母亲却不能。她停了一会儿,成了人海中的一座孤岛。她用一只手的手背擦了擦眼睛,皱起眉头。她听到了一声大叫。

　　前面发生了骚乱。声音响起,人群像遭受痛苦的生物一样抽搐起来。金属闪闪发光,伴随着哭喊。埃莉娅睁大了眼睛,把有关法鲁斯和她母亲的一切想法都忘了。她之前看到的那个胖男人将女商人中的一个——年迈的那一个——推倒在地。那个男人从长袍中抽出一把长刀。"食坟者。"他大喊道,踢着他的受害者。

第十二章

听到他的话后,人群纷纷从他身边躲开,包括埃莉娅自己。当她还是个婴儿时,街角的男男女女就在喊着这些话。有时候,当人死后,他们会回来。不是变为了孤魂野鬼,而是成了食坟者——只有食欲,而毫无思想的行尸。她克服了突如其来的恐惧,凑得更近了一些,想看清楚。那个胖男人指着躺在地上的老妇人,她的同伴则试图阻止他。

"她病了。"年轻的女人喊道,蹲在她的同伴身边,"她受伤了——求求你。我们什么也没做……"

"她被感染了。"胖男人啐了一口,"看她!她已经转变了。"

更多的喊声随着一位格林姆人从人群中挤出来。"这是怎么回事?"那位士兵伸手去抓那个胖男人,吓了他一跳。胖男人的剑闪了一下,格林姆人转身退开,抱着一只受伤的红胳膊咒骂起来。他的喊声引起了他同伴们的注意,其他士兵也赶来同胖男人对峙,而胖男人则盯着被他在惊慌中击伤的格林姆人。

"我无意……"他说道。

地上的老妇人则开始抽搐、拍打,她的脚踝和头撞到了鹅卵石上。那个年轻的女人向后爬去,脸部表情因惊恐而扭曲。"不,塔卡,不——哦,西格玛保佑,不!"

当老妇人坐起来时,年轻的女人开始号啕大哭。士兵们并没有注意到。他们的注意力全在胖子身上。两个格林姆人将他撂倒在地。三人在尘土中扭打起来,那个男人发出沉闷的哭喊声。拳头打得血肉模糊,刀子也在噼啪声中掉了下去。更多自由行会的士兵冲入了斗殴现场,在人群中打斗。

老妇人发起进攻,她先向胖男人扑去。她抓住他一只乱舞的胳膊,咬入了他的前臂。他发出了一声又高又细的哀号,而埃莉娅往后缩去。她突然的举动引起了食坟者的注意,老妇人用四肢着地向她爬去,张开血淋淋的嘴。当埃莉娅转身逃跑时,人群也发出尖叫,争先恐后地闪开。尸体穿过他们,疯狂地咬动着嘴。

她躲开了那已死妇人不停挥舞的手,爬到一辆废弃的马车下面。那个食坟者盲目地摸索她,牙齿像发狂的杂种狗一样乱咬。"她在那儿——抓住她!"一个男人在附近喊道。

当格林姆人抓住她时,老妇人转过身去,嘶吼着。她跃向那位士兵,将

他向后扑倒，咬住他的喉咙。埃莉娅从马车下面爬了出来，希望自己同老妇人保持一定距离。她试着不去理会尖叫声。格林姆人从她身边跑过，咒骂叫喊着。

她看见了那个胖男人想要爬开。他不会爬远的。当食坟者咬了你，你就会变得跟他们一样。这可能需要几天，也可能只需要几秒钟。这一定会发生。这大概就是老妇人身上发生的事。她在荒漠的某处被咬了，然后在进入城市后发生了转变。

那位自由行会成员在老妇人咬他时发出尖叫。他也会转变，跟那个胖男人一样。更糟的是，他可能知道如果自己运气不好，没被咬死，会发生什么。埃莉娅听到了金属撞在石头上的声响，看到了人群惊慌失措地说血族之灾。猎魔领主大步走向冲突之地，他法杖上的提灯就跟法鲁斯的那盏一样明亮。但他不是法鲁斯。因为法鲁斯不会做猎魔领主接下来要做的。

"后退。"他的声音如同利刃般划破混乱。格林姆人后退让开，血族之灾拔出了他的剑。

他长剑的第一击就斩掉了老妇人的头。随后他击杀了受伤的自由行会成员，就像猫杀耗子般轻而易举，甚至那位士兵的战友还没来得及说话。然后他又大步走向那个胖男人，后者面色苍白，想站起身来。埃莉娅在胖男人开始尖叫时闭上眼睛，他第三次挥剑，尖叫声戛然而止。

街道上一片寂静。埃莉娅缩在马车边，尽量使自己变小。如果血族之灾觉得她被咬了，他会毫不犹豫地把她的头也砍下来。消灭食坟者瘟疫的唯一方法就是在它开始转变前阻止它，要么就杀掉所有可能转变的人。

即便他注意到了她，他也不会表现出任何迹象。相反，他转过身去，城市上空的闪烁之门再次发出光量，如同一颗小型太阳般闪烁。街道上的每一双眼睛都朝上看去，就如同被磁石吸引了一样，想知道这预示着什么。

埃莉娅抓住这个机会溜了出去，如同猫一样蹑手蹑脚。

拜尔萨斯看着太阳从格林姆熔炉的城墙上升起，好奇为什么会有人来到这种地方。对于习惯了艾吉尔活力的人而言，冥界的一切都是褪了色的、黯淡的。这个地方能提供比艾吉尔海姆，或任何一座黎明之城更有价值的东西吗？为什么凡人会涌向这个地方？

第十二章

随后，他想起很久以前就得出的结论，许多凡人都是简单地做反事。他们根本不知道什么对他们好。就像那些试图涌入城内以寻求城墙保护的人潮一样。聚集在同一个地方，无论防御多么严密，都会招致攻击。他们没有看到他们的数量只会增加防御者的负担。

他的圣咒战庭在黎明前抵达，并没有大张旗鼓。这座城市在为战争做准备，无暇迎接迟来者。他不觉得受到了冒犯，并直接去确定了万坟的位置，但发现地下墓穴禁止他及所有人进入。这是克诺索斯·赫文森的命令。

信使来了。克诺索斯要求见他，就在围绕着闪烁之门台阶的城墙上。这里是最终的内堡，城市的最后抵抗之地，同时，这里还有格林姆熔炉最古老、最坚固的城墙。这里的护墙上驻守着士兵。他们是城市规模最大的兵团，身着紫黑相间的自由行会制服。他们对拜尔萨斯敬而远之，很适合他。

他看到一个女人拿着一篮子面包匆匆走上附近的一段台阶。当她分发面包时，士兵们将她团团围住。其中一人亲吻了她，他们轻声交谈，很专心。拜尔萨斯看到了他们的灵魂火焰交缠在一起，很短暂，然后他们就分开了，分道扬镳。他能从空气中感知到他们共同的记忆，还有彼此的爱。这种打扰的感觉让他觉得烦恼，于是转过身去。

他能感知到米斯卡和赫利俄斯在下方连接两道内层城墙的街道上等待。他们就跟他现在一样，不耐烦地站着，等着他的奥法领主同伴，尽管他比那位年轻的战士要有资历得多。他发现自己转念想起了阿格诺斯泰和镀金河段。那都是他曾仔细研究过的地方，也是冲动的克诺索斯去过的地方。

他们并不是竞争，因为竞争意味着比赛。克诺索斯会去他想去的地方，做他想做的事，与拜尔萨斯一样被相同的意愿所驱使。也同拜尔萨斯一样，他也不屑去注意那些跟在他后面的人。

正是克诺索斯解开了钟鸣密室的声音谜题，并解开了里面影晶装置的谜语；是克诺索斯最终破译出了白银墓穴的炼金术文本；是克诺索斯因他的胜利而得到了西格玛的表彰。

或许泰罗斯没错，他对另一位奥法领主的成功是有些不满。这些荣耀本应该属于他，但落入他人之手。这很令人讨厌，也很令人沮丧。他不愿承认自己是这些弱点的牺牲品。然而，他现在就在这里，一边自嘲，一边思考着现状。

"你在做什么,兄弟?"

"计算,克诺索斯。这座城市有多少食物储备?"当克诺索斯·赫文森在城墙上同他会合时,拜尔萨斯转过身来,他假装没有注意到那些跪在地上低头的自由行会士兵,"井里还有多少水?我们能在城墙上调集多少人?"

"我都计算过了,兄弟。我已经打过同样的仗近十万次了,包括凡人的人生和那之后的阶段。"克诺索斯摘下头盔,挂在他的腰带上,他带有文身的面孔转向拜尔萨斯,"这曾经是我的城市。"

"没错。如果这场战争胜利了,那它或许还是你的。"拜尔萨斯没有摘下自己的头盔。当他不得不外出时,他总觉得有什么东西遮住脸比较舒服。在西格玛隆,这种感觉并不明显,但在这里,他只想要一面能将他同这个界域隔绝的墙。

他看见一个小身影偷溜过护墙。另一个蹲在他们头顶弯曲的护墙上。"我们被监视了。猫群,还有一个孩子。"拜尔萨斯看向另一位奥法领主,"为什么这里有这么多猫,克诺索斯?"

"还有孩子?"克诺索斯问。

拜尔萨斯哼了一声:"我注意到了那个特别的入侵者。"

克诺索斯轻声笑了笑。"我想她是个顽童。城市里有上千个这样的孩子。一直都有。"他皱起眉头,"尽管有人已经做了最大的努力。"

拜尔萨斯看向别处。"凡人都很脆弱。"他说。士兵们瞥了他一眼,然后赶忙将目光移开。拜尔萨斯并不在意。

"比你知道的多,但比你想的少。"克诺索斯说,他吸了一口气,好像要做什么痛苦的事似的,"是西格玛派你的战庭来协助我?"

"我们来了。进入万坟并看守那里。"

"那里已经有守卫了,巡墓者战庭的圣骸领主达瑟斯将负责。我下令封闭了那里。现在已经没有办法下去了。除非摧毁为保护他们而建造的防御机关。创造它们的矮人工程师曾向我确认过。"

拜尔萨斯燃起怒火。"你疯了吗?我怎么守护我根本无法抵达的位置?"

"帮我保卫这座城市。"克诺索斯说,"我已经收到了将会来临的战事报告。利瑞亚大道上的三座荒漠据点已全被攻击,全都失去了联系。我担心我的战庭不足以抵挡这股敌潮。我需要你。"

第十二章

"我有自己的任务,兄弟。神王亲自指派给我的。"

"我也是。它们是同一项任务。"克诺索斯指向荒漠,"不管我们能不能看到,一支由疯狂的灵魂、破损的遗骸,还有鸟啄的骨骸所组成的大军已经出现在了地平线上。一千里格内的所有亡灵都会来到此地,来格林姆熔炉。你知道的。你能从空气中感觉到,我也可以。"

"而这也正是我必须保护万坟的原因。城市是次要的,兄弟。即使你也必须承认这一点。或许是你的怀旧感压倒了你的智慧。"拜尔萨斯说出这些,就后悔了。他直视着克诺索斯的目光。

"你在说什么?"

"我知道你是谁,克诺索斯。我也知道这就是西格玛派你来的原因。"这句话如同一项指控,"如你所说,这座城曾是你的,是你凡人时的附属品,是你应该抛在身后的东西。告诉我,你问过他为什么派你来驻守这里吗?这就是对你荣耀的奖赏吗?"

"你怎么能这样想?"克诺索斯问,他的脸气得紧绷起来,"他派我来守护他的财产。这就是我要做的。这座城会承受住威胁它的死亡风暴,而它的人民也会幸存下来。"

"我不关心这座城市。我只关心它下面的东西。"拜尔萨斯不屑地做了个手势,"你是我们中最强大的,是最强大风暴军团的后裔。"他指了指附近的士兵,"你有一支军队,还有西格玛的祝福。你可以指挥一座城市。还需要我做什么?"

"你还在生我的气,是吗?"克诺索斯轻声说,"过了这么久,你还不能原谅我在阿格诺斯泰的事?你想让我在两条战线上作战吗,守墓者?"

拜尔萨斯看着他:"你想开几条战线随意,兄弟。你不会再收到我的消息了。毕竟你最擅长这个。"

克诺索斯叹了口气,看向别处:"你总是这么固执。"

"如果我固执,那也是因为神王指派给我的任务。"拜尔萨斯挺直了身子,"我只关心万坟,兄弟。而不是因你想的那样记你的仇。"他努力让自己的声音保持平静,但依旧在冲动的边缘。

克诺索斯带有文身的面庞露出一个近似微笑的表情。"记你的仇。"他缓缓地说,重复拜尔萨斯的话,"你是这么想的吗,拜尔萨斯?"

"我一点也不这么想。"

"你一直不擅长说谎。"

拜尔萨斯咕哝道:"或许吧。或许因为我从来不需要。"他试图从克诺索斯身边走开,但后者却抓住了他的胳膊。

"我做了什么?我哪里得罪你了?"克诺索斯问道,"从我们遇到之后,你就对我厉声怒吼,咄咄逼人。"

拜尔萨斯甩开了他。"我不知道。"他过了一会儿说道,并看向远处的荒漠,"我不知道。"他重复道,声音更轻,"或许我是嫉妒。或许我在你身上看到了我应该成为的样子,但我却没有。或许,我只是觉得你讨厌。"

克诺索斯也生气地哼了一声,看向荒漠。"你不是第一个。"他瞥了一眼拜尔萨斯,"你真让我失望,兄弟。我们所有人,真的。你是我们中的第一位,但除了泰罗斯之外你隔绝了所有人,甚至他也得努力才能跟你说上话。"他靠在护墙上,手掌扶在城垛上,"看啊,兄弟。看看你周围。看看你随意地忽视了什么。就这一次,别只顾自己了。"

拜尔萨斯叹了口气,但还是按照克诺索斯的要求做了,用他的风暴视野和双眼来观察。他看到了站在城墙上的每一个人都面露恐惧。更多的,他看到了他们眼中的希望,听到了他们嘴唇中的祷告。他们很害怕,但并不动摇,并未被击垮。他们会坚守,就如同雷铸军一样。他们会战斗并牺牲,或许,他们中的一些人还可能会回来,身着西格玛神铁,再次投入战斗。他甩掉这个想法。

能为西格玛效力是一项殊荣。即便是最坚强的灵魂,也能感受到这份荣誉的重任。他看向克诺索斯:"你想让我看什么呢,兄弟?他们很害怕,还是他们的勇敢,尽管很脆弱?我知道这个。"随后,他过了一会儿说:"我也从未怀疑。"

"如果你知道这个,那么你就会明白,没有什么比我们在这里做的事更重要的了。格林姆熔炉必须屹立。无论如何,它必须屹立。不然这些人——我们的人——都难逃一死,他们的灵魂都将加入死神的账本。"

拜尔萨斯回头看了一眼他们头顶的闪烁之门。他思索着答案,眼前的问题有一个合乎逻辑的解决方案:"为什么不疏散他们?"

"你会抛弃西格玛隆,还是会奋战到最后一刻,保卫它?"

"这里不是西格玛隆。"

"但这是他们的家。"克诺索斯后退了一步,"我需要你,拜尔萨斯。死亡风暴即将来临,我们必须对抗它。我们所有人——凡人与不朽战士。万坟已经有守卫了。我需要你在这里,在外面。"

他叹了口气,眺望着沙漠。拜尔萨斯等着,此刻变得越来越不安。最后,克诺索斯摇了摇头。"如果西格玛派你来,那意味着他怀疑未来之事是有隐秘动机的。或许我应该让你做你想做的事,即便这意味着削弱城市的防御。"克诺索斯看向别处,"这么久以来的第一次,我不知道前方最好的路线,这让我很烦恼。"

拜尔萨斯犹豫了。他有点高兴,因为胜利来了。克诺索斯这一次变得不知所措。但他并没有享受这一喜悦,他反而想起了和西格玛的对话。

你觉得自己和他们不同,即使你不愿承认。

没有不同,大人。从来没有。

或许你比诸神还要智慧,拜尔萨斯。

"如果我有智慧,那也是因为您使我如此,大人。"他喃喃低语道,觉得自己在西格玛神铁的外壳中显得很渺小,克诺索斯困惑地看着他,拜尔萨斯叹了口气:"也许我们应该找到共同的立场,克诺索斯。"

他伸出手,想要抓住克诺索斯的肩膀,但他并没有让自己走那么远。他把手放了下来:"西格玛让我听命于你,兄弟。所以下令吧,我会尽力来完成,并履行我的职责。"

克诺索斯面露微笑:"有时,拜尔萨斯,我因能成为你的兄弟而感到荣耀。"

"你应该这样。"拜尔萨斯说。

在下方的街道上,米斯卡看着两位奥法领主在交谈,随后叹了口气。赫利俄斯摇摇头:"他在怨恨上浪费了太多精力。"他站在一旁,用剑在平衡他的法杖,让躲在附近的顽童高兴极了。他摘下了头盔,她也一样。如果凡人能看到走在他们之间的雷铸军的面容,那他们在雷铸军面前所感到的不安也会有所减轻。

"那不是怨恨。"

"那你说是什么?"赫利俄斯用剑把法杖翻转过来,用另一只空着的手抓

第十二章

159

住,又将它扔向空中。孩子们大笑着鼓掌。

米斯卡面无表情地看着他们:"拜尔萨斯类似于一种机械。他有自己的原则,并以此为依据。世界的混乱会让他感到恐慌。"这确实是一个混乱的场面。

整座城市都戴着一副秩序的面具,但面具下却只有混乱。格林姆熔炉已经被死灵震所撼动,它的基石出现裂缝,市民的信念也随风飘摇。现在,外面的人想在墙内寻求安全,而死者却复苏,这打破了城市在剃刀尖锋上的平衡。稍有差错,就会满盘皆输。

赫利俄斯轻声笑着说,抓着他的法杖。"他不得不适应它。"他向欢呼的孩子们微微鞠了一躬,"假面舞会结束,面具丢向一边。无论好坏,我们都要显露真容。"

米斯卡咕哝了一声,靠在她的法杖上。赫利俄斯说得没错——现在很少有凡人会多看他们一眼。对他们而言,雷铸军除了纹章之外,并没有太大的不同。

"很有诗意。"

"嗯,我是个诗人。"他看着周围的院子,他的风暴法杖在肩膀上弹来弹去。米斯卡顺着他的目光看去。士兵、抄写员和市民都在他们周围忙着自己的事。一个卖热土豆的人在摇晃的马车上一边赶着马车在拥挤的人群中穿行,一边吆喝着自己的货物。一个来自玻璃湖的渔夫,背着一篮子鱼,穿过人群,却被一群猫伺机跟着。生活仍在继续。

米斯卡通常不会迷失在自己作为凡人时的有限记忆中。但此刻,她一时心动了。她很快摇头甩掉了这个想法,然后向附近闲逛的波萨斯打了个招呼。首席追随者缓缓向她走来,一只手掌里把玩着一个冒着蒸汽的土豆。他咬了一口,咀嚼得很响。"我们有什么任务吗?"他问道,嘴里满是吃的。

"还没有,不过我相信我们很快就会有。我希望你在接到任务时做好准备,其他人呢?"

波萨斯吞下了一大块土豆。"都在闪烁之门下面的广场等着。"他环顾四周,"整个城市都处于紧张的状态。我能感觉到。"他又咬了一口,"不过,土豆挺好。"

赫利俄斯笑了起来:"因为很简单,对吧,波萨斯?"

"不管天气如何,土豆就是土豆。"高个子的雷铸军说,他看向米斯卡,"你能感觉到,是不是,圣器法师?恐惧。迷惑。"他把最后一块土豆塞进嘴里,若有所思地嚼着。

米斯卡注视着他们周围凡人的面孔。毫无疑问，那是恐惧。他们紧张不安。他们能像她一样轻易地闻到风中的死亡气息，但也有决心。这是好的。他们需要这种决心。

她听到一个尖锐的声音——铃铛声——从附近的某个地方传来。她好奇地朝声音传来的方向转过身去。"待在这里。"她对其他人说道，"我要看一下是什么。"

"你不会独自一人。"赫利俄斯温和地说。他瞥了波萨斯一眼。

"她不会的。"波萨斯说，"你在这里等奥法领主。"他走到米斯卡身边。她摇了摇头。

"我不需要保镖。"

"这与你的要求无关。"波萨斯说，他那粗犷、伤痕累累的脸随着微笑而扭曲起来，"你是我们的圣器法师，女士，必须受到应得的尊重。"

"只在合适的时候，我才会注意到。"

波萨斯耸耸肩。"现在就很合适。"他拍拍自己巨锤的锤柄，"再说，我们人生地不熟，这个城市也岌岌可危。不确定会发生什么。赫利俄斯跟我都可以牺牲，女士。但你和奥法领主可不行。"

"我们都可以，波萨斯。"米斯卡说，"这就是为什么要创造铸神铁砧的原因。"

"你现在听起来像咱们的奥法领主。"

她瞥了他一眼："他会有他的时刻，兄弟。"

波萨斯咕哝了一声，但没有回答。米斯卡皱了皱眉头。波萨斯很少发表意见。沉默寡言是他的艺术，并且他就是这方面的大师。这也是为什么拜尔萨斯更喜欢他的部队。奥法领主希望他的随从都尽可能地只做不说。有时，她想拜尔萨斯更想要一支机动军队，而不是活着的战士。

铃铛声继续响着，引领他们穿过拥挤的大街，来到西边的市场。这是一座宽阔的十二面广场，周围都是摊位和店面。木制的建筑以诡异的角度摇摇欲坠地耸立在广场的空地上。报纸商贩带着沉重的木板在人群中游走，喊着最新的消息，或是相互争吵。城市中至少有四家活跃的印刷厂，因而陷入了争夺统治地位的无休止斗争。在其他地方，香料商人向过往的贸易商兜售他们的商品，鱼贩则为玻璃湖中的猎物相互砍价。

米斯卡顿了一会儿,享受着这座城市无序的活力。西格玛隆可没有这样的地方,甚至艾吉尔海姆也要比这里有秩序得多。波萨斯推了推她。"那里——看。"他指着。

她跟着他的手指看去,看见一尊三十英尺高的银像立在黑色的基石上。一群虔诚的信徒,披着麻布和灰烬,戴着挂有许多银色铃铛的铁链,跪拜在雕像前。声音源于他们的动作,市场上的人们则对他们敬而远之。

米斯卡走向雕像,波萨斯跟在她后面。凡人迅速让开道路,但米斯卡毫不在意。雕像是一位女人,穿着奥法学院的长袍和盔甲。"她看起来很面熟。"波萨斯低声说道。

"应该的。"一个女人的声音响起,"她曾有一次掰手腕赢了你。"

米斯卡转过身。一位穿着金色和天蓝色战甲的圣器法师大步向他们走来。"泽拉菲娜。"米斯卡打招呼道,"我好奇你为什么在这儿。"

"克诺索斯告诉我你来了,我就过来找你了。"泽拉菲娜说。他们让法杖相碰以示欢迎。泽拉菲娜瞥了一眼波萨斯:"再来比一场吧,嗯,你这头大公牛?"

波萨斯大笑道:"一次就够了,女士。我已经学到教训了。"

米斯卡微笑着向雕像点点头:"你为制作这雕像摆姿势了吗?"

泽拉菲娜看着雕像,皱起了眉头。"不。就算他们问我,我也不会做的。"她摇摇头,"真难看。还有一尊克诺索斯的。"她压低了声音,"依我看,这是浪费银子。"

"别苛刻地批评他们,姐妹。"米斯卡说,"他们只是想对你的牺牲表示敬意。"她看着雕像,"我想,在他们需要的时候,这会给他们带来巨大的慰藉。"

"或许吧。"泽拉菲娜怀疑地说,"有人告诉我,从利瑞亚各地而来的朝圣者都会对它祈祷。"她苦笑着,"我只希望我能回应他们的祈祷。"

"我们至少可以回应一个,姐妹。"米斯卡看着她,"来吧。拜尔萨斯和克诺索斯现在应该从相互争吵中停下来了,我想。还有很多事要做。"

泽拉菲娜大笑着:"需要?是的,他们会听吗?我可不会打赌。"

三位雷铸军离开了。在他们身后,虔诚的信徒依旧在祈祷,似乎没有注意到片刻之前他们跪拜的对象就站在他们身前。

第十三章

不可避免

沙许，死亡之界

阿雅拉转身，凝视着东方。风带来一阵刺骨的寒意，其中还夹杂着一丝熟悉的令人不悦的血腥味。这位老妇人将她那件破袍子紧紧地裹在身上，突然感到寒冷。她的手落在腰间挂着的弯刀上。这是把好刀，受过祝福，并且镶有银边，但它并没有让她感到安全。

这不会是一个安全之夜。没有一个夜晚安全，至少在沙许如此。但今晚更加特别。感觉不对。有些东西变了，尽管她不知道是什么。就在几天前，天空扭曲了，大地也跟着颤抖。地震在荒漠中并不少见，但从未如此强烈。

有什么东西要来。她能从水中感觉到，就像沙鼠能感觉到鸟翅的影子一样。在她身边，歌声飘向星空，她的亲友正在用古老的歌声驱逐黑暗。他们也会围着火堆跳舞，他们的袍子在旋转中反射着光线，光之彩在空中飞舞。声音和色彩都是抵挡黑暗的利器。

"风吹进你骨头里了，外婆？"她的孙女，厄斯卡娅在走近她时喊道。阿雅拉转过身。厄斯卡娅长得很像她的妈妈，阿雅拉的女儿，她在两个季度前去世。这位年轻的女子有着黑色的眼睛和头发，以及泽科人的苗条身材。她身穿多彩的长袍，就跟阿雅拉的一样，就跟同她们一样的九百个游牧部落的穿着一样。"回到火边去吧，我们很快要熄灭它了。费托斯做好晚饭了。"

"我知道了，孩子。不然你以为我为什么在这里？"费托斯是她的外孙，现在已经是酋长了，就像他的父亲一样。在泽科人中，由酋长准备晚餐是一种传统。但对他们所有人而言不妙的是，费托斯是个糟糕的厨子。

阿雅拉回头看了看五辆高耸的移动要塞，就是它们载着她的部落穿越沙漠。这些巨大的运输工具就像有轮子的城堡，上面有阳台、阁楼，还有高塔。高于这些建筑的是巨大的铜管，细细的蒸汽从管道中飘出，标志着驱动轮子的大型锅炉已经冷却。

移动要塞绕着游牧民点燃的巨大篝火围成了一个大圈。为了生火，他们消耗了太多宝贵的木材，远超阿雅拉批准的量。但如果是为了夜晚准备的话，这一点也不算浪费。

厄斯卡娅笑了起来，挽着阿雅拉的胳膊："外婆，费托斯不算是个差厨子。肉很好，是艾吉尔人最好的肉。"

阿雅拉闻了闻："你的意思是说他们愿意交换的最好的肉。他们总是把最好的留给自己。"阿伦施塔特堡垒的商人比她所想的还要精明。他们让她的兄弟——那些偷东西的窃贼，在讨价还价的时候像是幼稚的孩童。不过，所有的艾吉尔人都是这样。

她抬头看着星辰。今晚，它们也显得寒冷和遥远。泽科人信奉西格玛，因为他像游牧民身着长袍一样身披苍穹。艾吉尔人也声称信奉他，尽管他们的金人神一点也不像她和她的部落所尊敬的风行者。

风变了，带来了呻吟的声音。在外面的黑暗中，豺狼开始号叫。厄斯卡娅战栗起来。"行尸。"她说。

阿雅拉点点头，眯起眼睛："而且就在附近。"饥饿的死者成群结队地在荒漠中游荡，通常只有几十个，但有时也会有数百个。她听到了行走在沙地上的缓慢脚步声。

"越来越近了。"厄斯卡娅补充道，她拉了拉阿雅拉的胳膊，"来吧。我们回去。"

阿雅拉制止了她。她看到了什么——星光，闪烁的钢铁。"外面还有其他东西。你听到了吗？"像是战甲的咔哒声，还有骨头与骨头间的缓慢摩擦声。她手搭在了刀柄上。

这时，风在呼啸。沙子擦伤了她的脸颊。有什么东西——或许是一个男人——在最近的沙丘上蹒跚，然后跌跌撞撞地摔了下来。那东西滚过沙子，留下一道宽阔的痕迹。厄斯卡娅朝它走了一步："它是……？"

阿雅拉拉住了她的手腕："不。"

那具尸体在一阵韧带紧绷的声响中倒地又直立起来。它发出一声可怕的呻吟，然后向前跃起，速度远比阿雅拉所想的要快。通常，死者行动缓慢。但这只的移动速度却跟正常人一样快。她将孙女从它的路线上拽开，抽出刀刃。尸体挣扎着扑向她，咬着牙。

第十三章

当他们倒下时,她看到更多的行尸开始摇摇晃晃地走下沙丘。她抵着死者的脸,试图不让它的牙齿接近她的喉咙。厄斯卡娅出现在行尸的肩头,握着自己的刀。她将刀刃刺进了尸体的脖子。尸体猛推了一下,把她撞倒。它侧身起来,眼睛盯着新的猎物。

阿雅拉挥出一击,又吸引了它的注意。她的刀刃朝他刺去。它呻吟了一声,转身向她扑去。她感到一阵剧痛,向后退缩。尸体也跟着来了,她再挥利刃直击尸体。黑色的脓水涌到了她的手上,尸体向她倒去。她抽出了自己的刀刃。看到厄斯卡娅跑向她,扶她站了起来:"快点,外婆,快点!它们来了!"

尸体跟跟跄跄地朝她们走来,速度比第一只慢,但也没慢多少。跟在它们后面的是骷髅,身着腐烂的皮革和失去光泽的盔甲。

在她们身后,篝火旁也传出了惊恐的叫声。终于有人注意到了死者。有什么东西乘着夜风呼啸而过。阿雅拉抬起头,厄斯卡娅抓住了她未受伤的那只胳膊。老妇人睁大了眼睛,因为她看到了幽灵的身影,自黑暗中俯冲而下,掠过跌撞的尸体。它们似乎布满了天空,无边无际,像是一群被盛宴所吸引的食腐鸟。

她的族人曾给它们起过很多名字。艾吉尔人也如此。她将厄斯卡娅推向篷车:"光,我们必须进到光里。"厄斯卡娅并没有反驳。她从小就知道这些尖叫意味着什么。所有泽科人都知道。

她们跑向移动要塞之间的缺口,当火光近在眼前时,身后的沙子扬了起来。有东西发出了咯咯的笑声,却让人看不到。一只看不见的手抓住了厄斯卡娅的长袍,而阿雅拉转身查看,将银刃掏了出来。咯咯笑的东西后退了,但只是片刻。行尸离她们越来越近。

"冷……太冷了……"厄斯卡娅说,捂着死者抓过她的地方。阿雅拉点点头。

"它们就是这样。"她说,"快点火。"篝火的光辉照耀着她们。营地中一片混乱。男男女女挤在一起,害怕那些在火光之外盘旋得像巨大的飞蛾或蝙蝠之类的东西,而其他人则跑向篷车,要么就徒劳地攻击魂体。阴影在沙漠上伸展,抓住那些不小心的人。游牧民大喊着,将长矛或战刃刺入那些薄纱般的东西,试图将它们钉在地上。死者悄然离去,却又如噩梦般归来。

"那是什么,外婆?"厄斯卡娅问,"为什么会发生这种事?"

阿雅拉什么也没说。她的亲族正赶向各处,尽可能地收拾好物资,然后

匆忙地跑入安全的移动要塞。绝望的乘员在给锅炉加煤，铜管中再次涌出蒸汽。号角吹响，挂灯点亮，灯光冲洗着沙漠。她看到她的外孙，费托斯在对他的亲族发号施令。

他将盔甲穿在长袍下面，这是大多数男人的习惯。他用一把银剑比划着，这把剑是从一位艾吉尔商人那里花了一大笔钱买的。"到篷车上。"他喊道，"蒸汽全开，全速向西。到阿伦施塔特堡垒去！"他看见了她们，"你们在这里——快点，到篷车上。"

他注意到了阿雅拉的伤口，眼睛微微睁大，但他还没来得及说话，就有什么东西从上面砸向了他。那东西一落地就发出像黑豹一样的尖叫，而费托斯则被一把剑刺穿后背死了。

那东西站了起来，猛地抽出刀刃。阿雅拉从未见过这样的死者：具有轻薄、延展的形体，身穿黑铁甲和裹尸布。他阴影头盔中的双眼发出紫晶色的光，在她的注视下，面部由原先一个男人的脸庞扭曲为一颗骷髅。

它朝她们走近，步履笨拙，动作也不连续。它抽动了一下，突然靠得更近。每一次痉挛都使它更加靠近。她周围的世界仿佛慢了下来，黑夜变得像沥青一样。她听到厄斯卡娅的叫喊，但好像是从很远的地方传来的。她无法将目光移开。它的眼睛越来越亮，将她的目光吸引。整个世界都在她周围闭合，消失。而那个死人则一直盯着她。

法鲁斯低头盯着老妇人，仔细打量着她。她也抬头凝视着他，仿佛定住了。一切似乎都定住了，在他们周围，死者进行着血腥的杀戮。空气中满是尖叫声。在他周围的灵魂中，锁缚魂数量最多。这些灵体被纳迦什的意志所扭曲，它们的形体被死亡时的环境所影响，它们伴着低语与哀号，如同一场悲痛的暴雨般洗刷了篷车间的空地。

但也有其他东西。黑色眼睛的恐惧守卫、挥舞着镰刀的收割者和拿着长刀的追踪者俯冲而下，在惊慌失措的游牧民中游荡，击杀任何试图抵抗或因速度太慢而无法安全进入篷车的人。一些午夜游魂听从他的号令，而其他的则属于马兰扎克。

寿衣骑士正在附近轻蔑地怒吼。马兰扎克骑着他的骷髅坐骑，冲进了一辆篷车的中心，带领着他的灵魂骑手进行了一场血腥的狂欢。而在荒漠的别处，雅罗斯大公和克莉斯·阿鲁尔也率领着自己的部队进行着屠杀。

附近的一群锁缚魂发出一声沉重的叹息，它们散开了，让出了一个破碎、蜷缩的身影，裹着裹尸布，上面挂着生锈的钥匙和锁。灵魂的脸藏在一个类似于狗嘴，或鸟喙形状的头盔之下，它穿着一件粗糙、有着圆形铁片的锁子甲。在它无形的手中有几条铁链，铁链闪烁着令人作呕的能量。

法鲁斯知道，这些锁链能够吸引灵魂，将其困住。堕爪是一个亡灵典狱长。它后面跟着一群更小的幽灵——它的守卫。这些灵魂聚集在驼背的身影周围，对它窃窃私语，并用木棍和生锈的铁斧抽打其他小的锁缚魂，将它们从主人身边赶走。

"堕爪。"法鲁斯说道。堕爪一听到他的声音就扭动了锁链，锁链咔哒咔哒的声响让法鲁斯的灵魂颤抖。击倒缚魂狱卒这个想法让他几乎无法抑制地感到不安。他有种可怕的预感。它恶狠狠地盯着老妇人，他则将剑挡在他们中间："走开。去收集别的什一税。这个灵魂是我的。"

堕爪不满地哼了一声，带着它的仆从离开了。阿克汉不知怎的让这东西听命于法鲁斯，就跟他能控制的其他几个强大灵魂一样。法鲁斯转身走向他的猎物。

老妇人依旧站着，仿佛定住了。蒸汽翻滚着，和篝火的烟尘混在一起，将他们围住。有几辆篷车开始移动了，大轮子震动着大地。法鲁斯伸出手，几乎轻轻地，掐住了老妇人的喉咙。她勉强挣扎。她的手臂上有一道伤口，他能看到行尸毒液在她闪烁的灵魂之光上所扩散而出的黑线。一场快速的死亡将成为对她的仁慈。

他举起剑刃。这把剑渴望品尝她的血肉，而他也渴望这些。在她将死之刻品尝这些，并将她的温暖带入自己体内。他很冷，很冷，还很空虚。他的眼角闪过一道银光，感到自己挨了一击，便将老妇人推向一边。一个年轻的游牧民站在他身前，手里拿着他先前所杀之人的银剑。她飞快地绕过他，跑向老妇人的身边。"我不会让你伤害她的。"她大喊着，声音奇怪地回响着。他停了下来。她的脸让他想起了一个人……更年轻，但有着同样的眼神，充满了恐惧和决心。

伤害她……

不会让你伤害她……

第十三章

他将回响搁置一旁，举起了自己的剑。

街道上都是死者，他走到哪里都是死人……

他的戟挥下，劈开了一道门，一只死手抓住了他……

"埃莉娅。"他沙哑地说。一个名字，谁的名字？

一个小女孩——埃莉娅？她在哀号中被坟墓中的什么东西抱进了怀里。

他停住了，又举起剑，好像有什么东西紧紧抓住了他。

他举起了提灯，然后传来雷鸣……

他听到内心的嘶嘶声。

释放她们，法鲁斯。生命是一座牢笼，只有死亡才是真正的自由。

自离开纳迦什迦扎后，这已经不是法鲁斯第一次听到这个声音。起初，这声音几乎听不到，是一种轻柔的低语声。随着他们离寂静之城越加遥远，这个声音就越响。它告诉他必须做什么，以施行他所亏欠的正义。他不能忽视它，只能听着。

然而，他犹豫了。不知为何，这句话，感觉不对。

纳迦什让你自由。纳迦什也会让她们自由。她们会看到，就跟你现在看到的一样。

但不知为何，这种想法让他觉得是相反的。他摇了摇头，试图理清思绪。这是人类的行为，更多是出于本能而非需要。疑虑如同飞蛾一样扑腾着，然后又消散了。手中的剑让他感到沉重。他慢慢地放了下来。老妇人则站了起来，年轻人把她从他身边拉走。他并没有阻止他们。

他在剑上发现了一个类似骷髅的倒影。它的目光灼伤着他的内心，他全身都因一种不愉快的感觉而颤抖。他将目光移开，转过身来，寻求什么东西……他渴望着什么……

"你犹豫了。"

他看见一个瘦长的身影，伸展得很高，正朝他飘来，身后拖着一把巨斧。灵魂纷纷为它匆忙让路，几乎就跟它们为堕爪让路一样快。这位新来者的脸半掩在破旧的兜帽下面，模糊不清，仅露出由灰烬和干枯的血迹所形成的面具外形。它对法鲁斯微笑，露出了乌黑的牙齿。

"您为什么犹豫了，我亲爱的大人？生前，我就从未犹豫。"

"你不能质疑我，灵魂。"法鲁斯咆哮着。

她嘲弄般地鞠了一躬。"您已经忘记我的名字了吗，大人？要我提醒您吗？我是洛卡，大人。恩提尔·洛卡，第四环的女士。生前，我是赫尔斯通的至高刽子手。死后，我是您手中的战斧。您只需要动动口，我就会惩处任何违抗您的人。"她看向他，朝那两个女人逃走的方向望去，"要我去猎杀她们吗，砍下她们的头献给您？"她举起斧头，法鲁斯看见斧头上已经沾了黑色的血迹。

"不。"他说。空气中弥漫着死亡的气息。尸体一堆堆地躺着。其中一辆篷车烧了起来，锁缚魂伴着游牧民的尖叫声在火焰中腾跃。行尸和颤骨死灵战士则在烟雾中继续追杀生者。

"至圣死亡大君要我服侍您。"洛卡嘶嘶地说，向他靠拢，"他只要一伸手，一千根绞刑绳索就会拉紧。他是一位真正的领主，智慧而强大。"她凝视着他，"但您不是。还没有。您身上仍闪烁着光芒。我能尝出来——哦——那虚伪的东西。那光会将您引入歧途。"她顿了一下，"有一次，我曾想抓住它。我曾与一位亲王订婚，一位强大的亲王。"

她停了下来，目光茫然，沉浸在回忆中。依附在她身上的灵魂开始呻吟哀号，她的目光再次变得犀利。"可是他走了，而我却在这里。当我还活着的时候，我送了一千多个灵魂去见黑色法官，而死后则更多。"她用大拇指摸了摸斧头的凹痕，"那曾是我的职责，而现在则是我的乐趣。它应该也是您的乐趣。"她的声音如同乌鸦般刺耳，"欢呼吧，因为您终于找到了正义。生命的罪孽已从您身上移去，您终于自由了。"

她微微颤抖着，法鲁斯看到弱小的灵魂抓着她的胳膊，扯着她的头发。他现在能清楚地听到它们的声音了——又高又细的指责和诅咒声。她飘回了屠杀之中，用顺从的语调向那些叽叽喳喳的灵魂低语着。他望着她离去，感到了一丝情感——是不安，还是同情？

"别为她浪费您的忧愁，大人。她的双手沾满了无辜者之血，而她的罪孽在哀悼图书馆中堆积如山。"

法鲁斯转过身。他身后的幽灵身形很高，身着黑色的丧服。它腰间佩剑，剑鞘已经破破烂烂，光秃秃的剑刃上雕刻着悲痛的印记。它的脸隐藏在一副铁面具之下，就像古尔迪什山的远古居民戴的那样。它这副面具是一只野兽的头，长有獠牙和弯曲的兽角。

它消瘦的身躯上挂着一套破碎的盔甲，一只苍白的手抓着一根法杖，上

面挂着一盏老旧的提灯。灯里是一只干瘪的手形成的底座，每一根手指都有一团诡异的绿色火焰。这只生物的提灯散发的是……暖光。他感到欣慰。他有点想借助提灯取暖。

"翁法洛·多尔。"法鲁斯说，"你也来责骂我吗？"多尔是阿克汉送给他的另一位仆从。

"并不，大人。从不会。我只是破碎灵魂的卑微牧羊人。"多尔的声音让人想起葬礼的钟声。每一声都像是厄运的预兆。

那只午夜游魂越飘越近，他提灯的光亮洗刷着法鲁斯。他心中所堆积的饥寒交迫感瞬间消失了，他叹了口气："那盏灯——让我想起了别的东西。我想……我想我过去也常带着那样的灯。"

他环顾四周。这场战斗——如果可以这么说的话——几乎已经结束了。死者蹲在静止的尸体上，无意识地撕扯着冰冷的肉体。颤骨死灵寂静地站着，一动不动，等待命令。午夜游魂则像食腐鸟一样成群结队地飞到移动要塞的顶层，捕猎那些可能还藏着的生者。

多尔飘得更近。他面具后面的眼睛一片漆黑，如虚空般无情。但并没有恶意。那不是邪恶，只是……空洞。"您曾经拥有或可能拥有的一切已被夺走。您的能力和力量已被剥夺，您被无情的神明遗弃。如果您想要看到真相的话，那就盯着我的光芒。"他说。

法鲁斯看向别处："我知道真相。为什么神要说谎？"

"谎言不就是真理的影子吗？"多尔将法杖拉了回去，光线暗下来。法鲁斯面露苦相。饥饿感又来了，并且比之前更甚。它抓住他虚无的内心，让他想要吞食。不是为了肉或酒，而是为了别的东西。他想要发泄，撕开活生生的肉体，抽出里面尖叫的灵魂。

"不。"他低语道，"不。不，我不想那样。"

但他还是想。这种渴望在他心中强烈地悸动。生者有什么权利享受他现在无法获得的乐趣呢？他们又有什么权利接受太阳、微风，还有所爱之人的抚摸，或是苹果的味道等这些简单的东西？那为什么不把这种不劳而获而又不被重视的特权从他们身上夺走呢？

多尔仿佛看出了他的想法，说道："在死亡的阴影之下，所有人都是平等的，无论是痛苦还是回报。因为不死之王既能诅咒，亦能赐福。但只会赐予那些认为他至高无上的人。"

法鲁斯闭上了眼睛。但即便如此，他仍能看到多尔提灯的光亮，不可避免。"他赐予了我形体，"他轻声地说，"让我从无到有。"

"他将您从囚禁中释放。他会为您主持公道。西格玛遗弃了您。"多尔说，"纳迦什拯救了您。他会拯救一切。"

法鲁斯低下头："是的。"

多尔再次逼近："我能感到您的怀疑，大人。它沉重地笼罩着您。看着我的光，您的怀疑就会消失。您会看到真相，所有的怀疑都会从您身上消失。"

法鲁斯睁开了眼睛。他转过身，准备去看，一阵刺耳的笑声引起了他的注意。他转过身，多尔发出烦恼的嘶吼："谁敢——"

"唯有我，灵魂。我是来和你的主子谈话的。"

雅罗斯大公一只胳膊夹住战斧，低头看着法鲁斯所杀的男人尸体。他的身后，坐骑站在那里，还有一位骷髅仆人牵着腐烂的缰绳。雅罗斯转身看着法鲁斯："你的刀刃几乎没沾血，我的朋友。"

法鲁斯挥手让多尔后退，将剑收回鞘中："你的也一点血都没有。"

雅罗斯点点头。"没错。我对肆意杀戮没有兴趣。我是战士，不是屠夫。我想你也是。"他愉快地拍了拍斧刃，"我会控制自己的愤怒，直到我们抵达格林姆熔炉。在那里，我会让街道被鲜血淹没。"

"纳迦什会高兴的。"

"或许吧，"雅罗斯冷冷地说，"对我们的主人而言。格林姆熔炉只是一个难题，并不是一座需要被摧毁的城市，而是一个艾吉尔的符号。它会被攻破，被夷为平地。他会持续派军队去实现这件事，直到成功，然后他会将心思转向别处，转到下一个难题。他关乎整个领域。"他指着周围比划着，"而我们只关乎沙漠。我们要在这里发动一场解放战争。"他用一只白骨之手敲击胸甲，"我们的士兵在等待我们的号令。"

"士兵？"法鲁斯问道，目光从篷车上移开。

"那是连做梦都想不到的军队，就埋藏在沙漠之下。在今后的日子里，我将荣幸地唤醒他们。这是我的任务，就像马兰扎克有他的，而你也有自己的任务。"雅罗斯挥下他的战斧，"在我年轻的时候，泽科纳荒漠有数以千计的绿洲。每个绿洲都有一个王国。"他咯咯地笑了起来，"唉，那些王国都不见了。

但他们播下的种子——那些在被遗忘的战争中倒下的英雄和士兵——却依然存在,等待着一位拥有皇室血统的人的召唤。"

"是你。"法鲁斯说。

雅罗斯发出一阵刺耳的笑声,如同沙尘刮过石头:"我是国王的儿子,不是吗?难道我无法带领他们的后代在阿卡基斯获取荣耀吗?难道不是我攻陷了狼公爵的城堡?我不是奥萨德的英雄吗?"

法鲁斯不记得听过这些事情,只是点了点头。雅罗斯盯着他,妖火在他头骨的眼窝中闪烁。"是的,我的朋友,你必须承认这一点。我们是死亡领主,我们都是英雄,甚至是马兰扎克,尽管他是个恶毒的暗影。"他转过身,"我们都是英雄。"他又说了一遍,而法鲁斯想知道他内心是否也有个声音在低语着必然之事。

活人惧怕你,就如同囚犯害怕自由。

"他们害怕我们。"他跟着那声音说道。

"他们当然害怕我们,我的朋友。他们怎么会不怕呢?我们是死亡之主。"雅罗斯瞥了他一眼,"你知道,你的同伴都声名显赫。我们的名字都是传奇,记载在暮光大厅之中。或许没有马兰扎克,但肯定有我的,而且不止我一个。"他用自己的战斧指向北方,"在冰雪覆盖的土地上,咧嘴女皇统治着一个死亡国度。我曾向她起誓,但她拒绝了我。"雅罗斯悲哀地叹了口气,"还有瓦泰克伯爵,他的灵魂被纳迦什锁在铁盒里。我曾在挽歌之战中与他并肩作战。他和其余一百多人,他们都是英雄,我的朋友,全是英雄。"

"工具。"那个声音再次在法鲁斯耳边低语,"各得其所。"

"你为什么要跟我说这些?"法鲁斯说,对雅罗斯的唠叨感到厌烦。这位颤骨死灵大公似乎很容易分心。

雅罗斯再次笑了起来。"为什么?为了考验一下你,渺小的灵魂。来看你是坚如钢铁,还是心怀怨恨。"他靠了过去,有预谋地说道,"马兰扎克说你身上有艾吉尔的味道。我能从你身上闻到。"他用战斧敲了敲法鲁斯的胸甲,"这里有一团余烬,在你体内燃烧。但它每一天都变得越来越小。很快就会完全消失,那时你就会成为我们的一分子。"

法鲁斯向后飘去,雅罗斯则转过身。他的仆从跪了下去,雅罗斯踩着骷髅台阶跨上鞍座。他把缰绳向后拉去,那匹骷髅马默默向后退去。"放心吧,朋友。死亡是斗争的终点，你的道路已经确定了。"他喊道，掉转了马头，向他战士的方向飞驰，骷髅仆从跑着跟在他后面。

法鲁斯看着他骑马离开，然后转向徘徊在附近的多尔："有多少篷车逃掉了？"

"三辆，大人。我们应该追吗？"

"到时候吧。"他冷冷地说。逃不掉的。无论他们走多远，无论他们藏在哪里，到时候，他们都会归于纳迦什。

不可避免。你不可避免。

他低头看向自己的剑，再次看到那个骷髅倒影，它依旧深邃地盯着他。

生者软弱。他们知道恐惧和怀疑。这是他们的负担。

"生命是一种负担。"法鲁斯说。

生命是一座牢笼。所有的奴隶只会在死亡中获得自由。万物皆归纳迦什。

法鲁斯停下了。他的手落在剑柄上。他能感觉到沙漏中流动沙子的颤抖。"纳迦什即是万物。"他最后说道。

第十四章

坚不可摧

格林姆熔炉自由城

"欢迎来到黄昏区。"猎魔领主阿基利斯说道。

拜尔萨斯环顾四周,不为所动。他所处的环境让他想起一个蜂巢,里面布满了庭院和死胡同。他看到破烂不堪的建筑,都是用破布和木板修补的破窗,墙上满是灰尘,地基腐烂。一座帐篷和支架构成的粗糙桥梁由街道的一边延伸至另一边。歌声、打斗声、争吵声和尖叫声都在他四周回响。"这是个贫民窟。"他说道。

"没错,还是挺大的一个。"猎魔领主停住脚步,有什么东西从头顶落向街道。拜尔萨斯看到一个头从开着的窗户中消失。喊叫声和咒骂声从其他的窗户和屋顶传来。这座城市在喧嚣之中,还没有完全陷入惊慌,但气氛很紧张。格林姆人正忙得不可开交,他们要处理新涌入城市的人,这些人带来了关于死亡的传言。

在灾变之后,这种传言太多了。鞭笞者在街道上游荡,哭喊着祷告。市民们则已经习惯了围城,只得听天由命再次做好抵御进攻的准备。但这次不同,他们知道这一点,敌人已经在城内了。

更多的东西——砖块——飞来了。人们沿着屋顶奔跑,大喊着警告。拜尔萨斯回头瞥了一眼跟在他后面的追随者和苛罚者部队。他们已经接到命令,尽可能地不去理睬这种挑衅。

"我们的出现似乎让他们很不开心。"玛瑞亚说。首席追随者环顾四周,面具后她的目光变得锐利。她不习惯这样,拜尔萨斯知道。敌人通常就在他们面前,并且很明显。

"我们难得带来好消息。"阿基利斯说,他举起自己的法杖,上面的提灯发出光亮,"尤其是在黄昏区。"当光亮照到附近的店面和走道时,上面的嘘声安静了,"可这里的人都认识我。他们知道最好别跟我作对。"

第十四章

"你必须这样做多少次了?"拜尔萨斯问。

阿基利斯耸耸肩。"足够知道这么做从不简单。"他停顿了一下,"沙许并不简单。死者离这里太近了。它们的低语如同叫喊,生者中有些人还在假装听不到。"

"这不是一回事。行尸更像是一种瘟疫。"

"我知道行尸是什么,奥法领主。"阿基利斯直言不讳地说,"我自格林姆熔炉的第一块基石建起时就跟他们作战。"他提灯的光亮驱散了阴影,露出了在巷子中挤作一团的乞丐和躲在水沟中的猫群。鸽子被光亮吓得惊飞。还有别的东西——一种温暖的光辉,像一股带着紫晶色的热气流。"这里。"

"你找到踪迹了吗?"拜尔萨斯问,沿着街道走在阿基利斯后面。他们来到黄昏区以寻找几个从城市暴乱中逃脱的人。一具行尸被卷入其中。拜尔萨斯被告知,那是一位来自墓野城的商人。在它被消灭之前,咬了几个人。并不是所有伤者都在逃跑前被抓住了。

阿基利斯并没有回答。拜尔萨斯恼怒地皱起了眉。他不需要盟友的友好,但阿基利斯似乎并不愿意给他应有的尊重。他不知道这是不是克诺索斯安排的玩笑,给他安排了一个粗鲁的联络人。他的圣咒战庭,同克诺索斯的一起,四散在城市中,以调查一千零一件有问题的案件。

死者在格林姆熔炉不再安息。街道上,恐惧每一小时都变得更加剧烈。行尸经常出没在贫民窟,它们幽灵般的身影在偏僻的街道中游荡。一群巨大的蝙蝠袭击了一座城市内环中的私人公园,吸干了一位贵族后代的生命。不死的街道杂狗在后巷追着猫,幽灵般的火焰在屋顶间跳动。

但到现在为止,城市稳定住了。拜尔萨斯不得不勉强承认,这主要归功于克诺索斯的努力。另一位奥法领主出现在各处,努力维系着脆弱的平静。他的战士们同城市的防御者一起走在街头,为他们带去希望。虽然这不会持续太久,但就目前而言,格林姆熔炉依旧坚不可摧。

"那里。"阿基利斯大声地说。

拜尔萨斯抬头看去。这座房屋由一堆摇摇欲坠的木头和石块拼成,有着一个倾斜的屋顶,烟囱则胡乱布置。摇摇晃晃的台阶分布在两侧,由粗糙的木架和绳索连接着两边的建筑,以及街道对面的建筑。在这些小台阶下面,挂着延伸的晾衣绳,湿透的衣服从晾挂的高处滴下水来。门和窗似乎都被木

板封住了，好像里面的住客害怕有东西从外面进去。

空气中有一股怪味——微妙而难闻。拜尔萨斯通过他的风暴视野看到整个建筑沐浴在黑暗的紫晶色光芒中。灵魂的火焰在其中某处闪烁。"没错。"他说。他感觉到野蛮的魔法，那比原本的魔法更加狂野。就好像魔法之风在死灵震后变得更强。但这就是另一个问题了。

他转向自己的追随者："玛瑞亚，你的部队跟我们一起进去。"玛瑞亚点点头，转身向她的追随者发号施令。拜尔萨斯瞥了一眼首席苛罚者："昆特斯，带着你的人封锁附近的街道。没有我的命令，别放任何人出去。"

"如您所愿，大人。"昆特斯单膝跪地说。首席苛罚者做了个手势，他的部队四散而去，两位战士看守着每条街道和过道。拜尔萨斯满意地点点头，然后看向阿基利斯。

"你肯定吗，兄弟？"

"我肯定。"阿基利斯端详着门口，"几名受伤者逃离了袭击。他们迟早会转变。如果诅咒扩散，整座城市将在两条战线上作战。行尸会四散而去，每一个死者都将进入他们的行列。"

"如果他们没有染上诅咒呢？"

阿基利斯什么也没说。拜尔萨斯看向建筑说道："真是座简陋的建筑。"

"功能大于外表。"阿基利斯说道。他开始前进。拜尔萨斯跟着他的脚步。玛瑞亚和她的战士们紧随其后，盔甲的铿锵声在寂静中回响。阿基利斯拔剑击碎了门口的木板，一股浓浓的臭味扑面而来。

弩箭在阿基利斯的胸甲上断裂。他向下看了看，然后又抬头。"真愚蠢。"他严肃地说。随后，他穿过门口，刀刃发出声响。拜尔萨斯跟着他，放低法杖。他看到阿基利斯将一个凡人劈成两半，另一个站在楼梯顶上，匆忙地装填十字弩。那个男人是个光头，身穿破旧的装备，身上有违背了艾吉尔法律留下的生命伤疤。拜尔萨斯一眼就看出了他的故事，为他安排了合适的结局。

他伸出手，聚集以太，第二个弩手尖叫起来，他的身体变得僵硬，化为石头。这尊新的雕像微微摇晃了一下，从台阶上摔了下来，砸到了下面的地板。阿基利斯瞥了一眼，点点头："做得不错。"

"欠缺精细。"拜尔萨斯说。他环顾四周。墙上挂着廉价提灯。这座建筑的底层依旧破开，露出了下面的墓穴。一块块木板穿过洞口，就像临时搭建的桥。从下面，他听到了从墓穴内传来的沉闷呻吟。

追随者来到他的身边，摆出防御阵形。他走到洞边向下看。行尸正在下方的大坑里漫步，有些在抓墙，还有些在啃食自己的肉。有很多行尸都很陈旧，已经成了肉干，覆盖着几十年的污秽。有些则是新的，从他们的伤口看仅有几个小时。"这是什么？"他说。

"一个瘟疫坑。"一个声音从上面传来，"或者说曾经是。"

一个身着带补丁的薄袍子的人走上了顶部的平台，旁边跟着几个看起来像佣兵的战士。他们看起来对当前的情况相当不悦，与他们雇主的态度截然相反。那位雇主有着一张消瘦、愁苦的面容，脸上挤出了一丝诡异的微笑："我花了好几个月，查阅报告和记录，终于发现了它。你曾经烧毁了它。我怀疑现在看起来不一样了。但它们仍在这里，埋藏在黑暗之中。的确，死亡会持续不变。"

阿基利斯瞥了拜尔萨斯一眼："怪不得这个地方看起来眼熟。"

拜尔萨斯摇了摇头："并不是所有尸体都是旧的。"那个男人疯了。更糟的是，他的灵魂如同一个破烂的麻袋，正往外泄出令人作呕的紫晶光芒。拜尔萨斯曾与痴迷于死亡魔法的术士战斗过，他开始汇聚以太，准备迎击。

"新鲜的素材，是我的……助手收集的。"死灵法师说道，指着佣兵们，"他们被感染了，你知道的。他们无论如何都会转变。这样，他们将服侍于更大的使命。他们会成为战争的工具，而不再是无脑的野兽。"他瞥了其中一个打手一眼，"干掉他们。"

另一个男人伤痕累累，只有一只耳朵，戴着护镜："什么？"

"我付钱给你们是为了确保我的研究不被打断，不是吗？"死灵法师做了个手势，"杀了他们。"

"但他们……他们是……"打手开始说。

死灵法师叹了口气："好吧，我自己解决。"他举起一只手。阿基利斯冲向台阶，拜尔萨斯也感到以太的颤抖。病态的绿焰穿过聚集的佣兵，立刻将他们杀死。随着他们倒下，死灵法师转身又伸出一只手。他吐出了一个词，这悲惨的词语如同丧钟一样回荡着。

墓穴中的死者做出了响应。行尸开始迅速往上爬，速度比之前看起来要快得多。它们一个压着一个，带着野兽般的敏捷爬上了深坑的边缘。它们滴

着口水，咆哮着冲向追随者。

拜尔萨斯转身说道："玛瑞亚，照管深坑，把死灵法师留给阿基利斯和我。"追随者已做好了准备，玛瑞亚挡在行尸和门口之间。当那破损的双手抓到灵魂之盾时，西格玛神铁制成的钉锤一击砸下，将骨肉击碎。拜尔萨斯很满意地看着他们将死者击退，转身走向台阶。

阿基利斯已经走到了一半。死灵法师仍在吟唱。佣兵的尸体抽搐着站了起来，但并不是去攻击接近的猎魔领主。相反，死者扑倒了死灵法师，用它们的断肢缠着他。

紫晶光在它们身上跳动，血肉像蜡一样流淌，一具尸体全部融入另一个的身上。死灵法师站了起来，他被死者的手和脚抬起。尸体的头骨裂开，汇聚到死灵法师的头上，形成了一个由头骨和头发制成的兜帽。尸体变成了一团冒着热气并扭动的战甲。它由血肉而不是金属制成。

"纳迦什发出呼唤，而他的忠仆有所响应。"那个凡人尖叫着，"当他伸手时，那便是一千只手。当他说话时，那便是一千种声音。倾听纳迦什的话语。纳迦什万岁！不死之王万岁！"

那团混合体迈着沉重的步子向楼梯口走去。它怪异的重量把地板压弯了。那个凡人挥出一只手，那只手混在其他手之中，形成了一个巨大的爪子，数百根手指蠕动着。这只手挥向了走到楼梯顶端的阿基利斯，一道天蓝色的光闪了出来。猎魔领主跳下了楼梯，一路咒骂。

死灵法师紧随其后，楼梯在他下楼时被踩得粉碎，一只巨大的爪子刨开了身边的墙壁。他一记重拳挥了下去，阿基利斯滚到一边，又迅速起身。死灵法师拖着自己在后面追。"我要敲开你的壳，将你的灵魂献给纳迦什。"他大喊道。

"不。你不会。"拜尔萨斯迅速走到他们中间，举起法杖。混合体踉跄向前，想要抓他。他比看上去要更加强壮，也更快。但拜尔萨斯阻止了他。

死灵法师对他发出咆哮，露出烂牙。"别挡在不死之王和他的王国之间！"这些话语让拜尔萨斯感到了一种异常的寒冷。他抓住那顶头骨和头皮聚成的头盔，感受着头盔佩戴者扭曲的灵魂律动。它就像是一片黑色的玻璃碎片，刺进他的手掌。死灵法师用他剩余的灵魂编织了那件可怕的战甲。束缚咒语是一种只有蛮力和粗糙的东西，没有任何精妙之处。很容易就能找到松动的魔法线，然后将其全部扯开。

当拜尔萨斯破解咒语时，他感到凡人的灵魂在他手中抽搐颤动。死灵法师的眼中现出恐慌，他挣扎着，试图挣脱。但拜尔萨斯紧紧地抓着，凡人根本无法脱身。"不，不，你不能……"死灵法师哀鸣着，"我要允诺正义——对那些迫害我的人的正义。"

"这是正义吗，嗯？"拜尔萨斯说，肉甲上的第一块皮脱落下来，更多的随之脱落，发出可怕的吸吮声，"这个憎恶之物？如果你这么想，那你就跟这堆肉壳一起烂了。"破碎的肢体和肉块同时脱落，只留下那个死灵法师悬在拜尔萨斯的手中，他摇了摇那可怜的家伙，"回答我。"

死灵法师诅咒着，用爪子抓着他的前臂。黑色的以太线紧紧缠绕在他弯曲的手指上。拜尔萨斯在这凡人开口前就觉察到他要施咒。他一用力，终止了死灵法师的呼吸。随着凡人断气，咒语在空中化为灰烬。拜尔萨斯厌恶地将他丢向一旁。

死灵法师气喘吁吁地趴在地上。"你……你们来晚了，"他咳嗽着说，"死者的数量已经超过生者。死亡领主正在向你们进军。他们来了，其他被囚禁之人都将获得自由——"阿基利斯的剑让他陷入了沉默，将他杀死了。拜尔萨斯低头看着这具尸体在垂死挣扎着。

"他构不成威胁了。"他过了一会儿说道。

"对我们而言。"阿基利斯说，意味深长地瞥了一眼深坑中的尸体。他取下墙上的一盏提灯，将它扔向死者最密集的地方。廉价的火蜥蜴油带着火焰迅速扩散开来。

"来吧，兄弟。"阿基利斯跨过火焰，"阴影在延伸，还有其他任务等着我们。"

"无论发生什么，我们都必须守住闪烁之路。"莱诺斯·巡墓者说道，"如果我们通往闪烁之门的道路被占领，那就没有退路了。"

"我以为神锤圣砧军团从不撤退。"奥里乌斯·阿达曼丁说，微微一笑。两位天界领主站在内湖之墙上，俯瞰着玻璃湖和数百个繁忙的渔场，它们紧贴岸边，村庄沿着内湖之墙而建，就像附在城上的藤壶一样。

在这里见面已经成了两人的传统。这里要比外面的城墙安静。这里士兵更少，并且想要前往城市其他区域的人也更少。这也意味着更少的干扰。鱼

的味道和水拍打岸边的声音让莱诺斯能更好地沉思。这有利于战略的讨论。

鸟儿们在淡水湖上空盘旋时发出沙哑的叫声,莱诺斯还能听到渔民们忙碌的叫喊。他们看起来根本不知道接下来会发生什么,不知道这座城市的紧张局势。或者,他们根本不在乎。即便战争近在咫尺,城市动荡不安,鱼贩子依旧需要鱼,而渔民更需要钱。这是勇敢,还是愚蠢?他看着另一位天界领主同伴:"总的来说,我们不愿意撤退。但有时却无法避免。不然,谁还会跟你谈论这些呢?"

奥里乌斯笑了。阿达曼丁家族在面对渺茫的机会时也有着类似顽固的名声。"很真实。但你是对的,兄弟。我们必须确保这座城市的主干道在我们手中。"他皱起眉头,"我不想让死亡大军涌进艾吉尔,也不想我们脚下沉睡的东西醒过来。"

莱诺斯低下头:"要是法鲁斯跟我们在一起,我就不惧怕这些了。"他摇摇头,看向黑色的天空。乌云遮蔽了太阳,勉强透出来的光线又弱又淡。"但他不在,无论如何,我们必须撑住。"尽管这么说,但参加一场缺少护堡领主的战斗依旧感觉不对劲。法鲁斯如同一块巡墓者战庭所立的岩石。没有他,一切都似乎不正常。他深吸了一口气,不再想下去。"纳迦什又欠下一笔债。"莱诺斯低沉地说,"就像马克瓦尔,在哥蒂扎等待永远不会抵达的援军。他牺牲了。"

"从那以后我便对死亡产生了敌意。"奥里乌斯结束道,"没错,你以前给我讲过这个故事,莱诺斯。我曾与马克瓦尔并肩作战。我了解他的愤怒,就像我了解自己的愤怒一样。还有你的。"他摇摇头,"但这不一样。"纳迦什欺骗了他,并没有公开采取行动。就像黯影之魂在不幸的远征时入侵了他的领地一样,那时,纳迦什也放弃了自己的土地,而不愿冒险进行公开的战争。

"有些事情变了。"莱诺斯点点头说,"空气闻起来不同,感觉也不同,就好像游戏已经变了。"

"我们一直信任不死之王,即便不是盟友,也是敌人的敌人。如果他对抗我们,那事情就不确定了。纳迦什是另一种敌人,不同于灭世之力的仆从,或者兽人。"奥里乌斯低头看向玻璃湖的水面,仿佛在寻找自己的倒影。

站在这么高的地方,在微弱的光线下,莱诺斯知道即使是他的眼睛也看不到什么,除了黑暗中的一片黑暗:"我们面临着一场不同的战争。一场我们恐怕还没做好准备的战争。"

"那你就错了，兄弟。"克诺索斯·赫文森走近喊道，一只胳膊夹着他的头盔，"西格玛在塔苏斯·公牛之心未能返回斯泰格并且战庭损失惨重的那一刻，便预见到了这一天。我们圣咒战庭就是为了对抗来犯之敌而建立的。这便是我们神圣的职责，而现在格林姆熔炉正受到不止一个，而是两个这样战庭的保护。"

"那这也意味着西格玛预见到了这座城市即将承受的冲击。"莱诺斯直截了当地说。第二间圣咒战庭——那个跟他自己的风暴军团颜色一样的战庭——到这里已经快一周了。到目前为止，那位奥法领主，莱诺斯记得他叫拜尔萨斯，一直在回避他。他怀疑自己知道原因。法鲁斯还没有被重铸。事实上，所有在死灵震中死去的战士都没有。

无论如何，莱诺斯打算给奥法领主指派任务，并得到一些答案。奥里乌斯轻推他。"烟。"另一位天界领主说，他指着，"在北部区。"

"纳迦什·莫尔的神庙。"克诺索斯说道，并没有看。

莱诺斯凝视着烟雾的方向："我以为它在灾变之后就封锁了。又有什么傻瓜想重新打开它？"

"不是傻瓜，是信徒。相信纳迦什仁慈谎言的凡人。他们想要寻求死亡的保护。"克诺索斯叹了口气，"或许对他们而言，那里是安全的。但不死之王是我们的敌人，无论他是否仁慈，他都不能在城市中立足。我已经命令猎魔领主阿基利斯和奥法领主拜尔萨斯去清除那里，并且将神庙一块石头一块石头地拆除。"

"我应该去那里的。"莱诺斯吼道。他感到一阵沮丧。当这一切命令发布时，这仍是他的城市。应该是他的职责。

克诺索斯看着他。"你不可能无处不在，兄弟。事情要么完成，要么就快完了。"他叹了口气，望向内湖，"我忘了……我忘了它有多美。"他的声音轻到莱诺斯几乎没听到，然后他又叹了口气，转过身来，"来吧。我来找你们俩。在事情还没结束之前，这可能是我们最后一次战争会议了。"

"已经这么近了吗？"奥里乌斯问到，看向荒漠。地平线越来越暗，夜晚似乎也更长了。

"比我们想的还近。"克诺索斯严肃地说，"来吧，兄弟们。其他人在等着

我们。我们必须让格林姆熔炉做好战争的准备。"

"我不喜欢烧毁神庙，兄弟。"拜尔萨斯说道，跟猎魔领主阿基利斯一起走上石阶，进入风暴堡的议会厅。这座神锤圣砧军团的要塞坐落在城市的中心，位于闪烁之门的视野之内。这是一座低矮的黑色建筑，它的建造目的是冷冰冰的效率而不是雄伟。对此拜尔萨斯很是认可。

在死灵法师死了之后，还有很多事需要处理。任务似乎没完没了。秘法结界需要增强，恶名昭彰的地方需要搜查。幽灵需要被放逐，尸体需要在火焰中净化。

"即使是信奉纳迦什的？"阿基利斯问道，并不严厉。在与死灵法师战斗之后，他变得不那么无礼。不算友好……但还过得去。

"他们除了伤害自己之外，并没有伤害任何人。"拜尔萨斯摇了摇头说，"此外，我为失去了他们的藏书而悲伤。那些与逝者共度时光的人有着长久的记忆，还有很好的记录。"

"他们会重建的，他们总是这样。"阿基利斯说道，他叹了口气，"尽管纳迦什·莫尔的拥护者都是和平的，但他们依旧是一个战士教派，并且献身于与我们开战的神明。他们迟早会做出错误的选择。"

"你是说侍奉他们的神明？"他想到了凡人正愁眉苦脸地站着，因为他们的信奉之地已被秘法火焰抹除。他们没有反抗。的确，他们已经料到如此。那些祭司，身穿紫晶色的长袍，脸上涂满灰尘，呼吁群众安静。他们谈到了不可避免和容忍。还有万物如何死亡，而死亡并非终结。

"跟我们开战。"阿基利斯说，他看向拜尔萨斯，"你刚来这里，奥法领主。你不理解沙许的方式，这里的潮起潮落不同于其他界域。这片界域属于那位神明。在强势的时候，他会反对我们所代表的一切。我们不能让他在这里立足，在艾吉尔的飞地。现在不能。或许再也不会了。"

"你这么说，好像你认为这场战争会随着状态恢复而结束。"拜尔萨斯说，"纳迦什颠覆了现状。一切都不会一样了。"

"那就更有理由焚烧他的神殿，驱散他的信徒了。"阿基利斯停了下来，在拜尔萨斯一步之前，"这里是战线的红界，拜尔萨斯。这里，我们所信之神的影响力会因为另一位神明的增强而减弱。我们尽力在这里照亮艾吉尔的光辉，但即便对我们而言，有些阴影也过于顽固。"他指了下法杖上的提灯，它柔和的蓝色光辉照耀在他们周围的石头上。

拜尔萨斯盯着那盏灯看了一会儿，然后移开目光："当然，你说得没错。一想到那些知识化为灰烬……"

阿基利斯哼了一声。"如果你认为他们允许我们破坏任何有价值的东西，那你就不如圣贤所说的一半。"他转过身，开始继续走上台阶，"在过去的八十年里，我已经烧毁那座神庙八次了。他们总是重建。而且每次举行的第一场仪式总会邀请我。"

拜尔萨斯顿了一下："那你去吗？"

"每次都去。"阿基利斯大笑起来。随后，拜尔萨斯走到他身旁。议会厅位于风暴堡的中心。这是一间圆形大厅，里面主要是一张城市的地图。地图有一人那么高，几乎和固定它的墙一样长，上面标着格林姆熔炉的每一条小道和乞丐之门。

这幅画的细致和精确程度远超任何人类绘图师。只有矮人制图师才会绘制的如此精准，尽管他们不喜欢用这种转瞬即逝的材料。他们的地图制作者更喜欢金属和石头，而不是墨水和羊皮纸。附近也有类似的地图，一张是利瑞亚冥界的已知地区，另一张则是泽科纳荒漠和利瑞亚大道沿线的前哨。

这里没有桌子，也没有椅子。一面墙上安置着一条简陋的长凳，还有些四散的凳子，以供凡人使用。一些破损的战旗覆盖了地图没有占据的地方，还有其他战利品在四处挂着，大部分是巨大野兽的头骨。总的来说，神锤圣砧军团并没有积攒什么战利品。

房梁上挂着闪烁的风暴提灯，将天蓝色的灯光照到议会厅之上。拜尔萨斯看到两位天界领主——神锤圣砧军团的莱诺斯·巡墓者和西格玛之锤军团的奥里乌斯·阿达曼丁，他们正在仔细地研究地图，并低声和一位身着格林姆人紫黑相间制服的凡人士兵交谈。那位自由行会士兵用胳膊夹着一顶锻造为骷髅形状的头盔，留着深红色的短发。

"瓦罗·泰马斯，格林姆人的领主队长。"阿基利斯轻声说道，他指了指坐在附近凳子上的一个健壮的矮人，"那是罗姆·贾德森，瑞文氏族的代表。"贾德森身着一件华丽的长袍和穿戴着精美的战甲，他的胡子涂了油，用银子卷成了一个个小卷。他焦虑地盯着地图，咬着烟杆。

除了泰马斯和贾德森，在场的还有其他凡人。一位身穿紫色长袍的奥法学院的代表，站在一旁，对着周围的一群抄写员低语着什么。一群自由行会的军官，身穿格林姆人之外其他几个兵团的军服，在角落里安静地谈论。

拜尔萨斯认出了其中几个人：一位来自虔门白银连队的队长，他身着洁白色的上衣和擦得锃亮的盔甲；还有一位铁甲军的战线中士，该炮兵连队通常与铁焊兵工厂签有合同，以及一位来自黑熊之子的波耶，是位来自艾吉尔北部男爵领中的枪骑士，这位骑士是三人中最高大的，他的熊皮披风让他在其他人面前显得格外壮实。

阿基利斯前去找克诺索斯交谈，而对方正与奥法学院的代表还有他的圣器法师泽拉菲娜交谈。拜尔萨斯站着，在人群中显得有些不安。他希望自己没有离开米斯卡去监督神庙的毁灭，但必须有人确保火势不会蔓延。

他感到，而不是看到，有人走近了。"您一直在回避我，奥法领主。"那个声音严厉又有些忧伤。

拜尔萨斯叹了口气，转身面对莱诺斯·巡墓者。天界领主是一位忧郁的巨人，这个形容很适合这位在过去的一个世纪中花了大部分时间来看守死者在坟墓中安息的战士。根据拜尔萨斯对他的了解，他比大多数人都了解沙许的危险，并且对战争的全貌有着敏锐的理解。"我向您保证我没有，天界领主。"他说道，一个谎言，但是为了善意，"由于一些情况，让我没能好好地自我介绍，我为此向您道歉。"

"他们告诉我法鲁斯还没有被重铸。"

拜尔萨斯看着他："谁说的？"

莱诺斯耸耸肩。"以太所言。我听到了。"他皱了皱眉头，"真的吗？"

拜尔萨斯研究起了地图："那是西格玛的意愿。"

"那不是答案，奥法领主。"

"不。不是。"拜尔萨斯叹了口气，"是因为……一些复杂情况。"

"告诉我。"莱诺斯低吼道。

"他的灵魂……在死灵震中丢失了。"

"丢失了？"莱诺斯用手抓了抓头发，"丢失了。"他看向别处，"法鲁斯是我的盾牌，是我制定策略的基石。而现在他走了，我像丢了一只手。"

拜尔萨斯犹豫了。他伸出手，心里打算安慰天界领主，但在最后一刻却收回了手。莱诺斯不会感谢他的。天界领主知道，拜尔萨斯是被派去消灭法鲁斯的。相反，他紧盯着地图，分析这座城市，找出它的弱点和优点。

格林姆熔炉从原先的简陋逐渐发展而来。起初，围在闪烁之门周围的只有粗糙的栅栏，但随着五十年里一次又一次加固、扩展，形成了十几个以此为中心的石环。人类、矮人，还有精灵都齐心协力，在荒野中建立了一座文明的纪念碑。

他的目光扫过地图。城市的大部分，还有城市中被称为玻璃湖的淡水湖，都被围在最里面的环内。外环则形成了一道防御网，并经过了几十年的完善。但这座城市最大的防御工事并不是它的高墙和炮组。

这座城市每面墙的每一块砖都受过祝福，或者被印上了圣徽。普通圣徒的尸骨被埋葬在每一个市场和每一条小路。这座城市的各个区域从诸神的神庙向外延伸。不仅有西格玛的神庙，尽管他的最显眼。在德默维尔，城市的南部区域，一座玛勒瑞昂的玄武石神殿坐落在阴暗的街道上。而利瑞亚市集坐落着"永恒女王"艾拉瑞丽的庇护所，那里藤蔓覆盖，屋顶上伸展着生机勃勃的树枝。当然，还有其他神庙。

其中最大的是风暴殿。那是一座雄伟的石头建筑，由第一批来到格林姆熔炉的人建立。它坐落在起初的市中心，并随着格林姆熔炉的发展，从有着粗糙栅栏的礼拜堂变为了一座真正的信仰要塞。

这些神庙都散发着一种光环，使死者和受诅咒者难以在城中立足。这很精明。拜尔萨斯沿流动着天界能量的地脉，穿过了整座城市。"很明显，像个捕魂器。"他喃喃低语，"我想知道是谁建的？"

"我的先祖。"克诺索斯在他身后说，"或者，更确切地说，是我作为凡人时的先祖。他建立了这座城市，设计了它。而他的后代在他的基业上继续扩建。"

拜尔萨斯瞥了他一眼："他知道万坟？"

克诺索斯点点头："城市部分区域在建造时就考虑到了。风暴殿就是进入地下墓穴的唯一入口。其他入口都在过去被神锤圣砧军团发现后被封印了。"

"聪明。而现在你也封住了最后一个入口。"拜尔萨斯用法杖敲了敲地图，"即便这样，那里有守卫吗？"

"有，一队精挑细选的解放者在看守风暴殿。"

"那够吗？"

克诺索斯面露苦笑。"我不怀疑。但我们会面临那一刻。"他用法杖敲击着地板,"朋友们,我们开始吧。"他环顾四周,所有目光都转向了他,"风暴已经出现在了地平线上。我能感觉得到。所有在格林姆熔炉的人都能感觉得到。无论是城市议会中身居高位之人,还是利瑞亚市集上最卑贱的乞丐。沙许正在迎来剧变。群山并起,死者也随之而来。它们已经出征,并将抵达格林姆熔炉。"

"你确定吗?"矮人贾德森大吼着问道。

"我们听到了逃进这座城市难民的故事。泽科游牧民的移动要塞正围绕着他们的绿洲。而我们失去联系的前哨站,比我想的还要多,几乎沿着利瑞亚大道的所有前哨都已失联。目前,只有阿伦施塔特堡垒定期发送报告。"克诺索斯指着荒漠地图,"这些报告都很可怕。成群的行尸聚集在沙丘上,而人们都在夜晚失踪。"

拜尔萨斯凝视着地图。阿伦施塔特堡垒距离格林姆熔炉只有几天的路程。如果敌人沿着这条路向这座城市移动,那阿伦施塔特堡垒就会挡在必经之路上。

"这些都不算是确凿的证据。"贾德森说,"行尸经常聚集,而人也总是失踪。"

"以太中充满了活跃的邪恶预兆,贾德森大师。"奥法学院的代表说道,"就连你们的符文领主也有顾虑。"

"是啊,但最好还是确定一下,埃尔哈德女士。"矮人说道,用他的烟杆指着她,"天气变化都会让人类惊慌。没有不尊重的意思。"

"这不仅仅是天气的问题,罗姆,你知道的。"泰马斯直截了当地说,"别以为我们不知道瑞文氏族已经悄悄地封锁了城市和其他地方的隧道。如果有恐慌,那就是你们的人制造的。"

贾德森瞪着泰马斯。"保持理智和因为几个行尸而丢失理智是有区别的,瓦罗。"他轻笑道,"无论发生什么事,你应该担心的不是我们的隧道。我的人从那些被葛朗尼所诅咒的地下墓穴中听到了声音。听起来像你的风暴已经来了,就在我们脚下肆虐。"他看着克诺索斯,"那么,这就是你来这里的原因,嗯?"

"我来这里是确保格林姆熔炉屹立不倒。"克诺索斯说,"无论发生什么,这座城市都会撑过去。这是我的誓言，罗姆·贾德森。你呢？"

矮人往后坐了坐，扯了扯胡子。他皱起眉头，将目光移开："现在，这是我们的土地。我们会守住它，无论是敌人还是烈焰。"

"我们会一起。"克诺索斯说。贾德森瞥了他一眼，看了一会儿，简单地点了点头。拜尔萨斯敬佩地聆听他们的交谈。在这一周中，他看到了太多类似的交锋。他不得不承认克诺索斯精通礼节的艺术。如果没有他扮演和事佬，这座城市的守护者或许会更好地完成纳迦什的工作。

"如果敌人来了，我们除了在墙后用银弹射击之外，还需要做什么呢？"铁甲军中士嘀咕道，"在我的印象中，这座城市可是牢不可破的。"

"没有牢不可破的城市。"奥里乌斯说，"有些不过是比其他的更难攻破而已。"他瞥了一眼莱诺斯，后者勉强地点点头。

"没错。这座城市曾被围攻过。我们的城墙又高又厚，但死者却是无情的，不知疲惫。它们会一次又一次地进攻，直到成功，或者我们消灭它们的最后一具尸体，驱逐最后一个幽灵为止。"

"这座城市除了城墙之外，还有别的防御手段来抵御亡灵。"拜尔萨斯指着地图说，"我注意到绕着这个地区的巨大银沟，以及里面的紫盐。"这些渠道都在地图上面标了出来，它们形成了一个由众多线组成的精准圆圈，横跨整座城市，依次包围每个区域。尽管这个圆圈似乎是连续不断的，但它在十二个地方被打破了。"这些点意味着什么？"

"十二位圣徒。"克诺索斯说，他用手指着地图，"埋葬他们的陵墓城门形成了守护城市的星形端点。他们既是我们的强处，又是我们的弱点。只有最强大的灵魂能够忍受这些圣骨所发出的天界能量光辉。"他皱起了眉头，"如果它们想要真正拿下城市，就需要摧毁尽可能多的圣骸，并突破格林姆熔炉神圣的结界。"

"他在贬低我们吗？"奥里乌斯对莱诺斯低语道，但声音依旧大到足以让拜尔萨斯听见。

"并不是故意的，我猜。"莱诺斯说。

拜尔萨斯皱起了眉头："这座城市有防御工事，不是吗？可以通过沟渠将被赐福过的铅倒向敌人。还有更多方式：疏散外城，关闭闸门，利用这段时间加固内墙。"

"那我们将牺牲三分之一的城市。"奥里乌斯说。

"以拯救剩下的。"拜尔萨斯反驳,"这肯定算一种合理的交易吧?"

"那住在那里的人呢?我们无法在短时间内疏散所有人。"瓦罗·泰马斯说,这个凡人听起来并不反对这个意见,只是好奇,"他们的死亡只会增加敌人的数量。"

"我们可以现在就进行疏散。"拜尔萨斯说。

"而几个小时后,我们就会陷入全面的恐慌。"白银连队的队长说道,"市民们都很紧张。这几天来,死者的袭击事件不断增加。如果我们现在表现出要放弃半座城市的样子,情况就会变得更加难以维持。"

拜尔萨斯愤怒地摇了摇头。他思索着死灵法师的话。像那样的疯子会知道哪些他们也不知道的事? "已经难以维持了。敌人已经来了。我们不能什么也不做。即便是高墙和神圣的圆环也仅能起到部分作用……"拜尔萨斯的声音逐渐变小,再次看向了地图,"但它们已经足够了。"

"兄弟——怎么了?"克诺索斯问道。

"我们一直在问错误的问题。"拜尔萨斯说,更加靠近地图,想看看地图上没有显示的东西,"太关注于时间和地点,而不是原因。"

克诺索斯看着他:"你什么意思,兄弟?"

"如果这座城市坚不可摧,那为什么还要攻击呢?纳迦什并不是嗜血的军阀,以寻求灭世之力的关注。他从来不做没有目的的事。如果死者在集结,那就是我们防御的缺陷,一个并未看到的缺口。"拜尔萨斯转过身。其他人纷纷低声议论起来。克诺索斯看了看地图。

"虽然我希望你是错的,兄弟。但恐怕你是对的。"

第十五章

阿伦施塔特堡垒的陷落

阿伦施塔特堡垒，利瑞亚大道

尤维乌斯·斯拉尔用围巾裹住脸，猛地打开了哨站办公室的门。紫色的沙子被风卷到空中，刮着他裸露在外的皮肤，他匆匆地朝墙壁走去。这位肥胖的抄写员抱着一大堆卷轴和记录，当他在阿伦施塔特堡垒的庭院穿行时，有几卷掉了下去。

这座要塞由一块块砂岩和进口木材搭建而成，形状像是一颗星星，有斜墙和宽阔的庭院，其中坐落着长长的木制建筑。哨站办公室便是其中之一，其他建筑则作为兵营和仓库。一座巨大的房子矗立在庭院中心，并通过木架与绳索同城墙相连。一大堆木箱、木桶和麻袋都堆积在墙边，斯拉尔的抄写员同伴们在它们之间来回走动，记录将有多少东西准备运送到格林姆熔炉。

阿伦施塔特堡垒看守着利瑞亚大道，这一条如同巨蛇般的石道自格林姆熔炉一直延伸至泽科纳荒漠。它上面点缀着矮人建造的绿洲和如同堡垒一样的贸易飞地，其守卫都由格林姆熔炉的贸易家族雇来的。通常是一个小的炽焰屠夫氏族或非签约的自由行会雇佣兵战团。

堡垒是一座中继站，坐落在穿越泽科纳荒漠的古老商路上。这些商路都是由泽科人的移动要塞开辟的，它们永远在冥界的荒漠中穿行，将部落从一个绿洲带向下一个绿洲。游牧民会将影晶或沙漠中收集到的奇物用来交换铁和银。这两种金属在荒漠部落中颇受欢迎。

斯拉尔避开了两位和矮人商人争吵的抄写员。那位矮人将他肉乎乎的拳头砸在自己的手掌上，态度十分强硬。他的保镖拿着战斧，默默地瞪着在附近闲逛的自由行会士兵，这些无礼的士兵将这场诉讼当作了消遣。

这些人身着堪称可笑的制服。大量不同颜色的蓬松马裤塞进过膝的长靴，沉重的皮革外套由某种大型爬行动物的皮制成，他们的帽子上也有着同样的皮甲，但松软的宽边帽似乎只会掩盖他们带着笑容和伤疤的面庞。

两人都带着弹药袋，里面满是火药、子弹、一系列小刀、斧子等杀人工具。他们的头发和胡子都很长，扎着杂乱的辫子。两人也都装备着连队成员珍爱的长管火枪。

皮甲连是一个火枪连队，他们来自辜尔南部的沼泽。但对斯拉尔而言，说他们品行不端都是对这个词的诋毁。他们几乎都是野蛮人，其举止让兽人都相形见绌。更糟的是，他们之间都有各种关系，并且对外人而言相当复杂。斯拉尔在要塞曾花大部分时间来理清这些人际网，其中有内斗的联盟，还有让当地矮人都点头感叹的血海深仇。

但他们都是吃苦耐劳的战士，能够毫无怨言地忍受酷热的白天和寒冷的夜晚。他们从不害怕沙丘上游荡的行尸，并且通常会将饥饿的行尸困在笼子里当作练习的靶子。如果他们能对前来贸易的泽科游牧民再少一些粗俗，那对他们的雇主而言就更好了。

两位观看争吵的士兵中有一人举起了火枪，大致瞄向矮人的方向。当看到商人的保镖紧张起来时，另一位士兵做了个抹脖子的手势。斯拉尔并不担心。这个矮人知道最好不要惹事，而皮甲连也懒得真正挑起事端。

斯拉尔向举起武器的士兵点了点头。"老爹在哪儿？"他喊道，尽力压过争论声。

"护墙。"士兵哼道，用大拇指向肩后指去。他的口音很难听，说话时拖着调子。考虑到他和他同伴的出身，这便不足为奇了。他放下了自己的武器，轻轻地拍了拍。

那些不够幸运拥有这样一把武器的皮甲连士兵只能装备战刃或战戟，直到装备更好武器的人死亡，他们才能"继承"到这样一把火枪。斯拉尔在要塞的这段时光中一共发生了至少三次决斗，都是为了争夺无主的武器。这些决斗理论上见血就会点到为止，但往往鲜血都会自要害处喷涌而出。如果有机会得到火枪的话，皮甲连的人会像杀死敌人一样毫不犹豫地杀死自己的族人。

斯拉尔朝护墙走去，但因一脚踩在一条狗尾巴上发出了咒骂。那条狗是跟着皮甲连自上一个任务地点而来的几十条杂种狗中的一员。这只黄色的大狗疼得吠叫转身，露出了它的尖牙。斯拉尔现在已经习惯这样的场景了，他抽出一卷卷轴，在那条杂种狗的鼻子上抽打了一下。它一惊，咆哮着退开了。

第十五章

斯拉尔在它恢复勇气之前快速走过。更多的野兽躺在护墙的阴影下避风。当他爬上墙壁的木制粗糙台阶，进入上面的护墙时，那只狗发出了懒散的叫声。

乔恩老爹正在上面等他。这位皮甲连高大的指挥官满头银发，足有他手下最高战士的两倍之高，并且身材肥硕，肌肉发达，就连他的伤疤上也盖有伤疤。他的衣服经过了修改，以适应他魁梧的身材，但破损的外套让他显得并不体面。他坐在一处射击口前的铁凳上，两膝夹着步枪。那把枪的长度比火枪长出半截，窄窄的枪管蹭着护墙顶部，加厚的枪托足以压碎行尸的头骨。

他的手下在周围忙碌着，注视着大路和两边延伸至地平线的荒漠。当斯拉尔走近护墙时，乔恩正在观察四周："嘀，孩子们，看啊。抄写员来访啦。"乔恩说话时嘴里不断嚼着一大口褐色的药草，他还吐了一口，让唾沫差点落到斯拉尔的靴子上来表示欢迎，"向抄写员问好，狗崽子们。"附近的战士大喊着脏话或做出粗鲁的手势。斯拉尔全都忽视了他们。"我需要你的支出记录。"他直截了当地说。

乔恩哼的一声转过身，眯起眼睛盯着他："为什么？"

"以确保跟我的副本一致。"

"它们一样的。"

"尽管如此，我还是想确定一下。"

乔恩笑了笑，露出了棕牙："你不信老爹吗？"他慷慨地做了个手势，而他的人会意地大笑起来。乔恩的称号虽然很通俗，但很准确。他是一个范围广泛的氏族族长，也是队长。他是个父亲，也是主人和指挥官，而他的部下也对他又爱又恨。

"我连自己的老爹都不信，更别提你了。"

乔恩大笑起来，拍了拍膝盖。"你也不应该。"他兴奋地吼道，"我们会骗你。"

"我知道。"

"那么你也用不着那些账本。"乔恩想要转身，斯拉尔走到了他旁边。

"我需要它们，看看你到底坑了我们雇主多少。"

乔恩瞥了他一眼，咧嘴一笑："你是想捞差价，喂你自己的钱包，嗯？"

"很明显。"斯拉尔从射击口向外看。他能看到泽科人巨大的移动要塞正在穿过地平线，想要超过风暴。每个人都知道风暴即将来临，但无人讨论。在那些笨重的运输工具后面，斯拉尔看到了地平线上的紫光。它比昨天还要

明亮。

他突然冷得发抖。他从袍子里摸出一块西格玛神铁护符,并用拇指搓了搓。但这只是个廉价品,铅制的。他的母亲在离开前把这个留给了他,认为可以保护他免受沙许恐惧之物的伤害。当这片界域的阴影迫近时,它的重量还是为他带来了些许安慰。

"荒漠起火了。"乔恩漫不经心地说。他把手伸进大衣,掏出一个晒黑的皮囊。他从袋子中取出一把叶子,在往嘴里塞满了之后,将袋子递给了斯拉尔。斯拉尔挥手拒绝,里面传出的麝香味让他觉得有点恶心。

"看来,越来越近了。"斯拉尔轻声说。他们感受到了界域的颤抖,荒漠中游荡的死者更加集中。更糟糕的则是游牧民的报告,关于他们在荒原上的所见所闻。

"死亡总是如此。"

斯拉尔皱起眉头:"这是为了让人安心吗?"

乔恩沉思地嚼了一会儿,随后耸了耸肩。

斯拉尔叹了口气。这不是他选择的第一委任地,却是唯一的一个。会读写的男男女女在边疆的需求量很大。总需要有人做好记录,防止乔恩这样的野蛮人让艾吉尔的商人们破产。并确保这些商人会在上税时如实缴纳。

除了记录之外,斯拉尔还自娱自乐地写了一本关于阿伦施塔特堡垒的简史。他幻想着自己的《泽科纳急件》有朝一日能同赫斯特的《大利瑞亚史》、特托马的《苦痛林地四十天》,以及吉列普·巴可声名狼藉的《克勒克斯战争:目击报告》等巨著一起供人阅读。

现在,他正在写关于最近的地震和死者活动增加的章节。他从过路的商人和朝圣者那里收集到的资料显示,似乎每一座坟墓中的东西都出来了。这一切看似……不可能。但这个词在边疆并没有多大意义。他又叹了口气:"我恨荒漠。我恨沙许。"

乔恩咕哝着说:"你应该申请换个地方,抄写员。"

斯拉尔哼了一声:"那么,你有什么建议吗?"

"黑沼泽男爵领地,对于抄写员,那是一个好地方。我们就是从那里来的。一个男子汉的地方。不像这片荒漠,只有骨头的荒漠。"乔恩俯下身,吐出了一口他正嚼的东西,打中了旁边躺着的一条狗。那只野兽尖叫着,转身站起,慌乱地对着空气乱咬。男人们大笑起来。乔恩擦了擦嘴，笑着说："到处都是沙子。能把人刮上西天。"

"那你为什么来这里？"斯拉尔问。

乔恩搓着拇指和食指。"钱去哪儿，我们就去哪儿，朋友。"他皱了皱眉头，"以及没有债主的地方。"

斯拉尔笑着说："那你一定有很多债主，才会沦落于此。"仅有少数自由行会连队会寻求边疆的职责。这是一项既无聊又危险的工作，几乎没有填充钱箱的机会。大多数部队更愿驻扎在高墙中，在文明的街道上巡逻，而不是在荒野中碰运气。

乔恩耸耸肩。"火药和子弹很贵。我们也不喜欢城市。"他突然僵住，向他的一个手下做了个手势："布佐斯，把老爹的望远镜拿来，那儿有动静。"布佐斯急忙跑了过来，手里拿着一个沉重的铜金望远镜。它的外壳已经磨损褪色，但镜片保存得很完美。

斯拉尔眨了眨眼睛："为什么上面有格林姆的徽章？"

乔恩又耸耸肩："是个谜团。现在别出声，抄写员。外面正在发生什么。泽科人吹响了他们的祈祷号角。"

斯拉尔努力地听着那号角发出的熟悉声响。泽科人很少吹响它们，通常是在沙尘暴来临之前。他们供奉狂风，有些人说这些游牧民会顺着风穿过荒漠。他眯起眼睛，试图看看发生了什么。风中刮来一阵刺耳的尖叫，让他的耳膜隐隐作痛。

"灵魂之风在尖叫。"乔恩抱怨道，"死者很愤怒。"

"什么时候不呢？"

"在辜尔，我们知道如何处理不死者。"乔恩在脉子上画了条线，"木桩、剑、火焰。很简单。但在这里……没那么简单。这里的死者不同。"他把望远镜递给斯拉尔，"看吧，抄写员。"

斯拉尔用望远镜的时候感到口中发干。乔恩说得没错。地平线上有风暴聚集。但不是沙子和雨水。

相反，一股绿色的幽灵能量呼啸着越过沙丘正向他们扑来。他仿佛在这股汹涌的能量潮中看到了骑兵，还有更可怕的东西。他凝视着，无法移开眼睛，也说不出话来。

"不,一点也不简单。"乔恩说。

午夜游魂军团像晚潮一样掠过炽热的沙漠。发出咯咯响声的锁缚魂为他们引路。他们无肉的脸在向缓慢的移动要塞飞去时茫然地撕咬着空气。一轮燃烧的箭矢向他们射去。

"愚蠢的野蛮人。"马兰扎克说,看着箭矢毫无伤害地落入他的大军中,"无论他们逃多远,都逃不出我们的手心。"寿衣骑士骑在他的骷髅战马上,闪烁的目光锁定了那些高耸的木制建筑。

"也许他们宁愿累死。"法鲁斯说。他站在寿衣骑士旁边,剑插在身前,他戴着护手套的手搭在剑柄上,注视着这场进攻。

"无论休息充足还是精疲力竭,他们都会被消灭。"马兰扎克声音低沉地说,没有看他,"所有生者必须死。我的午夜游魂会将这些游牧民的生命夺走。他们的灵魂是我们献给不死之王的什一税,我们将用这场愉悦的杀戮来传递他的旨意。"

第一批锁缚魂追上了最后一辆移动要塞。它们抓着木头,当爪子接触到刻在上面的保护法印时冒出了热气。泽科人有足够的经验来阻挡死者。但那只能针对普通的攻击。锁缚魂不是狂野的灵魂,而是一支军队。它们终会找到突破的方式。

"他们的抵抗必须遭受严惩。"马兰扎克继续说,拉扯着他坐骑的腐烂缰绳,它立了起来,"必须严惩。"

法鲁斯并没有回答。马兰扎克并不是在对他说。自从离开纳迦什扎后,他开始意识到寿衣骑士喜欢自说自话。马兰扎克不挖苦那些法鲁斯并不熟悉的人时,会表现出哲学的一面。

尽管马兰扎克显得很疯狂,但他却很聪明。在他的咆哮之下,隐藏着一个敏锐的战略头脑。当他们沿着贸易路线穿越荒漠时,一支死者军队也加入了他们。他们聚集了采矿营地和绿洲的居民。从冰冷的尸体中收集的灵魂加入了午夜游魂的大军,而尸体则在军队后面蹒跚跟着。在法鲁斯看来,这是对材料的有效利用。

但行尸行动缓慢,颤骨死灵的速度更慢。它们要花费好几天才能抵达格林姆熔炉的城墙。只有午夜游魂的速度能在城市的缺口被发现之前攻击到那里。最终就会是这样。

从落后的移动要塞的上层建筑中射出又一轮箭。法鲁斯看着箭落下，他内心在计算着轨道。第二轮的杀伤并不比第一轮大。泽科人并不是毫无准备。他们还有其他更有效的防御手段。

他转身端详起移动要塞后面的倾斜城墙。泽科人将它们带到了这里。那是一座简陋的建筑。粗犷的线条打扰了沙漠的宁静。

那是艾吉尔人的风格。

法鲁斯点点头。西格玛的影响力通过石头与星光传播。他的军队所到之处，城市如雨后春笋般拔地而起，并依靠界域的资源变强大。

艾吉尔人如同蜱虫，深埋在凡世的血肉之中。

法鲁斯再次点点头，并不否认。艾吉尔人砍平森林、夷平山脉、填平海洋，都以西格玛之名。凡人们遗忘并抛弃了除他之外的诸神，只想要在天界的高墙内寻求令人窒息的安全。

如果不阻止他们，他们也会对沙许做同样的事。生者永远饥饿，永远贪婪，那声音在他心中低语。他们不适合成为实体世界的看守者，只有死者才能维持实体世界的基础。只有在死亡的怀抱中，界域才能真正获得安宁。直到万物皆归纳迦什……

"纳迦什乃万物。"法鲁斯说。他明白了泽科人将他们引向这条路的原因。这些游牧民是无情的实用主义者。这座堡垒足以分散追捕者的注意。寿衣骑士已经朝砂岩墙的方向投去了凶恶的目光，并且还喃喃自语。

生者贪婪。但死者亦有。

必须拿下堡垒。不能放出消息，不能有警告。

法鲁斯拔出他的剑，看向马兰扎克。"如果你准许的话，我将处理那座堡垒。"他说，"我要一块块地拆掉那些石头，将里面的灵魂赶向饥饿死者的怀抱。"

马兰扎克低头看着他。"你还带着艾吉尔的臭味。"他懒散地说，"我能尝到你灵魂中的风暴，法鲁斯·塔姆。你身着死亡领主的外衣，但你不会真正地成为死亡领主。你的狂妄自大毫无止境。"

法鲁斯毫不犹豫地迎着那炽热的目光。他一点也不惧怕，他知道，在他灵魂的某个隐秘角落，马兰扎克不过是另一颗棋子。

就跟你一样。

"我不过是不死之王手中的一件武器。"法鲁斯说,"让我去收什一税,寿衣骑士。让我执行纳迦什的命令。"

马兰扎克转过头去:"随你便吧,渺小的灵魂。我有死亡的要事需要处理。"他催着战马向前,奔向泽科人的移动要塞,马蹄在沙地上留下了一连串火痕。

法鲁斯去找在他身后徘徊的多尔。"我们已经准备好迎接新死亡的兄弟姐妹了。"灵魂看守发出刺耳的声音喊道,"请下令吧,法鲁斯大人,我们将欢迎他们加入我们的队列。"他高举自己的提灯,来自大欧布列特和其他几十个绿洲的死者在他周围喧闹,发出尖叫。法鲁斯点头首肯后,多尔将提灯伸向前方,成群的锁缚魂发出了急切的咆哮,冲向远处堡垒的城墙。

法鲁斯举起了他的剑。他感到了一种奇怪的渴望。这是他的新身份面临的第一次考验。面前的敌人侍奉着那个曾抛弃他的旧主。他们也会像他一样看清真相,还是仅仅在倒下后加入涌过他身边的大军?在他心中,有什么东西在笑。

这并不重要。纳迦什乃万物,而万物皆归纳迦什。

"来啊,我亲爱的大人,您还磨蹭什么?正义有待伸张。"洛卡从他身边掠过,用她那沾满血污的苍白手指划着他的盔甲,"头颅有待斩首。"她咯咯地笑了一声,跃入空中,加入了疯狂的灵魂之中。法鲁斯看了看多尔。多尔悲伤地叹了口气。

"她不过是件工具,大人——迟钝但有效。"他说,一边跟着自己的随从,周围全是呻吟、哭泣的灵魂。当提灯的光芒从法鲁斯身后掠过时,他感到了内心的一阵颤抖。在那一刻,他想要再一次沐浴在那奇异的光辉之中。

但鲜血有待流淌。伟业有待功成。

"跟上,堕爪。"他说,看也不看那个驼背的狱卒。自从他们离开纳迦什扎之后,它就没有离开过他的身边,如同一只忠实的猎犬,成了他的影子。即便如此,他依旧对它的接近而感到不安。他军队中的锁缚魂和其他魂体都不愿过于接近堕爪,好像害怕它会把它们送回不久前刚离开的监牢之中。

法鲁斯拖着剑,冲向堡垒沉重的木门。它们散发着圣膏和圣水的味道,他感到自己的形体聚集,速度减慢。锁缚魂组成的风暴在他周围盘旋,如同一群惊恐的鸟儿。

他们的防御不堪一击。真可悲。你是风暴。你就是死亡。没有人能抵挡你。

第十五章

攻击。攻击！

他的剑快速挥出，影晶刀刃轻易地穿过木块。当破碎的大门轰然倒塌时，他的军队从他身边呼啸而过，如同恶毒的乌云一般充满了庭院。他看到凡人逃窜，躲进一座看似并不可靠的建筑中。火枪轰鸣，一队身着皮甲、戴着宽边帽的自由行会士兵打出了一轮齐射。锁缚魂因白银子弹的灼烧而发出尖叫。他们的攻势被瓦解了，这些飞奔的灵魂开始飞向四面八方，寻找更容易的猎物。火枪手后退了一步，开始装弹。第二列走了上来。

法鲁斯大步朝他们走去，尘土在他周围旋转。他能听到尖叫声。男人、女人还有……孩子。他停下了。什么东西正在燃烧，还有女人的尖叫，还有一个孩子……埃莉娅？不，那不是她的名字。他向下看着手中的剑，一时间没有反应过来。"埃莉娅。"他说，思索着答案。

她现在很安全。所有沙许的孩子都会安全。但这些人不同。外来者，以西格玛的名义被带到这个界域中，并将在此战死。

愤怒再次涌上他的心头，强烈而冷酷。"你们要以暴君的名义，死在这里吗？"他的声音空洞而刺耳，刮过整个石头堡垒，"还是在完整的生命中服侍那位所有生灵终将跪拜之人？"

作为回应，火枪手们开了火。法鲁斯穿过子弹的风暴，堕爪紧随其后。他挥剑出击，将火枪与骨头粉碎。他并不是一个实体，但他的剑刃却是，并且锋利无比。他看到堕爪挥起沉重的铁链，绞断肋骨，砸碎头颅。当士兵在这些重击中死去时，他们生命的火花也被拖进了锁链里，困到了里面。

随着火枪战线的瓦解，锁缚魂加入了法鲁斯的进攻。它们将挣扎的战士由地面拖向空中，随后将这些尖叫的战士撕裂。"跪下，傻瓜们。"他怒吼道，"接受死亡，与纳迦什合而为一。纳迦什乃万物，万物皆归于他。"他的话语传遍了整个战场，但几乎无人理会。

他看到狂吠的狗咬着锁缚魂，拿着银质长刀的人们将一只挣扎着的幽灵钉到了马车边上。一个长角的灵魂挥舞着一把镰刀，将三位战士扫倒。一名身着商人服饰的矮人用刻有符文的斧子在他周围挥砍，而他的保镖则被咯咯笑的魂体引开。

银质和铅制的弹丸打在他的盔甲上，自由行会的士兵在护墙上发出了一轮混乱的齐射。他感到痛苦的碎片在他全身回响。非人的咆哮声中，他的脸

拉伸起来。他朝他们猛扑而去，手中的剑挥砍而出。一名士兵尖叫着倒下，法鲁斯感到一阵强风吹过他的身体。这把剑吞噬了生命，将他们的生命之力增加给他，并使他寒冷的内心获得了片刻的温暖。他扭动着身躯，将剑对准了另一个凡人。

更多的银弹击中了他，在他的形体上留下残破的伤口。他沮丧地发出尖叫，向敌人冲去。为什么他们看不出他在试着帮他们？他们为什么要抵抗？他的剑舔舐着生命，将一颗脑袋与肩膀分开。这些墙上的士兵向后退去，重新装弹，其他则徒劳地用长刀和战戟刺向蜂拥到墙上的锁缚魂。一个好战的巨人站在士兵中间，将步枪如同一根棒子般挥来挥去，鼓舞着士兵们更加努力。

那里，是位领导者。没有他，其他人就会溃败。他们会撤退，并在撤退的途中死去。法鲁斯冲向那位巨人。"跪下，凡人——在死亡的怀抱中寻求宽恕吧。"他咆哮道，"现在只有纳迦什能拯救你。"

"老爹不会跪的，烂骨头。"巨人大吼着。随着法鲁斯靠近，他将步枪转了过来，开了火。银和铁的子弹划破了法鲁斯的身体，在他的盔甲上留下弹坑，刺痛着他的双眼。他尖叫着起身，抓着自己的脸。他感到步枪的枪托砸到了他的盔甲上，于是用剑猛刺。那个巨人咆哮着，猛地撞向他，想要把他抓住。

"愚蠢。"法鲁斯吼道，"我没有脖子可以扭断，也没有肢体会被折断。我已超越了肉体的虚弱。"他一把抓住巨人没刮胡子的喉咙，将他从护墙上扔了出去。那位战士呻吟着坠落下去，但不知为何，依旧紧握着手中的武器。

法鲁斯从护墙翻了出去，从空中紧追着他的对手。他能闻到那人伤口的腥臭。死亡正在逼近。死亡就在此地。法鲁斯将他的剑刃举到受伤战士的面前："欢呼吧，凡人，死亡已在你上方展开双翅。"

他向下扎去。巨人在最后一刻仍想用他的武器格挡，但影晶剑继续向下，丝毫不受阻碍。刀刃穿过了他宽阔的胸膛，巨人的身体紧绷，一团鲜血从他张开的嘴中涌了出来。过了一会儿，他笨拙地抓住了刀刃光滑的边缘，法鲁斯以为他可能会成功地把它拔出来。但随后，他叹了口气，双手垂到了地上。

狗群开始在堡垒里吠叫，附近的士兵也发出哀号。当法鲁斯拔出剑时，几发子弹命中了法鲁斯。他转过身。一股令人毛骨悚然的迷雾从多尔的提灯中滚滚而出，弥漫到整片战场。迷雾所到之处，刚刚死去之人的灵魂从沾满鲜血的尸体中被拽出，尖叫着加入了死者的行列。

第十五章

士兵们开始慌乱地撤退，以寻求外屋和马厩的保护。他们中最有组织的一群人和幸存的难民逐渐退进了堡垒中的一座小教堂。这座建筑如同灯塔一样闪闪发光，每一块石头在他的视野中都闪烁着天蓝色的光芒。他想将它撕成碎片并埋进沙漠之中，但他知道跨过它的门槛会带给他更大的痛苦，这种疼痛将远超任何银质子弹或利刃。

法鲁斯犹豫了，或许最好还是不管它。

对于已死之人而言，痛苦还有何用？这座堡垒的每一条生命都属于纳迦什。

他开始追赶撤退的自由行会士兵，他的剑在手中晃动。当他接近时，一颗子弹从他的头盔上弹开，分散了他的注意力。他转身挥剑。他的攻击者大叫一声，向后跌倒，刚好退出了他的攻击范围。那不是一名士兵。从他的长袍来看，法鲁斯判断他是抄写员。在这个小个子男人想要爬起身时，一把冒烟的手枪掉到了地上，枪管上还刻着矮人的符文。法鲁斯向他逼近，他将手伸入长袍，试图抓什么东西。

法鲁斯举起他的剑，抄写员从他的长袍中抓出一个护身符。当他把它拿出来时，它闪烁着蓝色的光芒。"退后。"小个子男人尖叫着，将护身符推向他。法鲁斯向后退去，无法忍受它的光亮。

"那东西挡不了我，凡人。不会太久。"

"足够了。"小个子男人说。

法鲁斯瞥了他一眼，然后转过身。他看到自由行会最后的幸存者们匆忙跑向教堂，丝毫不顾袭击他们的锁缚魂。"你很勇敢。"他说，扭动着他的手，剑在他的手中发出轻响，想要品尝这个小个子男人的生命，"当我将你击杀后，你觉得西格玛会将你搂在怀里吗？"

"我……我不知道。"小个子男人说，"但我并不害怕去寻求答案。"

"在赫尔斯通，傲慢是一种罪过。"洛卡站在了小个子男人身后。法鲁斯还没来得及阻止她，她就砍下了那男人的脑袋。他的身子倒下去，可憎的护身符从他无力的手中滑落。刽子手低头盯着尸体，下巴无声地动着。她看向法鲁斯。"犹豫也是。"

法鲁斯将剑伸向她："记住你在侍奉谁，刽子手。"他感到了心中的某种情感——愤怒？悲伤？他说不出来，只能告诉自己他并不在乎。他又瞥了一眼那东西，隐藏在他的刀刃上，注视并判断着他。那是一双巨大的眼睛，如同

紫晶色的星辰，在他自己的眼中灼烧。

"跟你侍奉的一样，法鲁斯·塔姆。"洛卡微微一笑，露出破碎的牙齿。他好奇她是否也能看到他剑刃上的东西。她欢乐的表情逐渐消失，因为缠着她的灵魂想将她拉向另一场血腥屠戮。她狂笑着用枯瘦的双手举起她的战斧。法鲁斯看着她离去，转身看向教堂。

他这么做时，再次看到了抄写员那枚掉落在地上的护身符。他用剑端将它弹出了视野之外。随后，饥寒交迫地向教堂走去，他要按照所立下的誓言，将石头一块块地拆除。

要按照纳迦什吩咐他的去做。

第十六章

风暴殿

格林姆熔炉自由城

"荒漠在燃烧。"克诺索斯瞪着地平线说道，他看向拜尔萨斯，"敌人近在咫尺。你能感觉到吗？"

拜尔萨斯点点头。在过去的一天中，温度急剧下降。沉重的火盆沿着东面城墙隔段放置以抵御逼近的严寒。火焰在穿过壁垒的呼啸狂风中噼啪作响。

他沿着城墙凝视着。在他的视线之内，铁焊兵工厂的巨炮整齐地排列在城墙之上。格林姆熔炉的兵工厂是沙许中最大的，并且逐年都有增长。但他怀疑，整个界域的火药和子弹都难以阻挡即将袭来的东西。

他继续盯着火炮问道："堡垒那边有什么消息吗？"当地平线上的火焰越来越亮时，阿伦施塔特堡垒已经陷入了沉默。神锤圣砧军团天使战庭的首席控诉者盖伦·斯利奎因曾要求派遣一支控诉者巡逻队，但被克诺索斯拒绝了。有些东西在那黑暗的天空之中，任何战士，无论战技多么精湛，都无法在面对后幸存。

"没有。已经三天了。如果还有人活着，那他们一定有别的事要担心。"克诺索斯靠在他的法杖上，看上去异常疲惫。拜尔萨斯看得出来，他的责任逐渐加重。他们都具有远超凡人的生命力，但即便如此，也有极限。尽管还未看到敌人，但这座城市已处于包围之中。而死者的数量也比以往任何时候还要多，通常的防范措施根本没用。

在过去的一天里，玻璃湖中大量淹死的尸体浮出水面，攻击聚集在岸边的村庄。皮革厂区附近的一家屠宰场中的恶臭气息则聚合成了某种饥饿的怪物。每天都有新的恐怖事件发生，需要某种程度的干预。这也进一步分散了城市防御者的注意力，让他们无法为即将定会到来的进攻做好准备。

在沙丘间，拜尔萨斯听到了一声豺狼的叫声。那怪异的声音颤抖着响了起来。作为回应,狗的号叫在城市上空响起。城墙上的士兵们紧张地面面相觑。

拜尔萨斯可以看到笼罩在他们灵魂光环上的恐惧。他通过法杖放出了一股能量低语，这股光芒突然绽放而出，涤荡了城墙。那些离他最近的士兵心中的恐惧也有所减轻。

"是同情吗，兄弟？"克诺索斯问道。

"更有用而已。恐惧会使人的感觉更加敏锐，但过度的恐惧会使人崩溃。"拜尔萨斯抬头看向黑暗的天空，他看不到星辰，这让他感到一丝不安，但他什么也没有说，"他们必须保持警惕。"

"我们也必须。"克诺索斯望着荒漠，"死亡随着我们的每次呼吸而逼近。这就好似整个冥界本身都在包围我们。就像纳迦什把我们抓在手心之中。"他叹了口气，"我以为我已经见到了最黑暗的日子，但这种感觉却熟悉得令人不安。"

"你发现这座城市结界的弱点了吗？"

"没有。但快了。"克诺索斯向北方做了个手势，"空气中有一种刺鼻的气味。那里，那下面有一种霉臭味。我想就是那里。"

"我们必须封上它，而且要快。"拜尔萨斯说，"只要它还存在，这座城市就会被削弱。它的防御就是不完整的。"

克诺索斯用法杖挡住了拜尔萨斯："我会处理它的。还有一件事你必须去做，在风暴殿。"

拜尔萨斯停住了："我以为它有人保护了。"

"是的。由你。"克诺索斯笑着说，"西格玛派你来是有用意的，兄弟。守护这座城市的城墙是我的职责。你会守护它的心脏。我已经派人传话给卡莉丝·埃尔坦，让她听从你的指挥。"

拜尔萨斯低下了头："我……感谢，兄弟。"

"你不会孤单的。风暴殿位于城市的主干道上，我已经派部队包围了街道。他们会对你有所帮助的。"

"凡人？"拜尔萨斯怀疑地说。

"莱诺斯和奥里乌斯需要去别的地方。要靠我们将敌人挡在城墙上。但愿你不会看到一只幽灵或行尸。"

拜尔萨斯回头看了看荒漠和地平线上舞动的妖光。他却没有克诺索斯表面上展现出的那种自信。无论来的是什么，想要靠城墙和秘法结界阻止它都远远不够。

但他并没有表达自己的担忧。相反,他只是转过身:"我希望你是对的,兄弟。如果不是,那西格玛也会帮助我们的。"

卡莉丝·埃尔坦走下风暴殿的台阶,带领着她的战士走进宽阔的广场。这座巨大教堂在她的头顶和四周高耸,这是一座由天青石和大理石建成的雄伟建筑,并且总带有天空和雨水的味道。一尊巨大的"解放者"西格玛的雕像屹立在大门前方,战锤高举以敲碎压迫者的锁链。更多的雕像则列在巨像和石阶的两边,这些都是圣者的雕像,既有艾吉尔人,也有其他人。其中有些是雷铸军,但大部分都是凡人——男人与女人、圣贤与战斗牧师,还有伟大的战士与治疗者。

天空开始下雨,削弱了台阶底部高柱上风暴提灯的光亮。广场的四周被十二条街道隔开,每条街道之间都有一座高大的、从两边建筑物延伸出来的石拱门。身着格林姆人制服的自由行会军队在交谈与歌声中列队穿过了其中一座拱门。

卡莉丝在台阶最底部停了下来,抬头向上看。她看不见星空。天空如同一个黑色的伤口。她皱起眉头,感到不安。在她身边,鹫犬格里普轻声叫着。卡莉丝向下看去,看到凡人士兵正在列队进入广场。有些人开始卸载火炮,另一些人则敲打附近商店和住宅的门。

来自奥法领主克诺索斯的命令已传到,风暴殿会得到增援并做好准备。她知道城市中的其他神庙也有类似的行动,就像其他的大型建筑和警卫室一样。到黎明时分,这座城市就会变为连在一起的链子,成为一座临时的要塞,随时准备击退那些不应该突破外墙的敌人。

"他迟到了。"她的一个战士说道。他在她身后,和其他人站在底部台阶上。他们一共有十一人,加上她是十二人。进入风暴殿的每一个入口处都会有一位看守。"这位奥法领主甚至连准时抵达的礼节都做不到。"

"别发牢骚了,塔玛库斯。"卡莉丝说,语气比她意想的更加严厉。

"这一点也不合适。这是我们的职责。"塔玛库斯把抽了一半的剑咔哒一声插回了剑鞘中。

"你的职责是服从我。"卡莉丝说,回头看了看他,"我的则是服从他。事

第十六章

情就是如此。"

塔玛库斯低下了头。卡莉丝又盯着他看了一会儿，以确保他明白。随后她转过身。就在这时，她听到了熟悉的风鹫叫声。她知道新的指挥官来了。

身着神锤圣砧军团黑色战甲的雷铸军列队进入广场，这多少算是一种欣慰，至少他们来自同一个风暴军团。奥法领主骑在风鹫背上，而他的圣器法师跟在身边。"卡莉丝·埃尔坦，上前。"奥法领主说道。他的声音比他想象中的要温和，如同雷鸣，但很远。这是一种遥远的隆隆声，而不是克诺索斯·赫文森那颤骨的轰鸣。

卡莉丝走上前，她的头盔夹在胳膊下面。雨水从她的脸上流下来，但她没有理会。她迎着他冰冷的目光没有丝毫退缩："我是卡莉丝·埃尔坦，奥法领主。"

"我是奥法领主拜尔萨斯·阿鲁姆，别的守墓者战庭成员会这么称呼我。你现在归我指挥。有什么问题吗？"

"如果有，会有什么关系吗？"她还没来得及考虑，问题就脱口而出，"你现在已经在这里了。"她打量着他。他要比她高，但并不魁梧，只是单纯的高。如果他是个凡人，她或许会用瘦高来形容，但他身着盔甲，并且更适合他自身的体型。他还具有一种力量。空气在他周围噼啪作响，好似一场风暴即将来临。

"是的。你很善于观察。"

卡莉丝眨了眨眼睛，因他的讥讽而感到惊讶。她还没来得及回答，他又继续说道："你是从辜尔来的。"拜尔萨斯盯着她。她犹豫了。

"我对我身为凡人时的生活毫无记忆。"

"尽管如此，我依然还是能在你身上看到琥珀的痕迹。大部分则是混杂着的紫色和蓝色。你生在一个界域，却死在了别的界域。你最近才经历过重铸。那是在界门安全之后。"他看向远处，"你这么年轻，却已经走了这么远。"

"我只是尽责而已。"她说，因他的语气而感到痛心。

"我也是。"他回头看了看她，"我并不想夺走你的职责。我只想按照命令行事。"他指着风暴殿，"你要按照命令守住这些门。我会负责外面。我们将共同保护万坟免受敌人的侵犯。"

她犹豫了，但只是一会儿。他提出了一种妥协方案。她点点头，"如您所说，奥法领主"。

"很好。好好履行你的职责吧,首席解放者。我也会照料好我的。"他转过身,她知道现在已经汇报完毕了。她简短地做了个手势,塔玛库斯和其他人开始再次向楼梯走去。

她端详了拜尔萨斯一会儿,然后跟了上去。

无论如何,她会恪守职责。

死亡领主聚集在一圈妖光之中,距离格林姆熔炉仅有一天的路程了。

骷髅头被可怕的绿色火焰包围,它们都被克莉斯·阿鲁尔的魔法束缚着。这位行尸女士在阿伦施塔特堡垒被攻陷的几天之后赶上了午夜游魂。她的军队在沙漠上蹒跚地走在他们两边。一股潮水正不停地走向远方的城市。

雅罗斯大公的寂静军团则在附近等待着他们的命令。与那些步履蹒跚的行尸不同,他们能够及时抵达城墙,因此被留在了后面。与马兰扎克所声称的不同,颤骨死灵战士是攻占格林姆熔炉军队的核心。无论午夜游魂和行尸占领了什么地方,都需要他们守住。

法鲁斯自己的军队则近在咫尺。他能感受到多尔提灯的温暖,听到锁缚魂持续又急切的私语。灵魂看守在他们穿越荒漠时唤醒了路上的死者,现在这些被泽科纳所收藏的破损灵魂同大欧布列特挑选而出的扭曲幻影一起为他服务。

尽管他很不耐烦,马兰扎克还是阻止了他们冲出荒漠,等待其他死亡领主赶来。无论如何,法鲁斯并不愚蠢,因此他没有任何怨言。有东西一直在提醒他需要发挥一切优势来完成面前的任务。现在,他保持沉默,看着马兰扎克讲述他的计划。

"他们的防御中有一个漏洞。"马兰扎克说,"我知道这一点,因为那曾是我创造的。纳迦什开出了价格,而我乐意接受。它是格林姆熔炉身上流血的伤口。我们必须加以利用。"苍白的爪子攥成了一个拳头,"我将领导这次行动。我的军队将淹没这座城市,瓦解所有敌人。你们将跟随我,巩固我们的成果。"

"以让你收获大部分的荣誉。"雅罗斯大公说,尸妖王挥了挥自己的战斧,"或许,应该由我来带领队伍发起进攻。我的军团坚不可摧。我们以前就经历过艾吉尔的风暴。"这句话更像是一种自夸,而不是请求。雅罗斯和阿鲁尔似

乎都无意挑战马兰扎克,但他们会抓住每一个刺痛他自尊心的机会。

马兰扎克向那位骷髅战士转身,他的目光如同野火一般:"由我指挥。纳迦什如此下令,所有人必须服从。"

"我们是不会想做别的事的,寿衣骑士。你的午夜游魂将成为进攻的矛头,为我们这些靠脚前进的打开城门。"克莉斯·阿鲁尔站在她的狼旁边,它们腐烂的下颚留着污迹,眼窝中满是蛆虫,她一边说,一边漫不经心地抚摸它们参差的鬃毛:"我们很乐意在闲暇时跟着你,并跟随你的步伐参战。"

马兰扎克将他炽热的目光转向了血肉女士。"腐肉只需照做。"他说,将手放到了剑柄上,"先锋的荣誉属于我。纳迦什如此吩咐,他的旨意无法拒绝。"

法鲁斯飘到前面:"不,我将同你一起。"

"什么?"马兰扎克瞪着他,"是那个小灵魂,是吗?你还在这里啊,小灵魂?我还以为你已被荒漠的狂风刮走。"

"我可没那么容易被影响。"法鲁斯说。马兰扎克在堡垒被攻陷后一直尽力不去理会法鲁斯。他们一起收割了上百个灵魂,但寿衣骑士只看到那些被他亲自带走的。"我个人的任务同你一样,寿衣骑士。城市中的某样东西必须让我以吾主之名占领。我完成得越早,胜利就能越早到手。"

"你跟我相比什么都不是。"马兰扎克咆哮着。他将剑从剑鞘中拔出。法鲁斯则在最后一刻用自己的剑挡下了他。他们的剑相撞时发出声响,如同一对狂暴的野兽在咆哮。法鲁斯感到一阵寒意穿过他的全身,有那么一会儿,整个荒漠似乎都充满了豺狼的号叫。

当他们紧靠在一起时,号叫声越来越大,直到法鲁斯什么也听不见。紫晶色的火花从他们的剑间飞溅而出,而在他光滑的影晶剑刃上,他瞥见了一张骷髅面庞——并不是他的,而是阿克汉,或是纳迦什的。

随着一声咆哮,他从与马兰扎克的对峙中撤回了自己的武器。突然,豺狼们沉默了。"如果我什么也不是,那也是纳迦什的意愿如此。"他说,利落地将剑插回剑鞘,"如果你有价值,那也是他的意愿。难道你自以为高过我们的主人?"

马兰扎克恶狠狠地盯着他。过了一会儿,他说道:"纳迦什乃万物。"

"万物皆归纳迦什。"法鲁斯回复道。

寿衣骑士似乎让自己做出了让步,阴影和怨恨笼罩了他瘦削的躯体。"如果你想同我一起走入风眼，渺小的灵魂，那就随你愿吧。但进攻的荣耀将属于我。你将满足于攻破城门。或许将会如愿地迷失自我。"他转身离开，自言自语。法鲁斯则走出了妖光的光圈，一只手握着剑。他不认为马兰扎克会再次攻击他，但并不是毫无可能。

在沙丘之间，他听到了一只豺狼的孤独叫声，不知道这是不是某种警告。或许只是一个提醒，万物皆逝，终有一死，甚至连死亡领主也不可避免。

他爬上了一座沙丘，柔软的紫晶色沙子几乎没有被他所经过时的寒风吹乱。他的脚没有陷入沙子，也没有留下任何痕迹。他所过之处根本毫无痕迹。他内心的一部分，微小而遥远的一部分，对此而感到悲伤。仿佛他不过是一个黑色的梦，从一个沉睡者的脑袋中被释放出来的梦。

他下面是一片由破烂不堪的帐篷构成的海洋。死者不用扎营，除非他们以此为乐。雅罗斯的颤骨死灵在沙丘上扎起了分散的帐篷，这是他们对军纪的拙劣模仿。那些无肉的奴仆，死后同活着一样受到契约束缚，他们在营中走动，辛勤地不断劳作。他们遵循古老的惯例，从早已干枯的井中打出一桶桶的沙子，宰杀着附近已不存在的猎物。附近的颤骨死灵士兵也在荒地上建立了毫无作用的防御工事。这数十载的传统没有丝毫用处。

大公的奴隶们并没有理会他。他怀疑他们甚至看不到他。或许他们可以，不过他的样子可能不同。他从他们中间穿过，没有人注意，也没有人阻挠。

自从离开纳迦什扎后，他很少独自一人。多尔一直在他身边徘徊，用提灯的光亮淹没他的疑惑。就算不是多尔，也一定是堕爪或洛卡。他说不出这三人中谁更讨厌。他们不过是他的战士，正如他是马兰扎克的。他们都忠于纳迦什一人。如他一样。他也必须如此。否则不可想象。

他向他们来时的方向转身，看到了地平线上的黑影。那是一道警觉的火焰，在黑夜中燃烧。随着时间的推移，它会逐渐扩大，直到吞噬星辰，并将荒漠中的沙子化为玻璃。而他，也会融入其中。

法鲁斯并没有对这个想法感到喜悦，亦没有恐惧，只有一种模糊的满足，就如同一把剑按照真正的技法挥舞时的感觉。他将目光从那黑暗的光芒上移开，越过沙丘，看向对面地平线上的城市。当他看着拖着脚步的死者在月光下的沙漠中无休止地前进时，满足感逐渐消失，期待感取而代之。

他凝视着这座城市。就在不久前，他或许还会站在那些城墙上盯着聚集

起来,可能发动攻击的死者。"倒影和阴影。"他低语着,弯了弯他的护手。他感觉不到盔甲的重量。他发现这是关于死亡最令人不安的一件事。战甲应该具有重量,它是金属的,但是在他的感觉中却像蛛网一样轻盈。

只有剑有重量。但以它的体积而言又过于沉重。随着他们离冥底越远,这把剑就愈加沉重。不知为何,这把剑好像在逐渐变得真实。也或许是他在逐渐变得缥缈。这个想法并不令人宽慰。而现在,只有在多尔提灯的光芒下,他才能觉得完整,获得满足。

他现在确信他曾拥有过一件类似的物品,一个充满了艾吉尔虚假光辉的东西。有时,他发现自己会徒然地伸手去抓,就像记忆在他知觉边缘徒劳地飘动一样。仿佛他身体的某个部分在试图提醒他曾经的样子。这种渴望就像一种无法愈合的伤口,只会增加他的痛苦。他曾经是某件事物的一部分,现在却不再是了。这种缺失让他感到愤怒。

所有死者都有一个共同点——愤怒。因它们遭受的痛苦而愤怒,因荣誉被掠夺而愤怒,因诺言被违背而愤怒。一种正义的愤怒,则来自最低级的尸体和纳迦什本身。对活人的愤怒,对诸界域本身的愤怒,只因它们违抗不可避免的终点。

随着愤怒加倍,他也更加饥寒交迫。他只想大声尖叫,将他的声音融入沙丘中徘徊的魂体声音之中。在愤怒中发出永恒的呐喊,直至万物都归于沉寂。

"很美,不是吗?"

法鲁斯转身。克莉斯•阿鲁尔站在他身后,身边跟着她的狼。它们朝他咆哮,露出破碎的尖牙。他用剑挥了一下。"如果它们攻击,我就宰了它们。"他恼怒地威胁道。

"它们跟你一样都没有活力,小灵魂。"她走上前到他的身边,没有理会他的剑,"这很美。那么多的生命,还有死亡。我能听到他们,在等着收割,在他们石制的房子里,向我们呼喊。你能听到他们吗?"

法鲁斯看了看她,又看向城市:"我听到风中的声音。在沙子中。"

"无数的灵魂在我们周围游荡,只有那些站在生与死边界上的人才能看见和听到他们。"阿鲁尔侧着头,好像在聆听,"他们说我们在利瑞亚。那里的死者通过生时的功绩得到纪念而获得帮助与力量。沙许有数以千计的冥界,你知道的。它们彼此相容,如同贝壳中的珍珠。我们位于一个嵌套着秘密的界域——揭开一层，新的一层就会出现。"

她抓住手臂上的肉，剥了下来，露出下面血淋淋的骨头。在骨头上刻着一种陌生的文字和符号。"看到了吗？秘密。"她轻轻地将那块撕下的肉又贴回了原位。

法鲁斯收起他的剑，望向别处："如果这里有灵魂，为什么他们不服侍纳迦什？"他几乎因这个想法而感到冒犯。死亡是所有谎言与抵抗的终结。怎么能这样呢？

阿鲁尔大笑起来。"纳迦什是位公正之神。那些灵魂赢得了他们的回报。如果手边已经有合适的工具，那为什么还要让他们屈服于他的意志呢？"她用一根破碎的手指敲了敲他的胸甲，"如果我们残忍，那是因为我们必须如此。因为这是对我们的要求。阿克汉没教你这些吗？"

"我还不知道至圣死亡大君教会了我什么。或许什么也没有。或许一切。一堂课的价值是由立场判断的。"这句话不由自主地来到他的嘴巴。那是他的另一段生活。他听到一个声音，还有一个名字——莱诺斯。他低下头。他感觉到寒冷和空虚。他的剑在剑鞘中颤抖。它显然也饿了。

阿鲁尔看着他，她的眼睛在面纱后面闪闪发光。"残忍，"她重复道，"那是因为我们必须如此。纳迦什剥夺了你的温暖与喜悦，好让你成为更好的武器。就如同你剥夺了他人的生命，这样他们就会加入我们，看到在这一边等待着他们的美景。"

"我能听到别的声音。"法鲁斯说，他碰了碰自己的剑，"它的回响，随着剑的每次挥击，都有一个声音，自深处传来，驱策我。"他看向她，"你也听到了吗？"他犹豫了一会儿，又补充道，"它对你说了什么？"

"如果你聪明点，就不会问这个问题。"她看向远方的城市，"我们都能听见，它告诉我们不同的事。它用我们自己的声音对我们低语，但它是他的声音。"她转向他，"你知道的。"

"阿克汉说不死之王将一直与我同在。"

阿鲁尔点点头。"就像他对我们所有人一样。"她拍了拍自己的手臂，那片撕掉的肉块已经重新愈合，"在我们身体之中。用我们的眼睛观察，用我们的耳朵倾听。我们就是他，而他也是我们。"她交叉双手，好像在祈祷什么，"终有一日，所有事物都将如此。"

"没错。"

法鲁斯听到一个声音，好似海浪拍打海岸，一阵不自然的风吹起，将沙子刮向四周。他抬起头。尖叫的锁缚魂顺着一股怪异的能量向城市冲去。其中有挥舞镰刀的怨灵和敲着丧钟的灾难先锋。马兰扎克和他的幽灵骑手们是先锋，高高在上，如同浪尖上的泡沫。

法鲁斯立刻就明白了马兰扎克想要将荣誉占为己有。这种需求驱使着寿衣骑士。阿鲁尔则咂咂嘴："这家伙真没耐心。"

法鲁斯并没有回答。相反，他迅速返回，走向多尔和其他人所在的地方。如果马兰扎克想要在今晚进入城内，那法鲁斯也会跟他一起。

正如纳迦什所命令的那样，必须如此。

死亡风暴开始了。

第十七章

死亡风暴

风呼啸着刮过北面陵墓城门的尖顶和扶壁，将灯吹得闪烁不定，维尔中尉刚得到奥法领主要来的消息。他不知道这意味着什么，但他将自己的手下都叫了出来，准备接受检阅。由于第三连队的其他部队被部署到了其他地方，他的部队现在独自看守北面陵墓城门。虽然有足够的人手来看守城墙，但整个城市的兵力还是因各个地点而分散。

士兵们嘟嘟囔囔地走了出来，还有匆忙取出装备的嘈杂声。他们谁也不愿意在这样一个夜晚驻守在城门兵营外面。他并不责怪他们。夜晚越来越长，地平线也出现了紫色的火焰。不管你看向何处，都有一大堆坏兆头。而更糟的是外面下起了雨。

"列队，列队。"他一边溅着泥浆一边大喊道。一百多号人足够在院子的空地上排成纵队。

宽阔的鹅卵石大道穿过庭院，一直延伸到最大的堡垒之间高墙上的两道铁闸门。这些街道都曾挤满了难民、商人和朝圣者。而现在，除了翻倒的车和弗斯克队长在他离开前下令设立的临时路障之外，街道上空空如也。附近的柱子和支撑梁上挂着风暴提灯，向外投射出湛蓝色的光。"穿上靴子，穿上裤子，你们这群笨蛋。"他喊道，一边大步走过队列，一边用护手拍着大腿。

"我不确定我喝得够不够。"戈麦斯中士说着，将他的酒瓶倒了过来，维尔瞥了一眼他副官的矮胖身影，"把酒瓶装好，戈麦斯。"维尔说，但很平静，"库斯特朝这边来了。如果他看见你把酒瓶放在嘴唇上，就又要跟我没完没了地叨叨了。"战斗牧师是他部队中一个唱反调的影子，他是队长将军瓦罗·泰马斯亲自派遣给他们的，以保证他们的刀刃受过祝福，并确保他们拥有相对完整的灵魂。

"哦，快活，'秃鹫'要张嘴了。"戈麦斯喃喃低语道。维尔皱了皱眉头，但并没有责骂他的中士。库斯特确实像一只食腐鸟，而且很丑陋。他的身材

细长,身着宽松的黑色长袍和大号的黑色盔甲,其复杂的样式上还装饰着古怪的骨头和镰刀。他已经秃顶了,只有一绺细长暗淡的头发从他瘦削的脖子后面垂下来。他的脸永远都是一副反对的神情,当他走向集合的士兵时,他一直在用战锤捶自己的手掌。

"我一直很好奇他们是从哪里把他挖出来的。他应该得有六十多岁了。"戈麦斯说,"你几乎可以闻到他身上的坟头味。"

"这样的人不会变老的,只会更讨厌。"维尔说,"那不是坟头味。不过我听说他不洗澡。据说这会削弱与神的联结。"

戈麦斯咯咯地说:"不管有没有联结,只要狠狠的一巴掌,他就得入土了。"

"随意,但我在的时候别这么做。"

戈麦斯咧嘴笑了:"担心你的前途吗,中尉?"

"不只是我的。"维尔说,"我——嘘。他们来了。"

雷铸军抵达了,奥法领主在队伍前方率领他们。克诺索斯·赫文森的身影令人印象深刻,他骑在自己高大的风鹫上。维尔是在雷铸军身边长大的,但当他看到身着金甲的圣咒战庭战士列队进入庭院时,依旧充满了敬畏。

戈麦斯偷偷地从酒瓶中又喝了一口:"他们说他就是年轻的克诺西·格林姆,再次从'不屈者'瓦斯巴德的手中拯救这座城市。"

"他是雷铸军。他们都曾是另外一人。现在,闭嘴。"维尔咽了口唾沫,向前走去,一只手搭在他入鞘武器的剑柄上。他看到库斯特也在做同样的事。战斗牧师用几乎狂热的神情盯着雷铸军,仿佛他们如同活圣人一般,是有血有肉的神明。他清了清嗓子:"欢迎您,奥法领主。您想检阅部队吗?"

这个问题刚一说出口,他就意识到了有多愚蠢。奥法领主低头看着他,雨水流淌在他金色的头盔上。他环顾四周。维尔知道他在检查庭院的情况。维尔闭上了双眼,默默咒骂自己没有命令士兵把东西准备好以供检阅。

"我曾经也站在这里。"克诺索斯说,他的声音在庭院中回响,"它似乎更大了。"他低头看向维尔,"你负责指挥?"

"中尉霍尔曼·维尔,大人。第三连队。"维尔按照惯例行了个礼——捶了两下,一次挥手——并尽量站得笔直,"我有幸看守这个地方。"

"你知道谁被埋葬在这里吗,维尔中尉?"

"我……恐怕不知道,大人。那在我出生之前。"维尔环顾四周,看向附近的库斯特。他急忙做了个手势，战斗牧师幸灾乐祸地笑了出来。

"奥桑克·杜恩，锯齿的英雄。"库斯特低声提示道。维尔面露苦相。他根本不知道那个人是谁，还有锯齿在哪儿。辜尔？听起来像辜尔。维尔抬头看向克诺索斯，面露苦笑。

"我们知道了——奥顿……"

"奥桑克·杜恩。"库斯特纠正道。

维尔瞪了他一眼："对，没错，抱歉，奥桑克·杜恩。"

克诺索斯咯咯地笑了起来，那声音几乎将维尔的勇气化成一摊水："你的年轻帮你得到了原谅，中尉。只要你尽职尽责，那便没有罪过。天界的圣人被西格玛所铭记，我们这些服侍西格玛的人也应铭记他们，这才重要。"他在西格玛神铁的碰撞声中离开了鞍座。即使在地面上，他的头和肩膀也耸立在维尔头顶。

"为什么——啊——我们有何荣幸需您亲自前来？"

"这里出现了问题。"

维尔愣住了，好奇他们是不是发现了工资盗用的事，或者更糟。谁也不知道戈麦斯在空闲时干了些什么。他听到了关于敲诈的谣言，还有当地店主们支付的保护费，以阻止不存在的行尸。"问——问题？"他问。

"我们防线上的一处弱点。"克诺索斯转过身，研究起街道上刻着的奥法符印。维尔感到一丝庆幸。他们不知道钱的事。随后，他才意识到奥法领主在说什么。

"哦。啊。"维尔抬头看了一眼城墙，"发生什么事了吗？"

"恐怕是很久之前的事了。"克诺索斯说，他伸出法杖，轻轻地把维尔向后推了一步，"我的战士和我将一起守卫这个地方。看管好你的人，中尉。敌人来了，现在。"

维尔感到一阵恐惧的寒意，转过身去。库斯特跟着他。"他说得对吗？"维尔问道。库斯特哼了一声。

"你只需要站在城墙上就能看到。随着夜晚的降临，地平线上的奇异光辉越来越近。风在哀号，载着行尸的呻吟。听啊，蠢货——听见了吗？"

维尔停了下来。他从未想过这些，但库斯特是对的。他已经听到这声音好几天了，却不知道是什么声音。那是一种低沉、令人昏昏欲睡的呻吟声，

就像远处隆隆的雷响。他打了个寒战，捋了捋头发，想要好好想一想。戈麦斯拖着步子向他走来："要我解散伙计们吗？"

"好，但要加倍守卫。"

戈麦斯眨了眨眼："他们可不喜欢。"

"我不在乎。"维尔呵斥道，"你听到了他说的。他们都听到了。有更糟的东西。"他咽了咽口水，"城墙撑不住。"

"那我们就是城墙。"库斯特说，他将战锤砸在自己手掌中，"我们将用钢铁和白银构筑一面城墙，如果不行，就用我们的身躯。"

维尔和戈麦斯互相看了一眼："没错。对，当然了。"他转过身，看到雷铸军在庭院入口附近架设起了巨大的弩炮，那是两道闸门通道的交叉处。其他人，则装备着沉重的弩，爬上了护墙，和凡人士兵一起看守。

"他在干什么？"戈麦斯低语道。

维尔看到克诺索斯在穿过门楼的奥法符印上做着某种仪式的姿势。当他的手在银色的符号上来回移动时，闪电的微粒从他手中飘起。闪电在紫色的沙子中闪烁，空气中闪现出了某种海市蜃楼的景象。

奥法领主周围出现了幽灵景象。维尔看到了一个驼背的身影——一位老者，已被生活磨得棱角分明，伤痕累累，身着格林姆人的制服——在沙地上举起一把工兵铲，将它插了下去。

戈麦斯轻声咒骂道："我认识这张脸。这是沃根·马兰扎克。南部城门的英雄……"

维尔疑惑地看着他："谁？"

"在你出生之前，小子。"库斯特直截了当地说，"第五连队的队长。或者说他曾经是。他在瓦斯巴德攻击这座城市时，守卫最南边的城墙，在恩斯特要塞对抗细腰骑士。"

"为什么我没有听说过他？"

"他活了下来，对吧？"戈麦斯说，咧嘴笑着，"没有人喜欢活下来的英雄。"他俯身吐了一口唾沫，"但他不久后就消失了。所有人都以为他在夜晚被某个魂体抓走了。"他凝视着景象，"他用铲子在干什么？"

景象诡异地闪烁着，工兵铲一次次地铲下。库斯特发出嘘声："受祝福的盐——他把它们挖出来了！"

维尔惊恐地看着景象："如果盐没了……"

从城墙上，他听到了战争号角的声音。他猛地转身，眼睛睁得大大的。号角声再次吹响，警告声在雨中回荡。沃根·马兰扎克的景象消失了，奥法领主也抬头看去。维尔听到警告的叫喊声。一个男人匆匆走到护墙边："行尸，长官！成千上万的。"

维尔只觉得自己的胃倒进了靴子里。他口干舌燥，看着奥法领主。那位雷铸军点点头，维尔突然因他的出现而感到欣慰。

"开始了。"克诺索斯说。

埃莉娅抵达黄昏区时，那里的排水沟已经灌满了雨水。开始的时候速度很慢，底部区域的鱼巷和挠痒巷之间最先出了状况。而现在，警报的钟响已经传到了贫民窟的高处，警告这里的居民整座城市已遭受攻击。很快就传来了绝望的店主在门窗上敲打木板的敲砸声，还有抢劫的声音，以及那些无处可去者的哭喊声。武器在黑暗中发出哗啦的声响，战马也在紧张的气氛中发出嘶鸣。

黑衣行者站在每一个角落，摇响他们的铃铛，呼唤着诸神的名字，如果这些诸神曾听过凡人的声音的话，那他们现在也听不到了。鞭笞者在街道上游荡，鞭打着自己，并对那些在他们面前让路的人喊出虔诚的诅咒。格林姆人已不见踪影，这一切都留给了当地的罪犯和打手负责。那些想要寻求壁垒保护的人则被利用起了他们最后的一点价值，去帮忙加固堡垒。

埃莉娅努力地穿过拥挤的街道，胳膊肘和脚使劲，想要爬向她和父亲居住房间的摇晃楼梯。她踩到了一个男人的脚背，退步跳了回去，那男人咒骂了一声。她冲到出口，飞快地从密密麻麻的双腿间穿过。一双手突然抓向她，不知出于什么原因，她也说不清楚，但并没有抓住。

贫民窟已经不再安全。它们从来都不安全，真的。现在则更不安全。猫咪们告诉了她接下来会发生什么，它们能从空气中感觉到。就像一场即将来临的风暴，它们将无法在外面幸存。

当风暴来临时，猫咪们会寻找高处和干燥的地方。这样的地方只有一个，而且距离很近。当她爬上楼梯时，她向西边瞥了一眼，看到了风暴殿的圆顶高耸在城市之上。即使在夜晚，透过雨幕也能看到它。其他的人也会去那里

寻求庇护。她得抓紧时间。

破坏者和屋顶上逃窜的人将东西从屋顶上摔下，在街道上摔得粉碎。当她经过一扇开着的窗户时，听到了一个房间中传出的歌声。那是一首悲伤的歌，缓慢而忧伤。风里飘着烟，有什么东西在燃烧，即便是在倾盆大雨中。前一天，一场大火在黄昏区肆虐。行尸，人们这么说。还有血族之灾。但没人知道确切的答案。

埃莉娅不想知道。血族之灾见过一次就够了。她走到窗前。自从她母亲去世的那天晚上起，他们的房门就用木板封住了。这扇窗户是进出的唯一通道。她停了一下，回头看了一眼。

附近有人在尖叫。那是一声漫长的否定悲叹，听起来似乎不像人。或许就不是。她打了个寒战，偷偷地走到窗台。

"哈尔哈，我回来了。"她轻声说。看见了一道银光，她看见她的客人紧靠在窗户边，神情紧张，手里拿着刀。那位女商人已经抛弃了先前的黄色长袍，取而代之的是一件黑色的，以更好隐藏她的身份。她的金子都分散地藏到了埃莉娅在黄昏区的秘密隐藏点中，这也为她换来了在这里的藏身之处。当然，是在检查过她是否被咬过之后。

当哈尔哈认出埃莉娅后，便放松了下来。"你去的时间不长。"她说。她有一种奇怪又轻快的口音，就像墓野城的大部分人。仿佛他们一直在半唱半说。

"他……"埃莉娅低声说，瞥了一眼小床。

"睡着了。"哈尔哈说，收起匕首，"还在睡。他呜咽了几次，但没有动弹。"她朝窗户瞥了一眼，"发生什么了？那些钟声——什么意思？"

"城市遭受攻击了。"埃莉娅说，她看了看四周，没有什么东西值得拿走，"我们必须走。"

"走？去哪里？"

"风暴殿。"埃莉娅说，"我们在那里会很安全。"

哈尔哈看起来有点怀疑。"我不觉得这座城市有什么地方是安全的。"这个女人看向别处，眼睛湿润，"我们不应该来这里的。但塔卡很坚持。说我们在城中会比在路上安全。"

埃莉娅从地板上拿了一碗水，倒在他父亲身上。杜瓦克坐直了身子，气急败坏地骂着。他身上散发着麦芽酒和廉价的酒精味，她倒在他身上的水就像他一星期前洗过的澡一样。他朝她困倦地眨了眨眼，然后看向哈尔哈。"她是谁？"他含糊不清地说。

"上面，爸爸。钟响了。"

"我不在乎。让我睡吧，姑娘。我很累。"他想扑通一声倒下去，埃莉娅一把抓住了他。

"你一直很累。起来吧。他们说死人到墙边了。"

埃莉娅推了推他。"起来，起来！"她瞥了哈尔哈一眼，"帮我。"

哈尔哈犹豫了一下，然后拔出了她的刀。她对着杜瓦克俯身，用刀指向了他的喉咙说："起来，傻瓜。要死在这儿。"

杜瓦克迷惑地朝她眨了眨眼："你是谁？"但他对埃莉娅的刺激做出了回应，从湿透的被褥上滚了下来。"发生了什么？"他问道，看向窗户。他依旧穿着点灯人的装备——染色恶劣的黑紫相间的制服，还有一个装灯芯和油的皮革系带。系带是空的。他从上一次换班后还没有去补充。

"我们必须走了，父亲。死人来了。"

他看向门口："但你的母亲……她还没回来，她呢？"

埃莉娅停住了。她没有理会哈尔哈看她的眼神，而是用长期练习的轻松口吻说："她在风暴殿等我们。我们需要过去，不然她会担心的。"

杜瓦克犹豫了一下，然后点了点头："没错，她会担心的。不能让她担心。"她从他的语气中感觉到他并不相信自己的话。他还记得，哪怕只有一点。他总是记得。

她握住他的手，看着哈尔哈："来吧。我们得抓紧时间了。"

拜尔萨斯站在风暴殿的台阶上，不耐烦地看着格林姆人在广场上为战争做准备。战争号角还在空中回响。他身边站着凡人指挥官。

弗斯克队长，格林姆人第三连队的指挥官，以凡人的标准而言已经年龄很大。他的制服有些地方磨得发亮，盔甲却很钝，但依旧得到了很好的保养，就跟他腰间的剑一样。他的手指轻敲着剑上骷髅头样式的剑端，另一只手的手掌在他剃光的脑袋上来回挠着。过了一会儿，那声音变得令人恼火，拜尔萨斯说道："你一定要这样？"

弗斯克吃了一惊，似乎对拜尔萨斯的话感到惊讶："什么？"

灵魂之战

"那声音让我心烦。"

弗斯克盯着他，然后看了看自己的手："抱歉，大人。我陷入了沉思。这种事不会发生了。"

"你可以继续想。只是别再挠头了。"

弗斯克哼笑了一声。"您在开玩笑吗？"他抬头看着拜尔萨斯，"我还以为你们不会开玩笑，大人。"

拜尔萨斯低头看着他。"幽默和其他技巧一样。如果有人想学的话，是可以学会的。"他回头看了看广场，"话虽如此，但并不是玩笑。"

弗斯克点点头："您不开心，大人？"

"而你很善于观察。"

弗斯克耸耸肩："不难看出来。您的不悦就像暴风中的乌云一样。这不是一场您所希望的光荣战斗吗？"

拜尔萨斯思考了一会儿这个问题。他并不是特别不高兴，而是烦恼，或许因为这个情况——并不理想，需要和这么多凡人一起守护这个地方。格林姆熔炉可以更好地利用其他地方战斗。"没有光荣的战斗。荣誉是在之后积累的，来自诗人和历史学家。"他说。

弗斯克摇了摇头："那您为什么在这里呢？"

"我想，原因和你一样吧。"

"我守护我的家。这是我出生的城市。"弗斯克伸出一只手，好像要去挠他的头，但又停了下来，"我记得我祖父给我讲过第一道墙建起来的故事。每天晚上都是一场战争，以对抗那些能吸干一个强壮男人血液，或是一个手势就能让你心跳停止的东西。"他弯下身子，将一口痰吐到了脚下的石头上，"现在比以前好多了。但我们又回到了这里，死人掐着我们的喉咙。"

"如果这让你困扰，为什么还留下？"克诺索斯曾向他用笨拙的方式解释过，但拜尔萨斯依旧没明白。这对他而言毫无意义。这算个什么地方，是在西格玛隆的旁边，还是艾吉尔海姆？这里没有真正的历史，没有智慧。唯一有价值的东西就是下面的地下墓穴，这还有待争议。

弗斯克眺望着广场，他的战士们在修筑防御工事："这个地方不仅仅是地图上的标记。这座城市是出生地，也是埋葬场。这是我与我妻子相爱的地方，是我儿子出生的地方。这是我朋友生活和死去的地方，是我的祖父为了我祖母的手而与人决斗的地方,就在利瑞亚市集的露天广场上。它是我们的总和,是我们的全部。我不会抛弃它,更不会背叛它。"

拜尔萨斯看着老人:"它值得你为之牺牲吗?新的记忆可以自其他地方产生,诉说新的故事。"

"只有没有记忆的人才会这么问。"老士兵做了个抱歉的手势,"抱歉。我无意冒犯。"

"可你还是说了。"

弗斯克大笑道:"是的。"

过了片刻,拜尔萨斯也笑了起来:"队长,你对我们了解多少?"

"我从小就跟你们这些人在一起。我躲在桌子下面看着我父亲和其他行会队长与巡墓者交谈军事问题。当我的父亲被斩首时,是你们的一支军团将头颅还给了我们,这样它就可以被供奉在家族陵墓里了。"他指着拜尔萨斯的战甲,"您身着的黑色战甲对我们而言就是如同至高星一样的神圣象征。"

拜尔萨斯点点头。"你说我没有记忆是对的。我是一座城市,建立在秘密之上。就像这座一样。虽然没有地下墓穴,但我也曾有生活,有一段我无法回忆的生活。我曾经也许也生活在这样一个地方,我也曾经拥有和你同样的感受。即使如此,我还是不明白。也许这超过了我的能力。"他靠着自己的法杖,"要我承认这一点并不容易。我曾见过凡人无法想象之事。我曾走过一颗炽热的星辰内核,忍受过苍穹的寒冷。但我不会为这些记忆而死。"

弗斯克眯起眼睛望向天空:"也许这些都是错误的记忆。"

拜尔萨斯看了他一会儿:"可能吧。"

他们站在那里,重新变得友好起来,两人默默地看着其他人做准备工作。自由行会的士兵以惊人的速度行动起来。带着水桶的队伍将玻璃湖的水泼在街垒上,然后由经过队伍的牧师祝福。火枪手站在广场入口的位置,他们的武器装填着银、盐和铁混合的子弹。剑士们将圣油涂在刀刃上,轻快地唱着圣歌,这些歌早在这座城市还年轻时就已十分古老。

罗姆·贾德森和他的氏族战士们在附近打开了一些黑色的矮人烈酒木桶。这些瑞文氏族的战士是被派遣至广场中的另一支非必要的凡人部队。他们将守住西边,而自由行会将驻守东侧。其他矮人氏族的战团则分散在城市各处,保卫着他们氏族的领地。

矮人喝得胡须都湿透了，酒的味道在潮湿的空气中弥漫着，非常刺鼻。拜尔萨斯失望地看着两个身着重甲的矮人低头撞在一起。当他们倒下去的时候，贾德森和其他矮人为他们欢呼干杯。弗斯克咯咯大笑着。

"他们很吵不是吗？"

"我以为矮人只为胜利干杯。"

弗斯克哼了一声。"他们会的。瑞文氏族从未输过一场战斗。至少他们是这么说的。他们为即将到来的胜利干杯，这也将刻到石头上。"他转过身，"他们来了。"

拜尔萨斯顺着他的目光看去。他看到士兵们为人潮让路："那是什么？增援吗？"

弗斯克笑了："哈！不。内部防线容不下城市所有人，尤其是现在。有些人不得不尽力而为。"随后，他大喊道，"给他们让路，让路！"他挥了挥手，士兵们纷纷为惊恐的市民让路。他们一大群人向神庙的台阶走去。有的在祷告，有的在议论。男人、女人，还有孩子，年老的和年轻的。成年人的数量则明显更多。

"所有身体健全的人都到城墙上去，或往那边走。"弗斯克说，"这样一来就由老人把孩子们带到安全的地方。就这样。"他唾了一口。

"我们在这里。"拜尔萨斯犹豫了一会儿说，"我们要保护他们。"

"我们这么做的时候谁来保护我们？"

拜尔萨斯用大拇指指向西格玛的雕像，说："他。"

弗斯克回头看了一眼，皱起了眉头。"你那里可能有什么。"他犹豫了，"你有没有……我是说……"他沉默了，看起来犹豫不决。

"我有。"拜尔萨斯轻声地说，"是他派我来这里的。"他低头看着凡人，"我想，他会以你为荣的。"

弗斯克的脸严肃了起来。他转过身。"我会尽责的。"他说，他的声音很坚决，"总是如此。也一直愿意。"他指了指，突然大吼一声，"你，那个——离开那该死的马车！神殿中没有空间容得下那个。"他吹了声口哨，"霍斯特！达梅尔！把那辆车推到墙上去。"

一位满脸羞愧的车夫匆匆走上台阶，把一辆不堪重负的车留在了下面。弗斯克的两位士兵将里面的东西倒了出来，把车推向街垒。弗斯克摇了摇头，看着散落在地上的东西:"蠢货。为了几件货物而冒生命危险。"

"刚才不是你告诉我会为记忆而死吗?"

"物件不是记忆。物件可以被取代。"弗斯克哼了一声,"家庭和家园值得为之牺牲。一辆装满劣质玻璃品和偷来的丝绸的车可就不值得了。"

"我会记住这个的。"

弗斯克笑了。过了一会儿,拜尔萨斯也跟着笑了起来。但这一刻却被广场周围屋顶传来的刺耳号角声所打破。弗斯克咒骂了一声:"该死。他们已经看到敌人了。快点建完这些街垒,笨蛋们!我们很快就要迎来行尸了!"他走下台阶,大喊着命令。拜尔萨斯留他去指挥。

他放开了自己的感官,试探着以太之风。它们这时候很强烈,要比原先强烈得多。他好奇这是不是因为狂野魔法的激增。但随之而来的还有一些别的东西——某种精神上的昏暗,仿佛这个界域自身被某种恶疾所打击。他可以从身边匆匆走过的凡人那紧绷的脸上看到它。那是一种刻骨铭心的恐惧,原始且痛苦。

有东西来了。比那些午夜游魂或步履蹒跚的行尸都要危险。无论是何物,那便是他被派来这里的原因。他对这一点十分确定,就像他自己的名字一样。

他回头看了一眼神殿还有西格玛的巨像。雕刻家用一种坚定的呐喊形象来塑造神王的脸,当他举起盖尔·玛拉兹来粉碎脚下蜷缩灵魂的锁链时,他似乎已经精疲力竭。

拜尔萨斯又端详了一会儿西格玛的脸。然后他转身吹了个口哨。快银站了起来,轻轻地走向它的主人,发出急切的轻柔叫声。拜尔萨斯跨上了鞍座。就在这时,他看见米斯卡大步朝他走来。

"我听到号角声了。"她说。

"敌人越来越近了。"拜尔萨斯说,拉扯着快银的缰绳,当其他属下聚集时,他用法杖对他们做出指示,"波萨斯,准备待命;玛瑞亚,带着你的追随者到台阶上,把凡人带到安全的地方;昆特斯,你和你的苛罚者将支援波萨斯;格里乌斯、福纳斯,在柱廊那里架设天界弩炮。等待我的信号。现在快点行动!"

他的军官们快速行动起来,呼唤着自己的部队。拜尔萨斯点点头,对他们的纪律性感到高兴。他相信他们会执行自己的命令。他们的军纪就像一块岩石,而他们将依靠这块岩石击败死者。

"我跟波萨斯一起。"米斯卡说,打算跟着追随者。

"不。"拜尔萨斯说,"我去。带上赫利俄斯和他的天咒师们,加固神殿。我们需要后退,我需要你等着。去找首席解放者卡莉丝·埃尔坦。我需要她的战士们做好准备。"

"你觉得弗斯克和矮人会溃败。"

"你能感觉到吗?以太中的污迹。"他低头看着她,"有东西来了。是子弹和长枪无法抵挡的东西。"他摇了摇头,"我们就是为了对抗这种敌人而诞生的。以凡人的能力根本无法应对。"

她皱起了眉头,手落到了挂在腰带上的瓶子上:"没错。"

"我们必须为不可避免的事做好准备。到时候,我们会掩护他们撤退。"他转过身,扫视天空。天已经完全黑了。那不是暴风雨的黑暗,也不是夜晚的黑暗,而是别的东西。空气中弥漫着一种酸味,沾在所有东西上,越来越浓。

米斯卡走上台阶,一边走一边喊赫利俄斯。拜尔萨斯看着她离开,然后转身面对逼近的敌人。他催促快银前进,风鹫跳下台阶,发出准备就绪的叫声。自由行会的士兵们为奥法领主让开道路,神情紧张地看着他和他的坐骑。弗斯克在神殿广场外围等他。那位队长转过身,扬起了眉毛。

"跟我们站在一起,嗯?"

"没错。"拜尔萨斯说,低头看着他。

"只有你?"

"我一个就够了。"他能看到弗斯克在转动脑筋。这个老兵不是傻瓜。只要神殿不受侵犯,他和他的人就甘愿牺牲。拜尔萨斯好奇他是否会质疑。但过了一会儿,弗斯克只是点了点头。

"但愿如此。"

米斯卡发现卡莉丝·埃尔坦正站在中殿上方放哨。首席解放者站在露台上,交叉着双臂,头盔挂在腰间。她脸色僵硬,好像希望自己可以站在别的地方。然后,考虑到拜尔萨斯对待她的方式,这似乎可以理解。即使在最好的时候,奥法领主也会令人讨厌。

圣器法师想大步走向另一位雷铸军,但因一位匆忙走过的牧师而停下了步伐。卡莉丝瞥了她一眼:"我听到了号角声。敌人已经进城了。"

"跟预想的一样。"米斯卡说,"我的战士们和我会加固这里,以防止敌人轻易进入。"她能看到赫利俄斯和其他人在下方展开。他们将举行必要的仪式,使神殿的十二个入口不被堕落的灵魂和蹒跚的尸体所侵犯。

"它由石块和硬木建成。我们还能做什么?"

"很多,如果你知道的话。"米斯卡抬头看向装饰着玻璃的圆顶。圆顶上的每一块玻璃都有金色的印记。这个设计用以吸引艾吉尔的光辉,让殿内的朝圣者感到舒适,以使整座建筑都充满神圣之力。她希望这足够支撑:"你的战士呢?"

"除了大门,每个入口都有一位。无论出现什么情况,他们都会坚守。"

"那大门呢?"

卡莉丝看着她:"我来。我的职责是守住这个地方。以防止敌人发现隐藏在我们下面的东西。"

"那也是我们的目标。"

"我从来没有听说过你,还有你的战庭。现在,这里,两个你们的战庭来增援我们。先是克诺索斯,而现在是拜尔萨斯。"卡莉丝低头看着中殿还有挤满了人的走廊,"就像神王在等着一个借口把你们放出来。"

"你没听说过我们并不是因为我们一直在躲藏,"米斯卡说,"自从我第一次来到西格玛身边,我们已经上了十五次战场。十五场凡界诸域的战役,但并没有我希望的那么久。拜尔萨斯专心做事时的效率相当高。"

"听你这么说好像是件坏事似的。"

米斯卡没有回复。她望着神殿中隐约可见的雕像——"解放者"西格玛,他将界域扛在背上,他的脚踩在一个模糊的恶魔头骨上。米斯卡不确定那是灭世之力中的哪一位,或许是他们一起。"我们生来就不是战士,不像你,虽然我们也跟战士差不多。我们的纪律让我们走上了一条不同的道路。"她举起手,让噼啪作响的以太在她手中跳动,"我们不在开阔的战场上对抗敌人,而有更阴险的对手——一个我们还没有成功击败的对手。"

"达瑟斯——圣骸领主达瑟斯——提到过这个。他说你们圣咒战庭与铸神铁砧作战。"卡莉丝摇了摇头,"我不确定他是什么意思。"

米斯卡犹豫了。重铸过程的问题并不是秘密。但也没有公开谈论过。她还没来得及回答,卡莉丝便继续问了下去:"他们说你目睹了重铸过程。"

灵魂之战

"那是我的荣幸。"

"那你——我是说……"她犹豫了，低头看向涌进神殿的难民，"我并不太认识他，甚至根本不了解他。但他救了我。你明白吗？"

米斯卡明白。艾吉尔战士之间的联系如同西格玛神铁一样牢固。她愿意为她手下的战士牺牲，他们也会为她做同样的事。"他叫什么？"她问。

"法鲁斯。法鲁斯·塔姆。他是我们的护堡领主。"卡莉丝看着她，"他救了我。他为了救我而死。"她低下头去，米斯卡第一次注意到躺在卡莉丝脚边的鹫犬。那只野兽抬头看了看她，打了个哈欠。

"我知道这个名字。"米斯卡过了一会儿说，"重铸过程的秘密是不断变化的，就像以太本身一样。没有两个灵魂相同，因此没有两次重铸是一样的。"

"那么他已经……"卡莉丝慢慢地说。

米斯卡看向别处："法鲁斯如同一颗耀星般燃烧。他燃烧得过于明亮，被自己的力量所吞噬。这就是他的遭遇。"

"那么他是死了两次，因为我。"卡莉丝靠在露台的石栏上。石栏在她手中破碎。

"不。"米斯卡抓住她的肩膀，"我们是由记忆和星光铸造的，卡莉丝·埃尔坦。两者都不稳定。两者都可以毁灭我们，就像它们能轻易安慰我们一样。"她决定不说塔姆的灵魂或许遗失在了沙许某处，"法鲁斯奋战而死，如同一位艾吉尔之子。当我们的时刻来临时，愿我们都能如此幸运。"

卡莉丝转过身。"我希望如此。"她盯着西格玛的雕像说，"我祈祷如此。"

在外面，号角声再次响起。米斯卡抬起头来。透过玻璃圆顶，可以看到乌云遮住了星空。她感到以太的颤抖，一股冰冷的感觉穿过她的全身。她看向卡莉丝："敌人来了。"

卡莉丝拔出了自己的剑刃："好。"

法鲁斯穿过沙漠向北部陵墓城门跑去，身后跟着一支幽灵大军。他移动得比任何凡人都快，随着马兰扎克的狂怒一路飞奔。寿衣骑士发出了战争召唤，而午夜游魂做出了响应。他们飞快地穿过拖着脚的行尸队伍，在灰绿色的能量飓风中从行尸头顶经过。

"快点，快点。"洛卡在附近吼道，刽子手几乎被黑暗所笼罩，她那血痕斑斑的脸因不洁的企图而绷紧，"得伸张正义，还得收什一税——快点！"

法鲁斯轻松追上了她，堕爪疾驰在他身后，铁链发出咔嗒的响声。他能听到多尔在他们身后的响亮歌声，以劝告大量的灵魂加快速度。他们如同浪潮，冲向远方的海岸。成千上万的灵魂，被一个意志所驱使。法鲁斯觉得这意志充满了他，有那么一会儿，他不再感到寒冷和饥饿，只有一种满足感，仿佛他主人的手搭在了他的肩膀上，仿佛那是纳迦什的声音在催促他们，而不是多尔的。

但他们越靠近城墙，城墙也越来越亮，像凝视一团熊熊燃烧的火焰中心一般。光线使他感到痛苦和迷惑，使他周围的锁缚魂发出一阵狂暴的哀鸣。整座城市仿佛被一团光包围，他看不出任何入口。

他摇摇晃晃，逐渐变慢，四肢开始冒烟，就好像要撞向一堵坚固的热墙。一只锁缚魂在绝望的尖叫中瓦解。另一只飞向别处，它残破的身躯被蓝色的火焰所点燃。

随着午夜游魂扑向亮光，想用自己的身躯遮挡那亮光，一声巨大的哀号立刻响起。当他们攻击时，雷鸣声在法鲁斯的身体中回响，他看到了一道道闪电穿过死者。记忆闪烁着，西格玛曾保护这座城市。用死者来对抗死者。十二位圣人和一圈受祝福的圣盐。

"我们必须使亮光暗下来。"多尔在他身后吼道，"扑灭它！"他的提灯闪烁，更多低级的幽灵向城市奔去，但他们无法突破这屏障。

然而，还有一处缺口。光线中的一处针孔。法鲁斯瞪大了眼睛，想要透过光亮看清楚。他发现马兰扎克正努力向缺口冲去，他的死亡骑手分散在他身后。他们将其余午夜游魂都甩在身后。法鲁斯拔出自己的剑，紧追过去。"那里。"他咆哮道，"跟着寿衣骑士！"

他感到沙许之风在他周围翻滚，为他加速。他的脑海中响起了一个声音——胜利的尖叫，自远处传来。他手中的剑颤抖起来，两侧发出了可憎的蔚蓝色光芒，遮住了荒漠以及围在他身边的魂体。

他听到了叮当的钟响，又再次闻到了他阵亡之地的烟味。他感受到了自己重生时的无情热量，知道那是同样的力量。它曾让他感到温暖。而现在，则会让他燃烧，如果不是因为纳迦什，甚至能将他烧为乌有。剑柄在他手中越来越热，前行也愈发艰难，但他决心跟随马兰扎克穿过这道光亮。

热量逐渐变得无法忍受,他觉得自己细小又轻微,好像他随时都会被消耗殆尽。他隐约听到了其他魂体的尖叫,还有雷声的轰鸣。马兰扎克的声音在他前方响起。"你们都将在黑暗中被重塑。"寿衣骑士尖叫道。

法鲁斯感到心中一阵痉挛,随后就穿过了亮光,他的盔甲和佩剑升起了烟雾。他站在一个庭院中,熟悉,但仅此而已。空气中弥漫着艾吉尔的恶臭,还有凡人恐惧和鲜血的甜美。雷声轰鸣,他跟跄地后退,举起一只手遮挡视线,闪电穿过了石头。

他转过身,看到马兰扎克。他看到寿衣骑士正与一位身着金甲的雷铸军领主交战。领主骑在一只正发出刺耳尖叫的风鹫上。黑暗之刃与闪电缠绕的法杖相撞,身着护甲的战士和凡人士兵与越来越多的午夜游魂奋战。魂体穿过城门房的城墙出现,好似城墙还没有水坚固。有些魂体在穿过城墙时燃烧起来,但大多数魂体则忍耐了下来,愉快地向生者扑去。

法鲁斯向两者决斗的方向走了一步,在想是否应该帮助马兰扎克。他心里嘀咕着什么,转过身去,看到了城门。它也迸发着蔚蓝色能量,但不如覆盖整个城市的能量那么强烈。那道光亮挡住了午夜游魂,但城门和城墙则阻挡了所有其他部队。

他拖着剑冲向了沉重的闸门。他曾摧毁了阿伦施塔特堡垒的城门。他觉得没有理由不能再做一次。但当他就要出手时,一股爆裂的能量从上方猛烈地砸向他周围的地面。他抬头看到三位雷铸军在护墙上,举着沉重的弩。其中一个开了火,他挥出剑,将钉锤状的弩箭一分为二。

产生的爆炸却将他掀翻在地。以太的能量撕裂他的形体,让他发出了痛苦的叫声。当他竭力起身时,他听到了身后西格玛神铁的声响。他转过身,勉强用剑挡住了要将他的灵魂送回纳迦什扎的致命一击。三位手持盾牌和重锤的雷铸军向他逼近。他挡开了一击,却被另一记来自上方的重击击倒在地。当他起身时,三位雷铸军再次向他靠拢,逼他远离城门。

他四处张望,寻找堕爪或多尔的踪迹。他们在哪儿?他们不是也像他那样穿过了亮光吗?一记重锤落下,他猛地闪向一边。重锤上的电光闪烁,他感受到它的热量。他沮丧地咆哮着,挥剑砍去,一位雷铸军向后倒下,身体化为了噼啪作响的能量微粒。

法鲁斯听到上方传来一声尖叫,冒险地瞥了一眼。一名雷铸军的弓箭手垂直地摔向地面，身体化为道道闪电束。他看到洛卡劈开了另一位的胸骨，她的战斧在紫晶色的热浪中劈开了西格玛神铁。她将武器拔了出来，飘向了他和他的对手之间。

"到大门去，骑士。这里交给刽子手来处理。"洛卡举起了她的战斧发起挑战，"来吧，铁魂们。让我看看你们的力量。"

第一个战士向前突进，重锤快速挥出。洛卡闪到一边，就像影子一般毫无重量。她的战斧在战士的盾牌上划出黑色的火花，那力量将他向后逼退。

"你们，在我们死的那天夺走了我的未婚夫，然后又在不死之王本可以把他还给我的时候再次夺走。"洛卡咆哮着，法鲁斯则朝闸门走去，她的话如同丧钟的鸣响般在空气中颤动，"他是我的，答应过我，欠了我，可你们却将他夺走！"

法鲁斯转过身，留她独自应对。他挥剑斩向链接闸门与地面的银链，将金属如同纸片一样切开。闪电掠过了他的身体。他感到一股沉重的力量自四周向他压来，并听到了空气中的一种低语——祈祷还是诅咒，他说不上来。在这些石头下方的某处埋葬着一位圣人。他是一具被注入了艾吉尔谎言力量的尸体。

他将剑插进大门的木头里，紧紧抓住了闸门。上面的保护法印让他的双手冒出烟和蒸汽。随着一阵嘶嘶声，他开始用力将它向上拉。蓝色的火焰在他的盔甲上蔓延。一个弱小的灵魂将会被彻底摧毁。即使像多尔或洛卡这样的灵魂也会被消灭。但法鲁斯与它们不同。他曾感受过艾吉尔的火焰，并忍受了下来。正如他现在所忍受的那样，火焰蔓延，灼烧着他的形体。

他转过身，用肩膀抵住闸门的边缘，将它举过头顶。他能听到控制闸门的机械在他头顶的某处所传来的震裂声响，还有看守它的凡人所发出的惊恐叫喊。火花如雨点般落下，滑轮噼啪作响，铁链从链接地面的凹槽处飞出。

他离开了地面，上升，推动闸门，将它越推越高，以至门洞的石头破裂。他看到下面的洛卡正通过猛烈的攻击将雷铸军一步步击退。她的声音在金属的交锋声中回响。"你们夺走了他，逼他穿上银甲，让他不认得我，我要伸张正义。"她将这些话如同利箭一样对着他们吼出，"我将用血夺回你们所欠之物，直到他回到我身边。我的第四环王子……"

一位雷铸军扑向她，她尖叫着转身，嘴巴像蛇一样张开。她的斧头向下

挥去,劈开了战士的盾牌,砍断了举着盾牌的手臂。那位雷铸军摇摇晃晃地向后退去,但在后退之前,斧头又砍断了他的另一只手臂。他向后靠在一根支柱上,鲜血涌向泥土。他的同伴向刽子手冲去,尽管其身材魁梧,行动却很敏捷。他的重锤在落地时引发出一股能量冲击,洛卡痛苦地发出惨叫。

法鲁斯思索了片刻。他残留的人性火花想让他去帮她。一位战士应当帮助他的战友。

但你不是一位战士。你是一件工具。工具只起到自身的作用,仅此而已。

没错,洛卡的作用是帮他战斗。再次死去,为他而死。而他的作用是将整座城市打开,让它感受纳迦什的怒火。

他自己也发出一声号叫,用力拉起闸门,并向前拉动。石头连带着碎裂,闸门扭曲的碎片从门洞处被扯了下来,摔到了庭院的地面上。法鲁斯依旧在燃烧,他降了下去,举起了剑柄。他将闸门斩为了碎铁,随后又转身,挥出一击。

影晶剑刃轻而易举地切开了木头,大门发出了一声悲哀的叹息,随后断裂开来。它们在一片尘土中轰然倒去。回声在整座庭院中回荡。他单膝跪地,浑身冒着烟。片刻之后,第一只行尸自灰尘中现身,步履蹒跚地从他身边走过,随后一个接着一个。

法鲁斯听到了凡人和雷铸军对这些新威胁的警告喊声。他站起身,成了这片死肉海洋中的阴影孤岛。这片海洋将淹没格林姆熔炉,届时艾吉尔也不可幸免。

纳迦什如此命令。

"必将如此执行。"法鲁斯回应道。

随后,他握起剑,跟随死者踏上了战场。

第十八章

巡墓者

一切都变得非常糟糕，非常迅速，维尔这样想着。

戈麦斯死了，被嬉笑的魂体撕成碎片。他手下大部分人都死了。那些还没有倒下的已经从庭院撤退，将敌人留给了雷铸军。现在，他们都躲在商店的废墟中，或门后街道上推翻的马车里，看着这场远超他们力量的交战。维尔坐着，背靠石墙，手里紧握着西格玛神铁印章，低声念着他知道的每一段祷文。只有一段祷文有用，但他并不确定里面的用词，因此试了几个版本。

当瓦斯巴德攻打这座城市时，他还年龄尚小而无法参军，但他以前对抗过行尸。它们很危险，但如果足够小心，还是可以用钢铁和火焰消灭。但这次是另一种情况，更糟。幽灵沿着屋顶爬行，还如同猛禽一样在空中盘旋。它们穿过石块和木头，仿佛这些东西并不存在，并且能一下子挖出人心。纯钢没有任何作用，银的作用也不太大。

维尔听见一声叫喊，看到身着黑色盔甲的"秃鹫"突然动了起来。战斗牧师将战锤挥舞了一圈，砸到了一只魂体。那个灵魂化为了灰烬和碎片。库斯特迈步走向那堆飘浮的残骸，用他沙哑的声音吟诵起战斗圣歌。

"起来——起来，你们这些西格玛之子。"战斗牧师吼道，将另一只魂体击倒，"起来，你们这些高贵的艾吉尔王子！还有工作要做。将你们的手放到犁上，翻动土地。将死者赶回去,把他们埋得更深！起来,你们这些懦夫和蠢货，抬头看看天上的星星吧。如果你们缺乏勇气,那就仰望天空！"

他俯下身，将维尔拉了起来："拔出你的剑，队长，不然我现在就敲碎你的脑袋。是时候为你的军饷做点实事了。"

维尔将牧师推开，拔出剑来。但并没有用剑挡在他们之间："我不是懦夫，但用钢铁对付这些东西有什么用？"

"那也好过其他选择。"库斯特说，"足以对抗它们了。"他用战锤指向内部城门，一道由雷铸军的盾牌所组成的防线挡住了呻吟的尸潮。尸体用爪子

抓向全副武装的战士，完全凭数量迫使雷铸军后退。"叫他们起来，维尔。我们得帮忙。"库斯特喊道。

维尔咽了咽口水，点点头。"秃鹫"说得没错。北面的陵墓城门由他负责。不管怎样，他并不想表现不好。他要考虑自己的前途。他转过身，用他所希望的适合英雄的口吻喊道："第三连的战士——起来！西格玛的神选之军需要帮助！"

"那让其他人帮助他们吧。"一个士兵喊道。

"那可真不幸，赫克，我们是这附近唯一的混蛋。"维尔吼道，一把抓住那个唱反调的士兵，把他从藏身处拖了出来，"我们唯一的选择就是战斗，要么死去。而我可不打算马上死。现在动起来，不然我亲自送你去见老骨头！"他把赫克推到街上，看向四周，"这句话适用你们所有人。都起来，不然我就把你们留给'秃鹫'。起来！"

他附近的人都站了出来，虽然有些勉强。他没时间去看是不是所有人都按照命令出来了，而他对那些抗拒执行的人也无能为力。"行动起来。"他喊道。维尔让"秃鹫"带路，为战斗牧师的巨锤让出了空间。一位雷铸军回头看向接近他们，维尔向他们敬礼。

"你们对付魂体，大人。我们来对付尸体——"

维尔的勇气与那位雷铸军一同瓦解。那位战士在维尔睁大眼睛的注视下变为了蔚蓝色的闪烁火花。一把利剑——如同午夜般漆黑，又如玻璃般闪亮——伸了出来，随后出现了一顶诡异形状的铁盔。一对火球般的眼睛与他对视，维尔向后退了一步，想要发出尖叫但发不出声音。

那位身着黑铁、披着裹尸布的战士懒散地转过身去，砍倒了另一位雷铸军。闪电迸射，却没有飞远。某个驼背的可怕东西向雷铸军的灵魂投去生锈的锁链，捕获了那个灵魂。维尔觉得他听到了被困灵魂的恐惧和绝望中的尖叫。

"亵渎之物。"库斯特咆哮道，朝那驼背的东西攻去。他一击击中了它扭曲的头盔，它则转过身，用铁链砸向他。号叫着的灵魂冲向牧师，将他围在视野之外，维尔只能听到他的咒骂声。更多的灵魂穿过了城门，后面跟着蹒跚的死者。魂体飞奔而去，穿过他两边的街道。他的解脱只是暂时的，更多的行尸朝自由行会的士兵战线扑去，盲目地抓咬。

"稳住——稳住。"维尔结结巴巴地吩咐手下，朝一个行尸砍去。当他看到黑甲战士又击杀了另一位雷铸军时，灵魂深处传来一阵寒意。要如何打败这东西？要如何应对它？

他摇摇头，让自己专注到他能应对威胁，而不是畏缩不前。行尸跟魂体一样致命，但此刻他们要比幽灵对他的兴趣更大。他能听到庭院和城墙中人们的尖叫。他们撑不了多久，即便有雷铸军。"抵住他们。"他喊道，将一个行尸砍倒在地。它冰冷的手指撕破了他的衣袖，在他的胸甲上留下腐烂的污迹。

更多的魂体从他的头顶掠过，他们的哀号穿透了他的耳膜。有几十个，甚至上百个。直至整片天空都被腐烂破碎的身影所覆盖。它们不停地掠过，发出鸟儿在风中拍打翅膀的声音。它们穿过墙壁，像没有实体一样，钻入街道边的建筑。他听到尖叫，但没有理会。街道一片混乱。越来越多的行尸涌入了城门前的街道。他周围都是倒下的尸体，人类牺牲，尸体则抽搐倒下。他都没有理会这一切。唯一重要的只有他面前的死者。"继续战斗。"他喊道，试图找到"秃鹫"。

维尔身边的一个人被行尸拖倒在地，行尸张嘴向那人咬去，那人叫喊呼救。维尔击杀了行尸头部。"起来，杜拉。"他将士兵拉了起来。

"我们挡不住他们。"杜拉喘着气，"数量太多了。"维尔将杜拉推向其他人——他们现在已经少得可怜。

"你们都后撤。后撤！我们在停柩门重组。重组……"

有什么东西抓住了他，他叫出声来。"闭嘴，孩子。""秃鹫"厉声说，老人看起来像是复活的死者，他的盔甲上结了一层白霜，但他却从午夜游魂的攻击中幸存了下来，"叫他们回来。我们得守住，得——"

他咕哝了一声。维尔低头看去。一把利刃从老人的盔甲中刺了出来。随后被一只金属手拉了回去。当他俯身倒向维尔时，老人的口中呼出了一股寒气。一个高大、身着远古战甲的身影，手持一根带有提灯的法杖，低头看向他。那提灯的火焰发出一种诡异的亮光，让维尔感到四肢无力。

"你听到纳迦什的声音了吗，渺小的凡人？你能感到他放在你肩头的手吗？"这只午夜游魂吟诵着，让维尔颤颤发抖，"要不要让我告诉你在这漫漫长夜之后什么会等着你？你想听听翁法洛·多尔的声音吗？"

维尔把库斯特沉重的尸体推向一旁，转身想跑。一名雷铸军摇摇晃晃地挡住了他的路，抓向他的脖子，闪电从他的手指中流出。那位战士跪倒在地，

身体开始瓦解。那个驼背的东西,身披锁链,像猛禽一般俯冲而下,想要抓捕战士飞升的灵魂。

然而,它还没抓住猎物,一道闪电就拦住了它,将它逼退。维尔转身看到一只风鹫在他头顶,它的爪子在空中拖着一个魂体。在它背上,奥法领主克诺索斯喊出咒语,将另一位魂体化为灰烬:"退开,墓中蛆虫。退开,黑暗之影!这座城市属于生者。"

维尔躲开了那些从他身边冲过向着克诺索斯扑去的魂体。闪电灼烧着空气,吞噬了幽灵和行尸。有东西抓住了他的腿。他举起剑,随后意识到是库斯特。不知为何,老牧师依旧活着。"感谢西格玛。"维尔俯身说道。老牧师呻吟着抓住他。他的双目空洞而苍白,就如同鱼肚一般。他抓得很紧,让维尔跌了一跤。库斯特的头伸向维尔的喉咙,张大了嘴,大得不可思议。

"不!"维尔砍向了死者的脖子,几乎切断了他的头。更多的死手自四面八方向他抓来。他转过身,挥出自己的剑,砍掉手指,在他曾经的下属的身上切开断口。当他奋力向杜拉和其他几个幸存者冲去时,他看到那个披着裹尸布的战士大步穿过成堆的尸体,身后跟着那个驼背的东西和带着提灯的梦魇。

"后退。"维尔喊着,急忙向他的士兵走去,"北门失守。撤退!"

"那奥法领主呢?"杜拉问道,面色苍白。

维尔朝城门瞥了一眼,那里的战斗仍在激烈进行。他能听到闪电的咆哮和风鹫的尖叫。但死者仍源源不断涌来,雷铸军人数太少,根本无法阻挡。

"西格玛会帮他。"维尔转过身说道,"愿西格玛能帮助我们所有人。"

天界领主莱诺斯挥出他的符文刃,将一个行尸的头击飞。死者涌进了城市。魂体和灵魂在街道上盘旋,发出尖笑。更糟的是,那些在它们攻击中死去的人,总会重新站起,攻击那些没能营救它们的生者。

沿着这座城市的主干道,神锤圣砧军团为了保护自外围区域撤退的市民而战斗。惊慌失措的人群涌上了宽阔的街道,无序推挤着,行尸群则从四面八方向他们袭来。莱诺斯可以听到火炮的轰鸣。铁焊的巨炮组正在射击城外的某些东西。

"高举盾牌,撑住。"莱诺斯吼道,"组成通道。每保护一位凡人的生命,我们就能少面对一具会走路的尸体。"盾牌在他的命令下合在一起，在大街边形成了两道黑色的西格玛神铁所排成的盾墙。裁决者在解放者组成的壁垒后面就位，拉弓的声响持续不断。

"还是那么务实，大人。"瓦罗·泰马斯在旁边喊道。格林姆人的统帅骑着一匹夜黑战马，身边是他身着黑甲的护卫。这些身披重甲的凡人手持双手剑，剑身镶银并受到大神官的祝福。更多身着格林姆人制服的士兵努力控制人群，让疏散尽可能地保持秩序。

"有什么消息吗，泰马斯？你的士兵还能坚守吗？"莱诺斯喊着，用他的剑挑起一个行尸，扔到一边，"我希望你不是来告诉我你已经下令撤退了。"

"不会撤退，大人。格林姆人会坚守到奥法领主下令。我只是来为疏散工作提供帮助。如果你们能将行尸拦在街道的另一端，那我的人就可以保护平民。"

"我们可以。"莱诺斯说。他举起战锤，向最近的一群解放者发出信号。首席解放者举起了自己的武器示意收到，随后便以精准的节奏敲击盾牌的边缘。那支部队走出了队伍，举起自己的盾牌将死者向后推去。这一动作会随着阵线重复进行，每一支部队会轮流替换，直至将死者逼退。裁决者跟在他们后面，对着死者的队列进行一轮又一轮的齐射。

理想的情况下，雷铸军会以机械般的精准来执行这一步骤。每个部队都与其他部队协调作战。不幸的是，死者以它们独有的方式也具有同样的军纪。不像一个机械，而像一个单体。只有一个思维，透过一千双眼睛凝视，伸出一千只手执行。

但这一思维可以被打扰。莱诺斯瞥了一眼在他身边担任保镖的屠灭者部队。他碰击自己的武器，吸引他们领队的注意："奥卡瑞亚斯，分散队形。是时候以英雄的身份战斗，来赢得凡人赞美你的歌谣了，兄弟。"

"终于——我一直在等待这一刻。"奥卡瑞亚斯咆哮道，"动身，斧手们——有一大片手臂和牙齿的丛林需要清理。"

莱诺斯和奥卡瑞亚斯一同领着屠杀者组成的楔子部队穿过盾墙，冲进拥挤的死尸群，开始行动。每位战士都在死尸中开辟出了自己的路径。行尸也做出回应，开始远离盾墙转向新的威胁。

通过分散他们，减轻了盾墙的压力，足以让部队专注于隔离并分散最密

集的行尸。就这样,尸群的力量开始转向自身。至少暂时如此。

他听到上面传来了一声警告的呼喊,转身看到了一群不死野兽——狼群,也许是豺狼——朝他扑来。他单膝跪地,用自己的战锤敲碎了街道上的鹅卵石。闪电划过街道表面的裂缝,一道净化火焰包围了那群腐烂的杂种。莱诺斯抬头看到一位展着双翅的雷铸军控诉者从头顶低空飞过。"感谢你的警告,斯利奎因。"他大喊道。

盖伦·斯利奎因从空中落下,他的双锤将几只行尸击倒。他旋转着平稳降落,用噼啪作响的双翅清理空间。他的羽毛能够像刀刃一样轻而易举地切开骨肉。在他上空,斯利奎因的战士迅速地掠过大街,将以太能量的战锤旋转着掷向下方拥挤的尸群。首席控诉者一边战斗一边接近莱诺斯,直到他们背靠背站在一起。"这不是我带来的唯一警告,大人。"他说,"北部陵墓城门已经沦陷。奥法领主克诺索斯正在撤退。"

莱诺斯顿了一下:"奥里乌斯呢?"

"仍然守着东部陵墓大门。只有一处缺口。但死者仍在到处攻击城墙。奥法符印对行尸没有太大作用,尤其是这种数量的行尸,就好像整座荒漠一下子将埋藏在沙子中的尸体全部吐了出来。就连瓦斯巴德的军队都没有这么庞大。"

"它们只需要一个缺口。"他转过身,扫视着大街,"但还有别的用意。这些行尸是一种干扰,让我们无法脱身。"他抬头看去。

午夜游魂在空中呼啸而过,没有进行攻击,也没有聚集的意向。它们大部分似乎只想去什么地方。更糟的是,顺着街道外墙,他能看到更多的行尸,但并没有蹒跚地加入战斗,而是走向城市的中心。"它们要去哪儿?"斯利奎因说。

"风暴殿。"莱诺斯答道。

"后退!后退,如果你们珍惜生命的话。这些敌人你们无法匹敌。"拜尔萨斯大喊着。凡人士兵络绎不绝地从他身边跑过,退入风暴殿。他的声音具有威严,士兵们很快就遵照执行。行尸爬过街垒,它们的呻吟声和雨中各个方向冲来的午夜游魂的尖叫声混杂在一起。

死者突然逼近他们。首先来的是午夜游魂,像一群饥饿的乌鸦般蜂拥穿过格林姆熔炉的高墙石壁。随后，是走得较慢的行尸。它们大多是被烈日暴晒和风沙冲刷过的腐尸。其余尸体则更加新鲜，身着破碎的制服，致命伤口上的血液仍未干涸。

午夜游魂如同没有实体般穿过路障和盾牌，肆意杀戮。自由行会的士兵根本不是幽魂的对手，更何况它们数量众多。那些在屋顶上的人先被击杀，他们被拖入黑暗的天空，摔向下面的鹅卵石。更糟的是，有些人干脆消失了，留下的只有痛苦的尖叫，甚至矮人也无法抵挡。

拜尔萨斯望向西边，瑞文氏族的战士们正在盾墙后面对抗死者，还伴随着火枪的轰鸣。矮人部署了三个由宽大的龙面盾所组成的方阵。火龙枪自每条"龙"嘴处特殊设计的开口伸出，它们的齐射使得天空充满了火焰与白银。当午夜游魂从空中俯冲而下时，在炮手后面等候的战士会举起刻有符文的盾牌，在陨铁方阵上形成临时的屋顶。

然而每当一个弱小的灵魂徒劳地抓取高举的盾牌时，就有一个嬉笑的幽魂俯身撕扯下面的战士。最外面的方阵已经收缩，矮人们被迫对抗那些在鹅卵石上爬行以避开火枪射程的锁缚魂和发着咯咯声的魂体。

战争号角自中间的方阵传来，矮人开始撤退。与他的同胞不同，贾德森并不愚蠢。他不会在失败的战局中浪费生命。矮人们开始撤退，走上风暴殿的台阶，并在门廊重组，就像自由行会之前做的那样。

拜尔萨斯拍了拍快银的侧翼，风鹫冲过满是银色尸体的战场，将他带到弗斯克和后卫抵御死者的地方。那位老军官一边咒骂，一边像屠户挥动切肉刀一样用力挥剑。"抵住它们，你们这群没用的猫肉。"他嘶哑地喊着，"第一个未经我命令就后退的人就先试试我手中的钢剑。"

阿克夏火焰木制成的长矛刺向尸群，格林姆人高举起巨盾抵挡压上来的腐肉墙。长矛击碎了头骨，刺断了脊柱，抽搐的行尸倒在了鹅卵石上。弗斯克和其他没有装备长矛的士兵则了结了那些还在移动的尸体。这虽然凶残，却高效，可敌人的巨大数量则开始造成问题。当拜尔萨斯接近时，一名士兵尖叫着被拖过盾墙，被呻吟的尸体撕成了碎片。他身体剩下的部分立刻开始抽搐。很快，它就会站起身，加入死尸的军团。

拜尔萨斯可以尝到尸群中的死灵能量，在他喉咙深处留下一股酸味。这已经成了一场消耗战，且只有一方能补充兵力。自由行会和矮人撤退时留下

了许多尸体。凡人已经成了某种阻碍，而不是援助。

尽管如此，他们还是帮他估计了敌人的力量。这场战斗不是突击，不是随机出现的尸群，而是全面进攻。这意味着他被派来对抗的敌人正向他们逼近。"让他们撤回去，弗斯克。"他喊道，猛拉住快银的缰绳，"你们已经尽了你们的职责。现在该我了。"

他高举法杖发出信号。门廊处传来了一声天界弩炮的怒吼。蓝白色的能量条痕在撤退的凡人头顶形成弧形，当它们降落时，奥法能量的连环爆炸撕裂了死尸和魂体。当格里乌斯转动弩炮以充分利用宽广的火力范围时，福纳斯已经装填好了弩矢。根据经验，拜尔萨斯知道他们有着远超雷矢密会标准的惊人射速。

在随后的短暂平息中，他催促快银前进，进入那群死肉之中。风鹫尖叫着将一具尸体踩倒，折断了它的脊柱。头顶的午夜游魂喧闹起来，纷纷尖叫着扑向奥法领主。拜尔萨斯举起法杖，降下了风暴之怒。

闪电从天而降，扫过幽魂和灵体，撕裂了这些没有身躯的灵魂。飘落的灰烬与雨水混在一起，拜尔萨斯挥出法杖，击碎了一个行尸的头骨。当行尸倒地时，他低声念了一个转化咒语，将周围行尸的骨肉变为了最纯净的白银。

他在鞍座上转动身子，发现弗斯克和他剩下的人正在撤退，经过了追随者们所构成的第一条防线。波萨斯用自己的独特方式掩护他们撤退。首席追随者咆哮着挥舞起自己的巨型钉锤，将行尸扫向空中："来吧，来啊，让你们自己走上风暴之路。看看对你们有什么好处！"他吼出一声命令，他的战士们跟在他身后，以波萨斯为矛头，组成了一个西格玛神铁的楔形阵。他大步加入近战，挥舞起自己的巨型钉锤。

一次次雷鸣般的挥击让行尸变为飘落的灰烬。午夜游魂俯冲向他，发出哀号。波萨斯站稳脚跟，挥出武器。一只魂体炸裂为一缕灰烟所缠绕的破布，被驱逐出了凡世诸界。"架起盾牌。"波萨斯喊道。随着一阵响动，追随者调整灵魂盾牌的角度以阻挡上空猛扑而来的午夜游魂。幽灵的武器在盾牌上无用地弹开，这些午夜游魂见此仓皇逃窜。

当它们撤退时，昆特斯发出喊声，他的苛罚者开了火。当弩矢撞击到午夜游魂下方的地面时，以太能量向上炸开。几个幽魂在炽热的能量中瓦解。

拜尔萨斯让快银转身返回风暴殿。"波萨斯，掩护格林姆人撤退。"他喊道，

第十八章

风鹫从追随者们头顶掠过,"玛瑞亚,前进十步,架起盾牌,直到波萨斯安全。"他向神殿飞去,相信他的属下会听命行事。在他们撤退之前,他们会先清除掉行尸和午夜游魂。

幸存的格林姆人在台阶附近重整。弗斯克正在发号施令,将他的士兵召集到防御方阵中。附近的矮人幸存者也在做同样的事,边撤退到廊柱边保护自己的亲族。他们的盾墙更加稳固了,但拜尔萨斯还是能感受到他们的焦虑。他催促快银走近他们,没有理会他们的怒视和尴尬的抱怨。"这是怎么了?"他直截了当地问,"有事情不对。"

"我们的族长受伤了。"其中一个矮人吼道,"一个灵魂差点将他的心脏从胸腔里掏出来。"

拜尔萨斯从快银的背上滑了下来:"带我去见他。"

矮人咕哝了一声,带着拜尔萨斯穿过盾墙,几个矮人正围着一个身着华丽长袍和镀银陨铁铠甲的矮人。尽管他看起来已经虚弱不堪,但拜尔萨斯还是认出了那是罗姆·贾德森。他的皮肤苍白,有些地方几乎是半透明的,正在努力呼吸。他抓着胸口,双眼紧闭。

拜尔萨斯在他身边蹲下。他透过风暴视野查看这个健壮的矮人的伤口范围。这些伤口不仅是肉体上的。无论是哪种幽灵攻击了他,都在他的灵魂上留下了一道伤疤——某种精神冻疮。如果不治疗,可能会在几天,甚至几小时内消耗掉灵魂,使凡人变为一具空壳。

"你是哪一位?"贾德森气喘吁吁地问,"戴着头盔很难认出来。"

"拜尔萨斯。"

"我不认识你。"贾德森弓起背,疼得咕哝了一声,他咆哮道,"我感觉胸口有一只老鼠,想要爬出来。"

"我可以帮你。但会很疼。"

"这已经很痛了。"

"会更疼。"

贾德森咧开了一个不像笑容的嘴角:"人类魔法?"他气喘吁吁。其他矮人厌恶地低语着,瞪着拜尔萨斯。

"差不多。"

贾德森粗声笑了起来,随后躺下:"来吧。我不想因为一道看都看不见的

伤口而仰面死去。"

拜尔萨斯将手掌放到贾德森的胸口，低声念了一句咒语。以太在他周围汇聚。空气闪烁翻腾，细小的电光自法杖顺着他的手臂进入了受伤矮人的胸腔。贾德森突然弓背。"按住他。"拜尔萨斯喊道。

两位矮人俯身，按住了他们挣扎的首领。拜尔萨斯的手停了一会儿，直到闪电似乎在体内照亮了矮人。随后他将手放开，抽出了闪烁的能量。贾德森摊开四肢，一股黑色的烟雾从他的嘴唇中冒出。

"你杀了他。"一个矮人咆哮着，拿起武器。其他矮人纷纷效仿。

拜尔萨斯没有理会这种威胁，他站起身："他没有死。如果你把他带进神殿里他就死不了。事实上，你们都得撤进去。你们在这里做不了什么。赶快。"他艰难地骑上快银。矮人将贾德森放到了盾牌上，抬着他上了台阶。矮人们用火龙枪向逼近的行尸发出了最后一轮齐射，他们剩余的部队也随之撤退。拜尔萨斯对弗斯克发出信号。"跟矮人一起撤退进风暴殿。"他喊着，"我们守在这里。"

弗斯克摇了摇头。"这也是我们的责任。"他回喊道。他因天界弩炮的再次咆哮而缩了下身子，一道道蓝色的火焰再次划破天空。

"断绝敌人的资源是我的职责。你的人只会增加敌人的数量。撤退。现在这是我们的战争。"拜尔萨斯平淡却强硬地说。

弗斯克面露苦相，但点点头。

拜尔萨斯转身回到广场。波萨斯和玛瑞亚的部队开始向台阶后退，盾牌对着敌人。昆特斯和他的苛罚者正组成齐射阵形。他们向逼近的午夜游魂发射弩箭，在它们聚集之前将它们驱散。

"我从来没见过这么多幽魂。"首席苛罚者在拜尔萨斯靠近后说道，"好像有什么东西吸引它们，大人。而以太在颤抖。"

"有东西在逼近了。这次攻击只是场序幕。"

昆特斯举起他的巨弩，瞄准一只冲向追随者的骷髅脸魂体。他几乎等到最后一刻才射击。那个魂体被撕裂，闪电的咆哮声穿过整条战线，将几具行尸化为了行走的火把。"让它来吧。不管是什么，我们都要将它送走。"他说。

"我很感谢你的自信。"拜尔萨斯说。他愣住了，感受到了以太的抽搐和绷紧。快银叫起来，似乎被什么东西所打扰。他从鞍座上转过身，搜索四周。

午夜游魂在广场的另一端，聚集起来，好像在等什么东西或人。越来越多的游魂聚集在了屋顶和阴影中。它们不仅有锁缚魂，还有幽灵追踪者和收割者，聚集起强大的死亡之力。

"是一支军队。"玛瑞亚喊道，她和波萨斯朝他跑来，他们的队伍组成了一道西格玛神铁的坚墙，对着慢慢靠近的蹒跚尸潮，"两支军队，如果算上行尸的话。"

"这些尸体是一种干扰。"波萨斯说，回头看了一眼，"让我们无暇休息，直到最糟糕的东西到来。"他绷紧了身子。拜尔萨斯也有同样的感觉。他们都有。如同一阵寒风，自他们灵魂深处呼啸而过。

拜尔萨斯在鞍座上直了直身子："你说的没错。我想它已经来了。"

法鲁斯跨过那些可能曾和他并肩作战的凡人尸体。他的确曾与他们一起战斗过。他们和他们的父亲，还有父亲的父亲。他被冰冷的星辰奴役了多少年？他又为守护一个谎言而洒了多少血？他踏入广场，周围全是贪婪的魂体。它们紧紧抓住他，像是恐惧的忏悔者在寻求安慰。但他没有什么可以给它们。与他之前的设想相反，死者并不沉默。事实上，它们是一团杂音。这些跟在他身后的灵魂喃喃低语，彼此间窃窃私语，一刻不停。它们在凡人撤退之后的响声更大。如同一群无法品尝到肉味的饥饿动物。

他抬头凝视着耸立在广场上的风暴殿，本能般轻而易举地找到了古老墙壁的弱点。这是一座坚固的建筑物，足以抵挡他的同类，但有一条路可以进去。不过还有其他障碍需要考虑。

一道火焰之墙——或者别的东西——把他和目标隔开。它闪烁着深蓝色的光芒，他发现自己无法长时间盯着。火焰中有战士。雷铸军，但他并不熟悉。就像跟他在北部城门交战的那些。"他们在等我们呢。"他带着一定程度的满意低语道。

"他们违抗我们。"洛卡在他身边说。她那没有血色的拇指滑过战斧边缘，表情由欢乐又转为愁苦，受害者的头骨飘浮在她头发和脖子的绞索上，喋喋不休地控诉她。"他们试图阻挡不可避免之事。狂妄自大。他们会被审判，意识到自己的缺陷。"

法鲁斯瞥了她一眼，但什么也没说。曾经，他会质疑这种确定性。现在，

他只在乎她是否会履行诺言。她的存在只是为了实现诺言。因为她的存在只是为了纳迦什的意愿。

他低头看着脚下自由行会士兵的尸体："唤醒它们，多尔。把它们拉起来。我们需要能压制他们的军队。"

"西格玛所抛弃的东西，我们会重新使用。"多尔在他身后低语。当他提灯的光亮照射在破碎的尸体上时，它们开始抽搐和呻吟。有一种雾一样的东西从它们体内升了上来，里面扭动着类似面庞或肢体之类的东西。"纳迦什扎的光亮将召集罪人，将它们从不应获得的安息中唤醒，好让它们通过诚实劳作摆脱罪孽。"

"那么，它们邪恶吗？"法鲁斯问，他知道答案。即使最无辜的人也有邪恶的一面。一个黑暗的内核，假以时日，就会蓬勃发展。士兵比大部分人都要糟糕，也有可能比某些人好。

多尔悲伤地笑了笑："如果亮光召集，其中的罪恶必将响应。"当他飘浮到法鲁斯身后时，一股薄雾在他身边升起，伸展出身形，如同被微风吹拂的裹尸布。新生的魂体从尸体上升起，呜咽着，哀号着。很快，尸体将会加入它们的另一半，毫无意识地拖着脚步与痛苦的灵魂并行。"它们想在神圣的土地上寻求保护。"多尔继续说道，"您能感觉到吗？艾吉尔的热量从那些被诅咒的石头中升起来。我无法承受。"

"你要承受，也必须承受。我们不能让他们将我们拒之门外。他们将进入神殿下面的地下墓穴。我们必须尽快打开道路。"

"急躁是生者的弱点。"多尔一边说，一边带着一种嘲讽的态度研究着神殿，"您最好将这件事搁在一边。时间对我们而言有什么意义呢？"他看着法鲁斯，双眼中闪烁着暗淡的光芒。

法鲁斯盯着他："什么？"

"时间是永恒的一部分，永恒则是时间的奴隶。每一刻都以一种模糊又单调的方式进入下一刻，永远被拉伸为时代。"多尔用可怕的眼睛端详着他，"对活人而言，时刻与时代没有区别。他们就像驮物的走兽，被压在重载之下，却无法理解。"

法鲁斯摇了摇头："那死人知道区别，对吗？"

"我们感知重量的本质。我们看得见，并且在看到后能理解。在理解中，

第十八章

我们的痛苦变为理智。"多尔抬头看了看他的提灯,"真理之光将烧尽疯狂的慰藉,剥夺一切幻想,只留下事物光秃秃的表面。"他低下头,"想要死,真正地死去,是件光荣之事。这是赐予我们见证无限法则的机会。你应该庆幸。"

"我感觉不到喜悦。"

多尔看着他:"你总有一天会的。不是那种折磨凡人的苍白感觉,而是真正的喜悦。足以让你了解到最终之地的喜悦,没有怀疑和恐惧。这便是死灵几何学的真相,包含万物的黑色公式。"

法鲁斯颤动了一下,因这个生物抓住每一个机会来进行哲学思考而感到厌烦。这些抱怨对他们而言有什么意义呢?他什么也没说。只留多尔继续喋喋不休。让他们尽情唠叨、尽情哭泣、尽情低语,只要他们能实现自身的使命。

号角突然响起,回荡在神殿的上空。午夜游魂开始躁动地尖叫和哀号。石头回响着力量和愤怒的声音。当回声消散后,法鲁斯听到了靴子在鹅卵石上的踩踏声。过了一会儿,一道雷铸军的战线从广场另一面的建筑中走了出来。

他的手碰到了剑柄,他能听到沙漏中沙子的流动。还有别的声音……骨头的咔嗒声,还有一位神明在他的王座上所发出的缓慢而又响亮的笑声。

一阵噼啪作响的箭雨飞过刚刚抵达的雷铸军头顶,击中了广场中拥挤的破碎死尸。这些尸体再次倒下,焦黑,冒烟。但其他尸体继续挤了上去,突然转向新来者的方向。

"堕爪,跟我来。"法鲁斯低沉地说,他看了看飘浮在附近的洛卡,"你也一样。他们的首领是我的。开路吧,刽子手。"

洛卡咧嘴一笑,露出了断牙:"这将是我的荣幸,亲爱的大人。"她发出一声疯狂的尖叫,朝接近的雷铸军冲去。一群吵闹的锁缚魂跟着她,空中全是它们的喧闹声。

法鲁斯回头看了看多尔:"继续你的看护,多尔。唤起更多的灵魂。把剩下的敌人包围起来。他们想保护神殿,那就随他们吧。但别让他们来帮助巡墓者。"

多尔低下了头:"如您所愿,大人。"他的目光奇怪地闪烁着,而法鲁斯犹豫了一下。死人的声音里有什么有趣的东西吗?他转过身,拔出了剑。沙漏里的沙子随着他挥剑向敌人扑去时开始急速流走。

一大群午夜游魂涌向雷铸军,发出尖叫与号叫。一些灵魂或手持沉重的

镰刀,或敲着大钟,哀唱着歌颂纳迦什那永恒的荣光。西格玛神铁挡住了镰刀的挥砍,但只持续了片刻,那受祝福的金属便裂开,带锈的刀刃咬进了后面的战士。

洛卡带领着收割者去收割生命。她巨大的单刃战斧呈巨大的弧线起落。她一边战斗一边大笑。但法鲁斯依旧可以分辨出她脸上的血泪。噼啪作响的箭矢向她飞去,她拿受害者的头骨迎了上去,使箭矢变得粉碎。

雷铸军的盾墙瓦解了,午夜游魂鱼贯而入。法鲁斯慢慢地跟在后面,看着锁缚魂将一位挣扎的战士拉倒,用它们粗糙的武器刺入他战甲上的缝隙。他短暂犹豫了一下,似乎还记得这个战士的名字,所以他几乎没有停留,随后就对堕爪做了个手势:"拿下他。"

狱卒发出急切的嘶嘶声,扑向垂死的战士。沉重的铁链向下砸去。解放者的头盔因堕爪终结了锁缚魂的目标而皱裂。当战士的灵魂向上爆发而出时,堕爪扔出了锁链,捕获了想要逃脱的闪电。

法鲁斯在攻破城门之后便让堕爪尽可能多地收集艾吉尔的灵魂。狱卒的铁链随着被囚禁的灵魂晃动着,如果法鲁斯愿意的话,甚至可以听到它们的尖叫。

它们尖叫只是因为它们无法理解。它们看不见。但它们终会明白,跟你一样。万物皆归纳迦什。

"纳迦什乃万物。"法鲁斯恼怒地说,他的剑扫过一位解放者的脖子,立刻杀死了她,"万物皆归纳迦什。"他转过身,砍断了身后战士举起的手臂。雷铸军向后退去,法鲁斯用剑刺入了这位受伤战士头盔上的一条眼缝。

是的。释放他们,法鲁斯。帮他们逃离西格玛在他们身边建立的牢笼。

"我会帮助他们。"他吼道,抽出自己的剑。他将灵魂留给了堕爪时,一记重击则砸中了他的头部。他的头盔在一道天界光辉中被击飞,身子摇摇晃晃。他咆哮着转身砍向攻击者。他们的剑相撞时发出了刺耳的刮擦声,法鲁斯第一次看了看他的对手——敌方的天界领主。

他们的目光紧锁。已经淡忘的记忆阴影笼罩着他。在他的脑海中,他看到了一张被一个世纪的职责所磨砺得棱角分明的严肃面庞。又是一个星辰的奴隶,被光的铁链所束缚。一个曾像兄弟般亲密的人、一个飘在他伸手可及范围内的名字,他却沮丧地发出咆哮。他认识这位战士,但为什么不记得他的名字呢？

所有无用之物都要丢弃。这些记忆又有什么用处呢？

法鲁斯犹豫了。他感到一只手拍了拍他的肩膀。他听到一声爽朗的大笑。这对莱诺斯而言很少见。这是他的名字吗？他几乎从来不笑。他感到提灯的重量，所有的光辉闪烁着——

他们的刀刃伴随着钢铁的尖锐声音弹开了。他躲开了对手的战锤，向后退去。他弯下腰，捡回地上的头盔。当他将头盔重新戴回头上时，他感到自己的疑虑消失了。

他向前冲去，高举着剑刃。

第十九章

破碎灵魂

埃莉娅在风暴殿的石檐上爬行。她一边爬，一边半个耳朵听着下方惊慌失措的人群的嘈杂声。她的父亲就在他们中间，想要喝完一瓶酒。或许是他的最后一瓶。

她将哈尔哈留给了他。那位商人也想找点事来打发时间，并且可以阻止杜瓦克惹麻烦，或与人打架。正常情况下，这都是埃莉娅的责任，但什么都不做只看着她父亲灌醉自己，并且谈论已经不在身边的人让她感到非常难受。

人们在尖叫和哭泣。空气因紧张的氛围而颤抖，外面的战斗则让事情变得更糟。她不得不向上爬才能避开这些。尽管这座神殿的中殿跟城市的街道一样宽敞，几乎同等长度，但这么多人让空间显得狭小。

她停了下来，看着士兵站在石柱和雕像之间。他们的指挥官嘶哑地喊着，用剑指挥他们。她看到矮人则更克制，但他们也准备好了盾牌，在神殿的正门和中心建起了临时的壁垒。

埃莉娅看了一会儿，然后继续在石雕上小心前行，就像在她周围和上方看着她的猫一样。这些猫分散在神殿各处，寻找安全且温暖的地方，等待风暴结束。

她上方的一只猫突然发出嘶嘶声。有什么东西从附近的窗户飞过，她愣住了。那是一个没有身形的东西。她能听见那个鬼魂在玻璃上乱爬时的胡言乱语，它只能徒劳地乱抓，因为玻璃上有阻挡它进入的祝福结界。它听起来像一个坐在角落里同上一场围城战的死人谈话的疯子。只有话语、话语、话语，却没有任何意义。

出于好奇，她蹑手蹑脚地朝窗户爬去。它是屋顶下数百扇窗户中的一扇，位于俯瞰中殿的巨大玻璃圆顶之下。这些窗户都是圆形的彩色小玻璃，为了让多彩的光束照射进来。而现在，它们都被厚厚的寒霜所覆盖，她觉得它们没有裂开就算是一个奇观。

第十九章

玻璃渗出寒气，她的呼吸在空气中结成了霜。另一边的东西一看到她就面露苦相，表情扭作一团。它原本是眼睛的地方长出了蛆虫，牙齿只剩下尖利的碎片。

它曾经是一个人。一个男人，她想。不，一个男孩。它对她说话，但语速很快，听起来像是喘不过气。这些话一个字接一个字地被说出来，但她都听不懂。它将破碎的手指压在玻璃上，碰到的地方结满了白霜。她犹豫了一下，然后伸出手，将手指放到玻璃上。太冷了，让她感到发烫。

鬼魂不再说话。它用蛆虫蠕动的眼睛盯着她，她几乎能感到那些蛆虫要咬进她的眼睛。她眨了眨眼，看向别处。它发出嘶嘶的声音，不像猫的声音，更像一种湿润的喉音。"他来了。"那声音嘶哑地说，"他认识你，他就要来了。"

一只猫爬上她的肩膀，嘶吼起来，甩着尾巴。那个鬼魂向后缩去，好像被蜇了一下。埃莉娅转过身，好像有什么东西告诉她抬起头。头顶上的穹顶一片漆黑，在黑暗中闪烁着一些可能是星辰的东西。

但它们不是星辰。

星辰不会尖叫。

"他们像乌鸦一样成群结队。"玛瑞亚喊道，用她的重锤指向风暴殿的圆顶，"我们应该做些什么吗？"

"那你觉得我们还应该做些什么，首席追随者？"拜尔萨斯平静地说，"离开我们面前的敌人，去面对另一个？"他回头看了眼神殿，摇了摇头，"而且，米斯卡和其他人会按照我的命令，午夜游魂不会进入神殿，至少不会那么轻易进入。"

"对里面的人而言是个小小的慰藉。"玛瑞亚说，转身回到面前的战斗。当行尸猛击她的盾牌时，她低头格挡。随后稳住身子，用重锤扫过盾牌边缘，击碎了尸体的双腿。当它倒下时，她踩在了它的头骨上，终结了它的挣扎。但后面还有很多。总是有更多。它们的数量多到足以淹没整条战线。

"我不管他们是否有慰藉。只要他们能活下来。"拜尔萨斯将法杖伸向前方，对着爬在追随者盾墙上的尸体发射了一道噼啪作响的电矢，"我们就能活下去。"

"巡墓者来了之后机会更大了。"玛瑞亚说。她指着广场另一边，那是莱

诺斯的巡墓者战士出现的地方，他们在那里发动了攻击。拜尔萨斯立刻就看出了他的计划。天界领主想要在他们的战庭之间夹击死者，并驱散它们。

但事实证明，这比拜尔萨斯所希望的要困难得多。每有一个行尸倒下，就会有六个幽灵取代它的位置，向雷铸军的盾牌扑去。莱诺斯的战线开始动摇，他们的攻击势头停止了。不像广场上腐烂的尸体，这些午夜游魂是狡诈的敌人。它们有着自己黑暗的意图，尽管它们同行尸一样被它们创造者的意志所奴役。

他通过风暴视野看到了它们的灵魂在被沙许淹没、扭曲之前的微弱光芒。闪烁的琥珀灰烬、翡翠灰烬，还有蔚蓝色的灰烬也被缠结在紫晶般的裹尸布里，黯淡得几乎成了黑色。它们都被将它们从死亡中拉起来的魔法所困住。光看到这些魔法，就让他感到脑壳疼，让他想要解开这些黑色的丝线。

在这些沉重的裹尸布间，还夹杂着噼啪作响的天蓝色辉纹，那是新到来战士们的灵魂之火。拜尔萨斯看到一道锯齿状的闪电划破天空，皱起了眉头。圣咒战庭的法师战士能够经受住这样的攻击，这多亏他们的神秘训练。他时常忘记其他雷铸军则没有这样的训练。这让他们在对抗纳迦什的以太灵体大军时会处于不利地位。

这里还有别的东西。某种在他风暴视野之外的东西。他能在风中感觉到它，像一首被淡忘的诗歌。这吸引了他的注意力，分散了他对战斗的关注。以太中的污垢冲击着他的感官，让他面对它。他突然意识到那是什么。

他现在可以感觉到，就在他知觉的边缘。如同一场回转向自身的风暴。混乱之中，法鲁斯·塔姆的灵魂正在某处等他。

拜尔萨斯在下定决心后高举起法杖。"波萨斯、玛瑞亚，"他喊道，"稳住盾牌向前推进。它们展开了侧翼。让我们痛击那里，向它们展示为什么由我们来继承西格玛的愤怒。"

"如您所愿。"波萨斯咆哮道，"高举盾牌，兄弟姐妹们。"在他的命令下，他的追随者们向前移动了一步，将面前的死者推了回去。

拜尔萨斯挥出法杖，指向行尸："昆特斯，扫清道路。"

在神殿的台阶上，苛罚者向追随者的头顶射击巨弩。一道道爆裂的能量洗刷过行尸的队列，追随者们向前推进，直面行尸的利齿。以太能量无效地冲击着他们的战甲，他们踩着倒下的行尸，迫使燃烧的尸群退开。

在缓慢又秩序井然的推进中，追随者将阵形变为了楔形阵。波萨斯带领

第十九章

着众人，比其他人先行半步，挥舞着自己的巨型钉锤。拜尔萨斯向格里乌斯和福纳斯发出了信号。两位工程师掉转弩炮，朝位于圣咒战庭和巡墓者的死者队列射击，以扫清道路。

"前进。别让任何东西阻止你们，哪怕死亡本身。"拜尔萨斯握紧法杖，在他头顶，雷声轰鸣。在他面前的某个地方，有东西在等着他，而他也打算前去会面。

法鲁斯感到了某种熟悉东西的暗示——某种气息、某种声音、某种类似的东西。那感觉掠过了他的意识，但又被抛到一边。他的剑与天界领主的剑相撞，影晶的表面闪着紫晶色的微光。他们绕了一个大圈，相互攻击。他的对手技巧精湛，但法鲁斯早已超越了技巧。

"我觉得我认识你。"他在与对手分开之后犹豫地说，"我认识你的声音，你的目光……"战斗在他们周围激烈进行，闪电划过天空，更多的灵魂丢失了，"你和我以前一样，对不对？一个奴隶。一个棋子。"

"闭嘴，墓穴的蛆虫。"天界领主低沉地说，"死者不会说话。"

他们的刀刃再次相撞，法鲁斯迫使他的对手向后退了半步。天界领主惊讶地哼了一声，随后喊道："西格玛帮我。"

西格玛不会听。西格玛不在乎他，也不在乎你。

法鲁斯迫使天界领主又退了一步，这句话在他脑中响起，"西格玛一点也不在乎你。"

"谎言！"他们的剑刃又再次相撞。周围的战斗似乎渐渐远去。

你已被定罪，他将再次成为征服者。

"你死过多少次？你见过多少次战士们在牺牲返回之后少了一部分？"法鲁斯咆哮着，将话语如同标枪般扔出去，当天界领主后退时，这声音在他脑海中跳动着。

"你什么也不知道，幽灵。"天界领主说，"你是一个由空虚的神明所创造出的空虚东西。"法鲁斯犹豫了，盯着他对手的眼睛。他想要将它们揪出来，否认他们的蔑视。

"他是个盲人，"那个声音说，"他的双眼因艾吉尔的光芒而盲，他们都一样。他们只能看到光亮，却看不到光亮下隐藏的东西。"

"他耗尽了你，烧掉了你的记忆和灵魂。"法鲁斯说，"到最后，你还剩下什么呢？"仇恨涌上心头，里面却包含着不安，"你将什么也不是，"他说道，"成为一个空壳，身着黑甲的空壳。"

"那你又是什么？"天界领主啐了一口。

"我有使命。"法鲁斯说，"我要主持正义。"雷铸军犹豫了一下。法鲁斯将他的剑瞬间扫到一边，随后将剑快速刺出。黑色的剑刃击碎了西格玛神铁，用力撕破了盔甲。那把剑如同蛇一样迅速蹿了进去，插入了里面的肉体。天界领主呻吟着向后倒下，蓝色的闪电在伤口边缘聚集。

法鲁斯将剑转了一下，双手举起，准备刺入天界领主的体内，以终结他。但他犹豫了。"不。你逃不掉的。我会帮你看到真相。我们将会并肩作战。"

只需一击就能抓住他。困住他。快！

"堕爪——过来！我有个任务要给你，狱卒。"

缚魂狱卒向前飘去，锁链如同笑声一样响着。天界领主挣扎着想要起身，但法鲁斯一脚踩在他的胸口，将他按在地上。法鲁斯高高举起自己的剑，准备着致命一击："你将看到我所看到的，然后加入我。没有别的选择。"

"永远都有选择。"一个声音在他身后怒吼着。"即使在最黑暗的阴影中，也会有光点。"

法鲁斯转身看到一只巨大的、长着羽翼的银色身影向他冲来。当风鹫冲向他们的阵列时，锁缚魂如同风中的残叶般散开。闪电在骑手手中的法杖尖噼啪作响。当法鲁斯转身面对这个新对手时，他内心中的某些东西却想让他避开那道蓝色光辉。骑手身着神锤圣砧军团黑色与金色的盔甲，但他的战甲比莱诺斯的更为华丽。尽管如此，不知为何，他觉得很熟悉，就好像他们曾见过一样。骑士吼了一个词，他法杖的顶端就发出了一连串闪电。

闪电击中了一只锁缚魂，从灵体跳到另一个灵体上，让那些低级的灵魂在痛苦中痉挛抽搐。它们发出如同受伤的野兽般的号叫，天界能量顺着它们的铁链将它们的以太形体撕为碎片。风鹫穿过它们散落的遗骸。它撞向了法鲁斯，将他撞倒在地。

法鲁斯爬了起来，盔甲咯吱作响。风鹫在它面前立了起来，发出愤怒的尖叫声。它的爪子重重地落下，撕裂了他的战甲。紫晶色的闪电从裂缝中闪了出来，那只野兽则扭动身子，发出了一声痛苦的号叫。法鲁斯挥出一刀，

第十九章

将野兽赶了回去。他的剑刺入了它的侧面，一只沉重的蹄子则踢到了他的背部，将他踹得直摇晃。

骑手转过身，用法杖底部敲打法鲁斯的头部。法鲁斯踉跄几步，灵体在战甲中颤抖着。蔚蓝色的闪电劈下，一阵剧痛在他心中爆发。风鹫转过身，用蹄和爪子攻击。锁缚魂则像愤怒的黄蜂般在骑手和坐骑周围盘旋。

法鲁斯后退了，试图逃离骑手身上散发出的可怕光辉。脑海中不断浮现出痛苦的画面。他看见新来者站在他的面前，大喊着他的名字，头顶则是可怕的、张开的星辰隧道。他回忆起了闪电——这回忆同真实的感觉一样炽热、痛苦——他感到自己的身体被狂风卷走，向上飞远。他摇了摇头，想让自己保持清醒。

忽视他。他什么也不是。

他看到受伤的天界领主爬了起来，一群解放者也突破了锁缚魂的封锁，将他们受伤的领主围了起来。他沮丧地咆哮着，试图避开风鹫。他的猎物不能逃出他的手心。"洛卡——帮我，刽子手！"他喊道。

"我的荣幸，亲爱的大人。"洛卡尖叫着飞过他的头顶。她巨大的战斧砍到了骑手的法杖。那些被她所杀之人的灵魂爬向她的对手，抓着他。风鹫咆哮着，它的骑手则拉紧缰绳，转身面对洛卡。

在他的对手分心之后，法鲁斯亲自冲向了那群解放者，他的剑在砍向西格玛神铁的盾牌时发出了令人满意的声响。他砍倒他们，再次感觉自己强大起来。他们的闪电从他身边掠过，天蓝色的火花在接触到他的战甲时变为了紫晶色。

没错。释放他们。收集什一税。为不死之王征收他们的灵魂。

雷铸军虽然英勇作战，但他还是轻松地击败了他们。他浑身充满了力量，他透过剑刃表面，看到了黑日的反光。仿佛纳迦什就站在他的肩头，对他耳语。

欢呼吧，因为你不过是不死之王手中的一把利刃，他的敌人会在你面前倒下，如同被镰刀所收割的麦穗。

最后一位解放者单膝跪地，被击向了一旁。已经没有什么挡在他和他的猎物之间。法鲁斯没给天界领主说话的机会。他冲了过去，将剑托在手中，刺穿了对手的腹部。这一击带动了他们两个，那位雷铸军撞到了广场上的一个雕像底座。这些雕像如同沉默的观察者一样排列在广场上。法鲁斯向前倾身，

将剑刺得更深,直到它扎进石头。

没错,带走他。

"投降吧。"他声音嘶哑地说。

"不——不。"天界领主喘息着,紧抓着他。他的头盔因撞击的力量而飞了出去,他那光秃秃的脑袋让分散的记忆飞蛾在法鲁斯的脑海中纷纷飞舞。他的双眼仍在发光,不过比以前更虚弱了。

"没错。你会看到真相,就跟我一样。"法鲁斯想要扭动他的剑来完成他的任务,但他犹豫了。他心中好像有什么东西在狂怒,猛拍着笼子的围栏。"真相。"他又说了一遍。随后,他更轻柔地说:"你知道那是什么吗?"

只有一个真相,法鲁斯·塔姆。你的道路上只有一个终点。

"西——西格玛。"垂死的战士说道。法鲁斯好奇天界领主是否在回答他的问题,还是仅仅在向那个派他来送死的神祈求。

法鲁斯扭动剑身,结束了他猎物的挣扎。

"不。不是西格玛。只有一个真相,那就是纳迦什。"

拜尔萨斯感到,而不是看到了莱诺斯的死亡。当他在鞍座上转身时,他看到了一道噼啪作响的闪电冲向天空,但随着一声痛苦的尖叫,闪电被他之前注意到的驼背灵魂的锁链卷了进去。

"不。"这一景象让他大吃一惊。他知道雷铸军的灵魂可以被困住,但亲眼看到这一切发生时……有一瞬间,他呆住了。随后他听到了波萨斯的大声警告,他感到了对手的巨斧劈向他后背。带有缺口的斧刃划破了他的斗篷,在他后背的战甲上划出火花。

猛烈的一击把他从鞍座上击落,当他摔倒在地时,他的法杖从手中滑落。那个幽灵般的刽子手站在他面前,疯狂地咯咯笑着,双手举起斧头。"过来,堕爪。"它尖声喊道,"这里还有一个灵魂给你。"斧头嘶的一声砍下。

一把巨型钉锤挡住了那一击。波萨斯用自己的肩膀撞向午夜游魂,将它撞向一旁。首席追随者低沉地说:"没有更多的灵魂。"他转过身,挥起自己的巨型钉锤,砸在广场上。闪电从鹅卵石中迸发出来,驱散了蜂拥的魂体,哪怕只是片刻。拜尔萨斯抓住了这个机会站了起来。

在他们周围,战斗已经陷入混战。午夜游魂爬过雷铸军,将他们拉倒,或拖住他们让行尸这样做。闪电一次又一次地向上飞去，更多的战士倒下。

更糟的是，更多的行尸涌入了广场。拜尔萨斯不知道它们是从哪里来的，但它们已经逼近了神殿台阶上的苛罚者，尽管昆特斯的战士们正以惊人的速度射击。

当他想去拿法杖时，他看到了击杀莱诺斯的黑甲幽灵。他身着造型怪异的盔甲，破烂不堪，挂在几乎不存在的身体和四肢上。他手中握着一把黑剑，像玻璃一样闪光。

它好像察觉到了他的注意，转过身与他的目光相遇。整个世界似乎都慢了下来，变得暗淡。闪电的轰鸣变为了一种持续的刺耳声，濒死之人和死者的尖叫汇成了一声巨大的咆哮。当那东西大步朝他走来时，拜尔萨斯无法将目光移开，尽管他们周围的一切都慢了下来，但它的移动依旧正常。拜尔萨斯能听到盔甲的咔哒声和盔甲下面闪出的紫色闪电的噼啪声。"我认识你。"那东西说。它的声音如同雷鸣，掩盖了其他声音。

那声音听起来很熟悉，很痛苦。拜尔萨斯曾经听到过。在破碎旧世密室，曾像现在一样在他耳边回响。他早就知道这一刻要来了，但无法真正做好准备来接受这一震惊的事实。

他面前的东西是以太枯萎的化身，是一场被囚禁在阴影中的风暴。这种错误让他感觉痛苦。它诡异地闪烁着，与周围的世界不再同步。这是一件不应该发生的事，一位神明的本源却被另一位神明奴役。在它巨大的头盔内，它的面容浮现、流动着——首先是人类，然后是一个裸露的头骨，随后是介于两者之间的东西。

"我认识你。"它——他——再次说道。

拜尔萨斯举起了手，想把闪电引来。"我也认识你，塔姆。"他说，护手上闪烁着微弱的能量，"吾呼唤汝之名，法鲁斯·塔姆，令汝——"

"闭嘴。"塔姆突然在他面前嘶吼道。他的脸伸长，像帆布一样布满了皱纹，留有闪电伤痕的骨头透过破损的皮肉露出来。就像一个小的面具，盖住了可怕的东西。随着他们的目光交会，拜尔萨斯后退了一步，他看到了……

尖叫的塔姆一直坠落，坠落接着坠落……

一张孩子的脸，一个女孩……埃莉娅……

一位死亡之神，将他撕为碎片，重塑他……

第十九章

一股失落的灵魂,冲向闪烁之门,冲向了艾吉尔……

塔姆痛苦地尖叫着,扭动着,避开了他的目光。"你,"他怒喊道,"是你之前伤害了我。你想把我变成别的东西,想夺走我本来的样子……"

"不,我想帮你。西格玛想——"

"我说了闭嘴。"

塔姆转过身,举起剑。黑色的剑刃慢慢砍了下去,很慢,非常慢,但就像夜幕降临般不可避免。在它的表面,拜尔萨斯觉得好像看到了一张骷髅脸,盯着他,那双眼睛的眼窝燃烧着紫晶色的火光。那张脸也反映在塔姆的脸上——不再是一个男人的脸,也不再是一个头骨,好似被拉伸扭曲,就像里面有什么东西在生长。这时他才明白他的失败意味着什么。

"不!"

波萨斯撞向拜尔萨斯,将他撞到一旁,打破了咒语。当拜尔萨斯倒下时,他看到剑刃像切纸一样划破了波萨斯的头盔。首席追随者倒下了,身体碎裂成星光和闪电。那个狡猾的灵魂——狱卒一样的东西——戴着叮当作响的锁链扑向了上升的灵魂。

愤怒的拜尔萨斯本能地拉住以太,将它拉紧。"你不会得到他的。"他咆哮道。他挥起拳头,闪电腾空而起,驱散了向他逼近的幽灵,让那狱卒一样的东西逃走了,它扭曲的身体则被闪电所点燃。塔姆也踉踉跄跄地后退了几步,闪电劈向他时,他发出了痛苦的尖叫。

拜尔萨斯站起身伸出手,不顾风暴在他身上肆虐时的痛苦。闪电将塔姆向后击去,将它击飞过广场。但他还没来得及追上去,身后就遭受一击,将他打得单膝跪地。他听到了那个挥舞斧头的幽灵所发出的熟悉笑声,它如同一条准备攻击的蛇一样在他周围盘旋。

斧头挥了下来,差点将他斩首。他猛地闪到一边,迅速移动起来,想在他们之间拉开一些距离以使用魔法。他看了一眼自己的法杖,伸手抓法杖时顺带将旁边的行尸推到一旁。他吹了一声口哨,希望快银还活着,能够听到他的召唤。

幽魂追向他,那幽灵般的骷髅在他周围旋转,叽叽喳喳地低语着。"我认识你。"幽魂嘶嘶地说,"一个像你一样的人把我的王子夺走了。把他拉了起来,用星铁束缚了他。让他服侍了虚假的国王,在他的脑海中植入奸诈的念头,盗窃，背叛。你因这些罪行，还有上千个其他罪行受到审判。而判决则是——死刑！"

拜尔萨斯转身用法杖挡住。他挡住了挥砍的斧刃，随后一股风暴穿过他的身体，噼啪作响地穿过斧头，通过武器进入了其幽灵使用者体内。那个幽魂尖叫起来，这一次不再是因为胜利，而是极度痛苦。

随后，斧头便裂为白热的碎片。幽魂向后飞去，形体随着天界能量穿过它的体内而变得模糊。那东西落在了街上，烟雾般的身形开始瓦解。它在痛苦中紧抓着自己，而那些低级的灵魂碎片簇拥在它周围。当他走近时，这些寄生的灵体向他扑去。

他听到了一声尖叫，快银扑向了一个灵体，以太能量缠绕在它的喙和爪子上，让它能像撕裂活物一样将死亡之物撕开。拜尔萨斯走过风鹫，接近差点将他斩首的刽子手。那个幽魂试图爬起身，但它的形体依旧破碎，开始消散。"我不……他在哪儿……我的王子在哪儿？"幽魂尖叫着，扑向他，伸出破碎的爪子，"告诉我！"

拜尔萨斯将他的法杖如同长矛一样刺出。当法杖的末端刺穿那只午夜游魂的胸膛时，它颤抖起来。它在那一刻抓住了他，但眼中的疯狂似乎也随之消失。"塔西姆。"幽魂低声说。拜尔萨斯将一股以太能量导入法杖，那只午夜游魂在小声悲叹中化为了碎片。

当他爬上鞍座时，死者的手抓住了他，撕扯着快银的皮毛和羽毛。风鹫咆哮了一声后猛冲起来，踩碎了行尸。随着雷铸军接连被死者击倒，闪电在广场上爆发而出。

"他们像奴隶一样死去。但会重生为更好的东西。"

拜尔萨斯在鞍座上扭动了下身子，这些话语刺痛了他的耳朵。法鲁斯·塔姆被锁缚魂围着，慢慢地接近。尽管战场一片嘈杂，但他还是能清楚地听到幽灵战士的话语。烟从塔姆的盔甲上冒了出来，但那东西似乎并没有受伤。

"你也将获得重生。就跟我一样。"

"这不是重生。"拜尔萨斯啐了一口，"这是一种嘲弄。"

塔姆笑了一会儿，仿佛有另一个声音，更加深沉、响亮的声音在附和他："这是正义。在死亡中，我得到了救赎。我的双眼看到了事物的真相。我现在明白了，我曾为谎言而战。为一个虚假的国王服务。而我现在将毁掉他的工作，

在征服的土地上撒盐。"

"我将阻止你。"

"你无法阻止不可避免之事。"塔姆咆哮道。他举起剑冲向拜尔萨斯。拜尔萨斯举起法杖，闪出一道光亮。空气突然收缩，一道金光闪闪的墙升了起来，将他们隔开。塔姆的剑刺中了魔法墙，劈开了它，但这已为拜尔萨斯争取到了一些时间。

他将声音抛向空中，知道以太会将他的话传到每一位雷铸军的耳中："追随者，退回到风暴殿；其他人，离开敌人，退到周围的街道。这场战斗不会在这里获胜。我会为你们争取时间，但行动要快。"

在拜尔萨斯说话的时候，他召集了以太。他对莱诺斯和波萨斯之死的愤怒、对他自己失败的愤怒，让他集中了注意力。他的手指弯曲，空气逐渐变热。他用阿克夏的火语喊出了一个词。那个词在越来越厚的大气中回响。当他举起法杖时，周围的雨水都变为了蒸汽。

随后，所有视野内的行尸都燃烧起来。但不是阿克夏的橙色火焰，而是艾吉尔的深蓝色光辉——净化之焰，而不是吞噬之焰。火焰来自星辰本身，通过他的意志聚集。当蔚蓝色的火焰向上燃烧、消耗，并净化一切时，午夜游魂向后退去。衣衫褴褛的幽灵在火焰的威胁下逃窜，那些行动缓慢或过于虚弱的幽灵则同行尸一起被火焰所焚烧。

塔姆终于突破金墙，它消散了。他痛苦地咆哮着，蓝色的火焰在他周围盘旋，将他点燃。他的形体摇晃着向后退去，在最后恶狠狠地瞪了折磨他的人一眼。拜尔萨斯知道，想要杀死这样的灵魂，火焰是不够的。他或许需要比现在更多的力量。

"但无论如何，都会做到。"他咆哮道。但不是在这里，他知道。不是现在。

这场战斗已经没有任何可以挽救的余地。原先的作战方案已经被打乱。现在需要一项新战略。

当他催促快银返回风暴殿时，他伸出了法杖，汇聚以太电流。快银的所经之处都让死者在他身后爆发出了净化的火焰，这为追随者们开辟了一条净化火焰构成的走廊。

接近台阶时，他看到昆特斯的苛罚者正向门廊退去，午夜游魂在他们周围旋转。更多的魂体落向天界弩炮，格里乌斯和福纳斯努力地保持武器完好无损并继续射击。一个驼背的收割者用它的镰刀刺穿了福纳斯,却被工程师的神化闪电所烧尽。格里乌斯咆哮着咒骂了一声,用他的重锤摧毁了另一只幽灵,而他同伴的灵魂则向上飞去,回到了艾吉尔。

"昆特斯,后撤。"拜尔萨斯说,相信以太能够帮他传话。

"来了。"苛罚者又发射了一轮齐射,开始涌上台阶,午夜游魂则被天蓝色的力量轰击击退。

神殿沉重的大门在快银走上台阶时打开了,米斯卡带领着赫利俄斯和他的天咒师来到了门廊。圣器法师从腰部取下了一个灵魂瓶,将它扔向了一群魂体。它在撞到石头后爆炸,释放出了狂暴的风暴灵魂。噼啪作响的闪电云在午夜游魂中蜿蜒而行,将它们在逃离以太之前变为了燃烧的粒子。

赫利俄斯同他的战士以庄严的步伐走过门廊,身后留下了噼啪作响的闪电脚印。天界能量爬过他们的盔甲,蹿到撤退时经过他们身边的苛罚者身上。午夜游魂向着新来者扑去,发出咯咯的笑声与尖叫。天咒师们则动作一致,形成了一道交织的拦击网,将咆哮着的锁缚魂化为了嘶嘶作响的灰烬。闪电以毁灭般的狂怒在他们的武器之间闪烁,点燃了触碰到的空气。

无论午夜游魂向哪里进攻,闪电就跟到那里,它们在避开天咒师的利刃和法杖之前就会被缠住然后燃烧。当这个噼啪作响的阵线引起魂体们的注意时,玛瑞亚已领着剩余的追随者走上了门廊,穿过了风暴殿的大门,其身后紧跟着肩扛弩炮的格里乌斯。

拜尔萨斯从赫利俄斯的身边疾驰而过,喊道:"干得漂亮。现在撤回。"天咒师们跟在他后面,穿过了两扇大门。拜尔萨斯拉住缰绳,让快银转过身,正好看到后面大步走着的米斯卡和赫利俄斯。她用法杖向下一敲,身后的巨门随之在一声巨响中关闭。她点了点头。

"风暴殿已经封上了,奥法领主。没有灵魂进来。"

拜尔萨斯正要回答,这时一个声音在前厅中回响而起。那是许多死者的手在门上抓来抓去。随着声音越来越响,风暴提灯的灯光似乎也暗了下去,接着就是一阵刺耳又含糊不清的嘈杂声。

米斯卡盯着门看了一会儿,然后回头看看拜尔萨斯:"至少它们不会轻易进来。"她顿了一下。

"目前,足够了。"拜尔萨斯说,"必须够。"

法鲁斯盯着风暴殿的大门，目光扫过自己盔甲上的烧痕。"拜尔萨斯·阿鲁姆。"他说。他不知道自己为什么知道这个名字，但他就是知道。当他说出来时，他体内的什么东西在笑，就像这是一个老的笑话，现在几乎被人所遗忘。"拜尔萨斯……阿鲁姆……"不知为何，那个名字听起来不对，像是一个谎言。

如果雷铸军也是活生生的谎言呢？一个虚假的承诺，靠空洞的信念支撑的立场。那些偷来的灵魂，被一个狡猾的神明囚禁并扭曲成新的形状。他们也试图对别人做同样的事，就像他们那虚伪的主子一样。

那声苦笑再次从他嘴里冒了出来，不受控制地脱口而出。他笑得很低沉、很响亮、很长久，心里充满了确信。

是的，你现在看到了。你已经击败了他们。他们不过是些影子。

"他们不过是些影子。"他说。现在他已经接近了，没有什么能阻止他。不管是他以前的兄弟，还是这个拜尔萨斯·阿鲁姆。

"很高兴看到你这么高兴，法鲁斯。我担心你还不会从自己的使命中找到乐趣，就像那些大部分被巨轮所碾轧的人一样。"

法鲁斯转过身。"我的血肉女士，"他说，鞠了一躬，"有什么消息吗？"

"格林姆熔炉在燃烧。"克莉斯·阿鲁尔略带满意地说，她躺在轿子上，她的狼轻声咆哮着，咬着某种湿湿的红色东西，"马兰扎克发动了他梦寐以求的战争，雅罗斯向他保证他可以随心所欲。而我则保证你能满足你的愿望。"她向剩下的行尸挥了挥手，它们此刻都在拍击风暴殿的大门。

"它们对你有用吗？"血肉女士问。

"它们圆满地履行了职责。"法鲁斯回答。

她将双手合在一起，"噢，真好。听你这么说，让我的心都在歌唱。"她转过身，仿佛嗅了下风的气息，"就像它听到被屠宰的肉时歌唱的那样。我能感觉到它们醒了……我的孩子们。它们会用新的眼睛去看，带着新的饥渴去狩猎。我必须走了，去聚集它们。"她抚摸着一只狼的头骨，低头看着法鲁斯，"你愿意跟我一起去吗，骑士？"

"不了。"法鲁斯说。他跪在天界领主死去的地方。他能听到战士的灵魂在堕爪锁链中的挣扎，还有号叫。很快，他的兄弟也会获得同他一样的安宁。那么，为什么还有想法会困扰他呢？他将这些想法推开，心中的声音也满意地低语着:"我的职责在这里,在这个地方。这就是我被重塑的原因。"

阿鲁尔轻轻地笑了:"是,现在?有如此清晰的使命多么美妙啊。"

法鲁斯抬头看了她一眼:"你不也是吗?难道那些死尸的肉体不再恳求你将它们唤醒,就像这些灵魂请求我释放它们一样吗?"

"我想你早就有自己的特殊使命了,早在纳迦什重塑你之前。但我们可以以后再谈这个。当这座城市落入我们手中,闪烁之门因上百万具死尸的踩踏而颤动的时候。"她做了一个手势,轿子掉头离开,"好好打,法鲁斯·塔姆。我们的主人就站在你的肩膀上,你最好别让他失望。"

请放心,你不会的。只要你能履行职责。

"我不会失败的。"法鲁斯看着她离开,然后回头看了看风暴殿。它在召唤他。不是神殿,而是下面的东西。他低头看去,在烧焦的石头上捡起了一顶雷铸军头盔。他看着它严肃的面容,想找点熟悉的东西。他认识戴它的人吗?他会在看到他们的脸时认出他们吗?

"现在做什么,大人?"多尔问道,向他飘来。同先前一样,这位灵魂守护者旁边跟着一群锁缚魂,都在多尔提灯的光照下低语扭动着。法鲁斯感到他增长的不安消失了。

"让马兰扎克撕开这座城市的肚子吧。我们则攻击它的喉咙。"法鲁斯盯着面具上阴沉的表情,是西格玛的脸,"他让我们戴着他的脸,"他说,"仿佛我们只是他的碎片,从整体中脱落。"他将头盔扔到一边。

纳迦什和西格玛,神化与分散。

"太阳与它的影子。"那声音低语道。

"神王想要蒙蔽你,让你像他一样看待事物。"多尔说,飘到了法鲁斯的另一边,"只要说服足够多的灵魂相信一个谎言,就可以让谎言变为真相。但我们很坚定。纳迦什是万物,而万物皆归纳迦什。他是绝对,他是终结。他是这不义宇宙中的正义。"多尔举起了提灯,锁缚魂聚集在他身边,试图从他的灯光中寻求空洞的安慰,"他要为无辜者报仇,为有罪者判刑。在纳迦什身上,秩序会被恢复,所有存在的疯狂都会被命运之轮破坏。"多尔的声音提高成了嘶声呻吟,在破碎的庭院中回响。

附近的午夜游魂也加入了他的声音,直至汇聚成了一股悲恸的哀鸣,席卷了整座神殿。法鲁斯拔出了剑,默默下令。午夜游魂开始向神殿飘去,有

的零散,有的则聚集成群。如果哪里有弱点,它们就会发现。只要一个缝隙,一个裂缝,这就是法鲁斯所需要的。

他低头看了看洛卡斧头的残骸,散落在附近的广场上。它依旧因为闪电的威力而燃烧。他并不为幽灵的命运感到遗憾。这就是她的使命,仅此而已。当机械的一个零件坏了的时候,那就不带情感地替换掉它。当他失败的时候,他也会被这样对待。

但他不会失败。纳迦什命令打开万坟,法鲁斯会照做,无论挡在他面前的是谁或是什么。"如纳迦什所愿。"他轻声地说,"必须如此。"

第二十章

庇护之所

在风暴殿内，一片寂静。

除了小声的祈祷和伤员的咳嗽声外，几乎没人说话。格林姆人和矮人照顾他们的伤员，同时警惕地盯着眼前的入口。平民聚集在中殿或挤在墙边。当拜尔萨斯带着快银离开大门走过中殿时，一些人躲向了一旁。

他的战士们分组成混合追随者和苛罚者的小队，走向十二个入口。赫利俄斯和他的天咒师们警惕地在大门坐成一排，他们的武器放在膝盖上，光球在他们的盔甲上跳动。格里乌斯在祭坛上架设了他的弩炮。那座祭坛的形状像一个巨大的十二角星，他可以在里面清楚地看到中庭和主门厅。

卡莉丝·埃尔坦的解放者还守在原先的位置，在门口。他看不出有什么让他们放弃这项任务的理由，十二位战士或多或少有点区别。他们会在结界被攻破，死者进入时起到警报的作用。当他这么说的时候，米斯卡皱了皱眉头："我觉得，她——他们——有更好的作用。"

拜尔萨斯没有看她，说道："我们都有。"

"特别是凡人们。"米斯卡环顾四周，她皱着眉头，"我怀疑你曾用弗斯克和贾德森来吸引敌人的冲击以估计他们的力量。我们应该一开始就让他们撤回来。我知道这点——但什么也没说。太多不该死的人死了。"

"你不赞同我的策略？"

"你是位奥法领主。"

"我是。而且我认为应该尽可能地保留我的部队。"拜尔萨斯叹了口气，看着她，"凡人有他们的职责，就像我们有我们的职责一样。现在我们必须将注意力集中到接下来的事上。"他对弗斯克做了个手势，那位自由行会成员小跑过来，贾德森则紧随其后。矮人族长脸色苍白，并且动作缓慢，但似乎正在好转。"情况如何？"拜尔萨斯开门见山地问道。

"我的人大部分都受伤了。"弗斯克坦率地说。

"被咬了？"

弗斯克面露苦相："不，感谢西格玛。尽管如此，我们正在检查。如果我们发现有……我们会尽快处理掉。"他看上去想要愤怒地啐一口，但忍住了。"我已经竭尽所能了，奥法领主。死者来得太快——我们习惯于对抗一只午夜游魂，或是一小群。我们从未在一个地方见过这么多。"他咽了咽，"从未想到。"

贾德森冷冷地点点头："我们没有准备。人类关于城墙坚不可摧的承诺骗了我们，现在我们被困住了。"

"你可以随意离开。"弗斯克说。

"你想要那样，是吗？"贾德森冷笑道。

"不。那你就把门打开了。"拜尔萨斯说，"那就太糟了。我们没有被困住。"他顿了一会儿说，"这个地方很坚固，能够提供防御，不会被轻易攻破。"

"围攻可能会持续几天，或者几周。如果我们切断了与城市其他部分的联系……"弗斯克将剩下的想法留在了心里，没有说出来，"我们应该问问欧博尔关于补给的问题。看看艾吉尔人在这座大教堂有没有囤什么东西。"

拜尔萨斯转过身，扫视着人群。身着蓝色和金色长袍的牧师在人群中走来走去，轻声对那些蜷缩在一起哭泣的人说话，而对那些看起来缺乏信仰之人则严厉训斥。他们中的负责人是一个胖胖的男人，他的半边圆脸因一道深陷的伤痕而毁了容。那道疤痕掠过他的眼睛，在他受损的眼窝处闪着白光，一直延伸到他的光头。他的长袍外面还披着金甲，手中拿着一个弯曲实用的鹤嘴锄。当拜尔萨斯走近他时，他正和一对老夫妇交谈。

"诵经师欧博尔。"拜尔萨斯压低他的声音说道。

欧博尔转过身，那只完好的眼睛微微睁大。拜尔萨斯对他略知一二。他是几位西格玛教会的牧师所称的诵经师，由大神官自艾吉尔派来监督格林姆熔炉平民的精神安康。作为一名前战争祭司，欧博尔现在将他大半部分的时间都用在维护风暴殿上。鉴于他的体格，欧博尔尽量低鞠躬："大人。您的光临使我荣幸，使我们荣幸。"

欧博尔瞥了一眼弗斯克，随后笑了笑："很高兴你还活着，你这个老败家子。"他的笑容消失了，"不过，如果这种情况继续下去，我想我们不会一直这么幸运。"

"补给。"拜尔萨斯说。欧博尔眨了眨眼睛。

"有些以防万一的储备。"他过了一会儿说,"但对这么多人而言却不够。甚至取决于你们是否吃。"他看着拜尔萨斯,眯起眼睛,"原谅我的无礼,大人,但……你们进食吗?"

"我们会。但我们需要的次数很少。"

"真可惜。"欧博尔说,拍了拍自己的肚子,"但我发现一顿好饭能让整个世界都恢复正常。"

"从你的样子来看,经常如此。"贾德森咕哝道。矮人悲伤地坐在附近的长凳上。欧博尔大笑起来。

"你会拒绝一顿美食吗,族长?"

贾德森斜眼看着他,揉着自己的胸口,好像还很疼。"什么样的傻瓜会干这种事?"他转过身,"我记得这里修建过一座井。至少会有水。"

拜尔萨斯低头看着他:"你建造了这个地方?"

贾德森不屑一顾地比划了下。"不然你认为我为什么想要来保护它?那块顶石花了我几个月才装好。我不会坐视不管,让一堆行走的尸体骚扰它。"他捋了捋胡子,"我们可以用隧道,如果需要的话。"

弗斯克皱起眉头:"地下墓穴可比这里还要糟糕。此外,我听说他们已经将地下墓穴封锁了。"

"不是地下墓穴。"贾德森说,"有隧道贯穿整个城市。大部分都是我们瑞文氏族挖掘的。如果我们下去的话,可能还有机会。"

"通往哪里?"欧博尔说,"整座城市都被围攻了。死者到处都是。至少在这里,我们知道它们进不来。西格玛不会允许的。"

贾德森陷入了沉默。拜尔萨斯抬头看向高高在上的圆顶。它已被一层厚厚的魂体寿衣和白霜所覆盖。"西格玛或许不会允许,但恐怕他并不是今天所在的唯一神明。"欧博尔脸色苍白,做了个双尾彗星的手势。

"那么他们说的是真的……纳迦什要进攻艾吉尔?"

拜尔萨斯看着他:"你说的'他们'是指谁?"

拜尔萨斯举起一只手:"算了。对了,我需要一份补给的清单。你把它给我。"欧博尔尴尬地鞠了一躬,匆匆走开了,叫来了几位初级牧师陪他一起,拜尔萨斯转向弗斯克:"这个地方必须设防。如果可以的话,我想封锁前厅。这不会阻止午夜游魂,但是对行尸却不同。"

弗斯克皱了皱眉头:"我们要留下来?"

"目前是这样。"拜尔萨斯说。弗斯克点点头,转身回到了他的队伍中。当他走后,贾德森粗犷地笑了起来。

"很忙对吧?"

"你什么意思?"

贾德森拍了拍自己的脑袋:"我不是傻子。这个地方从来就不是要塞,不管人类怎么想。不管有没有被祝福过,都不会阻止死者太久。所以你在想别的方法。弗斯克还没有看出来,但他会发现的。"他凝视着自己的战士。他们将沉重的盾牌竖在壁垒上,准备好了火龙枪。他们中的一个开始唱歌,开始声音很轻,然后越来越响。其他的矮人也加入了进来,他们低沉的声音在中殿里回荡。

拜尔萨斯看着,感到烦躁不安:"他们在干什么?"

"唱歌啊。"贾德森喊道,"你以为我们不会吗?"

拜尔萨斯犹豫了:"我知道。我只是从来没听过。"

"在氏族大厅之外很少唱。我们的歌不适合唱给未发育的耳朵。今天,我们破个例。"

"这是挽歌吗?"

贾德森看了看他:"当然不是。你为什么这么想?"

拜尔萨斯没有回答。贾德森哼了一声,挺了挺身子,好似要站起来。拜尔萨斯上前去帮他,但贾德森挥手让他走开:"当我需要帮助站起来的时候也就是我不配再站着了。"

贾德森将一只手放在胸口,一瘸一拐地走向他的战士。片刻之间,他的声音也加入了他们的歌声中。拜尔萨斯看着他们唱了一会儿。他抬头看了看窗户,一张张阴森的脸正贴在玻璃上,默默地哭号。他一想到这些午夜游魂正紧贴在神殿外面,就觉得恶心。

"它们进不来的。"过了一会儿米斯卡说。当他和其他人交谈时,她一直默默地站在那里,保留自己的意见。现在他看着她,想要听听她的意见。他感到不确定……他对此并不习惯。

"你确定吗?"

"你不确定吗?"

"我以前可能确定。但现在……那个东西——那个率领着死者的东西——是塔姆。我看到他了,感觉到他。"拜尔萨斯瘫坐在贾德森空出的长椅上。他想摘下头盔,但没有。那将是懦弱的表现,他需要更加坚强。坚强到足以弥补他所犯的错误。"它……他……杀了莱诺斯,他自己的天界领主,还有波萨斯。"

"他也差点杀了你。"米斯卡说。

"他出事了。他不知为何被改变了。他的灵魂被玷污了。艾吉尔的光芒被困在黑暗的寿衣之中。"拜尔萨斯摇了摇头,"只有神才能做出这种事。"

"纳迦什。"

他点点头:"他以前就捕获过雷铸军的灵魂。不止一次。的确,有几年了。我们以为他只是想要这么做。但他从未做过这种事。我不得不怀疑:如果他现在有能力这样做,那我们还会安全吗?"

"西格玛不会允许的。"

"我们必须祈祷如此。"拜尔萨斯向前弯下身子,"我看到了他的内心——他思维中还剩下的东西。"他面露苦涩,"那就像是……一团蛆虫,在空壳上起舞。那就是他,但他只是里面东西的一个面具。我看到了他的计划。"

"万坟。"米斯卡抢先一步说。

"那是一个受诅咒的地方。暗无天日,自石根延伸,任其溃烂。"拜尔萨斯闭上了眼睛,试图忘记塔姆脑袋中的感觉,"我们脚下囚禁着一万只灵魂。都是堕落的灵魂——军阀和术士,暴君还有堕落的英雄。远比我们对抗的幽灵更加强大,它们因为不死之王的意愿而被囚禁在了这里。"

"为什么他要做这样的事?"米斯卡问,"我一直想知道。这样的灵魂更适合在战场上,总比锁在黑暗中要有用。"

"除非纳迦什担心它们难以控制。"拜尔萨斯说,"他现在寻找它们是想让我们都停下来。"他看向她,"卡莉丝·埃尔坦在哪儿?我必须跟她谈谈。"

"在她的岗位上。"米斯卡低头看着他,"你要告诉我为什么吗?"

"我们知道它们要去哪儿,为什么纳迦什要送法鲁斯·塔姆来格林姆熔炉,就是为了打开他曾经保护的宝库?要抵达那里,它们必须将神殿拆除,一块石头一块石头地拆。这里不安全。我们守不了太久。我们可能在克诺索斯增援我们之前就被击垮了。唯一安全的地方是下面。"

"地下墓穴?"

"我们不能坚守这里。它们迟早会击溃我们。我们必须撤退,在更有利的地方面对它们。下面也有援军。"

"如果我们停止祈祷,它们就会冲进来。"

"那必须有人留下。"

"那就是死刑了。"她听起来有些生气。拜尔萨斯点点头。

"没错。"

"志愿者?"

"一位就够了。"

"而你已经想好了。"

拜尔萨斯沉默了。米斯卡勉强挤出了笑容:"好吧,我去告诉埃尔坦。我会告诉他的。"她转身离开。

拜尔萨斯举起了他的手,放了下来:"谢谢你,圣器法师。"

"这是我的职责,奥法领主。"

他看着她离开,随后让目光飘过神殿。即使是现在,他无暇分神,也依旧情不自禁地计算了这个地方的几何形状。这是件微不足道的事,与西格玛的光辉相比,平淡而又苍白。就像格林姆熔炉同艾吉尔海姆相比而显得苍白一样。但它们都以各自的方式追寻荣耀。

说到底,这也就是诸神间的区别。纳迦什会迫使一切都按照相同的形状——他自己的形状——而西格玛会试图让自己的人民起身。侍奉西格玛就要永远地仰望星空。而侍奉纳迦什就意味着永远不会注意到星辰。

他的眼睛发现了位于正门对面的中殿尽头处的圣骨匣。那是神殿中最大的房间,用以存放信徒的尸骨,而现在共有一百多位格林姆熔炉的居民挤在它里面。无数印有至高星的标志的骷髅,俯视着聚集的人类。头骨下面埋着更长的骨头,天花板上则挂着上千趾骨。

圣骨匣有着一种平静的气息,与外面的死物截然不同。在这里,一个灵魂能够得到真正的安息,远离不死之王的阴谋诡计。可惜这样的平静很快就会被破坏。这又是一个不必要的牺牲。

在他看来,最近这样的事好像太多了。

或许米斯卡和泰罗斯是对的。他很容易分心。他没有像其他人那样将自己浸泡在鲜血中。他一直认为自己有着一个更高的目标，不是作为战士，只是一位发掘真相的探寻者。

但这里又有何真相呢？他唯一看到的只有自己的失败，他的失败以他从未想过的方式恶化了。如果塔姆无法从纳迦什的控制中解脱出来，那就没有人会知道他做了什么，或将要做些什么。他将头靠在法杖上，试图寻求平静。

他盯着那些骨头，望着陈列在圣骨匣中的一排排圣人遗骸，好奇它们现在在哪里。利瑞亚不过是百万冥界中的一个。他能感觉到这里有灵魂正看着他。它们存在于所有人的意识之外，只有那些最敏感的凡人或拥有神圣火花的人才能感觉到。那些真正已死之人，早已超越了神能干涉的境界，进入了无界且不可知的领域。

只有凡世诸界的极少数人能在死亡的时候幸运地抵达那个未被发现的领域。许多灵魂都被困在了界域之中，被拉进了渗入万物的以太。有时他们能够逃脱，但有时，它们只是……待在那里。等待着一个或另一个神来收集它们，或等待着魔法之风通过重生或化身将它们重塑形态。

他清楚地知道这一点，就像他知道界域中的战争不仅仅是为了争夺物理领土，而是一场灵魂之战。所有那些曾经和将来的灵魂，甚至那些已经被别人夺走的灵魂。

他闭上双眼，倾听神殿墙外传来的哭号。他突然感觉疲倦，握紧了自己的法杖。光球发出柔和的亮光，随着他的沮丧闪烁着。他失败了。现在两次了，他面对了法鲁斯·塔姆，而两次都没能阻止他。他已经两次没能阻止那个流浪灵魂的暴行所造成的恶果。第三次将是最后一次。他不知道自己是怎么知道的，不过却像天上的明星般坚定，如苍穹般永恒。

随着这种认知充满了他的内心，他也随之感到温暖，并驱走了疲倦，意识更加清晰。他现在能够清楚地看到前方的道路。他在正确的路上。这里不可能打赢这场战斗。但别处或许可以。如同一位猎人，他必须找到合适的地点。

他几乎能感觉到西格玛的手搭在他的肩上。魔法、巫术、以太之力，不管你叫它什么，都是一种仪式。这都需要技术与条件、正确的词语、正确的手势、正确的时机。如同一位猎人，瞄准他的猎物。箭放得太早，猎物就会逃走。在此之前，时机并不对。但会有时机。他必须意识到那一时刻，然后……放出自己的箭。

"你看起来很累。我还以为你们不会觉得累。"

拜尔萨斯转过身。贾德森站在附近。"我们会。"拜尔萨斯说,"但我没有。你唱完了,嗯?"

贾德森咕哝了一声,拽了拽胡子。"是的,目前是这样。"他吸了口气,"我们已经陷入了困境,无路可走。"

"是的,但我或许有办法。跟我来。"

贾德森咧嘴一笑:"我就知道你是聪明人。我一见你就这么跟我自己说——罗姆,总算有聪明的人类了。"

拜尔萨斯皱了皱眉:"希望事实证明你说的没错。"

他和贾德森找到了站在大门附近的卡莉丝,她正目不转睛地盯着。当她意识到他们接近时赶忙转身,亮出剑刃。拜尔萨斯没有犹豫:"你的尽职尽责值得称赞,首席解放者。"

她快速点了点头,又将注意力放回门口:"如你所说,奥法领主。"

拜尔萨斯觉得她并不喜欢他,他笑了笑。埃尔坦并不擅长隐藏自己的情感。

"万坟,"他说,"你也曾守护那里?"

"我是最近才被派遣下去的。"她说。

"你能找到进出的路吗?"

"我几乎找不到出去的路,在只有一个人回来,在没有帮助的情况下。那些废墟的构造一直在变化。法鲁斯设计了它们。他做了假墙和死路来迷惑入侵者。"

"法鲁斯什么也没做。我们建造了那些东西。"贾德森皱起眉头,"当然,他想出了这个主意,画了设计图,但是是靠矮人的手推起那些石头的。矮人头脑在他的人类才智上得以提高。"他在最后一句话中加入了太多谦虚,以至让拜尔萨斯含糊地感到被这位前护堡领主所冒犯。

他低头看着矮人:"那么你,或者你氏族的人,可以带我们。"

贾德森大笑了起来,缩了一下身子。他紧紧抓住胸口:"不,人类。那个地方是与外界隔绝的。所有东西都随机移动。墙壁交换位置,地板翻转,道路绕回原来的方向。"他摇了摇头,"我们了解自己的业务。法鲁斯不希望任何人未经他允许就进去,所以我们确保了这一点。只有那些被派去守卫古墓的战士知道进出的路。"他皱了皱眉头看向卡莉丝,"至少大部分知道。"

"还有埃莉娅。"卡莉丝漫不经心地说。

贾德森和拜尔萨斯都看着她。"谁?"拜尔萨斯问。

"那个孩子,那个女孩,法鲁斯说她总能想办法进去,但他不知道她是怎么进去的。"她耸耸肩,"如果不是我亲眼所见,我也不会相信。"

拜尔萨斯摇了摇头:"一个孩子?"

"一个机灵的孩子。"

拜尔萨斯眉头一皱,计上心来。"但愿如此。"他看向贾德森,"通往下方的隧道——你曾跟弗斯克和欧博尔说过——它们都通往同一个方向吗?"

贾德森立刻明白了他的意思。"不,有些会通往其他地方,包括我们的氏族大厅。"他眯起眼睛,环顾四周,"会慢一点,如果带着这些人的话,尤其还必须战斗的话。"

"你不必战斗。死人对杀戮不感兴趣。至少不是外面的那些。"拜尔萨斯看向大门上方的窗户,苍白扭曲的面孔正无声地尖叫着,"他们会跟着我们。"

"你怎么确定?"

拜尔萨斯低头看着他。贾德森呼噜了一声,做出了投降的手势。"好吧。你了解你的事。"他拽了拽胡子,皱起眉头,"那么,我这就去准备,好吗?"他拽着胡子,蹒跚地走开了。

"现在是什么情况?你在计划什么?"卡莉丝说,顾不上敬意了。

拜尔萨斯望着大门:"我们必须离开这里。"

"我奉命确保任何东西不会通过这些大门。"

"那你就会因此而牺牲,你的灵魂会被幽灵般的狱卒夺去。"拜尔萨斯做了个轻蔑的手势,"这是对资源的浪费。一旦我们进入地下墓穴,我们就需要你。"

卡莉丝疑惑地摇了摇头:"下去——我们不能……"

"我们可以。"

卡莉丝的眼睛微微睁大:"埃莉娅。你想利用她。"

"你说过她能找到下面的路。我们需要一个向导。"

卡莉丝皱起了眉头:"她还是个孩子。这不安全。"

拜尔萨斯看着她。"没错,这城市里没有比跟我们在一起更安全的地方了。"他顿了一下,"如果我们不这么做,死者一定会打开万坟。你就失职了,首席解放者,我们都失职了。"

她盯着他看了一会儿。然后点了点头:"来吧,我带你去找她。"

他们走向了圣骨匣,那里的空气中回荡着祈祷的寂静。许多凡人用斗篷和毯子将自己裹起来,这些都是在他们中间走动的牧师发的。一些人蜷缩在角落中,茫然地看着什么。其他人则在悄无声息地议论着。随着拜尔萨斯和卡莉丝的出现,这一切都停了下来。一个女祭司匆匆向他们走来,但拜尔萨斯挥手让她走到一旁。"那孩子在哪里?"他问。

那位女祭司犹豫了。拜尔萨斯意识到了复杂性——圣骨匣里有很多孩子。"那个女孩。"他说。女祭司无助地环顾四周。

"埃莉娅。"卡莉丝轻声喊道。

"这儿。"一个小声音喊道。卡莉丝朝圣骨匣后面走去。拜尔萨斯紧随其后。他们发现了那孩子——十岁左右的女孩——坐在一个瘦高的男人旁边,那个男人半睡着。一个年轻的女人坐在他们旁边,因他们的到来而感到吃惊。埃莉娅对她低声说了些什么,坐到了她的父亲身边。

拜尔萨斯能嗅到他心头的恐惧。尽管他的思维还处于麻木状态,但在拜尔萨斯的风暴视野中就像一本打开的书,那恐惧不可忽视。零星的记忆闪过他的感知。那个人——埃莉娅的父亲——生活在控诉和恐惧的气氛中。有什么东西摧毁了他,并且难以修复。

"杜瓦克。"卡莉丝说,拜尔萨斯看向她,她脱下头盔,挂在腰带上:"他叫杜瓦克。杜瓦克·埃尔托斯。她的父亲。是位点灯人。"

"他内心被破坏了。"

"一人并不影响另一人。"卡莉丝说,低头看着那个人。她的目光里有某些东西让拜尔萨斯移开了视线。他看向那个女孩。埃莉娅皮肤黝黑,骨瘦如柴,是个街上的顽童。一个孤儿,尽管她仍有一个亲人。她毫不畏惧地迎向他的目光。在那一刻,他意识到这是他从塔姆记忆中所看到的那个孩子,他因此感到震惊。但并没有怀疑。他内心深处的某种东西告诉他这是真的。但这又意味着什么呢?

"你有脸吗?"她问道。

"是的。"拜尔萨斯敲了敲他的头盔,在她身边坐下,"就是这个。"

"爸爸说我们注定要死了。我死后也会有这样的一张脸吗?"

他端详了她一会儿,想找出合适的话来。他甚至怀疑即便自己是一个凡人,也可能不会理解孩子们。"命中是注定的另一个词。而界域中唯一注定的事就是没有什么事是注定的，甚至死亡也不是注定的。"他说。

"猫不相信死亡。它们说那只是一场更长的梦。"埃莉娅抬起头。拜尔萨斯顺着她的目光望去。六只猫或漠然地躺在堆起来的骨头中间，或在地板上踱步，摇着尾巴。

其中，一只嘴唇上有疤的，跳到了女孩的膝盖上。它恶狠狠地盯了拜尔萨斯一会儿，然后轻蔑地扭动了一下耳朵，转过身。埃莉娅笑着摸了摸那只动物。"我想它是位国王。"她小声说道。

"我不知道猫也有这种东西。"

她皱起了眉头："或许它是位侯爵。"

"或许吧。根据流言，猫没有国王，只有一位女王。而一位女王可以有多位公猫，但一只公猫只能有一位女王。"他挠了挠那只动物的下巴，"你的母亲来自辜尔，她在哪里？我能看到琥珀光在你的血液中流动。"

埃莉娅不可思议地耸了耸肩。拜尔萨斯点了点头，好像她已经做出了回答，然后瞥了卡莉丝一眼。她仍在看着睡着的杜瓦克。他好奇她在想什么。"你知道曾经有很多神吗？就像人群一样多的神，每一个部落，每一个氏族都有他们的神。每件小东西也都有神，河流和树，还有微风。死神也有很多。"

埃莉娅感兴趣地看着他："他们最后怎么了？"

"哦，他们的故事有很多不同的结局。有些根本不是真正的神，最后——只是怪物。有些成了野兽，失去了曾经所拥有的一切。还有一些，像破碎星座之王，则被杀了。而其他，如老河神雅姆则在被击败后被囚禁了起来。"拜尔萨斯向前探了探身子，"但有些……则逃走了。他们钻进了界域的缝隙中，去了甚至灭世之力也不敢企及的地方。其中有一位神就是众猫之母。"

埃莉娅皱起了眉头："不是所有的猫。"

"至少是第一批。她在各个界域都留下了自己的孩子。有大的，有小的。有些甚至根本不是猫。"他瞥了一眼躺在旁边的快银，它的喙搭在交叉的前爪上，然后又看向埃莉娅，"但是所有神在他们离开的时候都会留下一个小的自己。一个回声，一个耳语。"

"幽灵。"埃莉娅说。

拜尔萨斯点点头："如果你喜欢。并不是所有回声都以熟悉的方式出现。

"也许新的猫女王根本就不是猫。或许这只是一个故事。"他犹豫了一会儿,考虑为什么西格玛要把这个女孩放在他的道路上,不只是为了引导他,也许还有其他原因,他希望如此,他伸出手来:"我需要你的帮助,埃莉娅。我必须迅速进入地下墓穴。我没有时间按照正常的路线下去。你能帮我吗?"

她犹豫了一下:"有什么东西要来了,对不对?不只是那些幽魂。"

"没错,但我们可以阻止它。如果你帮我的话。"他转过身,突然发现房间里的每一只猫都盯着他。尽管他全副武装,但在那一刻,还是觉得自己像是一只老鼠。如果埃莉娅也注意到了的话,但她并没表现出来。

她还没来得及回答,杜瓦克就尖叫起来。不知什么时候,他醒了过来,发出了像动物一样的哀号,试图躲开卡莉丝。她想要伸手安慰他。拜尔萨斯抓住了她的手腕。"别管他。"他说,语气比所想的更加严厉。卡莉丝猛地抽出手,转过身去,戴上头盔。杜瓦克紧紧靠在圣骨匣的墙壁上,嘴里一遍又一遍地念叨着一个名字。拜尔萨斯先前注意到的年轻女子走到了他跟前,轻声地跟他说了什么。

拜尔萨斯站在一旁。他又瞥了一眼盯着他的猫群。他看着这一切。

埃莉娅抬头看着他,她的表情让人捉摸不透。"我来帮忙。"她说道。

法鲁斯朝门伸出一只手,感受包裹着手臂的热量。整座风暴殿都被保护城市的类似结界覆盖。但只有维持里面的祷告才能抵御在建筑外面乱抓的众多午夜游魂。只要有足够的时间,魂体就会攻破这道薄弱的防御,尤其是在多尔催促下,它们更加疯狂之后。

横穿整座城市,同多尔一样带着提灯的幽魂都在做同样的事。空气中弥漫着格林姆熔炉的哀痛。马兰扎克已经重创了整座城市。现在该法鲁斯去完成他的任务了。

他开始漫无目的地思考寿衣骑士的最终命运。据他所知,马兰扎克依旧在城市某处战斗,与身着金甲的雷铸军鏖战。也许他会被毁灭。或许格林姆熔炉会沦陷,而他将被任命为死亡大君,加入阿克汉和其他人。

无论如何,法鲁斯发现自己并不关心。马兰扎克是个空洞的幽灵,他的野心同法鲁斯的使命感相比苍白无力。他缩回手,端详着冒烟的护手。一阵寒冷攥住了他,痛感也随之消失。战斗的满足感已经消散,他又一次感到了空虚。这让他开始渴望那些从神殿中感受到的生命，那些他还未夺取的生命，暂时。

上面传来的尖叫突然引起了他的注意，一个魂体冲向神殿，它破碎的身躯在冲破结界后化为了炽热的灰烬。"还有更多，大人。"附近的一位恐惧守卫嘶哑地说。这个魂体在它惨白的身影上仍穿着守路者的残留盔甲。生前，它曾追捕强盗和不法之徒。而现在，死后，则成了它们的监管人。

它举起法杖，上面有一个可怕的烛台，由一位吊死者的手制成。烛火在每根手指上闪烁着，锁缚魂纷纷冲向了笼罩风暴殿的狂风，加入了那些哀号的灵魂。"总有更多。"恐惧守卫继续说道，"它们没有终点，大人。除了这种使命之外别无他用。如纳迦什所愿，必须如此。"

"如纳迦什所愿。"法鲁斯说，转身背对着那个灵魂。他没有兴趣同这种低级的魂体交谈，不像多尔，也不像洛卡，它们的思绪如同环轨，只会被凡人时的记忆所打破。甚至堕爪也更好相处，因为它只有沉默。那只狱卒在他身边飘浮着，铁链上闪烁着被囚禁的闪电。

他能听到那些被困在锁链中的灵魂的哭喊，他想知道那会是什么样子。它们知道自己身在何处，还是它们的痛苦只是一种动物的痛苦——毫无理智，仅有疯狂？这种想法只会带来一丝悔恨。但痛苦是真相的代价。这就是纳迦什的意愿。只要纳迦什愿意，那就必须如此。他将注意力重新转回风暴殿，看着一拨又一拨的午夜游魂攻击神殿外围，看着神殿和里面的人顽固地抵抗，拒绝向不可避免之事低头。

界域也都受到了一种过量的意志力的影响。这便是宇宙中的真理。太多的灵魂、太多的意志、太多的生命都与指引万物的黑色几何背道而驰。纳迦什会试图抑制这种过量之力，以确保界域的持续存在。死神是收割者，而界域则是他的土地——满是杂草和害虫。现在他则挥舞镰刀，想要纠正所有错误之物。

所以当谷物抗拒收割者刀刃的刺痛时，这对吗？为什么要这样呢？法鲁斯想他以前一定知道这个答案，但现在却想不起来了。他摸了摸自己的头，感受着头盔的重量。它在某种程度上让他感到压抑。就像盔甲囚禁了他，这顶头盔也禁锢了他的思想。让他能有条不紊地思考。他现在知道了，但并不觉得着急。着急、担心，这些在死亡的秩序中都毫无意义。只有接受不可避

免的必然才会得到平静。

万物皆死，意义就在死亡之中。这些使命比生前还要多。使命……这个想法让他想起生前的记忆，那些看守死者的日子。他记得尘土和熏香的味道，还有干裂的骨头和潮湿的石头。他记得成千上万的灵魂在坟墓中抓挠墙壁的声音。他怎么能听到这些绝望之音而无一丝怜悯呢？他怎么可能不知道他所犯下的重罪呢？

西格玛的谎言蒙蔽了你的双眼。

"但我现在看清楚了。"他低语道，他知道该做什么，该怎么做，"我会抛开银链，打碎守护之石。我会释放死者。"

你会完成这些，甚至更多。你将拖下无情的星辰，以证明它们承诺的虚伪。这便是纳迦什的意愿。

"他的意愿必须实现。"法鲁斯感到了多尔的接近。多尔提灯的温暖带来了另一种清晰感，这不同于他的战甲。

"你感觉到了吗，大人？"灵魂的守护者吟诵道，"结界削弱了。"

"还不够快。"法鲁斯说。

"但快了。我——"多尔转过身。法鲁斯也感觉到了。结界正在坍塌。仿佛里面的祈祷者终于动摇。笼罩着神殿的可憎光芒消散了，如同初阳时的寒霜。还有一种声音，仿佛一千面镜子被打碎，闪过了最后一丝蔚蓝色的光芒。它向外扩散，击退了他的部队，但只是暂时。

他在随之而来的寂静中拔出了嘶嘶作响的剑。时间终于到了。镰刀终于要直面谷物，并将迎来一阵哀号。随后，就只有寂静。

就如纳迦什所吩咐的一样。

赫利俄斯跪在中殿中央，低着头。

他无视了那些笼罩在窗户上的无形身影，也忽略了那些在拱门间回荡的声音。它们很快就要进来了，但他并不害怕，也不担心，只有平静。这不过是茫茫时间之海中的一刻。

与他的表面相反，首席天咒师并没有在祈祷。祈祷是为了那些寻求安慰之人。赫利俄斯并不需要这样的安慰。他只需要做好准备。他将注意力放到了席卷城市的风暴中，开始将它的力量聚集到自己身上。他将在随后的一段时间内需要它。

当他通过最终试炼的时候。

对死亡的恐惧是天咒师的第一项考验，也是最后一个。它贯穿了整个战士的一生，如同笼罩在生命上的阴影。它无法被打破，只能忍受，明知这是考验的一部分。他在西格玛星环的高塔上同其他人一起学到了这一课。在苍穹下冥想的十二个星期中，只有群星的陪伴和雨水来解渴。

赫利俄斯发现：那些看似浩瀚无垠的东西，不过是一些小东西的组合，全都在宇宙中相互碰撞。艾吉尔的风吹向其想去的地方。数不清的世界在深渊中翻滚。星辰在遥远的地方诞生，随后又在它们的光芒抵达他的眼前时消逝。不管他或其他人忍受了什么，生命不过是这场伟大舞蹈中的极小部分。它对星辰和风向都没有任何意义。这种认知带来了一种平静。

一位战士——真正的战士——必须要有勇气。不是为了家庭而战的勇气，不是困兽之斗的勇气，而是真正的勇气——能在意识到生命并不重要后仍充实地度过一生。那是缺乏确定之后仍坚持不懈的勇气。这就是天咒师在高塔中所学到的勇气。

他已经明白，死亡虽是必然，但只是一件小事，不过是音乐中的一个停顿。那并不是真正的结束，因为并没有真正的终结，那不过是众多时刻中的一个。星辰将永远在黑暗中闪烁，不管人们是否在那里看到它们。不过，他并不想坚决否认自己会想看到星辰的光芒。

他头顶某处的玻璃破裂了。他听到了敌人的声音——如同一阵撕裂石头的狂风。艾吉尔的保护正在消退，沙许的力量正在崛起。他站了起来，一手握着风暴法杖，一手拿着雷暴战刃。这些武器感觉很轻，比以前的任何时刻都轻。仿佛他可以永远挥舞它们，感觉不到疲倦。或者，就像他第一次把它们拿起来。

黑暗中，死者发出呻吟。它们的窃窃私语如同雪花般飘落。它们诉说它们过去的罪恶，试图吓倒他。但他不能仅仅被记忆吓倒。毕竟，那就是它们，糟糕的记忆和痛苦的时光。

那么，时间不过是时刻的轮回吗？如果你活得足够久，同样的时刻总会一成不变地再次出现。并不存在永生，因为它意味着不变的线性。但是时间并不是笔直的。它会缩成一团，摇摆不定，最后又缩了回去。像河流一样，

这一刻会流到下一刻。

他知道，奥法领主会有不同的想法。对拜尔萨斯而言，星辰是有限的。他从时代和历史的角度去思考。一千年又一千年。对拜尔萨斯而言，时间如同一座大山。未来升起又消失，而过去则在你脚下崩塌。赫利俄斯想知道这里面是否会有什么。但他摇了摇头。不。或许不是。拜尔萨斯看到了天庭，但并没有注意到构成天庭的星辰。

那么，这便是他的职责。看到这宏伟的设计，以及所有的荣耀。但对于一位谦虚的天咒师而言，星辰已经够了。他侧过头，听着有什么东西在抓石头。一块玻璃碎片从上面的窗户掉落下来。他看着它坠落，看着光线在它落地后的碎片上照射。

米斯卡并没有问他是否愿意。那是没有必要的。当圣器法师解释了计划之后，赫利俄斯立刻就明白了。这便是最终的瞬间，终于又来了。他曾在某个时刻活着，然后死去，尽管他已经回忆不起任何细节。现在，活着的他又要死去。或许痛苦。但光荣，以一种适合他这样的战士的方式。拜尔萨斯是位慷慨的领主，这是赐予他的礼物。

他微笑起来。在他的畅想中，至少创作了一首诗。他将刀尖抵在石头上，开始划出第一节。当他还在写的时候，第一扇窗户全部破碎，死者涌了进来。

他好奇当它们看到空荡荡的中庭和感到里面的寂静后，会想些什么。当死者还在神殿外面徒劳地猛攻时，拜尔萨斯带着其他人进入了地下。现在，希望他们已经在路上了。但他仍会为他们争取几分钟，以防万一。

尖叫的幽灵穿过玻璃风暴向他冲来。他挥出法杖，击中了一只。当闪电在它的锁链上闪动时，它颤抖着，变成了一团阴暗的薄雾。他没有停手，而是继续他的动作——猛刺，劈砍，转身。只有几分钟，要好好利用。他已让一打灵魂重新获得安息。他往后退了一步，继续自己的创作。

神殿的主门传来了一阵低沉的轰隆声。灵魂聚集在破碎的窗户上，低语着，身上的锁链咯咯作响。当它们中最勇敢的一只冲向赫利俄斯时，他并没有抬头。他的全部注意力都在那首诗上。他刺出法杖，那只灵魂化为了碎片。其他幽灵则向后退却。随着他在石头上刻下文字，天界能量的弧线也在他周围闪烁，沿着他的武器跳动。

又是一阵轰隆声，这次还伴随有嘶嘶的烧焦声，秘法屏障终于消失。最后，传来了木头碎裂的声音。一股诡异的雾气从拱门后弥漫开来，爬上了石柱，缠住了壁龛。然而，首席天咒师依旧没有抬头。那首诗已接近完成。

沉重的战靴踏在石头上。那是一种不协调的响声，与发出嘶嘶声、刮擦沙尘的午夜游魂完全不同。一种味道，像是金属和腐肉混合在一起的味道，侵入了他的感官。他停了下来："你是阳光之下的新造物。"

那身影站在他面前，像是一根黑色的柱子，笼罩在可怕的迷雾之中。他很瘦，几乎细长，好像除了骨头和肌肉之外都被削去了，仅保留下了一个影子。他的盔甲同扛在肩上的剑一样，吸收了所有色彩。

"吾即真理。"死者吟诵道。

"真不巧。等一下……我马上就要完成我的诗了。"

"诗？"死者听起来很困惑。

"有始有终很重要。你同意吗？"

沉默是唯一的回复。赫利俄斯刻完了最后一个词，向后退去："现在，我们可以聊聊了。"他将剑放在面前，手搭在剑柄上，用法杖轻拍肩头。

"告诉我你的名字，幽灵，接下来我可能会用上。"

"我叫塔姆。我曾经跟你一样。"

"哦，我怀疑这一点。可没有人会像我。"

"无论如何，你在这里，你将失去自己的灵魂。"塔姆做了个手势，一个戴着锁链和挂锁的幽灵飘了过来，"你会看见我所见的。谎言会在黑日的光照中从你身上烧尽。"

"万物皆有可能。"赫利俄斯研究着这个灵魂，注意到了它的挂锁中流出的紫晶色光芒，"可我们还没到那一刻呢。"

"那不可避免。"塔姆走近了，他黑色的双眼除了使命外空无一物。赫利俄斯点了点头。

"而我，依旧站在这里。"

"不会太久了。"塔姆伸出了他的剑，午夜游魂如同呼啸的飓风般向前扑去。赫利俄斯起身迎接它们，迅速移动起来。他的每一个动作都挥出了一道劈开幽灵军团的弧形闪电。赫利俄斯很少在战斗中使出全力，因为他体内的能量可能会对身边的雷铸军造成对敌人一样的危险。但在这里，现在这一刻，他却可以随心所欲地释放它们。

随着战斗在神殿内展开，铁链砸裂了地板，并将石柱劈开凹槽。赫利俄斯引着午夜游魂到他想去的地方，因为除了吸引它们的注意之外，他并没有其他计策。他挥出法杖与剑刃，用自己的闪电链拴住灵魂。

但是，它们依旧紧扑向他，如同潮水般的破碎阴影淹没了整座神殿。那些扭曲的脸庞面露苦相，发出哀号，它们湿冷的手在他身上抓挠，生锈的铁链在他的盔甲上扫出火花。他每消灭一只幽灵，就会有新的两只取而代之。带刺的棍棒和破损的剑刃撕咬着他，他不断转身闪避。

他能感觉到它们的疯狂在困扰他，一种真实的寒意让他四肢沉重、头脑眩晕。一股瘴气般的寒霜冻结在他的盔甲上。但他体内的闪电依旧支撑着他，虽然不快，也没那么稳定。

慢慢地，他发现自己被逼向一群围成半圆的飘浮魂体。他听到了皮鼓的敲击声，瞥到了一群戴着破旧兜帽的幽灵露出的野兽头骨。这些挥舞着黑色长刀的午夜游魂开始向他逼近，而其他的低级游魂则继续骚扰阻碍他。

它们想要消耗他的力量。不可避免，正如它们的主人所说。飘浮的幽灵向他逼近，他被迫转身挡开想要击碎他心脏的一击。他的雷暴战刃挥扫出去，砍碎了一件破旧的斗篷，将魂体一分为二。更多的剑刃刺向他，他被迫向后退去。

他的目光所及之处都有死者盯着他。他转身猛砍，将风暴法杖毫无抵挡地穿过了几张可怕的面庞。闪电在它们之间闪烁跳动。他再次转身，转动自己的法杖。他一直在体内聚集着雷暴。但他并不会对任一灵魂释放这股力量，不会踏入自制的陷阱。它们一直向他进攻，他也有意为之，知道它们正在驱使他逼近——啊。就是那里。

在他战斗的时候，那只狱卒游魂带着尖鸣的锁链突然冲向了他，他假装似乎并未察觉到它的接近。米斯卡告诉了他关于这只灵魂的一切——拜尔萨斯所看到的一切。他兄弟们的灵魂被困在了那些锁链之中，注定将迎来一个未知的命运。圣器法师不知道摧毁这只生物是否能释放他们，但赫利俄斯觉得试一下并没有什么坏处。

他等待着直到它接近，随后转身，让他的法杖在手中滑动，以让杖尖撞向它那怪兽般的头盔。那只怪物大叫了一声，朝他挥出锁链。他闪身躲到一边，扭动自己的法杖，挡住了铁链。他转动手腕让更多的锁链缠在了法杖上，他能感觉到里面的灵魂正在呼唤着请求释放。在那只灵魂试图挣脱之前，他猛刺一击，再次击中了它的头部。当他施行的时候，释放出了雷暴。

一连串噼啪作响的能量从他体内释放了出来，缠住了狱卒游魂。其中一些能量顺着那只怪物自己的锁链攀爬，让生锈的链条燃起了深蓝色的火焰。光亮在他周围增强，冲破了阴影并击退了死者。随着赫利俄斯一次又一次地击打，他觉得自己的法杖越来越烫，直到它刺穿了那只怪物，撞到了地板上。天界闪电将狱卒游魂劈开，它发出了一声震耳欲聋的尖叫。

赫利俄斯在风暴法杖的能量爆裂前放开了它。爆炸将他推向了身后的一根石柱。石柱断裂，他则跌到了地板上。当他的法杖破裂时，狱卒游魂也随之炸裂，在净化的光辉中燃为灰烬。它的锁链也化为了熔渣。赫利俄斯听到了被囚禁的灵魂获得自由时的歌唱，闪电从燃烧的铁链向上冲去，击碎了上方的圆顶，破碎的玻璃如雨点般落向了下方的灵魂。

随着回声逐渐消失，赫利俄斯站了起来，玻璃碎片从他身上滑落。他试着吸了一口气，肋骨随着疼痛发出了嘎吱声。他碰到石柱的脖子和肩膀也有痛感。他的盔甲已被他所释放的雷暴之怒所灼伤。除了疼痛之外，他还感到了疲倦——精疲力竭，却很满足。在结束前的一点善行。虽然不够，永远不够，但至少算是一点。

"你会为此付出代价。"塔姆在随后的寂静中说道，他慢慢从聚集的死者中走了出来，剑尖在他脚边留下了黑色的痕迹，"在你被重塑为你所抗拒之物前，你的灵魂将在痛苦中尖叫。"

"说话和行动是一回事。没有什么能阻止我说到做到。"赫利俄斯举起了雷暴战刃，双手紧握剑柄，"你也能做到吗？"他架起剑，做好准备，"来啊。一试见分晓。"

塔姆咆哮了一声，嘴异常地张开，冲了上去。赫利俄斯也上前迎击。

当那一刻最终来临时，他已做好了准备。

第二十一章

下行之路

雷鸣自上方传来。

拜尔萨斯停住了，倾听着。赫利俄斯履行了诺言。他为他们争取到了足够的时间，现在贾德森和他的战士正带领着弗斯克、欧博尔，还有其他人前往瑞文氏族的大厅。那里是否安全，拜尔萨斯并不知道。但无论如何，凡人至少避开了接下来要发生的事情。

"赫利俄斯回到了星辰。"米斯卡在他旁边说道。他看向了她，又伸手抚摸着快银羽毛般的鬃毛。

"他抵挡它们的时间比我想的要久。"

"他并没有独自返回艾吉尔。你能感觉到吗？"

拜尔萨斯点点头。以太似乎变轻了。仿佛有一份界域上的重担被拿开了。他环顾四周。隧道向下倾斜，并且窄到只能允许三位雷铸军并排通过。阴影被战士们法杖上的光亮和粘在他们手臂及盔甲上的微弱电光击退。

这条由矮人工程师修建的隧道干燥而坚固，石质的沉重护墙将破碎的泥土挡在了外面。它以矮人才能理解的构造旋转，但总是会向下。有时，他们会来到岔路，必须等待埃莉娅回来带领他们进入正确的道路。较小的隧道时不时会从主路中分出，但大多数则在最近被封死——用砖块或其他方法封闭，并标上守护符文和结界。

除了符文之外，这里也有灵魂。拜尔萨斯可以看到那些早已死去，但依旧尽职尽责的矮人回声，它们依旧同生前一样工作——支撑石块，铺平地板。他曾读过，矮人的来生只是生命的延续。对他们荣誉和辛勤劳作的回报便是持续这样的生活，直至永远。

这里面有一种令人愉悦的情感。拜尔萨斯也期待同样的事情——一场星空下的永恒战争。如果他足够幸运。但当想到法鲁斯时，他将这个想法放到了一旁。

"那孩子又消失了。"米斯卡说。埃莉娅远远地走在他们前面，比她带领前往地下世界的雷铸军还要快。

"你能看到猫吗？"

"有一些。"它们的眼睛在黑暗中闪烁，这些生物或蹲在角落和缝隙中，或沿着护墙前行。它们柔软的猫爪轻踩着，混杂在神锤圣砧军团刺耳的踏步声中。

"那她就在附近。"拜尔萨斯相信那个女孩正带领他们走向正确的地方。那孩子身上有某种东西，某种说不出来的特质，使他既困惑又好奇。虽然他告诉她的只是一个故事。更多的传言可以从他十几年的研究中挑选出来。但这并不意味着那不是事实。

凡世界域中的凡人崇拜许多神明，有些是旧神，有些是新神，有些真实，有些虚假。谁敢说世上没有猫神呢，就像猫经常做的那样，躲在宇宙中的某个小裂缝中，等待着灾难结束？

快银发出了一阵呼噜声，拜尔萨斯回头看到卡莉丝正向他走来，鹫犬格里普跟在他的身后。她在将她的部队和人类一起送走后，一直就跟在后面。她还没开口，他就知道了她想要干什么。"我们接近了。"她说，"我能感觉到石头的震动。"

"很好。有被追击的迹象吗？"

"还没有。我们会在被追上后立刻就知道。贾德森和弗斯克为它们留了一个惊喜——他们将剩余的火药和银弹都藏在了圣骨匣中，在隧道被打开后就会爆炸。"

拜尔萨斯哼了一声："这阻止不了它们。"

米斯卡转过身："或许我们应该也做同样的事。派遣一些战士暂时守住隧道。"

"但那依旧起不到有效作用。此外，它们或许不会走这条路。而法鲁斯也知道藏在圣骨匣里的秘密路线。它们也许会走那条路。"

"那为什么我们要在这里，而不是那边？"卡莉丝说。

"尽可能地赶在它们之前。下面有增援部队。圣骸领主达瑟斯和他手下的军队。如果法鲁斯在自己的迷宫中找路的时候，我们能和他们的队伍会合，那么，我们或许就有机会把他带到开阔的战场上。"他看着她，"没有他，没

有一个中心、驱动的意志，午夜游魂就会分散。"他抬起头，"城市的战斗仍在继续。但跟在我们身后的部队将不会参与……而万坟则会继续封闭。"

"那你将再次与他交锋。"米斯卡说。

拜尔萨斯还没来得及回答，一只猫就叫了起来。他抬头看去，发现了像影子一样一直跟在埃莉娅身边的疤唇猫。他向前面看去，看到那孩子正坐在一面护墙上，等着他们。"是这里。"她说着跳到了地上，就像她的四条腿同伴一样轻巧。

"在哪里？"拜尔萨斯的目光越过她。隧道继续延伸，尽头则被黑暗所吞噬。他怀疑这是不是某种假象。

"在这里。"她指向一个地板上的生锈铁栅栏。自从他们下来之后，拜尔萨斯已经注意到道路上有许多类似的栅栏，每隔数千步就有一个。他推测是为了防洪，防止玻璃湖的水位上涨。他说不出这个有什么不同。

"为什么是这个？而不是其他的呢？"

埃莉娅抬头看着他。"必须走这边，不然你就跟不上我了。"她低头看去，望着黑暗，"其他的对你而言太大了。"

"要多久？"

她耸耸肩："你快不了。"

"我们可以足够快。"拜尔萨斯将法杖举到自己身边，低声念了一个词。一个光球在法杖顶端亮了起来。他将它拔了下来，扔进了栅栏。闪电分为了两个，两个变为了四个，直到有一打光球在黑暗中跳动。"我们现在可以看看要去哪里了。"他说。

那是一个斜坡——陡峭又曲折，就像一条山路，自栅栏一直向下延伸。拜尔萨斯可以听到一种稳定的碰撞声，就像海浪一样从看不到的地方传来。他低语了几个词，朝栅栏挥了挥手，锈迹斑斑的铁变为红尘，就好像从未存在过一般地消散了。

"来吧。"他说，"是时候让我们看看纳迦什想要的是什么了。"

接近……他能感觉到他接近了。

"撕开它。"法鲁斯咆哮着。他挥剑而出，粉碎了隐藏他所找之物的圣骨。圆形的石板几乎和支撑它的墙一样大。它略微地向下倾斜。周围的天界符印刺痛了他的目光，迫使他转过身去。

无论他看向何处，都能看到圣徒的头骨在嘲笑他。他想要将它们拖回来，将它们拉起，但它们铭刻的至高星印记阻止了他。他想要让它们明白除了纳迦什，平静只是一种幻象。这些死者一如既往地被生者剥夺了它们真正的地位。就像下面那些死者一样。

你能听到他们吗，法鲁斯·塔姆？他们在黑暗中呼唤你。

"是的。"他说。他能听到他们。他们想要获取自由，从不死之王那里请求他们罪行的宽恕。这是一支热情的军队，已做好同星辰作战的准备。这就是他要去获取的东西，并将不惜一切代价地得到它。

即便这意味着你自己的毁灭。

法鲁斯停了一会儿，感到困惑。这听起来就像一个问题。他的头盔挤压着脑壳，似乎想把这些想法挤走。他后退了一步，头隐隐作痛，几只剩余的行尸挤向前去，没有受到符印的影响。破碎的手指紧抓着石头边缘，随着它们晒干的肌肉和韧带拉紧。一只行尸扯掉了自己的手臂，跌跌撞撞地退了回去，嘴巴咬动着。法鲁斯砍下了它的头，将它推到一边。如果它连石头都移动不了，它就毫无用处。"用骨头，"他沙哑地说，并没有看，"把它撬开。"

倒地行尸的破碎腿骨和臂骨都插进了细小的缝隙中。生锈的剑刃也加入了进来，这些行尸使用起了生前的武器。慢慢地，巨大的石板开始移动。不知何处的隐藏杠杆被触发了，齿轮开始转动。它现在只需要一只强大的手来启动整个装置。

"我记得我曾打开过它，用我自己的双手，还有别人的……布里埃斯……"他低语着。那是一个没有面庞的名字。他将记忆甩到一旁。这无关紧要。

"您现在不止两只手。您有一千只。"多尔站在圣骨匣外面等着说，"这里所有死者的手都是您的，大人，就像您的手是纳迦什的手一样。万物皆归于他，他即是万物。"

"没错。"法鲁斯边说边抚摸着剑柄上的沙漏。沙子发出嘶嘶声，流动而下。它们似乎永远都不会落完。他低下头，突然感到头盔的重量。他战甲的重量也似乎要将他拖倒。这个地方的空气像石头一样围着他。这一切都在那位击杀了堕爪的雷铸军死后变得更加糟糕。

他回头看了一眼尸体被炸的地方。石头、柱子和墙壁都被烧焦了。神殿

的内部散发着天界火焰的恶臭，许多低级的锁缚魂都被战士临终前的挣扎所消灭。

像其他人一样，他并不明白法鲁斯给予的礼物。他现在又再次回到了暴君的怀抱。法鲁斯感到了自己的气愤，转过身去。石板在移动，行尸依旧在用力推它。其余的死者等待着。它们是发现任何埋伏和陷阱的第一拨部队。

有一种声响——尖锐又粗糙。

他在火光闪出的那一刻就发现了。在石板下藏有一块打火石，随石板的移动而点燃。火花跳到了一堆火药上。火焰经过堆起来的骨头，画出了一道奇怪的图案。他转过身，跟着它，挖掘着自己的记忆。他以前见过这个，它是什么？是什么——

爆炸在下一刻发生。圣骨匣中满是火焰，还有一团呼啸而来的银弹。行尸燃烧着倒下。附近的锁缚魂尖叫着逃走。法鲁斯站在原地，无视着周围想要吞噬自己的火焰，尽管他既无肉体也无骨骼。他怒吼一声，从剑鞘中拔出剑。他一下下地砍向石板。

参差不齐的石块随着他的挥砍掉落。当砍掉了足够多的石头后，他伸出一只手，将剩下的石板推到一边，将看不见的机械装置推离原位。火焰在他身边呼啸而过，进入了前方的通道。燃烧的行尸从他身边蹒跚而过。片刻之后，午夜游魂也涌入了隧道，它们的尖叫和哀号声在石壁间回响。

"纳迦什的力量不可否认。"多尔喃喃地说。当他将午夜游魂赶入圣骨匣后，它们的出现掐灭了火焰，几乎瞬间就带走了空气中的热量。

法鲁斯没有回答。他凝视着通道，倾听着石头的摩擦声，这声音曾是那么熟悉，现在却变得那么陌生。多尔走近了，提灯的光亮照在了法鲁斯身上："您听到了吗，大人？迷失的灵魂，在无光的深渊中呼唤着您。它们知道您在这里。狱卒变为了救赎者。它们欢迎您。您听到了吗？"

法鲁斯听到了。万坟的声音在黑暗中叫喊。呼唤他。

"来吧，"他说，"不可避免之事在等着。"

拜尔萨斯领着路，剩余的战庭跟在他身后行进。他们只剩下三十多人。但足以完成必须要做的任务。

快银在他身边踱步，埃莉娅坐到了它的鞍座上。即便有猫群依偎在她身边，她在上面依旧看起来很渺小。更多的猫则跟在它脚下。有时，它们似乎有几十只，有时却仅有几只。

斜坡并不平坦。不止一次让雷铸军差点失足，松散的石块会滚落到下方的深渊。每一次，他们都会停下来，直到石头滚动的哗啦声消失。然后，他们再继续前进。

拜尔萨斯能听到石头摩擦石头时所发出的稳定而又刺耳的隆隆声。尘土飘在空中，像一根根的缎带自上方筛散，落到了雷铸军的盔甲上。偶尔会有亮光从下方升起，反射在镜面墙壁上，在斜坡的弯道上来回跳动。

它就像是一个星象仪。但这个星象仪中却有一个由移动的线条和滑动的方块所组成的小谜盒。所有的一切都在运动，虽然速度缓慢。他能感到以太和它一起滑动。那些祝福和艾吉尔的保护固定了坟墓的边界。即便还未亲眼所见，他也能感觉到法鲁斯设计的奥法符印。随着地下墓穴的形状发生变化，奥法符印也随之变化。从屏障到漏斗再到陷阱，然后再次重复。

"他很聪明。"米斯卡在他身后说。

"他现在也是。"拜尔萨斯回答，"这就是个问题了。"

前面的斜坡逐渐变宽，借着光线，拜尔萨斯能大致地看出墙上的坟墓和墓穴的粗糙入口。这些洞口都被石头和银链所封印，他可以看到秘法结界那如同磷光菌类一样发出的光芒。

他们脚下的地面开始颤抖，一层厚实的尘土自空中倾落。埃莉娅向前侧了侧身子。"我们必须等一等。"她大声喊着，希望在四面八方涌来的轰鸣声中大家也能听得见。拜尔萨斯举起了他的法杖，雷铸军队列轰然停了下来。前方的路突然断开。墓穴的表面破碎成了一堆倒塌物，陷入了突然出现的裂缝中。拜尔萨斯向下凝视着。

从他站的地方看，下方的墓穴就像一个巨大圆柱的顶端，这圆柱由一层层纵横交错的街道和通道所构成。圆柱则被困在了一个由石径和桥梁所组成的向四面八方延伸的大网中。这些层层结构相互独立移动，能向上或侧面滑动，或者当另一层升到其位置后向下沉落。

这就像是个天才的杰作。拜尔萨斯好奇法鲁斯在他的凡人生活中经历了什么——他是战士，还是从事其他职业？是西格玛赐予了他构思这样一件事所需要的创造力，还是这种创造力一直存在于他体内？那现在还剩下多少呢？

灵魂之战

纳迦什会依旧让他当一个天才,还是不死之王将这些都当作了无用之物而抛弃了呢?

他怀疑是后者。在他看来,法鲁斯就像一个发条。一个靠非自然力量驱动的空壳,像是一个灵魂的木偶。他听到了有人接近,是卡莉丝·埃尔坦:"你想说些什么,首席解放者?"

他感到她在犹豫。她的光环发生了变化。她的灵魂被困惑缠绕。"我们不应该下来的。"她过了一会儿说道。这并不是她想问的问题,他想。但他还是决定回答这个问题。

"你想过为什么神王要看守这些坟墓,而不是摧毁它们吗?"拜尔萨斯反问道,没有看她,"这一切本来都可以避免,只需他把这里和里面的东西轻易毁掉。他完全有能力这么做。"

"我从来没有考虑过。有他的命令就足够了。"

"不。不是的,"拜尔萨斯厉声说,"他不希望如此。"他迅速转身,她则后退了一步,"西格玛鼓励问问题,首席解放者。他鼓励思考,也鼓励行动。我们的敌人不是有血有肉的东西,而是某种邪恶的抽象化身,这将不仅仅只靠我们手中的武器。要想在眼前的战争中取胜,就必须考虑事物的各个方面,而不是只考虑事物本身。想一想:为什么他不处理这里的灵魂?"

卡莉丝皱起了眉头:"这些东西对他有用。"

拜尔萨斯点点头。"没错。死者对诸神而言如同黏土一样。灵魂可以被重塑。即使被某种方式污染。我们都知道这一点。以英雄托纳斯为例,他在'救赎者'的队列中表现突出。曾经,他是一个污秽之物、混沌的脓包。现在他则是艾吉尔的猎手。"他靠了过来,"在我们的队伍中,也有一些人的灵魂最初不是被混沌夺走,而是被纳迦什所夺取——要么被限制在骷髅外壳中,要么沦为疯狂的灵魂。然而,它们依旧可以被重塑为艾吉尔的侍从。"

他看向别处:"这座灵魂之井中埋葬着一万个人。一万名战士可能有一天会为扭转我们的战局而效力。也许到时候它们也会像我们一样,戴上神锤圣砧军团的纹章。或者也不会。但其潜力是存在的。而我们也急需这股力量。"

"所以我们在这里……为了这股力量?"

"为了希望。为了更好的一天。"拜尔萨斯直起身子,"为了修复破碎之物和重建被毁之物的机会。这也就是我为什么要在古籍中搜寻,在那些发霉的书页中搜寻……寻找希望的迹象。一些可能发生过的预示，可能会再次发生。"他放下法杖，"如果我们是工具，我们也被用于伟大的使命。我因此而感到慰藉。"一座石桥自左边的黑暗中出现，慢慢地移向道路的边缘。撞向它适合的地方，震动由他的双腿传来。

他听到了看不见的锁链装置所发出的嘎吱声响，灰尘从石桥和边缘的小缝隙中喷涌而下。他举起了法杖："来吧。时间短暂。"

他走到了前面，在意识到桥随时可能会断裂并回到它原先的道路上后，他迅速地走了上去。随着最后一位追随者踏上通往前方的道路，石桥再次断裂开来，在链条和齿轮的声响中消失不见了。前面的小路陡然下降，沿着斜坡通向了下方的走道。墓穴和坟墓散落在道路两边，被倾斜的柱子和支架支撑着。这条路向四周分岔，又向数百个方向延伸，在死者的房屋之间蜿蜒。

拜尔萨斯示意卡莉丝跟上他："你认识这个地方吗？"

首席解放者摇了摇头："我只记得一些坟墓，但我上次看到它们是在别的地方。"她看向埃莉娅。那个女孩正指向前方。

"简单点，朝着寂静的地方走。"

拜尔萨斯哼了一声："主入口在哪里？"

埃莉娅转过身，眯起眼睛。她直向北方，远离斜坡的方向："我想是那边。"

"如果她说得没错，那就是灵魂大道的一部分。"卡莉丝说道，"它会从主入口延伸，沿着容纳万坟的深坑。"她蹲下身，摸了摸格里普扁狭的头，拨弄起它的羽毛，"不过，它也延伸出数十条假路。生者和死者一样会容易迷路。"

拜尔萨斯看向埃莉娅："你能带我们安全地走过去吗？"

她点点头，皱了皱眉："我想没问题。如果我不刻意去想的话，会容易很多。"

在女孩的带领下，他们在墓穴中穿行。有几次，前方的道路摇晃下沉，消失在了视野之外，或随着地面的移动转到了一个意想不到的方向。镜面以奇怪的角度放置，扭曲了光线，使得道路出现在了看似不存在的地方。只有拜尔萨斯那飘浮的小缕光球能帮他识别这些戏法。雷铸军不止一次地走入了死胡同之中，但片刻之后墙壁便会分开，揭示出新的道路。一个凡人定会绝望地迷失在这瞬息万变的墓地之中。

当他们穿过石壁时，一些墓穴的门发出响声。铁链作响，黑暗中传来悲痛的声音。死者在这里并未安息。"这声音比以前更大了，"卡莉丝说，"好像

它们在等着什么。"

"是的,而且就在等跟在我们身后的东西。"拜尔萨斯说。他走到队伍前面,用风暴视野凝视黑暗。他能看到数百个不安的灵魂,在他们周围的墓穴墙壁上抓来抓去。阴影掠过他的视线,饥饿的尸体在悬挂于顶部的吊笼中拍打着。可怕的呻吟声在墓穴中飘荡,伴随着雷铸军一路下行。

当他们抵达斜坡底部时,路径像手指一样伸展开来。巨大的墓穴和坟堆建在小路两侧,歪歪扭扭,投下长长的影子。灵魂大道蜿蜒穿过这片石林。这不是一条崎岖不平的小路,而是用浅色的鹅卵石铺成的。拜尔萨斯想它像一根脊柱在整个地下墓穴中伸展。

拜尔萨斯叫停了队伍。当他的下属向他集结时,他能听到远处传来的钟声。"是一座钟楼。"卡莉丝说,"共有十二座,通往大道的每条道路上都有一座。它们都只在危险的时候才会响……"她的手伸向剑刃。在他们周围,追随者站好了队形,在剩余的圣咒战庭周围形成了一个宽阔的方阵。他们紧锁盾牌,单膝跪地,等待着命令。苛罚者也在他身后就位,准备好了巨弩。

"敌人要来了。我们赶在他们前面,但也就快了一点。我们现在必须做出决定——要么坚守此地,要么继续前进。"拜尔萨斯环顾四周。灵魂大道向北延伸,一直延伸到地下墓穴的中心。坟墓以错误的角度伸出,似乎在以无限缓慢的速度坍塌。一切都在不断地运动着。他能感到脚下的路在移动。

"这是个伏击的好地方。"玛瑞亚看着四周说道。首席追随者摘下了她的头盔,露出了一头短发。她眯起黑色的眼睛,以一个老兵对细节的注意观察着周围的一切:"他们可能不会料到。"

昆特斯也哼了一声。"他们可能会埋伏伏击者。"首席苛罚者摇了摇头,"这地方并不稳固,不适合坚守。"

"如果我们小心点就不会。"格里乌斯说道,工程师皱起了眉头,像一位工匠盯着一块难以处理的木头,"我们能在这里牵制它们,只用部分战士。不需要永远,足够拖住它们就行,大人。给您足够的时间抵达迷宫的中心,如果这是您的计划的话,"他凝视着大道,望向钟声传来的地方,然后又看向拜尔萨斯,"这里的石头很松散——因为过多的移动。只需要一些爆炸,每一座墓穴和支柱都会倒塌。"他咧嘴一笑,"如果西格玛与我们同在,我就把它们都埋了。"

"不仅你一个人。"玛瑞亚说,"我会带着一半的部队,如果昆特斯愿意的话,也可以留下三分之一的部队。"她瞥了一眼昆特斯,他思索了片刻点了点头。她又回头看拜尔萨斯。"剩下的人,还有波萨斯的剩余部队,都将与您并肩作战,大人。我们会为您与它们血战。"她看向他,"这是一个务实的选择,大人。并且高效。"

拜尔萨斯低头看着她。他几乎不太了解她。玛瑞亚,就像昆特斯和其他人一样,对他而言几乎就像一个谜团。他从未试图去了解过他们,从未。而现在,他们即将离他而去。他们不会幸存,而铸神铁砧也将重铸出一个不同的人。

"没错。"他过了一会儿说道,瞥了卡莉丝一眼,"你将接管剩下的追随者。"这不是一个请求。她犹豫了一会儿后,点了点头。

"如您所愿,奥法领主。"

拜尔萨斯僵住了。克诺索斯肯定会在这种时刻发表一番演讲。而他却无话可说。他看着玛瑞亚和格里乌斯,说道:"西格玛与你同在,姐妹。也与你一起,格里乌斯。"

格里乌斯笑着说:"他一直如此,大人。今天应该不会有什么不同。"

当他们离开玛瑞亚、格里乌斯,以及其他人时,卡莉丝并没有回头看。黑暗似乎从四面八方压过来,不知什么地方传来了悲哀的钟声,从来没有像现在这样令人感到窒息,卡莉丝不知道深渊中有什么东西在苏醒,也不知道当他们最终抵达时,等待他们的会是什么。

她看向埃莉娅,那女孩依旧坐在拜尔萨斯的坐骑上。她试着不去想这女孩所处的危险之境,她希望自己能将这孩子交给其他人,前往矮人的隧道。但是,或许埃莉娅跟随她的父亲也不会更安全。

她皱起眉头,思索着杜瓦克见到她时尖叫的样子。拜尔萨斯是对的——点灯人已经破碎了。他除了维持自己世俗的工作之外,几乎没有其他职责。埃莉娅似乎并不介意。但这很难说。那女孩就像跟着她的猫群一样难以捉摸。

她看着他们的时候,突然产生了一个不同的想法。她曾听到某些事,但暂时忽略了。她本应该早点问拜尔萨斯的,但她已经失去了勇气。现在,看着拜尔萨斯大步走向埃莉娅身边,想知道真相的愿望又重新燃起。她转过身去,寻找她可能要问的人。

"你说奥法领主将再次面对法鲁斯,那是什么意思?"她警惕地扫视着周围的人,来到了米斯卡的旁边低声问道。米斯卡正走在她队伍的前端。

圣器法师愣了一下。她并没有看向卡莉丝:"我的口误。"

"是吗?为什么死者知道怎么下来?我以为他们会跟着我们,但拜尔萨斯似乎不这么想。而他也提到了法鲁斯的名字。你说他的灵魂迷失了,圣器法师。你那句话是什么意思?"

米斯卡低下了头:"就是我所说的意思,首席解放者。他迷失了。"

"那拜尔萨斯怎么面对他?"

米斯卡看向她:"你真的想知道吗?"

卡莉丝犹豫了。她想说"是的",却无法从嘴中说出这个词。圣器法师的语气让她感到一阵寒意。她被教导过,要与艾吉尔融为一体,就像其他雷铸军一样,这是不可改变的。雷铸军的灵魂会迷失,甚至会被摧毁,但无法被改变。如果这不是真的⋯⋯

她低头看着自己的手,因这些想法而感到不安。"那他还能回到我们身边吗?"她终于开头问道,"他还能⋯⋯变回曾经的样子吗?"

米斯卡叹了口气:"不能。"

"你确定吗?"这像是一种指责。米斯卡瞥了她一眼,脸上浮现出一丝苦笑。卡莉丝向后退去,突然感到一阵羞愧。其他雷铸军的眼神也如同北冕山脉的寒风般冷酷。

"如果我不确定,我就不会在这里了,姐妹。如果可以,那我会很开心。"米斯卡看向别处,"我想,我们都会因此开心。但不幸的是,我们就是我们,而我们也因此而出现。"

卡莉丝摇了摇头:"你为什么不告诉我?"

"那有什么用呢?"米斯卡再次笑着说,不再冷酷,却带着悲伤,"我们的使命——我们必须做的事情——已经在我们的同胞中私下传开。没有人愿意相信,但所有人却都害怕。正如他们应该表现的那样。"

卡莉丝看向别处:"你说得很直白,姐妹。"

米斯卡耸耸肩:"这不再是传言了。相反,它成了一声咆哮。西格玛揭开了秘密的面纱,也就是现在我们的存在,还有我们的使命。"她朝前方望去,看到拜尔萨斯正走到他的坐骑和埃莉娅旁边。"拜尔萨斯是为了法鲁斯而来。

他觉得自己失败了，并试图救赎自己，还有法鲁斯。所以你看，你并不是唯一一个感到内疚的人，因为你错置了这种感觉。"她说。

卡莉丝皱起眉头，打量着奥法领主。她怀疑自己是不是误解了他。她朝米斯卡点了点头，赶去追上拜尔萨斯。当她接近时，拜尔萨斯看向她。"奥法领主，我——"她刚开始说，就被风鹫打断了。那只动物发出了尖锐的叫声，如同黑暗中呼啸而过的箭矢，落向前方的大道。灯光在黑暗中闪烁。"停下。"一个低沉的声音在上方喊道，"报上名来。"

"达瑟斯。"卡莉丝喊道，认出了这个声音，"是我，圣骸领主。我是来支援的。"她向前走，举起双手。

"卡莉丝？"灯光更亮了，露出了圣骸领主的身影，他站在一段破碎的台阶上。惩戒者也从墓穴中现身。达瑟斯看上去伤痕累累，好似他已在黑暗中经历了一场自己的战争。他的尸骸盔甲上有凹痕和焦痕，头骨头盔的左眼处有一道巨大的裂缝。陪同他的惩戒者也都差不多。"你来这里干什么？"他问。

"我们是来帮忙的。"拜尔萨斯说。

达瑟斯盯着他。随后，他低下了头。"奥法领主。"他直起身子，匆匆走下台阶，"卡莉丝，发生什么事了？"

"死者已经进城了，兄弟。更糟的是，它们也进入了地下墓穴。我们想要拦它们，在……"随着卡莉丝的声音逐渐变小，达瑟斯的双眼在头盔中睁大。

"如果这样，你们是怎么来到这里警告我们的？"随后，他更加急迫地说，"我们的防御有漏洞吗？"

"那个孩子，埃莉娅，带着我们……"拜尔萨斯说。卡莉丝回过头。埃莉娅已经不坐在快银上了。一只猫也不见了。"她走了。"拜尔萨斯说。

"走了？"卡莉丝提高了嗓门，转身开始寻找，一股恐惧的寒意席卷了她，那是一种原始的感觉，一种她不习惯的感觉，"她去哪儿了？"她打算往回走，但米斯卡拦住了她。

"她刚才溜走了。"

"你看到她走了？"卡莉丝问道。

"她回去了。"

"回去？回哪里？你怎么能让她走掉？她只是个孩子！"卡莉丝挣脱了米斯卡的手，"我要找她。"她顺着他们来的路往回走，"我发过誓。"

"那誓言是否越过了你的职责?"达瑟斯严厉地问道,"那孩子比法鲁斯更了解地下墓穴。如果她藏起来,连死人都找不到她。"

卡莉丝转过身想要开口否认。但她还没来得及发声,就再次听到了钟声。这次它们来自南方。在钟声的喧闹之下,还有死者的呻吟。不是那些被困在坟墓里的可悲幽灵,而是凶狠的死者。午夜游魂还有鬼魂。拜尔萨斯拉住了她的胳膊,她看向他。"没时间了。"拜尔萨斯说。

"她有危险。"卡莉丝嘶哑地说,"我告诉过法鲁斯。我向他发誓我会保护她的。我不能……"她的声音渐渐减弱,"我对他发过誓。"

拜尔萨斯看了她一会儿,好像在找什么东西。然后,他叹了口气,他放开了她。"去吧。"他轻声说,"西格玛与你同在,姐妹。"

法鲁斯凝视着垂死牧师的脸,寻找这个凡人已经理解的迹象。在这最后的时刻,他将会领悟到法鲁斯所带给他的真理。艾吉尔没有救赎,唯有死亡。

但牧师只是这样死了。然后……什么也没发生。法鲁斯摇了摇尸体。他看向徘徊在身边的多尔,他提灯的光亮照亮了钟楼的屠宰场。牧师们拼死抵抗,但祈祷和银器无法抵挡午夜游魂。"他在哪里?"法鲁斯抱怨道,"把他的魂体拽出来。"

"唉,大人,我不能。这个地方被肮脏的星光笼罩着。它污染了空气和土壤。我们能释放被困在这里的死者,但我们无法拉起刚倒下的死者。它们被囚禁了。"多尔靠了过来,"但这会改变,当您打开了万坟之后。当这里再次属于纳迦什时,这些倒下之人会再次起身听从您的号令。"

听从纳迦什的号令。

法鲁斯让尸体倒下:"你是说听从他的号令?"

多尔低下了头:"当然,大人。如您所说。"

法鲁斯转过身,抓住剑柄,它插在另一位牧师的肩胛骨中。那把剑抵挡了片刻,才让他将其抽出。剑刃上没有血迹,好像被剑身吸收了一样。他盯着剑面,试图寻找多尔发誓所说的迹象。但除了在黑暗中旋转的紫晶色光粒外,他什么也没看见。

听啊……

他停了下来,倾听着。他周围响起了声音,都在呼喊释放。有些近在咫尺,而有些似乎遥不可及。

他们呼唤你。听啊——听听这些呼唤着解放者的囚犯们的呼声。

他没有将剑插回剑鞘。他很快会再次需要它。上面的钟声还在响，尽管所有的牧师都死了。这些钟声是欢呼还是悲伤，他不得而知。或许都有。是为了即将到来的一切而欢呼，并为曾经的损失而悲伤。死亡就像永远地被困在两者之间。

死亡就是为了服侍纳迦什。仅此而已。纳迦什乃万物。

"而万物皆归纳迦什。"他低语着。在钟楼外面，他的午夜幽魂正忙着扒开墓穴和坟墓，试图打开那些只有最薄弱的结界保护的地方。即便他们无法唤醒那些被他们所杀之人的灵魂，他的军队也会壮大。"让他们出来。"他说，"我们必须抵达坟场。"

多尔开始讲话，法鲁斯无视了他的陈词。他飘出了钟楼的阴影。空气随着地面颤动。钟楼所在的那块地方似乎在移向别处，前面的路消失在了突然出现的一大片石窟和石板之中。但他并不困惑。他默默地数着，路又再次改变，重新显露出来。

这个地方对你而言没有秘密。这就是为什么只有你才能做这件事。

塔楼是进入地下墓穴的秘密之一。它们的位置是固定的。事实上，大部分地下墓穴的位置都是固定的。它们只是由精心放置的镜子和虚假的背景而营造出一种移动的错觉。一块石头滑出了位置，银链自尘土中升起，挡住了通往附近墓地的道路。午夜游魂发出不悦的哀号，退了回去。

法鲁斯注视着，试图把那个急切的低语声从他思绪里赶走。这是他为了记住穿越迷宫的道路而付出的代价，随着他越深入地进入地下墓穴，就变得越发难以忽视。

你会忽视它的。你的目标已经确定。这不可避免。

"这不可避免。"他说。他向西边走去，看到地下墓穴在不规则的层叠中逐渐消失。风暴提灯在黑暗中燃起，发出湛蓝色的光电。他们的出现扰乱了黑暗，而他感到了内心深处的一股怒火。

艾吉尔的光，那个声音嘶嘶地说。灯光阻挡死者。你必须掐灭它。

他剑柄沙漏中的沙子开始嘶嘶作响，而他感到了体内有什么东西在拽着他，将他拉向这座迷宫的中心。

你会掐灭它。你会使太阳浸入阴影，使星辰陷入沉寂。

先是一步，然后两步。需要——命令——如同太阳的热量一样冲击着他的大脑。直到他大步走上大道前行，身后跟着一股亡灵组成的风暴。

多尔来到他跟前："您看似很急切，大人。"

淹没地下坟墓，那声音低语道。打开所有墓穴，释放那些囚犯。死亡将再次统治他所统治过的地方。

"当我们向北方前进时，派遣锁缚魂向东西两个方向。"法鲁斯下令，没有看向灵魂看守，"我不会同组织好的敌人作战。要让他们四面受袭。"

"一个聪明的计划，一个敏锐的计划，大人。"多尔低沉地说，"我们不以军队的形式战斗，而是以自然之力，如同洪水、烈焰……"

"一场风暴。"法鲁斯说。他现在移动得很快，并不是跑，而是飘浮。多尔跟在后面，他提灯的光芒更加明亮，几乎让人目眩。哀号的灵魂在他们身后涌动，有些挤满空中，有些则趴在地面的石头上。他们有些像鸟般飞行，有些则如蛇般爬行。有的灵魂拖着破碎的肢体，而有些则拖着破碎的绞架。不管它们是什么样子，它们都跟着提灯的亮光一起向前冲去。某种急切的渴望也像抓住法鲁斯一样缠上了它们，让它们感到炙热，将它们推向了一个疯狂的新高峰。

它们如同一道幽灵能量波横扫整条大道，沿着斜坡上下。他的随从越过石头，绕过有发光结界的石柱，穿过银链间的小路。在地下墓穴深处，钟声开始响起，而他感到了一丝满足。

当什么东西在他身后的锁缚魂集群中爆炸的时候，灯光被掐灭了。刺眼的闪电从其身边掠过，打断了进攻之势。他转过身，看到更小的爆炸掠过上方的斜坡。墓穴从地基开始松动，迅速向下滑动，直到一堆石块在轰隆声中砸向大道。

第二十二章

天堂与死亡之战

"我们不应该让她一个人去。"米斯卡说。卡莉丝已经消失在陵墓滑动的走廊中。她听到了格里乌斯弩炮的声响和石头的轰隆声。闪电在南方闪烁，在黑暗中撕出破洞。死亡军团逼近了。她伸手摸了摸挂在腰带上的灵魂瓶，确保它们就在手边。她看着拜尔萨斯。他没有回答。他回头看着来时的路，似乎被战斗声所吸引。

她转向圣骸领主达瑟斯："快走。召集你能召集的人。敲响钟声，召集所有战士，无论是雷铸军还是凡人。恐怕会需要全部战力。"

"那你们呢？"

"我们是来守护这个地方的。这就是我们要做的。我们会拖住他们。给你需要的时间。去吧，兄弟！敲响钟声！发出战争号召。让我们做该做的事。"

达瑟斯犹豫了一下，随后，点点头，转身向北走去。他咆哮般发出命令。他的战士跟着他快步行进。他们很快就消失在了大道的黑暗中，只留下西格玛神铁的回声。米斯卡满意地转身看向拜尔萨斯。

"我错了。"拜尔萨斯轻声地说，她几乎没有听见。

她看向他："什么？"

拜尔萨斯抓住快银的鞍座，爬了上去。"我以为我可以选择时机。但相反，是它选择我，选择我们。"他低头看向她，"我以为我们会在开阔的地方迎击它们。沙许对抗艾吉尔，在世界的黑暗边缘。这是……一种共鸣。但是，那个时刻却迎向了我们，在这片墓穴森林之中。最后一战不是关于古墓，而是关于一个孩子的灵魂。你明白吗？"

他听起来很恼怒，让她忍不住笑了出来："我明白。我还好奇你为什么坚持要带她来。如果你要问我的意见，好吧，我宁愿为保护一个活着的灵魂而战，而不是一万个亡魂。"

他不满地叹了口气："我想我也是。"拜尔萨斯在鞍座上直起身子。"格里

乌斯和玛瑞亚在为我们争取就位的时间。以太在涌动。敌人会向这边过来。我们会遭遇它们。面对面，灵魂对灵魂。"他举起法杖，"苛罚者在前。追随者，准备突进。米斯卡？"

"是，守墓者？"

"我要拿下法鲁斯。为我开路。"

她平静地点点头："我们将成为您的荣誉侍卫。"她转过身，向剩余的天咒师招手。他们聚集在苛罚者身后，跪着低下头。当他们祈祷时，小的闪电火花在他们身上飞舞。

他们看到她的手势后起身，她也加入了他们。一段几乎被忘却的记忆重新浮现。盾牌的响声和战争的召唤。那种穿过针叶林，与数百人并肩作战，奔向敌人的感觉。那种感觉真好。她笑了。

"来吧，兄弟。我们要像风暴一样，席卷这个地方。"

法鲁斯一动不动地站在那里，破碎的墓穴在他周围轰然倒塌，冲散了锁缚魂。另一场大爆炸炸掉了大道的一部分，将一些魂体掷入了塌陷的斜坡之中。法鲁斯顺着弹道，挥剑指着。"那里——拿下他们。"他喊道。

他跃向斜坡，奔向所指之处。他能感觉到聚集在那里的魔法热度。爆炸撕裂了他周围的墓穴，但他轻松地躲开了。他看见那支弩炮架在一个半坍塌的墓穴顶上，而其余战士站在下面。是裁决者，他想。不，他们不是裁决者。他们是别的队伍，具有魔法之力。

他向他们冲去，但一道盾墙突然拦住了他。这些盾牌闪烁着天界光芒，迫使他停了下来。他后退几步，让锁缚魂从他身边掠过。有些锁缚魂在撞上盾牌时就烧为灰烬。其余的则被雷铸军噼啪作响的钉锤击碎。但仍有些越过了防线。它们爬过活着的战士，试图寻找他们战甲上的缺口。

他听到了丧钟的声响，一群收割者从空中掠过，向战士冲去。巨大的镰刀挥舞着，在全封的战甲上火花四溅。雷铸军向后撤退，举起他们的盾牌以阻挡新的攻击。但其中一人则向前冲了出来，挥舞着她的钉锤。

法鲁斯躲开了攻击，这一击以雷霆之力粉碎了附近雕像的一部分。他的剑伺机而出，在她的盾牌表面刮出了一道伤痕。她向后退去。法鲁斯追击而上，剑身低垂。他没有对她浪费口舌。那面盾牌突然被蓝色的火焰笼罩，他向后回避，一时目眩。

他听到了钉锤挥击的噼啪声，急忙躲开。在经过他时，武器的光辉灼烧了他。半盲的他一剑横扫，逼退了她。光芒照在了他身上，让他的眼睛重新明亮起来。他看到多尔站在她身后，挥出了墓刃。战士踉跄了一下，多尔用法杖终结了她。她的灵魂伴随着一声咆哮向上逃窜。

"我们很快就能战胜敌人。"多尔说。他挥出法杖，提灯的光芒照亮了附近的墓穴。雷铸军仍在战斗，多尔的提灯走到哪里，坟墓的薄弱石块就会破碎，释放出里面被困的灵魂。有组织的盾墙已经分散为挣扎着的深蓝色孤岛，慢慢被黑暗吞噬。

"让我们了结了这里。"法鲁斯说。在他身后，有些东西发出嘶嘶声。他转过身。有几十只猫趴在倒塌的坟墓和拱门之间，恶狠狠地瞪着他。"埃莉娅。"他说道。这个名字在他口中很奇怪。为什么他会这么说？

"什么？"多尔问道。

"法鲁斯？"一个孩子的声音喊道。战斗的喧闹声似乎消失了。他手中的剑越来越沉重，好像要将他拖下去。沙漏里沙子的流动声听起来就像是一窝蛇。当他扫视猫群时，他看到了一张小脸，满是尘土。那是一个孩子，一个女孩。

"埃莉娅。"他再次说道，回忆如飞蛾般掠过他的脑海，他犹豫了，"你是……埃莉娅。"这句话就像一个问题般脱口而出。他向她走了一步。那些猫再次嘶叫，在多尔的提灯下，它们的眼睛闪闪发光。她后退了几步，眼睛睁得大大的，脸色惨白。

她害怕你。她什么也不是。忽视她。

"离开她，大人。"多尔吟诵道，"孩子有什么，除了一点点恐惧之外？"

"安静。"法鲁斯吼道，将剑指向多尔。"安静。"他对那声音说，他转过身，伸出手。"埃莉娅？是你吗？"更多的记忆填进他思维的空洞，"埃莉娅……来这里。"

寂静，只有猫的嘶嘶声。那孩子走了。逃掉了。他举起自己的剑。他死了，死者不会感到恐惧，但即便如此，他还是感到了某种警惕。有一种他无法察觉的东西在这里起作用，让他感到心烦意乱："多尔，投射你的光芒。找到她。"

她并不重要。不要偏离你的道路。

"她不过是一个小生命，大人。离开她，她很快会和其他人一起安息。"

"找到她！"法鲁斯举起剑，剑尖落在多尔喉咙处，如果他有的话，"找到她，不然我就夺去你的提灯自己找。"

"大人……这场战斗……"

法鲁斯一言不发地转身，朝他认为孩子去的方向跑去。他不知道为什么。饥寒交迫之感又回来了，他的盔甲比以前更像一座牢笼。他必须和它对抗才能移动，甚至需要尽力举起自己的剑。但他内心深处有一个声音——它不同于另一个声音——催促他，告诉他必须找到她——他必须——

他停了下来。转过身。他的倒影从四面八方瞪着他。他被领向了一条镜子小径，无论他看向何处，都能看到一张张依稀可辨的面孔回望着他。他能看到皮肤下的头骨，感到自己目光反射出的紫水晶热量。在他们身后，在他们上面，在他们的里面和外面，都蜷伏着一个巨大又可怕的东西，而它的爪子正搭在他的肩膀上。

"什么……？"他犹豫了。他身后的影子站了起来，眼里闪着冷焰。

蠢货。你这么快就放弃伸张正义的机会吗？

"我什么也没放弃。这孩子是……"

什么也不是。她什么也不是，只是记忆。一件没用的东西，最好丢掉。

当这些话在他内心深处回响时，他看到了别的东西。那是一束光，从他战甲的缝隙中闪烁而出。不是紫晶色，而是湛蓝色。他感到闪电在他体内扭曲，他发出咆哮，将它压了下去。

"这个地方……让我烦扰。"

所以你不能再拖延了。打破封印。放出死者。净化这个地方。

他伸出一只骷髅手，但他的倒影并没有模仿这个手势。相反，它只是盯着他，看似在同情他。这双眼睛——他的眼睛——闪烁着天蓝色的光芒，让法鲁斯感到愤怒。他从剑鞘抽出剑来，打碎玻璃，劈开了一条新路。他收剑回鞘。

"来吧。"他说，"这边。"他能听到闪电的噼啪声和西格玛神铁的撞击声，这些声音从地下墓穴的其他地方传来。战斗还没有结束。但很快就会。然后，然后他会……什么？他停住了，试图思考，试图推开回忆的湍流……

街上到处都是死者，无论他走到哪里……

他的长戟挥砍，劈开了一扇门，一双死者的手抓向他……

埃莉娅号啕大哭,来自坟墓中的什么东西却把她抱在怀里……

他举起自己的提灯,然后一道雷霆……

"大人。"多尔在法鲁斯身后说,想要把他从回忆中拉出来,看守的提灯光亮洗刷过镜面,亮度一倍倍地加强,"手头还有更重要的事。命运不可违。这是……"

"不可避免。"法鲁斯说,没有停下来,"那你为什么还焦急呢,看守?你跟我说过什么——这种担心会过去?"他猛冲出去,打碎了左边的一面镜子。他停下来,盯着眼前的镜子。那是谁的脸,回盯着自己?"如果不可避免,那么我在哪里都无关紧要。"他说。

"您忘记了自己的使命。"

不。这不是他。不是现在的他,甚至也不是曾经的他,而是他在诸神对他感兴趣前的样子。是那个在他内心深处呼喊的声音吗?

那不重要。过去没有真相。只有当下。过去和未来不过是虚假的承诺。你的路线已经确定。坚定不移。坚持使命。

"我不会动摇的。"他说。但这些记忆……

雷霆,随后是死者的尖叫,艾吉尔将他们带走……

小偷,灵魂在燃烧中尖叫,小偷……

"我看到了所有事。"他说,盯着玻璃和里面的东西。另一个他,则在纳迦什扎的火焰中燃烧。他飞快一击摧毁了它。当它变为一团闪闪发光的碎片时,他看到了蜷缩在它后面的那个身影。一堆身影。猫向地下墓穴飞快跑开。而在它们中间,是它们的女王。"埃莉娅……"他喊到。她并没有停下。

他跟着那个女孩,被一种他无法理解的东西驱使着。幽灵们在他身后号叫,他们被多尔的灯光吸引而加入狩猎中。他体内混杂着饥饿、寒冷,还有其他东西。一种比其他需求都要急迫的东西。他周围的倒影扭曲着、伸展着,随着他灵魂深处的东西怒吼着。

卡莉丝跑过墓穴,以最快的速度移动着。格里普跟在她身边,他们都跟着一个熟悉的身影——那只会出现在埃莉娅身边的疤唇猫。那只野猫在墓穴和废墟中飞快地穿行。那只猫似乎知道她在找什么,而卡莉丝也不假思索地跟着它。

　　她能听到周围战斗的喧闹声,但她没有理会。拜尔萨斯的战士们有自己的职责,她也有她的职责。她将注意力都放在了那只猫身上。格里普突然叫了起来,随后加速向前飞奔。卡莉丝听到了埃莉娅的尖叫,大声喊道:"埃莉娅!"

　　她转身,试图跟着尖叫走,但迷宫在她周围旋转。随后,她看到了灯光。那是一种诡异的光芒,在坟墓间闪烁。她冲了过去,拔出了自己的剑。当她接近亮光时,她意识到自己实际是在灯光上方。她看到了埃莉娅,正在爬上一座雕像。

　　卡莉丝跨过一个半塌的墓穴顶,纵身一跃。她重重地摔到了雕像边上。"埃莉娅。"她大喊道。

　　"卡莉丝。"有什么东西说。那东西闪烁着诡异的灰绿色光芒。

　　卡莉丝转过身去,光亮照到她身上,她看到黑暗中出现了一个邪恶的东西,拖着一把墓刃。"卡莉丝·埃尔坦。"它再次说道,声音阴沉而又刺耳,"我知道你。我……还记得你。这个地方……让我记得。"那东西直起了它的——他的——全身。那是一个穿着黑铁盔甲的纤细骷髅身影,全身裹着褴褛的裹尸布,正凝视着她。它的声音很扭曲,但又很熟悉。

　　"你别想碰她。"卡莉丝对那怪物说,伸出自己的剑刃,她抬头瞥了一眼爬到雕像顶部的埃莉娅,她将注意力重新转到敌人身上,"我不会让你这么做的。"

　　那死者笑了出来,发出一种刺耳的沙哑声音:"卡莉丝。"

　　"我想我们以前来过这里,你和我。"他敲了敲自己的头盔侧面,"你还记得吗,还是西格玛将这段记忆夺走了?"

　　卡莉丝犹豫了:"记得什么?"

　　"我杀了你的那个夜晚。"

　　她突然眨了眨眼睛,恶心地意识到了什么,因为她看到死人目光中有一道天蓝色闪电:"法鲁斯?"

　　法鲁斯向她冲来,速度快到她的眼睛无法跟上。他们的剑刃在碰撞声中撞在一起,她被向后击退,撞到了一根半倒的柱子上,丢掉了盾牌。午夜游魂在他们周围如同一群愤怒的夜蜂般盘旋。但它们并没有接近,而是在猫的嘶嘶声和拍打中退去。动物的某种特质让它们无法靠近。她用双手架起剑刃。

"死的是你。"卡莉丝说，试图将他逼回去。但他很强大，太强大了。尽管她已竭尽全力，黑色的刀刃还是压向了她。从他的肩膀后面，卡莉丝看到了格里普，它正站在附近的一个墓穴上面。鹫犬准备起身跳跃，它的双眼闪闪发光。

"在那之前。"法鲁斯嘶嘶地说，他火焰般的目光似乎穿透了她，穿透了她的灵魂，"现在我全部记起来了。我记得那个夜晚，还有你女儿的尖叫，我看到了你，不是这副身躯，而是你以前的样子。我看到了你的幽灵，卡莉丝·埃尔坦。我看到了它，藏在艾吉尔虚假的光辉之中，我想要将它拉出来，拉入真实的光明中。你会感谢我的。"他抬头瞥了一眼埃莉娅，她惊慌地低头看着他们，"你也会感谢我的，孩子。你们会重新在一起。你们会得到正义——你们两个。"

"不！"卡莉丝用尽了最后一丝力气，将他推开。他们的剑刃在一阵刺耳声中分开。当她躲到一边时，他从侧面给了她一击，她摔倒在地。在绝望中，她翻了个身，用剑挡住了他向下的攻击。这一击的力道险些让她的剑从手中脱落。

格里普跃了起来。鹫犬撞到了他的后背，用爪子抓挠着。野兽的喙徒劳地撕扯着法鲁斯并不存在的肉体。他吃了一惊。"放开我，畜生。"他怒吼着，没有认出它。格里普依旧坚持着，爪子抓着法鲁斯的盔甲。他们扭打在一起，法鲁斯终于把那只动物甩到一边。但不一会儿它又站了起来，羽毛竖起，再次扑过去。

法鲁斯的手突然伸出，抓住了格里普的头。他转过身，将它扔到了埃莉娅寻求庇护的雕像底座上。随着一声清晰的断裂声，格里普重重地倒了下去，不再动弹，静寂无声。这只动物死了。

法鲁斯转向卡莉丝："先是野兽……现在是你。"他举起了剑，却停了下来。他抬头看着什么。卡莉丝冒险瞥了一眼，看到埃莉娅正在雕像上面盯着他们，肮脏的脸上满是泪水。法鲁斯好像冻住了。不确定。他的本能控制了他，卡莉丝趁机拔剑刺穿了他的盔甲。法鲁斯咆哮了一声，踉踉跄跄向后退去，却将她的双手从武器上扫开了。但她立刻就站了起来："快跑，埃莉娅。快跑并躲起来！"

卡莉丝伸手去抓她的剑柄。她躲过了法鲁斯的挥砍，把武器从他身上拔

了出来。法鲁斯咆哮着，脸变得膨胀扭曲。他们互相攻击，对峙着穿过墓穴。空气随着石头的摩擦而颤动，周围的景象开始发生变化。法鲁斯猛力地一击将她打倒在地。当他逼近时，她向后爬去。

"你逃脱不了死亡，卡莉丝。永远无法逃脱。"他举起自己的剑，"最后，黑暗会吞噬光明。"但在他的剑落下之前，一道闪电呼啸而来，击中了法鲁斯。他大叫着踉跄后退。一道阴影落在他们俩头顶，并伴有某种生物的咆哮。卡莉丝抬头看去，看到了一头风鹫站在一座塌陷的墓穴上。拜尔萨斯向她点点头。

"起来，姐妹。看着那孩子。她参与这件事的部分——还有你的——都结束了。"

"是你。"法鲁斯说，瞪着奥法领主，"你，又一次。你已经妨碍我两次了。"

"我会继续如此，直到我们俩之间的事解决，使我满意为止。"拜尔萨斯拍了拍自己坐骑的两侧，风鹫尖叫跃起。那只野兽撞向法鲁斯，让他向后倒去。当他们消失在移动的道路之后，卡莉丝急忙爬了起来。一个午夜游魂尖叫着向她冲去，她闪身躲避，冲向雕像。她看到埃莉娅蹲在格里普身边。

"它死了。"埃莉娅摇着鹫犬的头说。

卡莉丝向她伸手，却发现她身后出现了一个瘦削可怕的东西。那幽灵的提灯发出的可怕光芒洗刷了她的全身，几乎驱散了她四肢的力量。她向后退去，站在它和埃莉娅之间。

"很快，你也会加入那只野兽的队伍。"那幽灵吟诵道，举起了手中的剑，"欢呼吧。看看在最后一刻的边缘等待着你的美好事物吧。"

"我已经死过一次了，怪物。我可不打算再死一次！"卡莉丝怒骂出击，她的目标不是午夜游魂，而是它的提灯。随着战刃的一击，一股死灵能量爆发而出，将她击倒在地。她的剑裂成碎片，手臂也被震得麻木。幽灵因提灯的爆炸而发出哀号，法杖也在它手中破碎。提灯里的火焰饥渴地舔食着它的双臂。它痛苦地扭动着，想要抓住她，口中不断地咆哮、咒骂。

它的手未及抓到她，一阵轻快的歌声就打破了战斗的喧闹。燃烧的冤魂转过身，它的身体分解脱落。走入空地的米斯卡来收魂了。圣器法师的歌声越来越响，节奏越来越快，她手中的瓶子开始发出柔和的光芒。慢慢地，这个幽灵被吸入了瓶子，就像溢出水中的油一样，它的形体收缩、扭曲，尖叫声也渐小。

米斯卡封上了瓶子，看了看它。"这个很强大。幸好有你的剑，我才能抓住它。"她看向卡莉丝，"拜尔萨斯呢？"

卡莉丝指向闪电划过的方向，在看不见的地方传来了风鹫的刺耳叫声。就在她指路的时候，一群锁缚魂从坟墓中的小路向她们冲来。圣器法师转过身，唱了一个音节。狂风呼啸，将这些半以太体的生物吹回了他们来的地方。她向后转身："起来，姐妹。带上那孩子。我们要赢得这场战斗。"

"那拜尔萨斯呢？"卡莉丝说，弯下了腰，"爬我背上。"她说，看向埃莉娅。女孩迅速照做了。

"为了大家，让我们祈盼他能赢。"

快银猛冲，载着他们穿过了墓地。那些不结实的坟墓随之倒塌，激起了一团尘土和号叫的幽灵。风鹫的狂暴元素击碎了镜面，凿穿了石路。法鲁斯·塔姆咆哮着被甩向了一根倒塌的柱子。石块被他撞碎，风鹫爪子上的以太能量点燃了他的盔甲。

他咆哮一声，用剑柄狠狠地砸向快银的头颅，将那头野兽吓了一跳。当战兽后退时，魂体们涌向了拜尔萨斯和他的坐骑，用生锈的武器和碎裂的爪子攻击他们。

快银跌跌撞撞地往回退，尖叫着。午夜游魂们紧紧地抓着它，又撕又咬。拜尔萨斯在风鹫倒下前从鞍座上跳了下来。他重重地摔在地上。当法鲁斯·塔姆拖着剑冲向他时，他急忙爬起。"疯狂。"死者说道，他的声音像是令人不悦的雷霆，"你疯狂地想抵挡不可避免之事。"

"那是西格玛的命令。"拜尔萨斯说。他举起了法杖。

"骗子西格玛。"塔姆啐了一口，"叛徒西格玛。我在黑暗中度过了数十年，以保护他的城市、他的人民，然后我却被抛弃了。当你没有价值后，你也会被抛弃。"

"你没有被抛弃。"拜尔萨斯避开黑色的剑刃说道，它划破了他的斗篷。他啐了一口，法鲁斯被突然的天界之风压得后退，"一件东西的价值不在于立即使用，兄弟，而是潜力。一位真正的工匠不会丢弃他的工具，无论他们的状况如何。他会修理它们，要么就找到新的用途。"他继续道。

"如果我不希望有别的用途呢？"法鲁斯迎着风喊道，"如果我只满足于

以前的样子，会怎么样呢？"

"那就怪夺走你原先样子的人，而不是想要帮你的人。"拜尔萨斯伸出了他的法杖，"这不是你，兄弟。你在用别人的声音说话。一个比你更加黑暗的意志在驱使你，就像它驱使你所控制的那些破碎灵魂。从你那毫无生气的口中我能听到它的回声。"

"我的意愿就是我自己的。"塔姆说，"我一定会拥有承诺中的正义。"他的剑挥砍而出，拜尔萨斯被迫用法杖阻挡。黑剑砍中了法杖，逼得他后退了一步。

"那是一个谎言。"拜尔萨斯稳住身子，"以前你或许是自己的意志，但现在你只是一个空壳，一张隐藏他人的面具。你不过是一个更强大意志的傀儡。"

"那么，我们两个都是棋子。没有什么区别。我要将这座城市的石头投向天空，释放所有被囚禁在下面的人。利瑞亚会再次属于纳迦什，这里的所有灵魂也将获得真正的平静。这不可避免。这就是正义。"他的声音变了，从之前沉闷的回荡变得更加低沉。他的声音使拜尔萨斯的骨髓战栗。

"那不是正义，而是湮灭。"拜尔萨斯将剑扭到一边，用杖尖刺向塔姆的胸口。塔姆踉跄了一步，拜尔萨斯趁机抽回了法杖，又砸向午夜游魂的头盔。

当那只怪物后退时，拜尔萨斯转过身。当他的战士与死者混战时，墓地震动不止。他们来得太晚了，没能拯救玛瑞亚，但她的部队依旧在战斗，而现在两支部队正齐心协力对抗幽灵大军。随着法鲁斯的注意力被分散开，这些怪物不过是一帮野蛮的魂体，而不再是有组织的威胁。

即便如此，他周围的地面还是围绕着自墓穴中逃出的魂体。它们的形体向上聚集，如同热蜡一样膨胀。拜尔萨斯猛砸下自己的法杖，在石地上画出了一个奥法符号。

午夜游魂尖叫着从石堆中涌出，压着它们的石头全部变为了白银。一道净化火焰吞噬了它们扭曲的身体，它们下沉消失。

法鲁斯冲出火焰。剑刃再次与法杖相交，他们一同向后滑去，撞进了一个墓穴之中。这墓穴在轰鸣声中坍塌，而两者依旧扭打在一起，武器紧锁。法鲁斯盔甲下闪烁的紫晶闪电烧焦了拜尔萨斯盔甲上的符印，让他疼得叫了出来。

"纳迦什已经下令。"法鲁斯喊道，"必须如此。"

拜尔萨斯什么也没说，他们依旧在死亡之舞中交战，都不愿做出让步。火焰在他们周围蔓延，先是紫晶色，然后是深蓝色，点燃了周围古老的石头。他感到很奇怪，好像他体内的什么东西被扯了出来，和石头一起燃烧。每一次挥击仿佛都有一个世纪之久，每一次反击则需要一个时代。但拜尔萨斯依旧迎击着对手的每一次进攻，挡住了他。他的手臂甚至开始麻木，脑袋开始疼痛，里面充满了雷霆和热量。他已经想不出自己所知道的任何法术。他的思绪中只有闪电，他能看到的只有火焰。十万团火焰、一百万团，甚至更多，全都在黑暗中燃烧。

纳迦什点燃了整个界域。他所做的事已无法挽回。事已至此，便无法停下。尽管如此，拜尔萨斯知道他们必须尝试。当他战斗时，他知道自己以前就做过，在另一段生活中，在另一个世界中。他已阻止过不可避免之事，虽然最终失败。

但他不会再失败了。

闪电穿过，咆哮着向外吞噬塔姆。有那么一会儿，他们连在了一起，就像在破碎旧世密室那样。他看到了发生的一切，知道了塔姆所做的一切，并知道塔姆也看透了他。有那么一瞬间，他们都在痛苦中完美地看透了彼此。

死者挣扎着，烟雾从他的盔甲缝隙中冒了出来。在烟雾中，拜尔萨斯看到了一丝光亮。只是湛蓝色的火花，很小，几乎不可见。但无论如何，那都是一个火花，被困在塔姆的空壳中。是他那曾作为人类的余烬，正等着被重新点燃。

这一刻终于来了。

现在，一个声音低沉地说。

拜尔萨斯伸出他的手，魔法指向了那蓝色的火花。但那一刻却被延伸，扭曲了。塔姆剑柄沙漏中的沙子停止了流动。时间……停止了。

"你。"

只有一个字，接着就是使他灵魂都凝结的笑声。拜尔萨斯不禁抬起头，看到了一张巨大的嘴。一位神明正俯视着他。不像一个人看着敌人，而像某位贤者在研究某种未知的昆虫。

洞穴突然显得很小。战斗的声音渐渐消失，仿佛此刻所有的喧哗和愤怒都已烟消云散。那位神灵比任何生者都高大，身披寿衣与骸骨，不死之王笼罩在他的仆从之上，双眼闪烁着黑暗。塔姆的身躯扭动在一起，如同一个牵

线缠在一起的木偶。

"你。"纳迦什说,好像在品味这个词,"我知道你,小灵魂。我知道你的味道。你曾经属于我,就像法鲁斯一样。"他从闪电和火焰中探出身子,用巫火般的目光盯着拜尔萨斯。那目光又冷又热,拜尔萨斯感到他体内的某种东西在枯萎。这里没有午夜游魂或是恶魔需要驱逐,而是一位神明。他没有任何力量匹敌面前的大能。

"侮辱中的侮辱,他竟然利用你来阻拦我。"纳迦什继续说道,他的声音就像一个巨大的黑钟,敲响了拜尔萨斯的最终时刻,"我会撬开你身穿的黑甲,并挖出里面的灵魂。要我帮你看看你究竟是谁吗,小灵魂?需要我帮你回答那些在你脑海中燃烧的问题吗?"

汗水流入了拜尔萨斯的双眼,他眨了眨眼睛。他能从周围的火焰中看到一些东西——面庞、人、地方。这些都是已不再属于他的那段生命的瞬间——到一个大城市旅行,在耀眼的光芒中将铅变为金子;马的嘶叫声和翅膀的拍打声;意外背叛的痛苦,还有救赎所带来的解脱。他感到内心一阵疼痛,好像纳迦什将手伸入了他的身体,将什么东西扯出。他闭上了眼睛,任由破碎的回忆在脑海中回旋,他感到了有一只手搭在了他的肩膀上。一个声音,深沉如大海,又如夏风般温暖,轻声地在他耳边说话。

我说过我与你同在,拜尔萨斯。让我来指引你。

"我没有任何问题。"拜尔萨斯咬牙切齿地说,一股新的力量涌入他的四肢,缓解了疼痛,他感到一种超越力量的东西在他体内生长,"我已经不再是从前的我了。过去已成灰烬。未来还有待书写。"

"是的。靠一双死手书写。我将下令记录,以便在即将到来的万古寂静中供我阅读与回忆。"紫色的火焰拥抱着拜尔萨斯的身躯。他的战甲变热,几近灼痛。"不。"拜尔萨斯说道。热量增加。他能闻到肉体燃烧的味道。他想要尖叫,但又喘不过气。闪电从他的肉体中爆出,撕裂了空气。

"不。"另一个声音回响道,这声音低沉而来,撼动了寂静。附近的火焰暗淡了,然后变白,最后成了蔚蓝色。

纳迦什后退了几步,似乎对事态的转变感到不知所措。"谁敢站在不死之王和他的猎物之间?"他咆哮道,洞穴为之摇晃。

"是我,兄弟。总会是我。"

这句话在拜尔萨斯意识到是自己说出之前就在他耳边回响。他突然感到精神振奋。他挣扎着起身,闪电划过他盔甲的边缘:"我在此对抗你,与每一座城墙同在。我在此对抗你,如同白昼对抗黑夜。"

那些话——那声音——都不是他的。拜尔萨斯感觉好像有什么东西在他体内。仿佛他只不过是说话者在此时选择戴上的一个面具。但他一点也不害怕。这一刻——所发生的一切——都是计划好的。西格玛已经通过星辰预见,并提前摆放好了积木。接下来将是诸神之间的博弈,而不是凡人,无论是生者还是死者。

他选择了他的时刻,而西格玛将会引导他。

"没有黑夜,就没有白昼。"纳迦什说,他的手伸得更近,而塔姆踉跄地跟着他移动,"没有死亡,就没有生命。对抗我,就是对抗万物之理。你就这么自大吗?"

"不。必然将引导我的手。"拜尔萨斯通过他眼角的余光看到了某种东西在他周围成形。那是一个巨大的形体,比他自己还要大,但又很相似。塔姆发出一阵嘶哑的声音,认出了什么,拜尔萨斯不知道他看到了什么。

纳迦什似乎也在变大,直到拜尔萨斯的眼前只有他的身形。"必要。你怎么会理解它?我就是必要。只有通过我的意志,诸界才能免受混沌的蹂躏。当我索回我失去的一切,当万物皆归死亡,我会将我的怨恨砸入黑暗诸神的牙尖,将他们从他们的小宝座上拉下来。"

"那时,你将统治一个寂静的王国,直到最后一颗星星熄灭,甚至死亡最终也会消亡。"

纳迦什沉默了。西格玛叹了口气,让拜尔萨斯想到一阵刮掉树皮的狂风。"你能想象出这一切吗,兄弟?还是你的傲慢如此顽固,以至你自身的终结对你而言也不可能发生?"神王伸出了他的手,而拜尔萨斯,也无法抗拒,跟着伸出了手,"我们曾是盟友。虽不是血亲,却是灵魂上的兄弟,我们开垦了诸界,并为它们未来的发展奠定了基础。"

"你释放了我。"纳迦什简单地说,"我欠下了一笔债。它已经全部还清。"他摇了摇巨大的骷髅脑袋,"你就在这种时刻提起我们的相似之处吗,神王?你在这里扮演委屈的无辜者,并再次伸出友谊之手?"

"不。那一刻已经错过了。"闪电向外涌出,将黑色的物质烧到了附近的

墓穴中，纳迦什高耸的身形摇摆着，紫晶色火焰在狂怒的风暴前撤退，"天堂与死亡之战已重新开始。但这一次，我不会再犯仁慈的错误。"西格玛说。

"我比以前更加强壮，野蛮之徒。"

"而我也比以前更加智慧。让我们看看谁更有优势，兄弟。"西格玛低下了头。他的双眼如同垂死的恒星一样燃烧，在那眼神中，拜尔萨斯看到了接下来要发生的事。他看到塔姆在他面前升起，被紫晶色的火焰包裹着。纳迦什吼了一声，塔姆举剑向前冲去。

拜尔萨斯伸出手，闪电呼啸而下。塔姆尖叫着，冲过自身燃烧所产生的浓烟。拜尔萨斯在最后一刻用法杖挡下了攻击，两位战士踉跄后退，武器又一次紧锁在了一起。

"终结我，蠢货。"塔姆咆哮着，他的声音同上方纳迦什的声音相比显得十分渺小，这声音听起来很奇怪，似乎他体内正发生着某种拜尔萨斯看不见的斗争，两位神站在那里，看着他们的斗士以死相拼，"来终结我吧。不然我一定会终结你。"

拜尔萨斯什么也没说。他的眼睛寻找着先前看到的天蓝色火花。他看到了它，从塔姆盔甲洞中闪过。可能是战兽的爪子留下的痕迹，也可能是解放者的战刃留下的。

那里，西格玛低声说。我的一部分被困在黑暗之中。他曾经的一部分，想要挣脱掉束缚着他的黑暗。释放它，拜尔萨斯。让他得到他未能得到的平静。

拜尔萨斯一只手握着法杖，另一只手伸向裂口。他感到了火花的热度，感到它对他的存在做出了反应。它闪烁着光，那是隐藏在黑暗阴影中的一丝光亮。塔姆身子变得僵直。一道蓝色的光线从他破碎的身躯中渗出，细流般穿透他的四肢和躯干。他抽搐起来。"我……记得。"他说，脸色柔和下来。

"对不起。"拜尔萨斯轻声地说，声音嘶哑。随后，最后一次，他召唤了闪电。在电光一闪之间，火花绽放了。它在塔姆体内生长，蔓延开来。他的盔甲和无形的身躯上出现了湛蓝色的裂痕，逐渐扩大。

他的幻影身体开始像被点燃的纸一样破碎。他的剑从手中掉了下来，摔得粉碎，黑色碎片撒在地上。他跌跌撞撞地向后退去，变成了人形的深蓝色火焰。

塔姆想要说些什么，黑色头盔也如一缕烟雾般在他头上消散。他仰起头，发出了最后一声凄惨的哀号，困在他体内的风暴终于挣脱出来。随着一声雷鸣，他的身体碎裂开来。

冲击波震动了整个地下墓穴。大块的石头从上方落下，轰然砸到墓地中。在风暴的狂怒向外扩散的那一刻，拜尔萨斯周围的墓穴都化为了碎石。这道冲击扫过地下墓穴，扫过死者队列，在一阵天蓝色的光辉中，消灭了成群的午夜游魂。

法鲁斯·塔姆消失了。

冲击过后的空气中仅留下飘落的灰烬。纳迦什的身影像微风中的烟雾般摇摆不定。当他逐渐消散时，他说了最后一句话："你曾服侍过我，拜尔萨斯·阿鲁姆。在另一段轮回中，当世界燃烧之，你将会重蹈覆辙。所有生者最终都会服侍我。"

随后，他也消失了。

拜尔萨斯单膝跪地，喘着粗气。他感到自己的力量用光了——被掏空了。烟雾从他盔甲的连接处升起，他知道自己战甲下面的肉体已经起了水疱或被烧焦。这些损伤或许已超出了艾吉尔的治疗能力。塔姆的战甲残骸就在附近，还在冒烟。精疲力竭之外，他感到一丝遗憾。

他是来让一个狂暴的灵魂获得安息的。他也做到了。但不知为何，这胜利却像失败一样。随着法鲁斯在闪电中倒下，战斗的喧闹消失了。他试图让自己站起来，但他的四肢却无法再承受身体的重量，还是不行。他审视着自己，寻找西格玛存在的迹象。但神王已经走了。这场战斗已经结束，但还有其他事情需要他的关注。天堂与死亡的战争已重启。

"奥法领主，您还活着吗？"

卡莉丝·埃尔坦朝他走过去，她的另一只手按着自己身侧。鲜血染红了她的战甲。米斯卡和幸存的几位追随者跟着她，小心翼翼地穿过被炸碎的石块。米斯卡牵着快银的缰绳。看到那只战兽幸存下来，拜尔萨斯感到一丝慰藉。他疲倦地低下头，头靠到法杖上。他嘶哑地说："这……完全取决于看待事物的角度。"

"他又消失了。"埃莉娅说，她趴在卡莉丝的背上。拜尔萨斯没有和她对视。

"他消失了。"他重复道，他闭上了眼睛，只是一会儿，随后，他迫使自己直起身子。"但战斗还未结束。格林姆熔炉依旧被围攻。"他看向卡莉丝，"万

坟仍需要守护。"

她迎着他的目光点了点头。拜尔萨斯转向米斯卡，说道："将能站起来的人聚集起来。克诺索斯依旧需要我们。"

"如您所说，大人。"她低着头说道，犹豫了一下，"您做得很好，兄弟。"随后她转身离开，呼唤其他人。快银轻撞着拜尔萨斯的胸口，他则抚摸着那只战兽的脖子。

"轻点。我们还有其他事呢。"拜尔萨斯挣扎着跨上鞍座，他的身体却在抗议。他抬起头向上看。纳迦什，就像西格玛，也消失了，但拜尔萨斯依旧可以听到他最后的嘲讽，能够感到它回荡在他的内心深处。

你曾服侍过我，在另一段轮回中，当世界燃烧之时，你将会重蹈覆辙……

拜尔萨斯摇了摇头。"不。"他轻声说，"绝不。"

他催促快银行动，发现自己差点就信了。

尾 声

明如群星

纳迦什扎，寂静之城

荒漠仍在燃烧。

阿克汉知道这将持续一段时间。他站在一座黑色的瞭望塔废墟上，它位于纳迦什扎的外围地区。束缚在上面的灵魂已经在死灵震中逃走了，因此他得以在无忧无虑的寂静中在那里站一会儿。他的恐渊兽拉扎拉克躺在附近，尾巴摆动时发出哗啦声，它正耐心地等着它的主人结束他的思考。那只怪物的骷髅脸口中发出嘶嘶声，阿克汉点了点头。

"是的，天空很美。"

地平线上泛着紫色的光，灰烬如雪般飘落。纳迦什扎因其主人的愤怒而颤抖。无论接下来会发生什么，争夺格林姆熔炉、利瑞亚，以及其他冥界的战斗都不会让纳迦什满意。西格玛再一次挫败了他。天堂与死亡的战争将持续下去。

至圣死亡大君不禁对事情的发展感到一丝满意。他下了很大的筹码，却损失甚微。纳迦什只能怪他自己。不死之王的怒火会落到次级冠军头上，而阿克汉则不会被指责，一如既往地忠诚。

这场失败揭露了很多有趣的事情。万坟仍静静地等待着。西格玛并没有摧毁它。或许他缺乏力量。或者，更有可能的是，神王看透了他们的本质：一种尚未被使用的资源。阿克汉感到一丝恐惧。如果西格玛最终注意到纳迦什和灭世之力已经知道的东西——凡人的灵魂是所有界域中最宝贵的资源——那么游戏将会进入一个全新的、更致命的阶段。

拉扎拉克移了下身子，发出嘶嘶的警告声。这个声音，还有上方传来的蝙蝠声，提醒了阿克汉一位不速之客的到来。他抬头，看到另一头类似猫科动物的恐渊兽冲向塔楼。阿斯加罗斯和它的主人一样容易辨认，当然，也一样难以信任。

　　那只怪物撞到塔的边缘，在摇摇欲坠的石壁边停了下来。它向拉扎拉克发出充满挑衅意味的尖叫，拉扎拉克则打了个呵欠回应。阿克汉悄悄做了个手势，它坐了回去，甘愿忽视这个新来者。阿斯加罗斯的骑手从鞍座上降落，在落地时盔甲和马刺都发出了声响。阿克汉转过身去。

　　"我记得我没邀请你来，曼弗雷德。"

　　"你的小玩具失败了，巫妖。就像你的计划一样。涅芙瑞塔可能正在她现居的宫殿中笑个半死。"

　　曼弗雷德·冯·卡斯坦因的声音就像一只讨厌昆虫的嗡嗡声，扰乱了阿克汉的意识。当那个吸血鬼笑着侧身朝他走来时，他微微地转身："我感到了纳迦什愤怒的吼声在我脑壳中回响。我想回来帮帮忙还是很明智的。或许他会在下一次派我去格林姆熔炉。既然你已经失败了。"

　　"争夺那座城市的战斗仍在继续。马兰扎克或许会获得纳迦什要求的胜利。寿衣骑士很可能晋升到他想要的位置。一个新的死亡大君将会加入我们。"

　　曼弗雷德哼了一声："不一定。"

　　阿克汉什么也没说。他私下当然很同意。马兰扎克很强大，但是个蠢材。他是一件由需求和懊悔制成的武器，对自己的缺点视而不见。就像创造他的那个人。他一想到这个就立刻将它抛诸脑后："未来是注定的。该怎样，就会怎样。"

　　"你说得真有哲理。"

　　"洞察而已,不是哲理。结局毫无疑问。只是早晚而已。"阿克汉望向荒漠,"不过最好不要太快。"

　　"听起来你好像根本不想让它结束。"曼弗雷德狡猾地说，"你终于明白我的意思了吗，巫妖？"

　　"不。我只希望它能在预定的时间到来。死亡有它的位置，万物皆如此。它是宇宙平衡的一部分，就像群星在天堂中闪烁一样。死亡会迎接万物。"

　　曼弗雷德笑了。"一个慎重的回答。我想，纳迦什可不会同意，尤其是当这涉及星辰的确定性时。"他用爪子轻轻敲了敲别在腰带上的剑柄，"我很好奇：你的这个愿望和你操纵纳迦什的新仆人有什么关系，这两条线索之间又孕育着什么计划，巫妖？"

　　"根本没计划。"

曼弗雷德挥出了剑，刺向阿克汉的颚骨下方。在他们身后，拉扎拉克站了起来，发出一声咆哮。阿斯加罗斯则伏身，也发出刺耳的声音。阿克汉示意坐骑待在原地，这不过是吸血鬼的一个小把戏而已。

曼弗雷德靠了过来："请别把我当盲人，阿克汉，我的老朋友。当你把我和涅芙瑞塔送走的那一刻我就察觉到了，你一定在密谋什么。她也一样。"

"可是她不在这里。"

"她比我要有礼节得多。请放心，她在纳迦什扎和格林姆熔炉的间谍都已经向她汇报了发生的一切。但我来了，以平等的态度对你发问。如果不是为了夺取征服格林姆熔炉的荣誉，你的目的是什么？"

阿克汉叹了口气，那声音就像墓碑间的风声。他伸手将曼弗雷德的剑推到一边。"我关心的不是荣誉或征服。宇宙被夹在两个秩序之间。一个，是一把剑；另一个，是一面盾牌。"他用法杖重重地敲了敲地面，"沙许，是剑；艾吉尔，则是盾。一直如此。必须如此。"

曼弗雷德皱了皱眉头，收起剑："纳迦什不会同意。"

"不。但他相信。这才是最重要的。在他们之间，艾吉尔和沙许牵制了灭世之力数个世纪。即便在次级神明倒下的时候，死亡之主和天堂之主依旧屹立不倒。他们是同一个整体的两个部分——开始和结束。两者不可或缺。没有这两样，诸界域就无法支撑。"

曼弗雷德咯咯地笑了："我想，我现在开始明白了。你真聪明。"他嘲讽地拍起手来，"你以为操纵诸神的公开冲突，就能让他们——怎么说呢？——再次成为盟友，当他们发泄完神怒，刺破神圣的芥蒂？"他斜视着阿克汉，露出牙齿，发出嘲笑，"然后呢，嗯？他们会把注意力转回困扰我们的真正大敌？"

阿克汉摇摇头。"我不操纵任何人。纳迦什无论如何都会做。但是，如你所说，疯狂中会有机会。所以我抓住了它。"他停了一下，"几个世纪以来，不死之王与神王第一次面对面。谁也没有摧毁对方。"

"聪明，巫妖。聪明，聪明，聪明！不过，有风险，它是一场赌博。"

"没错。"

"如果你赌输了呢？"

"那么寂静会笼罩所有界域，而纳迦什将独自存在。"

曼弗雷德皱了皱眉头："一个不悦的想法。一个永恒的呆滞黑暗。即使是

混沌的诅咒也比那更好。"他突然打了个寒战,仿佛想起了一件不愉快的往事,他看向阿克汉,"如果你早点告诉我,我或许可以帮你。涅芙瑞塔也会。这符合我们的利益。"

阿克汉看向曼弗雷德:"如果我告诉了你,你或许只会为自己的利益着想。我需要一件有用的工具,而运气正好给了我一件。一件沙许和艾吉尔的武器,但也并不真正属于两者。"

"而现在这件武器被摧毁了?"

"还会有其他的。我想起一句谚语,虽然我不记得是在哪里听到的……敌对的狮子一定会喝同一块绿洲的水。"

曼弗雷德仰头大笑:"奇怪,但很恰当。"他转身对着自己的坐骑,将他披风的边缘随手甩到肩上。"让我们希望你没错,阿克汉。让我们也希望纳迦什会意识到这一点,以免为时过晚。因为这场战争如果持续下去,灭世之力不久后就会将其变得对它们有利。"吸血鬼爬上鞍座,"如果这些发生的话,我们肯定都要完蛋。"

他击了一下阿斯加罗斯的侧翼,恐渊兽发出一声刺耳的叫声,随后从塔上跳了出去。阿克汉看着他们冲向地平线。

"没错,让我们保持希望吧。"他说。过了一会儿,他转身离开。纳迦什很快会召唤他。要制订新的计划。发动新的战争。

不死之王下令,那他的忠仆必将服从。

坚如死寂,明如群星。

作者简介

乔什·雷诺兹是"荷鲁斯之乱"原体小说《弗格瑞姆：帝胄凤凰》、有声剧《黑盾：虚伪战争》和《黑盾：红色封地》的作者。他的战锤40K作品包括《"狡诈者"卢卡斯》《法比乌斯·拜尔：始祖》《法比乌斯·拜尔：克隆之主》和《死亡风暴》，中篇小说《猎人陷阱》和《但丁峡谷》，以及有声剧《狩猎大师》。他还写过很多以西格玛时代为背景的故事，包括小说《八重哀歌：阴影之矛》《至圣骑士：瘟疫花园》《纳迦什：不死之王》。他写的关于中古旧世的故事包括《纳迦什归来》和《终焉之主》，以及两部"高崔克和菲力克斯"小说。他居住工作在谢菲尔德。

译者简介

丁家豪，中古战锤高等精灵与西格玛时代耀灵域主玩家。中古战锤背景爱好者及《全面战争：战锤》系列模组作者。喜爱奇幻背景的世界观，更对中古战锤、上古卷轴、魔戒等奇幻背景中的精灵族情有独钟。现居广州，任专职游戏设计师。愿更多玩家能了解到战锤40000的魅力。

版权所有　侵权必究

图书在版编目（CIP）数据

灵魂之战 /（英）乔什·雷诺兹著；丁家豪译. --杭州：浙江科学技术出版社，2024.6
ISBN 978-7-5739-1065-3

Ⅰ.①灵… Ⅱ.①乔… ②丁… Ⅲ.①幻想小说-英国-现代 Ⅳ.①I561.45

中国国家版本馆CIP数据核字(2024)第050680号

著作权合同登记号　图字：11-2020-236号

书　　名	灵魂之战	
著　　者	［英］乔什·雷诺兹	
译　　者	丁家豪	

出版发行　浙江科学技术出版社
　　　　　杭州市环城北路 177 号　邮政编码：310006
　　　　　办公室电话：0571-85176593
　　　　　销售部电话：0571-85176040
　　　　　E-mail：zkpress@zkpress.com

排　　版　浙江新华广告有限公司
印　　刷　浙江海虹彩色印务有限公司

开　　本	710 mm × 1000 mm　1/16	印　张	20	
字　　数	400 千字			
版　　次	2024 年 6 月第 1 版	印　次	2024 年 6 月第 1 次印刷	
书　　号	ISBN 978-7-5739-1065-3	定　价	60.00 元	

责任编辑　吕路明　　　　　　责任校对　陈宇珊
责任美编　金　晖　　　　　　责任印务　叶文炀